致每一位喜欢《年代》的读者朋友：

永远自由、

永远恣意、

永远在风里。

Pengxiangzhi

Jimingcheng

跳丸日月
JIAOWANRIYUE

都是年代了惹的

七小皇叔 著

Doushiniandailea

长江出版社
CHANGJIANG PRESS

Peng Xiangzhi

她希望慢一点、再慢一点

和她在静止不动的站台躲一场雨

和她在公交车里听地点播报

她会熟悉每一个红绿灯的位置

会在等灯时观察每一条人行横道的过路人

会了解街边每一个小店

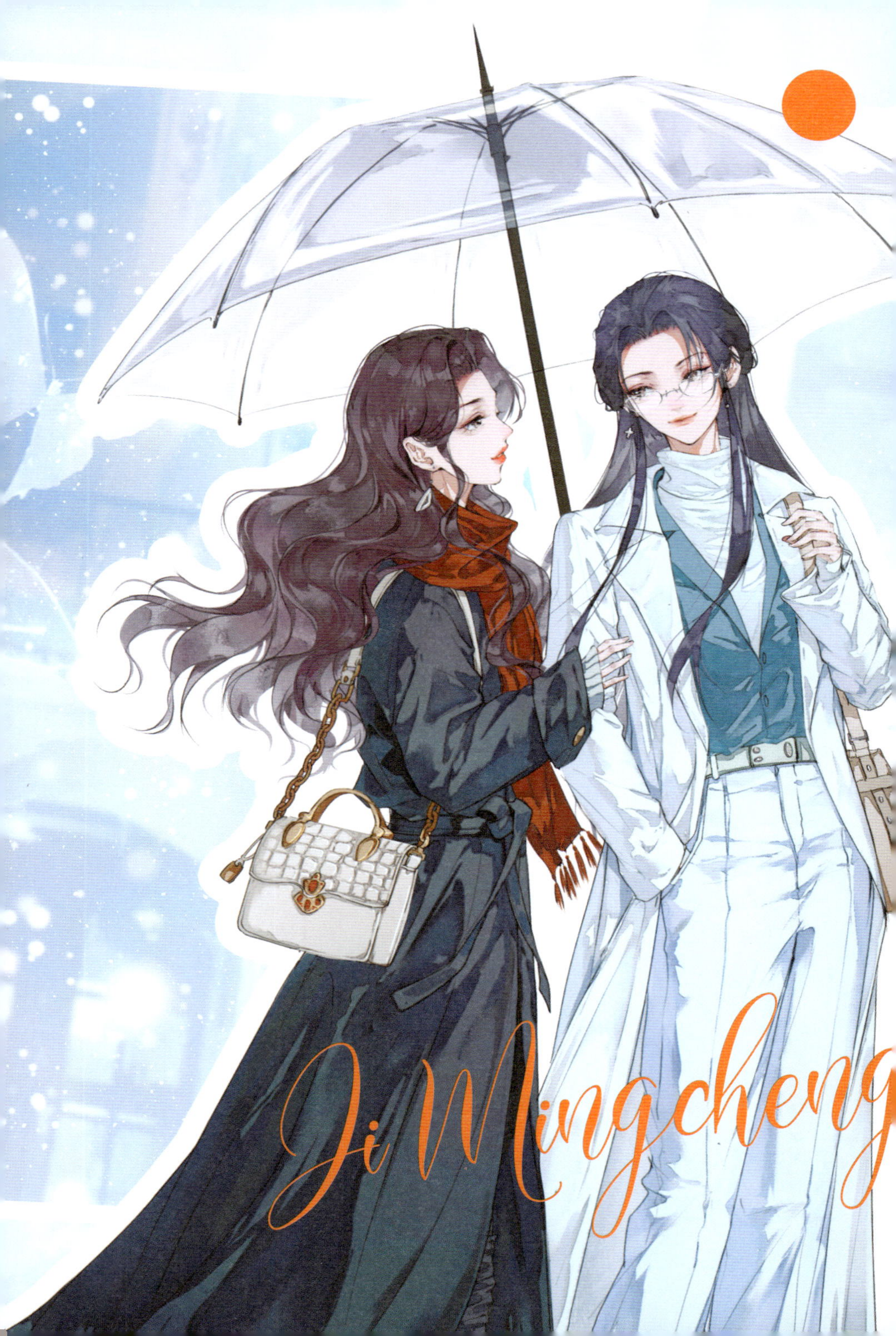
Ji Mingcheng

# 目录

彭婉之

chapter 01	纪鸣橙"塌房"了	009
chapter 02	合租计划	051
chapter 03	比如时间，比如岁月	083
chapter 04	难以企及的风	121

纪鸣橙

chapter 05 —— 想办法，让她看到我 ……… 163

chapter 06 —— 她没有听见任何杂音 ……… 203

chapter 07 —— 我永远都是你的听众 ……… 237

chapter 08 —— 勇敢一点吧 ……… 269

尾声 —— 好日子在后面呢 ……… 301

永远自由、永远恣意、永远在风里

CHAPTER ONE

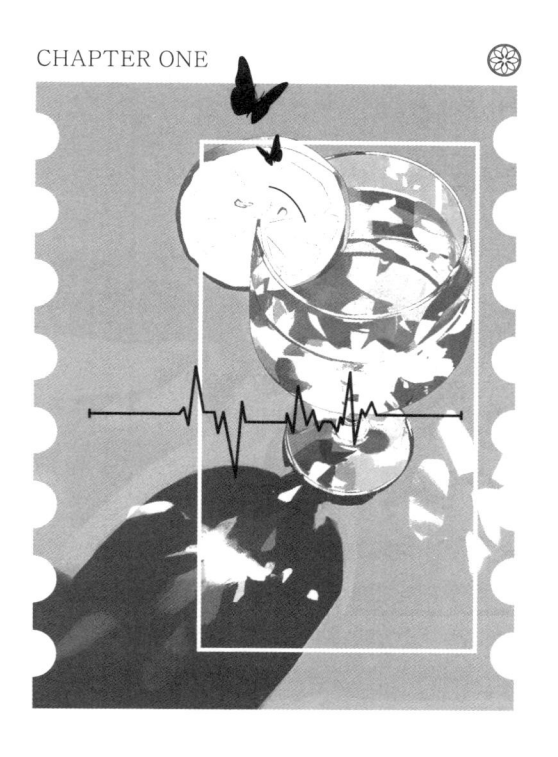

纪鸣橙"塌房"了

Ji mingcheng tafang le

纪鸣橙"塌房"了
Ji mingcheng tafang le

01

纪鸣橙"塌房"了。

但还好她不太红,影响可以忽略不计。严谨点说,从超话脱粉数统计,"伤亡"25 人。

只是论坛的网友非常震惊,因为在配音圈混了多年的纪鸣橙,基本是和"德艺双馨"四个字挂钩的,只要她熬到四五十岁,这块牌匾基本上就在她家里挂定了,和"妙手回春"的锦旗在一起。

或许说"妙手回春"不太恰当,因为她只是一个牙医,还是只负责正畸的。

对,纪鸣橙不是职业配音演员,她的本职工作是医生,学历很高,博士毕业于江大医学院,之后顺理成章地进入了江大口腔医院。

进入配音圈完全是个意外,一个爱看网络小说的学妹搞起了网络配音,因为缺人把目光投向了正在做报告的纪学姐,忽悠着入圈之后,因为一位从书改剧里精准地爱上了她这个"配角"的剧粉,孜孜不倦地跟她说"早,纪宝,天天开心,健健康康,我在",一说就是五个月,然后纪鸣橙坚持了下来。

后来职业配音演员逐渐走入大众视野,很多网络配音演员开始签公司,走上更专业的道路,纪鸣橙虽然是自由人,但因为她入圈忘了起艺名,向来真名示人的她轻轻松松混入了职业配音演员的队伍。

熬了十多年后，成了大前辈。

这样一个平时微博都三个月一发，连营业都懒得营业的纪老师，被人发现了微博小号。

其实没什么特别的，看起来像是记录私人生活的微博，平常也就发一些花花草草的，粉丝也是从她惯用的保温杯和在大号分享过的花瓶才确认了是她。

让人跌破眼镜的，或者说，让论坛网友觉得"塌房"的，是看起来不言不语的纪老师在微博上为一部言情广播剧写了两篇很长的剧评。

都是在分析该广播剧的男主，指出配导没有很好地理解人物，大大削弱了男主的闪光点，对于原著的名场面以及高光段落信手拈来，洋洋洒洒几千字，前后加起来列了十四条，然后提到了广播剧的配导——彭婠之。

"塌房"主要在于三个方面，在这里摘取几段论坛网友的回复：

"不是吧……作为大前辈竟然用小号在微博像黑粉一样骚扰彭导，大家都一个圈的，也不是没合作过，有什么不能私下提的啊？"

"无语，她好像个不理智的书粉，你看她一副相当了解的那个样子，别告诉我江大博士私底下爱看这种书啊，这个书名……我看名字都绕道走的。"

最后一方面是说："她只分析了男主没分析女主，她看起来好爱男主我受不了，那还来吃什么女性向圈子的饭啊？"

纪鸣橙年前接了几个女性向广播剧，有一部后期做得比较久，现在正在上。

不过虽然女性向作品圈的路人选择避雷，也并没有骚扰她，但彭婠之粉丝不少，当即去微博要求纪鸣橙道歉。

由于纪鸣橙早已是常年和职业声音工作室合作的状态，路人好感度高，但没什么死忠粉，整个微博评论区几乎是一面倒。

彭婠之躺在家里的沙发上，一条一条看着那些言论，突然觉得牙疼。

"五福临门"的微信群里，于舟打了语音过来。彭婠之把左腿架到沙发靠背上，接起来，手机放在脸侧，顺手剥个橘子。

"彭导，群里的截图你看到了吧？"于舟开门见山。

"看到啦。"彭婠之打了个哈欠。

chapter one

"你粉丝把人骂够呛。"于舟用了很怜悯的语气。

"啊,是啊。"

"你这什么态度?"怎么能说出这么冰冷的文字?

彭婉之的脚在沙发靠背上晃了晃:"她骂我,是事实啊。"手指在沙发上敲了一轮儿,又道,"我也想不明白你说人怎么能无聊到这个地步呢,我跟她往日无怨近日无仇的,她开小号骂我,哦对,你不知道这是小号。"

说着说着来劲儿了,她翻身坐起来:"那可不止这两篇啊,她私信了我半个月,从男主的奶奶声音太硬朗分析到女主的人设很单薄,甚至跟我说,姨娘三个月的婴儿建议用奶娃实录。"彭婉之冷笑一声,她还真挺想把这黑粉揪出来的,没想到啊没想到,真是大开眼界。

这个世界总是荒唐的,但也荒唐不过纪鸣橙抹黑她这件事。

但于舟沉默两秒,"嘶"了一声:"你是说……她事先私信了你这些。"

"半个月!"彭婉之恨恨补充。

"那然后呢?"

"然后我实在是受不了了,就拉黑了她。"

"所以……她是在被你拉黑之后,又发布了两篇帖子,然后提到了你。"于舟支着额头确认。

"是吧,"彭婉之气笑了,"多自强不息啊你说。"在自己微博还要把剩下的发完。

于舟似乎思考了一下,然后说:"但你没发现有什么不对吗?"

"什么?"彭婉之囫囵地吞着橘子。

"所以人家其实是分析了女性角色的,而且还分析了半个月,只是由于被你拉黑了才把剩下两篇男主的发到微博欸……"

"所以呢?"

"但你粉丝骂她,只分析男的不分析女的,让人滚出女性向作品圈。"

啊这……确实是……分析了女的,但这事儿只有自己和纪鸣橙知道。彭婉之撑着下巴,又挠了挠眉角,然后问于舟:"可是她骂我欸。"你这意思是,还要我帮她澄清啊?

"而且这事儿很诡异啊,咱们盘一下,我有她微信,这么多年了咱俩也不是没合作过,她为什么不微信跟我直接说呢,还要注册个小号。"彭婉之说。

"有没有可能，"于舟咳嗽一声，"她是这本书的铁杆粉丝，你做了她喜欢的书，她受不了，又不好跟你当面提，所以……"

"不太可能。"手机里传来一个低低的懒音，黑白头像下方的小话筒亮起来。是晁新。

"你怎知？"那头传来一个古腔古调的女声，很轻。

"以我跟纪老师的交情来看，她平时从来不看这类网文。"晁新说。

"那就更奇怪了，"彭婉之咬着手指，"你们看，不是我有偏见吧，这人做事就是鬼鬼祟祟的。"

电话那头的向挽沉默了一下，迟疑道："还有更奇怪的。"

"嗯？"

"那日我们参加综艺的庆功宴，纪老师听说你要来，便径直告辞了。"

彭婉之蹙眉，发出疑惑的轻哼。

"她好似，在躲你。"向挽换了个舒服的姿势，嗓子和头发摩擦衣物的声音一齐响起，"你得罪她了？"

"我得罪她了……吗？"彭婉之困惑了。她想了想，自己心直口快的，可能确实是伤害过纪鸣橙。比如第一次见她的时候，那要追溯到差不多十多年前，但审美已经和现在很趋同，所以，彭婉之怎么也想不通，当年二十岁出头的纪鸣橙，为什么会在大夏天穿了一双棉袜，然后配上凉鞋。

那时候彭婉之年轻气盛，嘴更是不饶人，当场就乐了，说你怎么穿凉鞋还要穿袜子啊？

纪鸣橙淡淡地说，她妈妈觉得她脚会冷。

那天纪鸣橙穿了件波点衬衫裙，看起来也很像她妈妈的款式。

于是彭婉之在过道里给小姐妹打电话八卦的时候声音就大了点，说怎么会有这么土的人啊。一回头就看见纪鸣橙拿着保温杯出来，要去茶水间接热水。

四目相对，气氛尴尬。

七八年后，彭婉之在奢牌广告上看到了纪鸣橙同款玻璃凉鞋配棉袜的穿搭，还有因为复古风兴起而席卷大街小巷的波点长裙，觉得是她自己不懂时尚了。

chapter one

  当然也没对纪鸣橙道过歉，多小的事儿啊，早忘脑后了。

  后来又合作了几次，纪鸣橙对她也是不咸不淡的，但彭婠之也没少说人家坏话，比如："这人有天竟然跟我搭话，说看我穿这么高的细高跟鞋出工觉得很累，如果要显高的话可以考虑她脚上那种坡跟。"

  "她脚上那双坡跟！让我穿上不如锯了我的腿。"

  诸如此类的吐槽没有十次也有八次，彭婠之不记得自己是跟哪个小姐妹顺口说的了，因此，倘若有一天传到纪鸣橙耳朵里，也不是不可能。

  所以难道因为这种事就恨上她了？

  又因为彭婠之貌美如花穿搭时髦纪鸣橙自惭形秽没什么可说的，只能在专业上挑她的刺？

  这么一想，彭婠之觉得很合理啊。

  "你，想到了？"电话那头的于舟见她沉默，追问了一句。

  "我觉得，她可能有点嫉妒我吧。"彭婠之凝重地说。

  群聊的头像全都没有再亮起小麦克风，彭婠之对着静如入眠的界面吸了吸鼻子，还没开口，听见向挽对晁新轻轻说："不如咱们挂了吧。"

  "嗯？"晁新抛出一个懒懒的鼻音。

  "我怪替她臊得慌的。"向挽清甜地道。

  一个江大博士毕业的高才生，出身书香门第，还是前途大好的医生，嫉妒彭婠之。这话换个人来说恐怕都挺难启齿的。

  于舟那边也传来一声轻笑。

  "你干吗！"彭婠之一耳朵就听出来了。

  比气息更轻的是苏唱的声音："挺好笑的。"这是今天苏唱说的第一句话。平时听笑话都不见得勾一下嘴角的她，很给彭婠之面子了。

  伤害值很大，甚至大过彭婠之发现那小号是纪鸣橙。

  她愤愤地挂了电话，心里很无语。

  看这些女人们合起伙来抱团，她就知道自己要被孤立。这个群已经容不下她了。

  牙齿又疼起来了，她托住右腮。

  按下手机侧边键，把屏幕锁上，掌根从下到上地在手机上一擦，又用人脸解了锁。

还停留在微信界面，打开通讯录，输入姓氏，就能找到纪鸣橙。

到底要不要跟她商量一下，看看怎么平息事态呢？

虽然是纪鸣橙发疯，但该说不说，彭婠之还是有那么一丁点愧疚的。

毕竟假如纪鸣橙受不了刺激，疯了，那也是彭婠之"吐槽"人家土在先，揭人不揭短，审美差也不是她的错。

再加上纪鸣橙明明分析了女性角色，网友不知情，有所误会，但彭婠之是知道的。

怎么说，现在的混乱局面，彭婠之似乎也有那么一点点责任，一点点。

但彭婠之有点把握不好这个度，从开口的称呼上就很是纠结。

若是叫她"纪老师"，显得自己这个被她批评的同行有点卑微，叫她"纪鸣橙"又太像兴师问罪，"鸣橙"那是不可能的，彭婠之觉得叫名字很肉麻，对亲近的人基本都只喊后一个字，比如"唱"。

以此类推，那就是……

"橙儿"啊，彭婠之把自己给整乐了。

她又对着桌上的橘子说了声："橙儿啊，你这是疯了啊。"

大前辈阴沟里翻船，搞了个小号去批评八竿子打不着的剧组。

以纪鸣橙的资历，要是在自己大号坦坦荡荡说，说不定还会有人竖着大拇指赞几声"耿直""敞亮""气派"。偷偷摸摸搞小号，看起来就是发疯。

哎呀算了，她疯自她疯，睡觉吧，彭婠之敷了个面膜，美美地上床。

这事不算大，两边不回应，讨论个三五天帖子也就沉了，彭婠之从忙碌的工作中抽空喘了个气，拿起手边的咖啡拍照，附文："终于忙完了，接下来休个假。"

出乎意料，底下几乎没有人夸赞她用美图秀秀修了半个小时的自拍，反而是哭声连一片。

"呜呜呜呜，宝贝真的辛苦了，看你黑眼圈重得，好心疼。"

什么？彭婠之用拇指和食指把照片扒拉着放大，哪儿有黑眼圈啊，怎么可能有黑眼圈啊！

chapter one

"宝贝的眼神好疲惫啊,一定要好好休息。"

……嘶,确认过美瞳,是炯炯有神款啊。

"宝贝,咱工作完就好好休假吧,不理小人。"

哦,彭婠之知道症结在哪儿了。

她向来心大,扎入录音棚几天,早把这事抛诸脑后,但在粉丝眼里却是,她被伤害后心灰意冷几天没上微博,今天故作坚强地恬静微笑,用难得的自拍照安抚粉丝。

大气、体面、温和、知性,没有说纪鸣橙一句。狠狠拉了一大波好感。

救命啊……彭婠之看着自己的自拍,突然觉得有点窘。

心虚,真的心虚死了。

她仰头靠在椅背上,两手抵住眼角,用力往下一搓,噘嘴做了个丑脸。罪恶感有一点,但不多,毕竟她还有要事在身。

拿上手机提前收工,骑上她心爱的小摩托,在头盔都挡不住的冬日冷风里,赶到了江医三院。

停好车,她狠狠打了个寒战,开始认真考虑要不要给摩托车加个挡风披,但瞥一眼旁边小电驴上土土奔拉着的黑色挡风棉,彭婠之在丑和冷之间义无反顾地选择了冷。

裹着羽绒服走进去,在一楼大厅取了号,按照单子上的指引,口腔科在八楼。

江医三院是综合性医院,对于口腔分类不会那么细,也就一个口腔全科,但彭婠之只是拔智齿,用不着什么高精尖的技术,而且重点是,江医三院是定点三甲医院,她拔智齿能走医保。话说现在拔智齿可贵了,上次点点说,她拔一颗牙花了1800块。

被人流挤着上电梯,到了八楼,根据指示牌走到右半层,在电子分诊器上刷二维码报到,然后就等着叫号。

工作日的下午,来医院看牙的人不太多,还没刷完微博评论,就听到了她的名字:"彭婠之,2号诊室。"

长卷发往后一抛,不紧不慢地走进去,也没扫诊室外部的屏幕信息,只看到一个"2",就在门外坐了下来。

依然是埋头刷手机。再一次听到她的名字，等里面的人出来，彭婠之把手机放下，拿出挂号单和医保卡，坐到医生办公桌的侧面。

扣好包，她抬头，是个女医生，背对着她躬身在饮水机前倒水。

"看什么？"

彭婠之做了多年的配音导演，听过全江城最好听的声音，听过全江城最值钱的声音。所以她很轻易地就捕捉到了这把既好听又值钱的声音，略单薄，自带破碎感，配清冷自持的"人设"时能够表现出远离人群的孤独，配柔情似水的"人设"时能够表现出不被爱的落寞和脆弱。

除了纪鸣橙，圈里没有第二个了。

果然，医生转过身来，一手端着被网友视为"铁锤"的保温杯，一手揣在白大褂的兜里，黑亮的头发朴素地圈在脑后，脸上戴着一副细框眼镜。

纪鸣橙长得很文静，小鼻子小嘴唇，眼睛倒是不小，不过被镜片藏起来，少了一点顾盼神飞。

她习惯空落落地发呆，或者说思考，眼角垂下来，就显得有一点滞后感。用彭婠之的话说，就是不大聪明的样子。但她的五官很神奇，有一种包容性，能够把一切气质打散，就那么干干净净的一张脸。因不懂穿搭而带来的老土感在她的领口处戛然而止，总之到不了她的面部。她整个人永远是冷色调的，永远是"过时"的。

纪鸣橙看到彭婠之，一怔，抬手曲起食指，顶了顶眼镜，问她："怎么是你？"

彭婠之干笑一声："该我问怎么是你吧？"

"你不是在那个什么……"她拧眉想了想，"江大口腔医院吗？"专科医院啊，做正畸的，圈儿里都知道。

"年前跳槽了。"纪鸣橙低头抿一口热水，坐下，不想再看彭婠之，好像也并不想多说。她对着电脑装模作样地敲了两下，又问她，"看什么？"

嘶……

公事公办的样子，没打算老熟人寒暄两句，也没打算就日前的风波解释两句。

"拔牙。"

"牙坏了？"纪鸣橙依然盯着屏幕敲键盘，彭姁之够了够脑袋，很怀疑需要敲这么多字吗。

"不是，拔智齿。"

"左边右边？"

"左边。"

"之前拔过吗？"

"拔过一边。"二十四五岁的时候。

"这颗长出来了？"

"没有。"彭姁之伸舌头，又舔了一下，确实没有。

"那你怎么知道是智齿？"

"啊这，"彭姁之惊呆了，"它肿啊，疼啊，牙疼，疼好几天了。"

"可能有别的病变呢？"纪鸣橙拧眉，对着电脑屏幕，"医保卡。"

彭姁之开始冒汗了，别的病变？

把医保卡递上去，纪鸣橙低头扫一眼，彭姁之伸手捂住："你别看啊。"

"嗯？"纪鸣橙终于转过来，隔着镜片对上彭姁之的脸。

"那个，拍得有点丑，我那天没化妆来着。"证件照，谁不知道咋回事儿啊，非得让人说出来。

纪鸣橙果然没看，也不感兴趣的样子，把卡反扣过来，在机器上一扫。

"先拍个片儿吧，既然你知道在哪边，拍个小牙片，确定一下位置和方向，再来拔。"纪鸣橙的声音和打印机打单子的声音混在一起，但还是很清晰。

"哦。"彭姁之收回医保卡和单子，见纪鸣橙没别的事了，于是站起身往外去交费。

纪鸣橙端起保温杯，又喝了一口。

"下一个。"她右肩往上一抬，有点酸，略微活动了一下。

二十分钟后，彭姁之又回来了，等就诊的患者打完单子才上前，又在侧面坐下。

"拍好了，"她说，"医生说你这用电脑就能看。"

纪鸣橙不置可否，几个弹响打开彭姁之的片子，眨了眨眼，定了两秒，才转头看她。

"没有智齿。"没有,牙根都没有。

彭婉之"蹭"地一下站起来,就着她的电脑屏幕仔细看。小牙片拍单边,只能看到她左侧的几颗后牙。

"嘶……我刚说的哪边来着?"

"左边。"

"我好像疼的是右边。"左边拔过了。

纪鸣橙只顾喝水,没发表任何意见。

"那个……你再给我开一张单子,我再去拍一次吧?"彭婉之斟酌着给建议。

"可以。"

彭婉之一边暗自哀号着,一边又马不停蹄往收费处赶。

再回来又是半小时,但2号诊室已空无一人。

彭婉之把着门口张望了一会儿,拉了过路的小护士问:"纪大夫呢?"

护士看一眼门口的就诊信息:"纪大夫下班了。"

彭婉之愣在当场,半天回不过神。

02

纪鸣橙又"塌房"了。

事情是这样的,那天她下班后,在休息室换好衣服,坐医护人员电梯下楼,来到门诊部旁边的非机动车停放处,骑上装着挡风披的白色小电驴,穿过两个红绿灯,到达家里。和往常一样。

她有驾照,也有代步车,但她不爱开,因为在医院停车位是靠抢的,有这时间她不如多睡五分钟。

她厌恶堵车,厌恶排队,厌恶一切浪费时间的活动,不是因为她的时间很宝贵,是因为,她认为所有人的时间都很宝贵。因此近的地方她骑小电驴,远的地方就打车,永远不会遭受费时费力寻找车位的困扰。现在的医院离她住的地方就很近,也正是因为这样,她选择了跳槽。

当然,还有一点别的原因。

纪鸣橙现在住在一个十年前建的小区,楼龄上看算老小区了,但在江城,有高层有电梯有还算漂亮的外立面和绿化,就已经很算不得"老

chapter one

房子"了。

更何况她的房子是现在拿着几百万都买不到的方正型板楼,一梯两户,南北通透,在人口密度如此大的一线城市,"鸽子笼"都算常态,好一点的就是塔楼,像她这样住得稀疏松散还能享受四时光照的全明户型,那叫一个奢侈。

不是土豪,就是土著。

纪鸣橙家是后者。

她爸是大学教授,她妈是医生,俩人都是江城人,从爷爷辈儿起就扎根在这个地方,虽然没有刻意追逐过户口红利,但老房子总归要拆迁几次。一来二去,家底就莫名其妙地丰厚了很多。

但她家向来节俭,没有什么大手大脚的习惯,而且拆迁款毕竟算"横财",突如其来得不够家人培养起"有钱人"的自我认知,当然,纪鸣橙的父母也清高得根本不屑于培养这种认知。所以她爸妈还住在江医家属院儿的老房子里,六楼,没有电梯,水泥面,买个菜回去熟人能打一路的招呼。也快拆了。

但"塌房"不是这么个塌法。

扯远了,说回来。

这天纪鸣橙在车库停好车,充上电,坐电梯回到家,先没有开灯,而是去洗了个手,仔仔细细用餐巾纸擦了,才按下客厅的灯。坐到沙发上,没有像往常一样打开电脑收邮件准备写论文,而是把手机横过来,确认游戏已经更新到最新版本。

如果她爸妈看到这一幕,估计要大跌眼镜了,因为纪鸣橙从来不打游戏,她的爱好可能也就是看电影、看书和弹钢琴。

这次情况特殊,因为她接了一个游戏的配音,那游戏没什么人气,为了宣传,对方拜托各个配音老师直播玩一玩游戏,吸引人的嗓音或许能让游戏看起来好玩一点吧,大概。

纪鸣橙其实没有玩过,但她那天在报纸上看到一个案例,说是现在明星代言都要先试用产品,否则算是欺诈消费者。

虽然配音和代言没什么关系,但她突然有了一点社会责任感。于是就答应了直播。

为了这场直播，她练习了一周，对于智商高手速也快的人来说，这种游戏根本不算什么难事。

又倒了一杯水放在手边，看一眼时间，晚上七点，直播时间到了。

纪鸣橙的C站（一个直播平台）号是上个月才开的，没什么粉丝，原本以为观看人数会很低，但出乎她的意料，才刚开播，人数就实打实地破了千。

这当然不是因为纪鸣橙红了，而是因为她"黑"了。

风波之后第一次亮相，还是难得的直播，彭婠之的粉丝和互联网闲人都不约而同前来围观。

观众还是很有素质的，没有骂她，就仅仅是围观。甚至连公屏都没刷几个，就静静看着她。

看着她在直播开始后的十五分钟，还在不熟练地根据教程把手机屏幕投影到直播间，又花了十五分钟，解决了自己和游戏音效不能同时出声的问题。

终于有彭婠之粉丝忍不住了，发了一句："啊这……"

本来是准备去骂她的，最后竟然想钻进屏幕手把手地教她怎么直播游戏。毕竟这直播要是开不起来，他们也不好趁乱开火不是？

纪鸣橙慢腾腾地捣鼓，在直播间人数上了三千的时候，终于搞定。

她一手掌着手机，活动了一下右手的手指，再看一眼电脑上她的C站直播间成功地出现了整个游戏界面，于是清了清嗓子，说："不好意思，久等了，我们现在开始吧。"

弹幕开始刷屏，纷纷说"好的"。不知道为啥，连蹲守的黑粉都有种苦尽甘来的感觉。

令所有人都没有想到的是，和刚才跟电子设备奋战的样子截然不同，纪鸣橙打游戏还真挺帅的，她用了一个灵活度高操作性强的角色，在地图上极限走位，行云流水，收人头收得一气呵成。观众震惊了。

"演的吧。"有人趁乱发弹幕。

等待复活的间隙，纪鸣橙轻轻咳嗽一声，端起保温杯，又喝了一口水。第一局打得顺风顺水，第二局纪鸣橙决定选一个防守型的角色，正在发着蓝光的角色头像间滑动，抿着嘴唇仔细挑选，突然弹出了微信消息。

chapter one

纪鸣橙推了推眼镜。向来没什么人找她,她也就不记得开勿扰模式,消息内容也向来没有设置过隐藏。

是一个叫作"恐女几娃"的微信好友发来的。

"纪鸣橙。"

"在?"

"看看片儿。"

直播间炸锅了。

纪鸣橙又"塌房"了。甚至后续都没有人再关注她游戏打成什么样,而是迅速在论坛起了高楼。

"纪鸣橙还有一个恐女的小团体,还给她发片儿!!!"

"好恶心啊,这语气是没少看吧。"

"天啊……纪老师平时看着仙气飘飘的,私底下这么猥琐啊……我这次是真的'塌房'了。"

"笑死我了,一周塌两次,拆迁办都没这么快,纪鸣橙这是彻底摆烂了吧。"

无声的网络硝烟中,纪鸣橙仍在有条不紊地打着游戏。但那位"恐女几娃"女士,成了热锅上的蚂蚁。

"老天!我不知道她在直播啊,我真不知道啊!而且我也不知道她不开勿扰模式啊!我更不知道她微信内容不隐藏啊!!!"彭婉之要抓狂了,在客厅里叉着腰转圈圈,对着对话那边的苏唱一阵哀号。

"我就是回到家,收到条短信说可以线上查看牙片了,我就下载下来,准备让她帮我看看。"还特意发了个俏皮一点的表情,好糊弄过去,不让纪鸣橙发现自己是在找她加班。

"所以,恐女几娃是你?"苏唱轻轻问。

什么时候改的?以前不是叫 zZ 吗?

"对啊,那天因为你们改的啊,恐你们几个一起抱团的女娃了,不行吗?"

电话那头沉默了。

彭婉之的语气软下来:"那……那像纪鸣橙那样不备注的同事,也是少见啊……"

022

她听见苏唱叹了一口气。

彭婠之觉得很头疼，这个名字确实不能曝光，要是曝光，她恐女的帽子算是坐实了，跳进黄河都洗不清。又不可能说，都是 nili 苏唱向挽晁新在我面前组团嘲笑我，我受不了了，我骂她们呢。哦，那她该死无全尸了。

唯一的生路，就是纪鸣橙帮她扛了这口锅。

挂了电话，她打开微信对话框，贼眉鼠眼地、做贼心虚地编辑着消息。

"别卖我，求你，纪老……"

"咻"的一声微信消息。对话框更新了。

"阻生智齿，找个时间来拔了吧，不痛的时候。"纪鸣橙说。

彭婠之其实还想和她说点别的，呃……比如关于"恐女几娃"的事，但看纪鸣橙的语气，好像她并不在意，或者说，难道她不知道？

彭婠之决定试探一下。

"平时上网吗，老纪？"称呼带一点亲昵，心虚嘛，是这样的。

纪鸣橙没回她。

彭婠之撑着下巴，有没有可能，是把她叫老了？她为人虽然老气，但也不好这么直接吧。想了想，彭婠之决定打电话。

第一个电话打过去，被挂了。

彭婠之心里咯噔一声，火就上来了，怎么还挂电话呢？有几个人敢挂她彭婠之的电话？

第二次打过去，对面接了，没说话。

彭婠之清清嗓子，率先开口："是我，小彭。"话一出口，有点后悔，刚叫人老纪，反手一个小彭，显得挺故意的。

果然，纪鸣橙先是沉默了一下，然后开口说："你比我大。"

"啊哈哈哈哈，是吗？"好尴尬，彭婠之干笑两声，"我咋记得咱俩同一年的呢？"

"你四月，我十月。"

咦，记这么清楚？彭婠之扭了扭脖子，跟她解释："不是咱俩谁大的问题，就是一种，尊称。"

"你。"对面只说了这一个字，然后是两声底噪，再接着道，"尊敬我？"平铺直叙的语气，好像也没什么好惊讶的。

那倒也没有。

彭婠之觉得这气氛也太尴尬了,怎么会有这么话不投机的人呢?她平时会聊天吗?

想了想,上次好像是一个剧组聚餐,刚好坐在一起,彭婠之说这里的鲜榨橙汁还不错,纪鸣橙喝了一口说是浓缩汁调的。

再上次,一个线下漫展,彭婠之和苏唱打着电话碰头,苏唱说看到她了,彭婠之扒拉着蓝牙耳机笑问自己穿得好不好看,只见迎面走来的纪鸣橙愣了愣,说:"过了一点。"

然后一整个漫展,彭婠之都在抱着胳膊想,自己穿红色吊带裙是不是太张扬了。

"你有什么事吗?"或许是彭婠之沉默太久,电话那头的纪鸣橙拉回了她的注意力。

"哦,那个,就问你上不上网。"

又是五秒的沉默,对面才不确定地反问:"你是指,因特网的那个'网'吗?"

好搞笑啊,彭婠之要尴尬到冒烟了,得有二十年没听过"因特网"这个词了吧!

"是。"纪鸣橙叹了一口气,委婉地说,"我接过很多网络配音。"

对哦,她不是网络配音起家的吗?彭婠之有点受不了了,纪鸣橙的语气,好像电话对面是个弱智。"咳……嗯……"彭婠之干咽一口口水,感觉耳朵有点红了,又要装作风轻云淡,甚至还很有信念感地抬头看了看风水,"你平常,上论坛什么的吗?"

"哪个?"

"胡椒。"

"偶尔。"

"知道那个说咱们配音圈的版块吗?"

对面轻轻提了一口气,欲言又止,然后喝一口水,说:"如果你想问'纪鸣橙竟然有一个恐女小团体,还在给她发片儿'这件事,我知道。她的私信是开放的,这类事件很难不知道。"

"哇。"彭婠之轻轻感叹一声。

"嗯？"

"你竟然连标题都背下来了。"难以置信，这就是博士吗？还是说……她已经在心里对自己恨之入骨了。

"你想找我聊的，是关于我会不会背标题这件事吗？"纪鸣橙嗓子稍哑，听起来有些累了。

彭婠之又从胸腔自发地蹦出一串银铃般的笑声，笑过了，才说："看你这话说的。"语气有点娇嗔，纪鸣橙有点不适。

彭婠之在沙发上翻了个身："那你打算咋办？"

纪鸣橙好像翻了一页书，没说话。

"喂，说话。"

"不太礼貌。"

"哈？"彭婠之愣了，"你有什么直说啊。"

那边叹一口气："跟你有什么关系？"

好家伙，确实不太礼貌。

彭婠之火都要上来了，纪鸣橙好像在说，跟彭婠之还没熟到要当好朋友聊八卦的地步，但她以为彭婠之想吗？她这不是怕这姑娘被骂得太狠，一个冲动怼上微博，说是彭婠之找我看牙片吗？然后"恐女"的帽子就跟击鼓传花似的交到彭婠之手上，纪鸣橙轻蔑一笑——轮到你了。

最可怕的是什么？是回旋镖，前几天自己粉丝骂纪鸣橙"滚出女性向作品圈"的话，恐怕要全部还到自己这个"恐女"身上。

想想她鸡皮疙瘩都要起来了。

没办法，还得服软。

彭婠之打定主意，捏了捏嗓子："咋这个语气啊？咱俩认识也都十多年了，你不记得啦？那时候，你还跟我搭话来着，说心疼我穿那么高的高跟鞋，让我跟你穿坡跟。"

"然后你给周泠发微信，说锯了你的腿都不会穿。"

尴尬了。彭婠之眨眨眼："她卖我。"

"我看到你聊天界面了。"

"……你咋还偷看人聊天呢？"彭婠之心虚了。

"没有偷看，"纪鸣橙说，"当时周泠发了一张你喜欢的男明星的签名照过来,你大叫一声,喊我看的。"然后把图片点回对话框时,纪鸣橙的视线还没有挪开,看到了上方的聊天记录。

两个人又沉默了十来秒。最后还是彭婠之先开口:"年轻的时候,不懂事,确实不懂事。"对面没反应,她又用尽可能软而真诚的声音说,"对不起。"

她以为纪鸣橙不会再说了,但下一刻让她想不到,对面用不熟练的语气叫她:"彭婠之。"

"啊?"

"你该说对不起的,只有这一件事吗?"

"啊啊?"她傻了。

回应她的只有一丝毫毛一样的气息,差点就没被捕捉到。

"那个……"彭婠之挠了挠头,"就前两天吧,我的粉丝确实骂得有点狠,但我那时候上工呢,你知道的,你可以去问风哥,确实,也就没顾上。"

又是一个介于呼吸和叹气之间的气息,纪鸣橙没打算开口。

"所以,"彭婠之耍了个心眼儿,以退为进,"其实,你要是想把我微信消息记录发出去,做个澄清,我觉得也是应该的,嗯……她们骂我就骂我吧,反正我也活该。"

故意说得有点可怜,她抿抿嘴,"啧"一声,又说:"我挨骂没关系,反正你该咋样咋样,毕竟,也是说事实嘛,应该的。"

"你那啥,给我头像打个码就行,要不可能会有人骂你暴露人隐私,不懂得尊重人了。"说完又补了一句,"哎,你发了以后我再转发一下吧,大家就知道你征求过我意见了。"

她觉得自己这儿兵荒马乱的,但竟然听到了一个诡异的声音。

彭婠之眨眨眼:"你刚刚笑了?"笑了?!好想骂街啊,她在这儿装可怜呢,纪鸣橙突然笑了是什么意思啊?看出来了,觉得她可笑?

"纪鸣橙你笑了是啥意思啊?"彭婠之眯着眼睛,一字一顿地压着火,"我跟你道歉你笑了是啥意思啊?你是不是看我絮絮叨叨跟个小丑似的啊?你是不是想说我根本不是诚心的,我演戏呢啊?我犯得着跟你演戏吗纪鸣橙,我彭婠之向来敢作敢当,你要发澄清我有什么好怕的啊?我怕过谁啊真的是搞笑了!"

纪鸣橙耐心地等她说完，才回："我没笑。"

"啊？"

"我刚刚有一点鼻塞。"果然鼻音重重的，对方又吸了吸鼻子。

天爷……好像自爆了呀，彭婠之回想自己刚才的炮火。博士欸，自己这么明显，以她的智商肯定能听出来吧？彭婠之叹了一口气，觉得这回完了。

正想找个借口挂电话，突然听见电话那头问："你还痛吗？"

"啥？"

"智齿。"

"不痛了。"

"明天来拔吧。"

彭婠之有点转不过弯："明天……挂不上号啊，起码得下周了吧。"她回想自己在微信预约的时候，第二天肯定是约不到的，都这个点儿了。

"你在跟一个医生打电话。她叫你明天来。"纪鸣橙说了这两句，就不打算再解释了。

彭婠之回过味儿来，乐了："你要给我加号？"哇，她有点兴奋，以前求着医生让加号，没一个理她的，多少感觉到自己有点人脉了。"哇，可以啊老纪，不枉咱俩认识这么久。"

纪鸣橙没理她，挂了电话。只不过因为下周起她要休年假了，想尽快解决掉彭婠之这颗牙罢了。尤其她休假是回家陪父母，不想再在某个夜晚收到"恐女几娃"发来的"看看片儿"了。

网友的误解当然不重要，但她妈有心脏病。

03

江城的天气永远都那么好。可惜，彭婠之睡到下午才起来。

因为她很贴心，她想着，加号嘛，那肯定是加到最后咯，总不可能去插别人的队，虽然她是"关系户"，也不好这么嚣张吧。所以，她是压着纪鸣橙下班的点儿去的。

熟门熟路地到了口腔科，在排排坐的候诊病人的目光中走到2号诊室，突然觉得有点不太好，像做了什么错事一样。彭婠之这个人有点虚张声势，外表看起来雷厉风行说一不二，但实际有点怂，特别会看眼色和风向，特

chapter one

别有危机意识,也特别爱自我攻略。

拿她的好友苏唱举例子,彭婠之私底下是可以直接骂苏唱"你要死啊"的人,但是在微博和线下,她总是对苏唱笑靥如花,甚至可以亲手把瓶盖拧了,给苏大小姐递过去。识粉丝数者为俊杰,彭婠之总是这样说。

最近因为纪鸣橙的事,彭婠之像被捏住了尾巴的小耗子一样,总觉得自己亏心,因此多少有一点惊弓之鸟,很怕一不小心,自己的什么事儿给曝光喽。

鬼鬼祟祟地,趴到诊室门边,扒拉着门框,探出个脑袋悄悄叫了声:"纪医生。"

没有纪医生。彭婠之左看右看,真的没有。抬头,就诊信息的屏幕已经清空了,彭婠之很恐慌,想起上次小护士说——纪大夫下班了。不好,她站直了,低头掏包拿出手机给纪鸣橙发信息。正点开微信对话框,后面一把人声响起:"你干吗呢?"

转头,纪鸣橙穿着白大褂,双手插兜,静悄悄地看着她。

"我看你不在啊,"彭婠之说,"怕你下班了。"

"我是已经下班了。"

"啊?你几点下班啊?"

"四点半。"

啊这……现在已经五点半了。彭婠之套近乎:"你们医生这么早下班的啊?"

纪鸣橙很无语,上次彭婠之四点二十第二次进来开单子,交费加上排队差不多半小时能做完,也就是说,至少她能推断出四点五十这个诊室已经人去屋空了,但她却还是坚信纪鸣橙五点半下班。

脑袋好像是个装饰一样。纪鸣橙揉揉酸痛的脖子,绕过彭婠之进屋洗手:"拔阻生智齿是吧?"其实她对彭婠之的情况很清楚,但可能是职业病,就诊之前喜欢随口再确认一遍。

彭婠之点头,挎着包跟她往里走。

"躺上去。"纪鸣橙指了指一旁的牙椅,埋头看彭婠之的牙片分析阻力,然后戴上检查手套,"你,要抱着包?"

"不能抱着吗?"彭婠之躺得很乖巧。但纪鸣橙觉得她好像在给自己加戏，因为偏头的样子，有那么一点弱不禁风。

"随你，"纪鸣橙打开灯，"张嘴。"

"啊——"彭婉之开始发声。纪鸣橙拿上两只棉签，简单检查了一下，等跟台护士进来准备好东西，给她换无菌手套。彭婉之眼睛有点酸，看着护士把器械放置到操作台上，再看一眼纪鸣橙冷静的眼神，觉得有种"人为刀俎，我为鱼肉"的感觉。

"我能不能问你一个问题，趁我还能说话。"彭婉之说。

"嗯。"

"我有蛀牙吗？"

纪鸣橙一愣："大部分人或多或少都有一点。"

那就是说有。彭婉之舔了舔自己的牙齿内部，明明已经够注意口腔卫生了。突然想到牙医这么清醒是不是也挺苦恼的啊，她们会跟人接吻吗？接吻的时候会想到这个人有没有蛀牙，有没有牙菌斑吗？可怕哎。

纪鸣橙又看了一眼一旁的片子，然后俯下身，又让彭婉之张嘴，用碘附给拔牙区消毒，接着打下牙槽神经阻滞麻醉。

好痛，针头穿过软组织，彭婉之忍不住缩了缩眉头，往后一撤。

纪鸣橙偏头轻声说："别动。"彭婉之眨眨眼，不敢动弹地看着她，又见她收回手，说："等半边舌头和半边嘴唇麻了，你告诉我。"

彭婉之张着嘴，"啊"一声点点头。突然看到纪鸣橙嘴角往下撇了撇，但眼睛微微一弯，一个不明显的笑。

"现在可以闭嘴。"纪鸣橙说。护士示意彭婉之用牙椅旁边的水漱漱口，彭婉之漱完又躺回去。这种感觉很奇妙，纪鸣橙明明很土，土得彭婉之从前都不把她放眼里，但现在彭婉之躺在她的诊室，躺在她的专业里，纪鸣橙居高临下地看着她，好像彭婉之是个什么玩意儿一样。但这样的感觉只是一瞬间，和纪鸣橙的笑一样短促。

她偏头，看一眼墙上的挂钟，五分钟了。

"麻了吗？"

彭婉之动了动舌头："麻是麻了，但有个问题。"

"什么？"

"我要怎么确认它是麻了二分之一，还是四分之一呢？"

chapter one

"噗。"护士忍不住了,捂着嘴笑。

纪鸣橙有点无奈:"张嘴。"

"啊——"

"你每次张嘴都一定要配音吗?"纪鸣橙皱了皱眉。

啊这……彭婠之人麻了。按理说,这个音应该医生配啊,让病人张嘴的时候,医生不是都应该说"啊——"吗?

纪鸣橙伸出食指,按了按彭婠之的右边舌侧:"有感觉吗?"

"没有。"彭婠之含含糊糊地说。但纪鸣橙的手指碰到她的脸旁时,有,酥酥的,痒痒的。

再捏右侧舌尖:"这儿呢?"彭婠之摇头。

"嗯,可以拔了。"纪鸣橙收回手,准备拔牙器械。

但彭婠之觉得这事很微妙,如果是一个不认识的医生,那她肯定不会想太多,但这是认识了十多年的纪鸣橙,用手鼓捣她的舌头,还挺好玩的,哈哈。

阻生智齿彭婠之知道的,要把牙龈切开,把牙齿捣碎了弄出来,相当于一个小手术了,因此一旦开始拔牙,她就很紧张,闭上眼没敢看。

视觉一被遮挡,别的感官就被放大,所以她很自然地闻到了一阵不冒犯的冷香,略有压迫性地扑面而来,压在她的鼻端。

她听见纪鸣橙放轻了嗓子说:"尽量把嘴张大,越大越好,不要闭,不要怕。"

"不要怕"三个字说得很温柔,让彭婠之有一点晃神儿,这还是纪鸣橙吗?思绪都像被打了麻药一样。不过牙医是这样的,她之前遇到的牙医,都很温柔,可能是哄小朋友哄习惯了,工作状态安抚病人的情绪特别得心应手。哪怕纪鸣橙再嫌弃她,职业操守也没有丢。

纪鸣橙拔牙的技术和她打游戏的操作一样行云流水——分离牙龈,去除冠部阻力,拔出牙冠和挺松牙根都做得细致又顺畅。

彭婠之也不知道她在干吗,只感到有类似于锤子和电钻一样的东西在自己的口腔里疯狂舞动,她感觉不到疼,但有其他的触觉,很奇妙,她越紧张,嘴就越是张大,到最后感觉都要脱臼了,口水也兜不住了。

不能在纪鸣橙面前流口水啊,她有点慌,那她不得嘲笑自己一辈子。

但是这事儿由不得她。

如果不是护士帮忙吸掉血水,她的口水可能已经流了纪鸣橙一手了。心里默默叹了一口气,傻了吧彭娴之,还以为遇到个熟人加号多威风呢,这下好了,朋友圈里一辈子的黑历史。

一面叹气一面悲怆地想了挺久,终于结束,纪鸣橙取出碎牙,给她刮干净,复位牙槽骨,最后消毒上明胶海绵,然后缝针,给她的患处塞了一块海绵。

"好了,咬住啊。"纪鸣橙撤开身子,彭娴之坐起来,脑子里"叮"了一下。纪鸣橙这个人说话,是几乎不加语气词的,跟嫌弃多说一个字浪费时间似的,所以"咬住"后面跟个"啊",就有了那么一点诡异的柔和,哪怕她的神情还是很冷淡。

彭娴之看着她换手套,洗手擦手的侧脸,觉得她这人其实还不赖。被自己害成这样,也没多说什么。

看起来,自己之前推断的"纪鸣橙嫉妒彭娴之"这个结论,要打个大大的问号了。

那么,她为什么要给自己发那么多私信呢?

奇怪。

彭娴之决定请纪鸣橙吃饭。一是因为探究,求知欲上来了;二是毕竟人家给加号了,还等了她一个小时。于是等护士出去之后,彭娴之从牙椅上蹭下来,转悠到面向柜子的纪鸣橙旁边。

"哇!你干吗呢!"彭娴之吓了一跳。柜子上一张餐巾纸,上面摆着好几颗碎牙,带着血,看起来怪恶心的。

纪鸣橙瞥她一眼,指指左下角一颗:"这是你的。"

彭娴之汗毛都要竖起来了:"你拔了牙之后,还要集了每位患者的牙齿,在这玩拼图啊。"狭长的凤眼眯起来,她没来由地想到了影视剧里那种恐怖的情节。毕竟,这也是她牙齿的"尸体"。突然不想请纪鸣橙吃饭了,好变态啊她。

纪鸣橙的手指在柜子边缘克制地一滑:"拼牙齿,是为了检查拔出来的牙是不是完整,有没有碎片还留在你嘴里。"

原来如此。彭婉之心虚地包住嘴，动了动睫毛，看了两眼，也不那么恶心了，于是来了兴致，凑近想看一看自己的牙。

刚凑过去，纪鸣橙却眉头一皱，脸往后退，警惕地看着她。

这反应……不对啊。彭婉之心头疑虑四起，咬着棉球，眼神在睫毛下一滑，然后动了动脖子，再把脸往前送了送。纪鸣橙再撤几寸。

彭婉之心里百转千回。

纪鸣橙竟然做了一个防范动作，用手心儿对着彭婉之，五指微微垂着，眼神带着防备。

"你有病吧纪鸣橙！"彭婉之炸毛了。

"你这啥动作啊你这。"彭婉之心里都在发抖了。

"你至于不至于啊！你人是古板了点，但也不至于这么应激吧！你这一副惊恐的样子给谁看啊？我是能打你还是怎么？你清醒一点，被打了麻药的是你姐姐我，不是你！"彭婉之气得血水直冒。

纪鸣橙的手动了动，但还没放下来，小声跟她说："咬住。"

"哈？"

"棉球，咬住，止血。"

"哦。"彭婉之又用舌头把棉球顶回去，死死咬住。哆哆嗦嗦地伸出一个手指，晃悠两下，示意纪鸣橙把手放下来。不然彭婉之虽然说不了话，但可以动武。

纪鸣橙被彭婉之身残志坚的样子狠狠威胁了，顺从地放下手，把一旁打印着注意事项的医嘱单子挪到地面前，就准备收拾东西回家。

"哎！"彭婉之歪着嘴，咬着棉球喊她。纪鸣橙侧头，柔顺的长发在背后起了弯弯的弧度。

"你晚上有事儿吗？"

"没有。"纪鸣橙说。

"咱俩去吃饭呗。"彭婉之口水突然流下来了。

纪鸣橙看着她下巴上的哈喇子，神色很复杂。递了张纸给她，纪鸣橙没说话。

"不打你，感谢你。"彭婉之一边擦，一边说。她看见纪鸣橙又抬手了，不过没有再防备，而是用手背轻轻碰了碰鼻尖，低头扬了扬嘴角。这回的笑要大一点，长一点，她的睫毛听话地垂下来，跟着笑意颠了一颠。还挺好看的……

彭婠之歪头看她，突然觉得她要是打扮打扮，再化化妆，还挺有古典韵味的，带点柔弱的那种。

纪鸣橙又曲起食指，顶了顶眼镜，问她："吃什么？"

"麻辣香锅，我好馋啊。"彭婠之说。

纪鸣橙抿抿嘴，指一下她手上的单子："我建议你说之前先看看注意事项。"也建议你说之前，先启动一下待机时间过长的脑子。

彭婠之突然觉得有点奇怪，这个麻药是不是真的影响记忆力啊，自己怎么说着说着老忘记嘴里有个窟窿这件事呢。

"那，喝粥？"她妥协。

纪鸣橙点点头，把白大褂脱下来，挂在衣架上，然后拿上羽绒服，等彭婠之也穿好外套，俩人一起下楼。

看到自己拉风的摩托车，彭婠之就有点骄傲了，想说让纪鸣橙坐她后面，姐带她开开眼，但纪鸣橙说不必了，她也骑车了。

然后彭婠之就很郁闷地用乌龟一样的速度跟在绑了挡风披的纪鸣橙的小电驴后面，摩托车尾气一顿一顿的，连排气管都觉得憋屈。

原来被彭婠之吐槽丑的那玩意真的是纪鸣橙的，看她熟练地把手伸进袖筒里，彭婠之都要疯了。

到粥店前停下，纪鸣橙把小电驴放在非机动车停靠处，又等着慢悠悠赶来的彭婠之甩了个尾，神色冷酷地靠到一旁。

纪鸣橙把手揣兜里，高领毛衣裹着她纤细的脖子，突然若有所思地开口："你冷吗？"

"不冷啊。"彭婠之撩了下刘海。纪鸣橙看着她冻得跟褪色的胡萝卜一样的手，点点头。

等纪鸣橙转过身，彭婠之缩起肩膀嘶声搓了搓手，跟着她走进店面。她看起来像常来，店员都是相熟的，也没看菜单，只点了一碗皮蛋瘦肉粥，然后等着翻菜单的彭婠之点菜。

"牛肉滑蛋粥吧。"看了一圈儿，实在没什么胃口。

chapter one

又让纪鸣橙加几样,好歹是她的感谢宴,虽然情况特殊只能喝粥,但排场要有。于是又加了糯米鸡、豉汁蒸排骨、蒸凤爪,还有彭婠之最爱的阿华田漏奶华。

这道甜品很甜很甜,纪鸣橙几乎是看着就觉得腻了,所以她从来不点,但彭婠之偏偏很喜欢。

她小心地送入左边口腔,用一侧的牙齿嚼,觉得麻药可能要退了,因为她已经感受到右边牙龈处隐隐作痛了。

纪鸣橙吃饭很安静,也没有看彭婠之一眼,低头认真地喝着粥,甚至连手机都不玩。

彭婠之越看越觉得,有没有必要介绍向挽给她认识,俩人认个亲。太尴尬了,她俩跟中午食堂碰见了不得已拼桌的陌生人似的。

这叫吃饭啊?于是她绞尽脑汁找话题:"我觉得我有点痛哎,是不是麻药劲儿要过了。"

"是会慢慢疼起来的,可能还会肿。"

"那要是痛得受不了,我是不是可以吃止痛药啊,哎你给我开止痛药了吗?"

"开了。"

"那哪种痛是正常的痛呢?我怎么知道这个痛是不是在正常范围呢?我怎么知道它有没有异常的炎症呢?你知道,每个人对疼痛的感受力和阈值是不一样的,什么症状能让我觉得它是在正常回复呢?"

"彭婠之。"纪鸣橙放下勺子。

"啥?"

"你不是拔过牙吗?"

……对哈。"那时候二十四五岁吧,多少年了,早不记得了,而且我现在身体又不比当年了,咱们这行昼夜颠倒的,抵抗力差啊,这身子骨是一年不如一年。"彭婠之叹气,"再说,我当时拔的可不是阻生智齿,这个看起来厉害很多。"

"按我的经验,"纪鸣橙顿了顿,"话多会比话少更痛。"

不,不用经验,是常识。彭婠之闭上嘴,暗自腹诽。

"想问什么就问吧,不然钱白花了。"纪鸣橙喝一口粥,轻轻说。前面铺垫话题的疼，也白受了。

好家伙，彭婠之心里跟水泵似的被抽了一把，想要疯狂出拳，又知道肯定会打到棉花上。这女的真的太能让人抓狂了，一会儿让她闭嘴，一会儿让她赶紧说。

但彭婠之还真的就不能不说。于是她把手交叠在桌子上，准备单刀直入："你给我私信那么多，是干吗呢？"

"剧评。"

"废话，谁不知道是剧评啊，但我的广播剧，跟你有关系吗？你平常也不评别的啊，再说了，你没我微信吗，没我电话吗，你为什么要注册一个小号来私信我？"

"首先，"纪鸣橙推了推眼镜，"那不是小号，只是我的生活号，记录花草的长势，没有隐瞒过，也没有什么见不得人的。"

这……然后呢？

"其次，作为一个已购买剧集的听众，我有权利以任何渠道，在不人身攻击和口出恶言的情况下，反馈自己的听后感。而你的微博号正以导演的名义进行广播剧宣传，应当承担起一部分受达听众反馈的义务。"

"这是我购买剧集的页面。"纪鸣橙把自己的手机推过去，让彭婠之看。"而且，我们私下没怎么聊过天，我忘了你微信号是什么了。"现在记住了，恐女几娃。

彭婠之听得一愣一愣的，感觉好像挺有道理的样子。

"那，你会听这个剧？"她还是难以相信。

纪鸣橙把手机拿回去，点头："我是书粉。"

"书粉？"这两个字又在彭婠之脑子里百转千回。

纪鸣橙第二次把手机推过来，是一个 QQ 群聊界面："书粉群，我是书粉。"

彭婠之的心在哆嗦了，她难以想象，纪鸣橙这样的人，会每晚回去对着这样的网络小说傻笑。想想实在太变态了，比她用患者的牙齿玩拼图还要变态。

"你，你看言情小说啊？还加群。"彭婠之不自觉放轻了嗓子，变得温柔，很缠绵，目光还带着一点怜悯。三十多岁的人了，当书粉，加群，

chapter one

还是考据粉,一条条给她对原文。突然开始回忆,刚刚自己有没有表现出对这部小说的大不敬。

彭婠之叹了一口气,抬头望着吊灯,胸腔好像有北风在呼呼地吹。她刚才就是在这个人的面前,感到自己被她居高临下地注视着,当了一秒钟的小玩意儿。

"晁新,你是猪。"彭婠之在电话里这么说。

向挽正要说话,却听彭婠之老神在在地说:"知道你急,但你先别急。"

"晁大前辈,你口口声声跟我说,'以我和纪鸣橙的交情,她不是看这种网络小说的人',"彭婠之阴阳怪气,"你猜怎么着,她就是每晚守着看更新的铁血言情书粉,还加了群。"

"笑死。"彭婠之"呵"一声,就没再说了。

和纪鸣橙吃完饭,回到家,她的患处就开始疼,偏偏舌头还很贱,总忍不住想要去舔,疼了会儿,觉得耳骨好像也胀起来了,嘴也不大张得开了。哎哟哎哟地熬到下半夜,终于好一点儿,第二天能张口了,她就开始打电话。声音还是含含糊糊的,不大美貌了,但这不是重点,重点是讨伐晁新。

晁新在那头笑起来,用懒音说:"好,我是猪。"

彭婠之哼一声,却听见对面没动静了,一阵起身的摩擦声,然后是晁新低声问了一句:"挽挽?"脚步声渐行渐远,依稀听见晁新在远处跟人小声说话。

"……我怎么笑了……"

"……那你做什么要对她承认你是猪?"向挽的声音隐隐传来。

"我……这是很重要的事情吗……"

"喂!"彭婠之怒了,朝电话那边喊,"你们有没有把我放在眼里啊!"没有,没人在意她这个病号。

"你们还有没有良心啊?当初都是一块儿闯天下的吧?合租到一起了就开始抱团了?就我一人落单是吧?"受不了了,彭婠之忍着痛号完,结束通话。

太过分了,怎么全世界的人都有室友啊?彭婠之气得不行,发誓要捍卫独居者的荣光。

对着镜子看了一眼自己这张代表独居者荣光的脸,咋就肿成这样了,腮帮子都绷起来了,油光水滑的,看起来真的闪闪发光。拔个牙怎么可能肿成这样,眼睛都挤一起了。她哀号一声,凑近镜子,真的觉得不太妙。

04

江医家属院。纪鸣橙坐在客厅,在削橙子。她穿着灰色的毛衣线衫,扣子扣得很齐整,里面穿着一件棉质白衬衣,依然是淑女的半束发,有一点碎发从脸两旁耷拉下来,显得很清秀。

妈妈满意地看着她削橙子的动作,把老花镜摘下,放下书:"橙橙啊。"

"妈。"

"上次跟你介绍那个男孩子,你有没有去见呀?"

"见了,妈。"纪鸣橙勾着头,手下动作不停。

"那你觉得怎么样?"

纪鸣橙想了想那个男的,他们总共见了一个小时,其中二十分钟他在说主任对他有多器重,很快可以升科长,二十分钟说他在江城刚买了一套房子,是期房,青城品质盘,上一个青城的盘,二手房可以卖十五万一平方米,剩下的二十分钟,他问了纪鸣橙的感情经历。得知一片空白后,当晚,他发了微信:"那小姐姐,还是处女哟?"

"不,我是天秤(星座)。"回完之后,纪鸣橙把他删除了。

纪鸣橙把橙子削完,没断的皮掉进垃圾桶,她细心地分好橙子,递了半个给她妈妈:"不太合适。"

妈妈先是叹一口气,才接过去,也没急着吃,就拿着:"个个都不合适,那么你要挑到什么时候去呀?"

"哪里有那么好的条件呀,差不多,过得去,就可以了,那过日子始终也不就是柴米油盐嘛,我跟你爸爸现在也不见得讲一句话的,他爱遛鸟,我爱看书,拿你们的话来讲,没有什么共同语言的。"妈妈慢条斯理地说。

"知道了。"纪鸣橙用湿纸巾擦手。

"三十几了橙橙,"妈妈仍是在说,"爸爸妈妈眼看着老了呀,也无非就想看到以后有个人能照顾你,你要是觉得妈妈介绍的不好,那么你有没有喜欢的,跟妈妈说,也是可以的。"

chapter one

"有没有啊?"她身子往前探探,垂头追问似的看着她。

纪鸣橙动了动僵涩的肩膀,正想说话,却见微信发来一条消息。

"橙儿!救大命了!"

彭婠之这个人很神奇,她对人的称呼是不固定的,有时候叫纪医生,有时候叫老纪,有时候叫纪老师,有时候,叫橙儿。

"妈,我回个微信。"纪鸣橙说着,把手机拿起来。

"怎么了?"发给彭婠之。

"我的脸肿得不正常,真的,老高了。我真不用去你们医院挂水?我看网上有的人说要去挂的。"

纪鸣橙慢吞吞地打字:"肿成什么样了,我看看。"

彭婠之发过来一张图片,是一只被蜜蜂蜇了的褐色小狗,腮帮子鼓鼓囊囊的,一脸委屈。

"差不多就这个样子。"

纪鸣橙没来由地笑了一下,回复:"不可能这个样子。"

"真的。"

"不可能。"

彭婠之好一会儿没说话,再过几秒,"咻"地传过来一张她生无可恋的自拍,肿得像是把她的脸分成了两半,左边是 90 多斤的彭婠之,右边是 160 斤的彭婠之。

"怎么样,是不是肿成那个样子了!"

"是。"

"你刚还说不可能。"

"说错了。"

彭婠之气结,啥玩意儿?说错了?她把她当权威医生牙界泰斗,她就这么轻易地说她,说错了?

"纪鸣橙,你玩儿我呢吧?"

"没玩儿你。"

嘶……彭婠之盯着这两行字看了半晌:"那,我要不要去挂水啊?"

"不用。"

"确定哈?"

"嗯。"

纪鸣橙放下手机,妈妈已经吃完橙子,继续看书了:"谁呀?"

"配音的同事,刚在我们医院拔完牙,问我注意事项。"

妈妈的眼睛透过老花镜上方看她:"拔牙那么开心的?"

"嗯?"

"感觉你很开心的。"妈妈低头翻一页书。

"没有。"纪鸣橙支一把眼镜。

母女二人对坐着,本以为要静静度过一个充斥着书香的午后,却听纪鸣橙罕见且迟疑地问了一个问题。

"妈,"她洁白的肌肤很细嫩,让她看起来并不像一个三十多的女人,此刻带了犹豫不决的语气,就更不像了,"如果,我是说如果,有人扇了我一巴掌,该怎么办呢?"声音很轻,放在广播剧里就是纪鸣橙最擅长的不被爱的柔弱感。眉间也微微蹙起来,仿佛真的困扰她有一阵儿了。

纪鸣橙最被形容为"仙气飘飘"的,不是她的五官,也不是什么遗世独立的气质,而是她的皮肤——通体雪白,带着不过分的娇嫩,像从未被农药侵袭过的蔬果,天然得连毛孔都自惭形秽。因为岁月、阳光和脏东西都不欺负她,所以才显得像天外飞仙。

这样的纪鸣橙居然会与人结怨,还被打了一巴掌?

纪妈妈登时便变了脸色,第一时间检查她的脸颊。看纪鸣橙的样子,只是略微困惑,似乎没受什么伤,这才放心一半,将书搁下,在茶几上插了一个书签,合拢:"什么时候的事情?谁做的?为什么?"

"几个月前了。"纪鸣橙低头,两手相对着张开,手指轻触手指,"她,不是故意的。"

"那,那么……"纪妈妈仍在消化,"对方怎么说呢?"

"她不记得了。"

纪妈妈皱眉:"怎么会不记得的?"

"我们剧组聚餐,唱歌,她喝多了哭,我……我正好就坐在她旁边。"

"喝多了哭?"纪妈妈的眉头突得更高了,为什么会喝多了哭的,哭了还乱打人?这心理状态听起来着实不太稳定。

"你说剧组聚餐,这么说,也是配音演员对吧?起因是什么?"不得

Chapter one

志，还是有什么家庭困难？

"听她哭得，好像是感情经历太多。"

纪鸣橙有点难以启齿："她大概，是把我当成之前伤害过她的男朋友们，哭完就对我发泄了一下。"

纪鸣橙想起彭婠之挂在她身上把眼泪往她脖子上擦，哭着喊"你当年怎么就这么狠心，说分开就分开，这些年我每一次听到那首歌，别人都笑，我都哭，他们都说我神经病，谁知道一个连听情歌都哭的女人，是受到过怎样的情伤"。

"我……"

"你别说话！王润和你别说话！你让齐扬先说，齐扬先甩的我。"

纪妈妈的脸已经皱成苦瓜了，连老花镜都忘了摘："男朋友们？这姑娘谈过很多次，都失败了？"

"看起来是。"

"听起来很轻率的，"纪妈妈说，"不晓得是什么样的女孩子。"

纪鸣橙想起第一次见彭婠之的时候，她在大夏天穿着黄色的吊带和高腰牛仔短裤，飞扬的长卷发是当年流行的栗子色，她从楼梯上跳下来，胳膊绕着前面的闺蜜的肩膀，在她身上挂着转了一小圈儿。

几乎第一印象就不太好，但彭婠之那天的笑容过于明媚，她的眉毛总是修剪得很精细，又很自然，第一次还以为是"野生"的，但每一次，她"野"的弧度都不一样。

她笑起来总是咧着嘴，很自信的人才会这么笑，眼睛是现下难得的凤眼，如果长在其他人身上会很媚，但由于彭婠之大大咧咧，因此弯起来的时候就有一点娇憨。

十多年了，当时穿着小吊带的少女长成了穿修身褶皱裙的红唇大"御姐"，不像年轻时那么爱笑了，也没有当年一起跑棚时那么有活力了，她成了雷厉风行的"彭导"，工作时不怎么笑，容易困，容易暴躁。

彭婠之很"辣"，圈儿里的人都这么说，有人是说她惹火的身段，有人是说她风风火火的性格。她习惯于开夜场，好像只有晚上才能静得下心来，白天太阳跳，红裙的彭婠之更跳，谁也不让谁。

有一次圈里聚会，彭婠之提议去酒吧，那是纪鸣橙第一次去，看见彭婉之风情摇曳地靠在吧台说了句话,有男的过来说请她喝。她痞里痞气地歪着嘴,眼神从男孩的眉毛看到他局促的双脚,说:"你太小了。还是不喝的好。"

这样的人,有一天会给自己发肿成蜜蜂狗的照片,纪鸣橙想了想,又忍不住抿嘴笑了。

妈妈把身体直起来,在思考,为什么说到是什么样的姑娘时,小橙……笑了。她当然不知道,纪鸣橙笑的是那张"蜜蜂狗"。

妈妈心里百感交集,一方面并不想让一张白纸的她和一个不靠谱的人多打交道,这样的人自然是离得越远越好;另一方面,纪鸣橙提到那个女孩子时,竟然笑了,看起来想要与对方消除误会,甚至是交朋友的样子。

这么些年,纪妈妈也总是在反思,自己是不是控制欲过重,从学业生活到交友圈都一概过问,导致纪鸣橙总是独来独往,连要好的朋友都没有。

纪鸣橙什么都好,听话、乖巧、孝顺,从小到大都是家属院儿里"别人家的孩子",连牙医的专业和工作都是父母的建议,她一点反抗都没有,完全遵守家里的安排。

想到这里,纪妈妈就有一点心软。于是她温和地说:"你来问妈妈,妈妈当然是尊重你的想法。"

"不管怎么样,她有意也好,无意也好,你们有必要沟通一下的,至少要让她知道这件事吧?"

纪鸣橙若有所思,要跟她……讲清楚吗?手指交叉在一起,掌心抵了抵。

晚上吃过饭,纪鸣橙和父母一起去隔壁的公园遛弯,跟妈妈拖着手一边散步一边讲学习和工作中的事情,再回到家,父母已经困了,于是早早就洗澡睡觉。

纪鸣橙也好好洗了个热水澡,靠在床头看了会儿书,再点进书粉群看看网络小说有没有更新的通知,随后给手机充好电,关灯睡觉。

墙上的挂钟像老学究一样一步步佝偻着走,好容易挨到三点,漫漫长夜走完一半,但床头柜上的手机打破了它。它像被闷在枕头里狂揍,嗡嗡嗡地摆起来,在安静的夜里十分突兀。

纪鸣橙睡觉浅,很快被吵醒,好在她没什么起床气,瞥一眼,胳膊从

chapter one

被子里伸出来,把手机竖起,一看,是彭婠之。

"喂?"纪鸣橙的嗓子低哑,连气声都带着尚未苏醒的颗粒感。

这头有气无力,彭婠之却生龙活虎。

彭婠之一惊一乍地说:"橙子,我可能得干槽症了!"

"干槽症?"纪鸣橙抬手,揉了揉眼睛。

"对,"彭婠之用特务接头的语气说,"我上网搜了,有的人拔牙过后,是可能会得干槽症的。"

"你看啊,这个'疾病知识科普'上说,'拔牙两三天后出现剧烈疼痛',还有什么'牙龈肿胀',我就是啊。"

她很慌:"我看了一下,还觉得我拔牙那个地方,好像白白的,不太正常,真的,我要不要去看看啊?"她越看越觉得,症状跟自己哪哪都一样,感觉已经可以确诊了。

"彭婠之,"纪鸣橙头有点疼,小小地呻吟一声,在呻吟的余韵里用微哑的气音,轻轻说,"你在怀疑我的技术。"

"我没有,没有怀疑你的技术。"

纪鸣橙在枕头上动了动脖子,翻身侧卧,手机放在脸边:"是吗?那你觉得我技术还不错?"

彭婠之有一点意外,因为纪鸣橙是从不会主动跟她搭话的,看起来,纪鸣橙对自己的职业技能还挺在意。或者说,反正都醒了,不被夸两句,有点亏。

"我觉得,你技术还可以。"彭婠之说完,突然抖着肩膀笑起来。

"你笑什么?"纪鸣橙又揉揉眼睛,困了。

"纪鸣橙,"彭婠之没解释,想笑就笑呗,"你平常几点睡啊?"

"十点多吧。"她用气声说,抽抽鼻子,也不知道是感冒还是没睡醒。

"这么早。"

"你是到现在都没睡?"

"对啊。"

纪鸣橙叹一声,还以为彭婠之是一觉醒来,突发奇想了。

"你困不困?"彭婠之也躺到床上,"我睡不着了。"

"你的意思是……"

042

"咱俩聊会儿吧。"

"你不疼了？"

"不知道为啥，每次我问完你，你跟我说没事，我就会好点儿。"彭婠之把手交叉在胸前，摇了摇腿，"我这个人，从小特别尊敬医生，你感觉到了吧？"

"没有。"

"嘶……你！"

纪鸣橙又叹一口气，但这回彭婠之听出来了，她清醒了。因为她用了很平稳的声音问彭婠之："你到底想说什么？"

"我发现，你这人脾气还挺好的，你说咱俩认识这么久，咋就没交个朋友呢？你看啊，你给我私信被误会，你也不解释，我给你发微信害你，你也不澄清，我给你半夜三点打电话把你吵醒，你也像没事儿人一样，甚至你说，很多年前你看到我跟人吐槽你土，后来你还是对我好言好语的。你家教咋那么好啊纪鸣橙？"

纪鸣橙眨眨眼，否认："我只是跟你没什么好说的。"

"欸你，"彭婠之把气憋回去，又问，"我这几天拔完牙老疑神疑鬼的，我要是总找你，你不会烦我吧？"

"会。"

……

"但你还是可以找我。"

彭婠之笑了："为啥？"

"我是医生，我给你拔的牙。"

"那你们医院售后还挺好。"

纪鸣橙静静听着，睫毛安宁地扇动，没有再答话。她听见了彭婠之坐起来的声音，在黑夜里也那么有活力："你要不困了，就起来吧。"

"起来？"

"看看夜景，你这么少熬夜的人，既然有幸获得这个机会，正好看看夜景调理一下。"彭婠之说着颠倒黑白的话，走到阳台。暖气烘着玻璃窗，有层不均匀的雾气，她透过雾气看阑珊的灯火，看了很多次了，有时有人陪她，有时没有。

拖鞋移动的轻音，继而响起脚步声，然后是细微的，掀开窗帘的动作。彭婳之乐了，咋那么好忽悠呢？还是说，纪鸣橙真的好这口啊？凌晨起来看夜景什么的，通常会是青春疼痛文学里的桥段，果然能俘获这位网络小说爱好者。

"漂亮吧？"彭婳之肿着脸，眯眼问她。

天边隐隐发光，好像褪色的墨迹，告诉失眠的人，不怕了，黑夜要过去了。她听见纪鸣橙沉默两秒，反问："漂亮？"眼前是一个停着自行车的家属院围墙，有两条狗在打架。

彭婳之对着万家灯火，纪鸣橙对着狗，俩人沉默了一会儿，彭婳之就觉得困意突如其来。互相道了晚安，她挂断电话，往床上一躺，神奇，睡得特别香。

05

既然提前打过招呼，彭婳之打扰纪鸣橙就更没有什么心理负担了，在纪鸣橙休假的每一天，几乎都能收到"我知女人心"发来的汇报。

"纪医生，早上好，现在是上午 10 点 30 分，我的肿消了一点，也不太痛了，消炎药我今天就吃一次，药吃多了也不好，如有异议，请回复。"

纪鸣橙通常不理她，但彭婳之单方面把她当朋友了。她觉得纪鸣橙这人，特仗义。以前没发现，接触了才知道其实挺能容人的，更重要的是，自己确实也年纪大了，还常年熬夜，有时看到什么猝死新闻她还挺怕的，好友圈里要是有个医生，帮她看看体检报告，或者，有个头疼脑热能帮她拿个号……毕竟，纪鸣橙转去综合医院了，不是吗？

彭婳之笑得很鸡贼。而且纪鸣橙这人还特逗，自己改了微信名的三天之后，她后知后觉地回复："你怎么叫这个名字了？"

"我感觉那个是有点不合适，这个名字就挺好的。"彭婳之诚恳地回道。

纪鸣橙又不搭理她了。然而彭婳之呢，特别会投桃报李，她想着纪鸣橙帮了自己这么多忙，也挺过意不去，于是自己接下来导演的两部广播剧，邀请了纪鸣橙做主役（主要配音演员）。俩人有时说说剧本和声线什么的，话倒是比之前多了一点儿。

月底,纪鸣橙结束休假返工,照例是一天六个号,按部就班地完成工作,一面构思回家要写的文章,一面下楼。按下车钥匙给小电驴解锁,要推出去上车时,在路口看到了彭娴之。

她骑着红黑相间的摩托车,穿着小皮衣和皮裤,蹬着中间带拉链的靴子。

这次知道戴羊皮手套了,一身黑地出现在纪鸣橙面前,一脚支着地,把头盔摘下来,甩了甩长发:"哈喽,美女。"

她朝着纪鸣橙笑,但纪鸣橙觉得……挺油的。

尤其是她还穿着皮裤,纪鸣橙最不能接受的穿着之一,就是皮裤。

不过彭娴之的腿很好看,纤长笔直腰胯也漂亮,比纪鸣橙相亲时看到的那个皮裤男要赏心悦目不少。

"你怎么来了?"纪鸣橙推着小电驴走过去,想和她一起挪到旁边,在这路中央,还有自己下班的同事,看着挺丢人的。

口香糖,摩托车,皮裤,这类"小混混"纪鸣橙上学时遇见都要绕道走。没错,彭娴之画着香气四溢的妆,甚至还嚼着口香糖。见纪鸣橙神色复杂地扫自己一眼,又很夸张地嚼了两下,挑眉:"看我。"

"看你什么?"

"我好了,甚至可以嚼口香糖,牛不?"她笑意盎然。

纪鸣橙很不理解,嚼口香糖是什么值得炫耀的技能吗?但她只点头,说:"挺好。"

她对彭娴之精神世界的广大给予由衷的肯定,这表现为几天前还一脸惊恐地问自己是不是得干槽症了,几天后又酷得二五八万的,"千里迢迢"来秀一下竟然能够制服口香糖的口腔。

从没见过和平共处成这样的两个人格。

"别骑车了吧,今儿我带你兜风,请你吃顿好的,补一下上次那顿。"

见纪鸣橙犹豫,她又说:"我有没有跟你说啊,钱之南策划那部剧,就你刚接那个,有福利呢。"

"什么福利?"

"下周录完音,他请我们出去玩儿。"

钱之南新手制作人上路,以后要关照的地方还多,和他的老板一样,

chapter one

特别会做人。

"今儿下午我俩在棚里遇到了,他问我想去哪儿,我说要不找个露营基地,上次挽挽她们出去了,说是挺好玩儿的,那次我去海边了,没去成。"

"你去不去啊?"

纪鸣橙没说话。

"去呗,看你一天埋头跟家里,没露营过吧?"

"没有。"

彭婉之笑了:"那我当你答应了啊,他让我选地儿呢,回头咱俩吃饭,一块儿看看。"

"上车。"

纪鸣橙想起之前和她妈妈沟通的话,可能,这次是个聊一聊的机会吧。于是她把小电驴推到一边,接过彭婉之递来的头盔,看着彭婉之微微前倾地把住把手,犹豫再三,还是决定说出口。

"我有一个不太礼貌的问题想要问你。"

"你直说。"

纪鸣橙眉头微蹙:"我有一次在网上搜索,无意间看到人说,穿这样的裤子……"

"如果,"她认真地盯着毫无缝隙的皮裤,斟酌着换了个委婉的说法,"如果身体内部有气体需要排泄,裤子会鼓起来。是真的吗?"

"放屁!"

"嗯,差不多就那个意思。"纪鸣橙很矜持。

彭婉之张口结舌:"我说说这话的人是在放屁!"

"怎么会鼓包,怎么会鼓包我问你?你有没有常识?你不是博士吗!"彭婉之抓狂了,在医院门诊部的旁边,像要往精神科去的患者。

纪鸣橙低头,把头盔戴上:"哦。"她又没有穿过皮裤。彭婉之怒极反笑,侧身看着她,胸腔抖一下,再抖一下。

纪鸣橙跨上摩托车后座,一个稍矮的地方,后面微微翘起来,她有点犹豫,不知道应该坐高处还是低处,想了想,靠近皮质的凹窝里,有点滑,一下便贴在了彭婉之的身上。彭婉之本能地往后伸手,扶住纪鸣橙的腿:"你干啥?"

被暖融融的手指扶着,纪鸣橙也愣了:"上车。"

"退!退!退!"彭婳之咬了咬下唇,"贴着我干吗?"

纪鸣橙往后挪了挪,风从缝隙里挤进来,凉飕飕的,彭婳之扭扭腰肢,纪鸣橙盯着她皮衣的下摆,发现风直往里面钻,便迟疑着伸手,帮她拉下来,盖住莹白的后腰。

"你……"彭婳之肩头一紧,要哭了,"你又干吗……"

"你不会冷吗?"纪鸣橙看她的侧脸一眼。

彭婳之很无语,她妈都没管她,有种冷还叫纪老师觉得她冷,是吧?

"抓着我,要走了。"她俯下身,发动车子。纪鸣橙伸手,想扶住她的腰,但她的姿势和其他人不一样,纤细的十指松松握着,用手腕抵着彭婳之。

彭婳之低头看一眼,"扑哧"一声笑了:"你还绅士手啊?"横在彭婳之腰间的无名指一动,纪鸣橙没说话。

"一会儿我加速,你别抓我。"她痞痞地笑了笑,压低上身,臀部后撤。油门一轰,带着乌云一样的尾气,扬长而去。

纪鸣橙这才知道为什么刚才不能在没坐好的时候紧贴着彭婳之,因为不够留余地让她做好预备动作,而彭婳之这个姿势,让自己自然地就趴到了她的背上。

风呼呼地吹过来,很奇怪,几乎感觉不到冷,而是疼,风像是硬的,打在她的肩头,打在她的膝盖,她像是在与空间做斗争,耳畔的轰鸣声是战鼓,彭婳之是冲锋陷阵的马前卒,冲刺、摇晃、像在拉扯。拉扯风,拉扯云,拉扯光线,拉扯数十年一成不变的声音,拉扯时间与距离。

纪鸣橙的心咚咚跳起来,眯着眼从抛离感中找出沉稳的呼吸,手本能地捏了一把彭婳之的衣服,很克制地没有抓她。但她的指尖在抖,和心脏渐渐同频。

她从不知道,这个城市还能允许这样的横冲直撞,也不知道晕头转向的是自己,还是逐渐扭曲的车辆与行人。有一点害怕,但不多,她将戴着头盔的额头轻轻抵在彭婳之的肩头。然后竟然在震耳欲聋的轰鸣声中听到了彭婳之的轻笑。

女孩子最有魅力的时候,或者说,人类最有魅力的时候,永远都是运筹帷幄,无论是站在牙椅旁看着牙片的纪鸣橙,还是感受到身后人轻微交

chapter one

付动作的彭婠之。

但它们又如此不同,一个是循规蹈矩,一个是自由散漫。

纪鸣橙想起中学的校园,想起被她绕过的靠着摩托车的小混混,他们的车没有彭婠之那么漂亮,但有时也会"呜"地一下带起身边的风,然后坐在后座的小姑娘敞开了嗓子尖叫。

她觉得刺耳,但又会忍不住多看一眼。

一场足够被称为冒险的行程接近尾声。

车速渐渐缓下来,惊扰鼓膜的声音也是,彭婠之停在店门前,支着摩托车示意纪鸣橙先下来,然后自己依然熟练地解下头盔,揉一把头发,在卷发轻微的弹跳间笑着问她:"爽吧?"舌头一顶,没有吐的口香糖还能尝出一点甜味儿。

纪鸣橙叹一口气,站在一旁,其实她的心还有一点惴惴的,下车时脚步也有虚浮感,最不适应的是耳朵,身边的声音都好似被遥控器关小了一格,她要很努力地听,才能听见大喇叭在喊:"全场五折,最后三天。"

"还行。"她说。

"什么叫还行?爽还是不爽?"

"爽。"

旁边走过一对情侣,看了一眼相对而立的两个人。

彭婠之"噗"一声笑了,偏偏头:"走吧。"

她觉得很神奇,好像总是在跟纪鸣橙一本正经地调笑一样。而纪鸣橙八风不动,甚至不知道彭婠之在笑什么。

有意思。

虽然彭婠之觉得自己好了,但到底不敢太嚣张,也就请纪鸣橙吃了不太辣的东北炖鱼,正好,暖烘烘的,能把刚才被冷风肆虐过的身子骨烤一烤。

豆腐、土豆、粉条、大白菜、酱料,还有刚杀好的活鱼,被依次放入锅里,柴火咕噜噜地烧,一旁的计时器尽忠职守分毫不差。

彭婠之捧着脸等身上的暖气醒了醒,才跟纪鸣橙唠嗑:"你没露营设备吧?你都说你没露营过。"

"没有。"

"我也没有,挽挽她们有,但我觉得借也不方便,所以我找了个可以

048

直接租帐篷的露营基地。"

她说着掏出手机，推过去和纪鸣橙一起看："你看啊，这地儿是这样的，它实际上是一个帐篷酒店，都是标间儿，一间有两张单人床，洗浴是公共的。然后这里还能租烧烤架哈的。"

纪鸣橙看着她的手一下下滑过宣传图，没发表意见。

"这个在翠湖岛上，虽然现在天儿还冷吧，但怎么说是开了春，听说草已经长出来了。"彭妁之吸了吸鼻子。

"这个天住帐篷，不冷吗？"纪鸣橙扶一把眼镜。

彭妁之笑了，笑盈盈地看着她："我发现你最关心的就是冷不冷。"

"不冷，"她笑着低下头，"我看评价了，也有这时候去的，说这个帐篷酒店里面跟酒店是差不多的，有储蓄电源供电，所以电热毯和电暖汀什么的都有，你看这个图，角落这儿，就是电暖气，对吧？"

"主要它便宜，要真旺季去，咱们就住不上了，"彭妁之说，"虽然是人家请客，但一个广播剧，就算爆了，也挣不了多少钱，何况这还没上线呢，也不好宰他太狠不是？"

锅气烘着纪鸣橙的眼镜，起了一层雾，她摘下来，但没带眼镜布，于是就放到一边。彭妁之望着她漂亮的双眼皮和卷翘的睫毛愣了愣："你眼睛长得挺好看的嘿，像那个谁……"

"那个谁……"她一时想不起来那个明星叫啥了。

"跑题了。"纪鸣橙轻声说，低头看图。

彭妁之用手在她眼前挥两下："所以你能看见？"

纪鸣橙望着手机屏幕，抬手捏住她的指尖，规矩地放到桌上，离开："度数不高。"

"哦，"彭妁之又瞄她一眼，回归正题继续说，"我算了一下，主演钱之南、你、导演我、编剧、后期，一共4女1男，3个房间就够了，钱之南自己住。"

"你是跟我住吧？"虽然她心里已经安排了，但还想确认一下。纪鸣橙和谁都不太熟，何况她俩最近这和谐的医患关系，不一起住不合适，哈哈哈哈哈。

纪鸣橙有点犹豫，她不习惯和别人睡一间房，但剧组福利，也不好说

chapter one

想要住单人间。更何况,她出去是要和彭婠之聊那件事的。于是她没有发表反对意见。

彭婠之现在是摸清她的底了,只要她不拒绝,基本等于赞同。她心里"哈哈"地笑了两下,其实她还有那么一点点私心。

上一次和纪鸣橙打电话,自己很快就睡着了,一夜无梦,挺反常的,后来她总结,可能是纪鸣橙这个人太慢了,慢得跟上学时的书本一样,静静摊开在那里,等待路过的风,才能软软翻起一页。

很容易让人犯困。很容易助眠。

她正胡思乱想,又听纪鸣橙再次确认:"真的不冷?"

"不冷,大家都说不冷。"彭婠之嫌弃地提高声调。

一周后,瑟瑟发抖的彭婠之坐在帐篷里,烤着不太亮的"小太阳",连打了两个喷嚏。

CHAPTER TWO

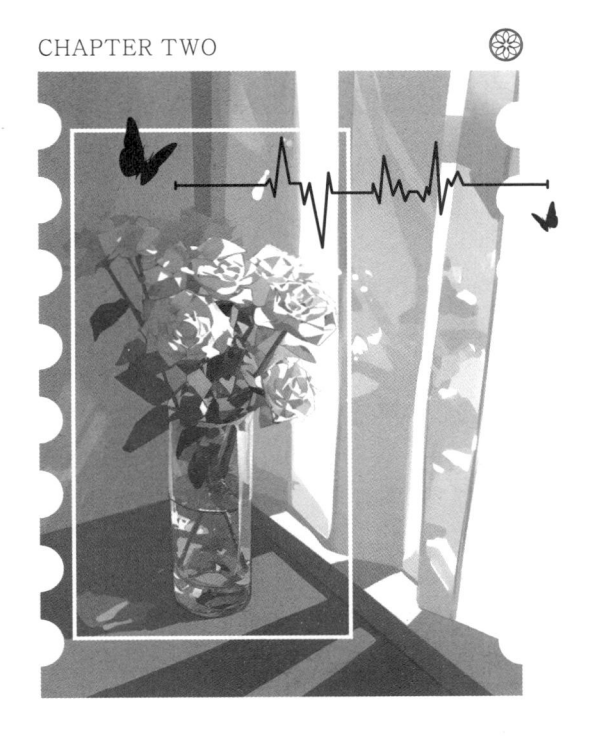

合租计划

Hezu jihua

合租计划
Hezu jihua

01

岛上原本就温度低，何况还要住帐篷，帐篷再厚也挡不住呼呼乱吹的风，布料噼啪作响，风声在空气里拐弯儿，衬得黑夜更诡异了。

"我跟钱之南什么关系都没有。"彭婉之抖着牙关，蹲在电暖气旁边说，"橙子，你要相信我。"

"你要是想八卦的话，也可以适当跟别的配音演员和工作人员们讲讲。不然我怕我解释不清，钱之南为什么会同意我这么草率的决定。"

初春，带着大部队来露营。白天还好，有烧烤烤着，太阳晒着，大家吃吃喝喝，甚至还冒了汗，怎么一到晚上跟在冰窟窿里似的，湿气从防潮垫下透进来，挡都挡不住。

跺跺脚，她已经快冻僵了，帐篷被拉开，刚出去的纪鸣橙穿着防寒服走进来，拿了两个装满滚水的热水袋。给彭婉之的被窝里塞一个，自己的塞一个。然后又从行李箱里拿了一床小毯子，有点犹豫地看了看彭婉之，随即盖在自己的床铺上。

无情。彭婉之恨恨看她一眼，又委屈地看她一眼。

"赶紧睡吧，"纪鸣橙坐到充气床垫上，"等下热水袋不暖和了。"难得地劝她一句，也没打算再多说，把外套一脱，露出里面棉质的睡衣睡裤，带着体温的羽绒服又被堆在毛毯外边，把她包裹得暖暖的。

彭婉之看了一眼她的毯子，心生向往。

"你就洗完澡啦？"彭婉之望着她长发上沾染的水汽，看纪鸣橙斯斯文文地把眼镜摘下来，放到一旁。

"嗯。"纪鸣橙望着彭婉之搓着的手，"其实也没有那么冷，你不受冻，多半是体寒，平时多泡脚，不要吃生冷的东西了。"

"也不要……"这一句她有点犹豫，"在凌晨吃冰棍。"

彭婉之有个很坏的毛病，开夜场后为了醒神，时常站在楼道里吃冰棍儿，脑子像被芥末冲了一把之后，再打车回家。纪鸣橙知道也不奇怪，圈里的都知道。

彭婉之打了个喷嚏，哑着嗓子说："那我要是不洗澡了，你会嫌弃我吗？"

纪鸣橙好看的双目静静注视着她："嫌弃？"

"毕竟，你洗澡了，我没洗，我怕冷，一会儿咱俩一起睡，不把你弄脏了吗？"彭婉之小声说。

等等。纪鸣橙捕捉到了一个不同寻常的信息。她坐在床上，拥着暖乎乎的被子，伸手一指另一床："不是你睡你的，我睡我的吗？"

"我觉得不行。"彭婉之挪过来，两手撑着半趴到纪鸣橙床边，多少有点死皮赖脸，"我没毯子也没羽绒服，你又说我体寒，我要再自己睡，明儿别说吃冰棍儿了，我自个儿都要成冰棍儿了。"

"咱俩都是女的，挤一块儿也不是不行吧？"她放软嗓子，眨眨眼。

"不行。"但向来好说话的纪鸣橙拒绝了她。

"那我去洗个澡再睡。"

"不行。"

彭婉之没说话。眼看着，她吸了吸鼻子，鼻塞，吸气也不通了。"那，行。"她挠挠耳后，准备翻出微信给后期打电话，她俩合作过几部剧，关系还挺好，不知道能不能跟她挤挤。

身旁的羽绒服一动，纪鸣橙低声问她："你干吗？"

"啊？我给盛梦打电话。"

纪鸣橙看一眼她的手机："很晚了。"她真的一点打扰别人的意识都没有的吗？况且,如果半夜从自己的帐篷出去，别人会不会又说，她俩不和。

彭婉之动了动僵硬的肩膀，向来嚣张的眼尾也耷拉下来了，她很少用

这种沙沙的嗓音示弱:"真的就,挺冷的,啧。"她叹一口气,站起来要往自己的床去,"那我穿着衣服睡吧,不洗了。"

身后传来窸窸窣窣的动作声,她转头去看,纪鸣橙还是没说话,但不动声色地往左边挪了挪,右侧的被窝拱起来,里面是带着她体温的空气。

哎呀,就知道她嘴硬心软嘛,彭婉之开心了,说:"那你等会儿我,我去冲个澡,一会儿就回来。"

她带着睡衣去公共浴室飞快地洗了个澡,趁热气还没消散,咚咚咚地跑回来,缩着脖子把拉链一拉,就跑到纪鸣橙的床上,躺了下来。

正在看小说的纪鸣橙始料未及,脸颊的绒毛都立起来了,整个人僵硬在那儿。

"对不住对不住,"彭婉之一边打寒战一边说,"我脚冰是吧?碰到你了,对不住。"

说完把还带着湿意的脚往自己这边一缩,蜷起来,下意识把伸直的小臂也收回,手靠在纪鸣橙的睡衣边儿上,也很暖和。

"彭婉之。"纪鸣橙低头看她。

"嗯?"她窝在枕头里抬脸。

"你……"纪鸣橙欲言又止。

"我怎么了?"彭婉之疑问挑眉。

"你和所有人,都这么自来熟吗?"其实她们俩还算不上很熟,也不过就是拔了一次牙,聊了一两周。但彭婉之好像是这样,自来熟,她会把臂弯搭在第一次见面的同事肩上,也会在聊了十分钟之后,就挽上对面人的手。

彭婉之思考着,又把手往后缩了缩:"你不习惯跟人肢体接触,是不?"

老古董就是这样的,上次自己稍微靠近一点,就大惊小怪的。

纪鸣橙放下手机,也躺下,过了会儿才承认:"嗯。"

帐篷里只剩一盏昏暗的露营灯,跟夜灯一样柔和,纪鸣橙睡得很规矩,双手交叠在腹部,下巴和鼻尖的线条很中正,彭婉之看着她,感觉她一定没有长短腿脊柱侧弯啥的,整个人就是一个大写的对称。

又趴在枕头上,眯着一只眼看了会儿,从这个角度,纪鸣橙又很像小龙女,她没见过人睡得这么闲适而又"大义凛然"的人,像是用内力把自己架在麻绳上。

彭婉之被自己的比喻逗笑了，唉，她还是很有文学细胞的嘛。

她活络的气息惊动了纪鸣橙，纪鸣橙睁眼侧脸看她："你干吗？"

"我睡不着。"

"睡不着？"

彭婉之趴在纪鸣橙旁边，能闻到她身上沐浴露的清新，还有洗发露残留的香味。

这种味道她没有闻过，但很特别，像是很淡的茉莉，又调了一点橙皮的灵动，和纪鸣橙这个人有多搭呢，就好像香味好像缝进了她的头发里，千丝万缕，根根都被浸染过。

"嗯，其实，我总是失眠。"

她有这个毛病很久了，去医院也看过，网上各种偏方也试过，甚至去找过心理医生，但都没有什么效果。

也困，也倦，但一闭上眼，脑子里就像有一根筷子在搅面线，什么也没想，但跑得很累。有时甚至眼睛也闭不牢，总不自觉地张开，望着天花板，又侧卧着打开手机。

这样一刷又一刷，到三四点，到四五点，才迷迷糊糊地眯一会儿。第二天脑子紧绷，像是被人用渔网搂住。所以她时常担心自己猝死，也并不是她爱在夜里工作，而是她睡不着，整夜整夜地睡不着。

此刻她眼眶红红的，望着纪鸣橙，像是被黑夜欺负了的兔子。

纪鸣橙也看着她，眉心一动，问："那你想聊什么？"这话说出口，是未经许可的柔和，连纪鸣橙本人都不适应了。

"你这么不爱别人碰你，那你谈过恋爱吗？"彭婉之用闺蜜夜话的语气，小声问她。

"没有。"

倒吸一口气，彭婉之惊了："你跟我同年的吧，从来没有啊？"头夸张地摇了摇，把"从来"两个字拖得很长。

"你呢？"纪鸣橙眼皮温软而冷淡地掀起，问她，"你谈过很多次？"

"不少吧。"彭婉之笑着翻了个身，正躺着。

"有多少？"

"我想想,"彭婠之望着帐篷的顶端,撇嘴,"想不起来了,我从小时候就开始谈恋爱了。"

"小时候?"纪鸣橙蹙眉,这会不会夸张了点?

"嗯,我看《情深深雨蒙蒙》,里面不是有仨男主吗?何书桓、杜飞、依萍她哥,我把我们班上长得像这仨的男的全追了一遍。"

"我从小就是个'情圣',你知道吧?"

她听见纪鸣橙轻轻笑了一下,然后问她:"那现在怎么没谈?"

"嗐,封心锁爱了。"彭婠之用千帆过尽的语气说,"搞事业,事业最靠谱。"

"你呢?"彭婠之闭上眼,"你怎么一直不谈呢?你喜欢啥样的?我说实话,我还挺想不出来的。"

"我……"纪鸣橙抿了抿唇,"其实我有件事想跟你谈。"

偏头,她听见彭婠之均匀的呼吸。被夜晚欺负过的红眼小兔子,睡着了。

彭婠之睡得很香,以至于她是先听到鸟叫,才在暖烘烘的被窝里醒过来。

她没有听到手机的振动声,也没有听到外面走来走去的脚步声,有人蹲在河边玩水,有人摆弄锅碗瓢盆准备收帐篷,这些声音她都没听到,就单只听到了清脆的鸟鸣,像是睡在树叶里。还有新枝的清香和隐约的橙皮味儿,就更像了。

她醒来时,太阳穴难得地很安宁,脑子也没有像被打过一样,掀开眼帘,眉头也没有皱。

她发现自己紧紧地靠着纪鸣橙,手还捏着她的耳朵。

纪鸣橙还在熟睡,薄胎瓷一样,透过帐篷的缝隙射入的一点晨曦在她脸上流连。

她微微朝另一边侧着,眉毛也合拢,像是睡梦中被冒犯了,有一点难耐,只不过良好的家教让她没有惊扰任何人的好梦。靠近彭婠之的耳朵是红的,彭婠之忍不住揉了揉她的耳垂,软软的,糯糯的,带着一点热气,好奇妙。

指尖碰到纪鸣橙的脖子,她苏醒过来,头一摆,看着彭婠之。眼睛里没有什么内容,水灵灵的,因为还有残留的梦境。

"你要捏到什么时候?"纪鸣橙问她。

彭婠之想收回来,但被她一问,又觉得直接缩手有点没面子,便趁势又揉了一下:"你耳朵还挺软的。"

纪鸣橙纤长的脖子一动,彭婠之这才装作不经意地收回来,清清嗓子:"我昨晚拉着你耳朵睡的啊?"

"嗯。"先是右耳,把她的手拨开,又摸到了左耳。

纪鸣橙不知道应该怎么和彭婠之这个人讲道理,因为对方说出的话总显得很滑稽,比如深沉地说自己失眠,转头就呼呼大睡,又比如说自己封心锁爱专注事业,但身体似乎还本能地保留着对另一半的习惯性动作。

纪鸣橙又想起彭婠之说的,她谈过太多次恋爱了。

坐起身,纪鸣橙拿过一旁的眼镜,戴上:"你没有跟我说,你睡觉喜欢乱动。"

不像控诉,纪鸣橙也不习惯控诉,但她不喜欢因为信息差而做出的错误决定,她说这话的意思,好像是说,假如她早知道彭婠之喜欢抠着人耳朵睡,哪怕她睡前表现得再规矩,自己也不会同意。

"我不喜欢乱动啊。"彭婠之很无辜,卷发也乱乱的。

"真的,我以前老睡不着,我跟我前男友一起睡,他睡觉,我就在一边玩手机,有时候觉得对眼睛不好,开盏台灯,他还老说我影响他。"

纪鸣橙掀开被子起身,把头发拢到身后扎了个低马尾:"你跟你男朋友的事情,没有必要告诉我。"跟这件事无关。

声音温和而冷淡,但彭婠之的脑袋里又"叮"了一下,因为自己此刻坐在床上,头发乱糟糟地看着纪鸣橙起床,穿着棉质的睡衣扎头发,然后还用拒人于千里之外的语气跟自己说:"你跟你男朋友的事情,没有必要告诉我。"

枕头旁纪鸣橙的手机亮起来,彭婠之瞥一眼,微信消息直接显示在锁屏界面。

"小姐姐,什么时候再约?"

她做贼心虚地收回视线,又看一眼弯腰收拾东西的纪鸣橙。啧,看来是有情况。但这男的看起来个"油"得都能炒菜了。

"小姐姐,咦呃。"彭婠之心里阴阳怪气地给他配了个音。

02

那次露营之后，俩人的交流更多了起来，括号，是彭姁之单方面的。因为她很兴奋，这么多年一直困扰她的失眠，竟然连着被纪鸣橙治好了两次。一次是巧合，第二次就不算了吧？她弄不懂这是什么原理，上网搜了一下，大部分的人是说，有人陪着睡比自己一个人更容易入眠。可彭姁之不是。

她很清楚，自己之前哪怕和很喜欢的人睡在一起，也是生生熬着，甚至因为作息问题，而分过一次手。网上没有一个人能告诉她，为什么单单只对某一个人有"睡意"。

又折腾了两个大夜，被回归的失眠症狠狠折磨之后，彭姁之忍不住了，决定把纪鸣橙约出来，想办法再验证一下。

彭姁之是这么说的："橙儿，我很难过。"

半小时之后，才收到纪鸣橙回复的微信："说。"

"我失恋了，你出来陪我喝一杯吧。"

离露营才一周半，说着封心锁爱的彭姁之就抽空谈了个恋爱，并且迅速地让自己失恋了？纪鸣橙回她："不喝。"

"不陪我就缠着你。"

……

"去你医院缠。"

……

彭姁之被晾了二十分钟，然后收到一条消息："去哪儿？"

哈哈哈，彭姁之觉得这小纪大夫有时候还挺坏的。

"八点，POP 酒吧，有次我们聚会去过的那个，你记得吧？"

纪鸣橙没有回复，她记得，彭姁之知道了。

灯红酒绿永远是乱花渐欲迷人眼，不过彭姁之选的这家不是特别嗨的那种，茶色的透明台面搭着璀璨生辉的玻璃灯，没有歌手打碟，只有一个小型乐队，唱一点不太吵的摇滚。人不少，带着酒气在狭窄而昏暗的灯影里穿梭，偶然闪过耳钉或者手链的微芒。

彭婠之依然是点了一杯鸡尾酒，靠在卡座里等她。她的计划很笨，想的不过是自己的主场好谈事，让纪鸣橙陪她喝酒玩游戏聊聊天，联络联络感情，然后提出让纪鸣橙再陪她休息一下，看看这玩意到底是玄学还是真的管用。

纪鸣橙仍旧是那身从头黑到脚的羽绒服，头发清汤寡水地散着，这次没戴眼镜，揣着兜从门口进来。她素面朝天，一脸正气，和这个酒吧格格不入。

彭婠之伸手叫她，看她包裹得严严实实的样子，倒是穿得不很离谱，这次搭了黑色的牛仔裤和小靴子，看起来细细长长的，衬得她尤其白。但进来外套一脱，仍然是白色棉质衬衣和灰色开衫。

彭婠之穿着黑色修身连衣裙款的薄毛衣，搭配过膝靴，露出一小段光裸的大腿，交叠在一起。看起来很性感。

纪鸣橙坐到她身边，彭婠之随着音乐摇了摇，点头问她："喝什么？"

没等到回答，纪鸣橙目不转睛地看着她："你看起来还挺开心的。"

"甩了渣男，当然开心啦。"彭婠之囫囵应付，吃一口爆米花，又递给纪鸣橙一杯酒，"要不你喝这个，长岛冰茶，挺甜的。"

纪鸣橙接过去，茶色的饮料，晶莹剔透的，杯壁沁着水雾，闻起来有不明显的酒味，但感觉还挺好喝的。

"喝过吗？"彭婠之问她。纪鸣橙抿着黑色的吸管，喝了一口："茶经常喝，冰茶没有。"

彭婠之扬起嘴角笑了："这可不是茶，纪医生。"话说出口，感觉自己有点轻佻了，正琢磨着怎么进入正题，是装作前男友赖在她家今夜不方便回去，还是两杯酒下肚表演一个不省人事，瘫在纪鸣橙身上跟她回家？嘶……怎么全是见不得人的招数啊。

还在纠结中，纪鸣橙竟开了口。她的脸颊因为酒精而微粉，放下长岛冰茶，注视着彭婠之，说："我有件事要跟你说。"

"你说。"彭婠之还在思考。

"你打了我。"

"哦。"

"啊？"彭婠之猛地转过头去。

纪鸣橙坐在皮质沙发上看着她，微微垂着头，没戴眼镜的双目平静、清澈，同时湿漉漉的，应该是喝了酒的缘故。

"你说什么？"彭婳之眯起眼，微微地摆摆脑袋，确认。

"我说，"纪鸣橙想来是不怎么喝酒，声音有点软了，嘴唇张开，微微喘着气，"你打了我。"

"什……"彭婳之咽一口口水，"什么时候？"

纪鸣橙想了想："那次《磨心》剧组聚会，大家在唱歌，大家都喝多了，你也是。"

记忆在彭婳之钝钝的脑子里回放，是有那么一天，他们先是去吃了火锅，后来四五个人一起续摊儿，要了两打啤酒和两瓶芝华士，混着喝，几个男生蹲到外面抽烟，一个女孩子趴在沙发上睡觉。

纪鸣橙没喝，冷眼看着发疯唱歌的彭婳之，又给趴着睡觉的姑娘搭上外套。

然后呢？然后就记得自己抱着一个人哭，嗷嗷哭，但那是基本操作，经常聚会的好友都见怪不怪。

在包厢睡了一小会儿，大概凌晨3点他们酒醒得差不多了，刷了个夜后各回各家。

"我，"彭婳之睁着凤眼，睫毛闪得跟虚眼狐狸似的，凑近问，"我喝多了那会儿，揍你啦？"有点心虚的眼神，有点心虚的语气。

"嗯。"纪鸣橙低脸，勾着气质绝佳的脖子，长发滑下一半，挡住她的神情。

彭婳之本能地就伸手把她的头发捋住，放到肩膀后面，想要看清楚她的脸，却对上了纪鸣橙因为她的动作而抬起的目光。瞬间就有点尴尬。

彭婳之收回手，目光在纪鸣橙因微醺而隐隐发红的脸颊上绕一圈，再度确认纪鸣橙没什么大碍，才问："脸？"

纪鸣橙点头。

"一……耳光？"

纪鸣橙再点头。

嘶……彭婳之心里倒吸一口凉气。心里开始打小鼓了，打人，她可从没有过，而且怎么一点印象都没有呢？不动声色地看一眼纪鸣橙，柔弱得很,像攒了夜露的花骨朵。

自己……扇过这个花骨朵啊?

彭婠之钝钝地抬手。"纪鸣橙,我……"想说对不起,又不知道该怎么赔礼道歉才算诚恳,要拉她去检查检查吗?但听她的意思,好像没什么大碍。

"你其实困扰了我很久。"纪鸣橙好看的眉头皱起来,彭婠之发现她的眉毛比较淡,听说这样的人脾气很好。

彭婠之垂下睫毛,心里跟串珠子似的,一下下说着难怪,难怪自己靠近她,她就抗拒,难怪之前向挽说,纪鸣橙在躲她。

"你不是问我为什么会去看言情小说吗?"声音很轻,像是用别的力气在和醉意打架。

"为……为什么啊?"

"被你打了之后,你还对我哭诉了很多悲伤往事,我很困惑,感情能让人发疯吗?我就去找了言情小说,"她顿了顿,用了一个彭婠之告诉过她的词,"研究一下。"

"所以才加了那个书粉群,认认真真把它看完了,却发现你出了剧,因为看得很认真,对原著烂熟于心,没忍住就写分析报告了。"

"你说,你要道歉的,只有那一样吗?"纪鸣橙难耐地闭了闭眼。

全都是因为她。彭婠之快哭了,这是造了什么孽啊。对着人发爱情的疯,让人家慌得不行,去找言情小说研究,看认真了没忍住写了剧评,却被自己拉黑,又引起轩然大波。所以纪鸣橙写剧评的时候,一半是因为严谨的态度,还有一半,应该也是带着气吧?

"纪……纪老师。"彭婠之舔舔嘴唇,紧张得不行,这事怎么说都是她的错,要个道歉是应该的。

"你说。"纪鸣橙垂着头,两个字像叹出来的。

"我真的不是故意的,我也没想到啊,而且,我完全不记得了。其实,其实你可以跟我说,然后咱俩聊一聊,我跟你赔个不是,就,也没必要看什么小说,研究什么,我这情况吧,它一般的小说里还真没有,然后那什么剧……"彭婠之越说越小声。

纪鸣橙顿了一秒:"我跟你又不熟。"

彭婉之想想也是，俩人这干巴巴的关系，怎么好找上门突然说，你给我道个歉吧。何况纪鸣橙这种书香子弟，搁古代是妥妥的小家碧玉，矜持是刻在骨子里的。

"而且，"纪鸣橙呼吸两下，无意识地微微摇头，"你总是骗我。"

"我……"

"我从没见过一个说着怕疼，却在拔牙后一直说话的患者。大部分人拔了牙，根本不说话。说帐篷不冷的是你，非要挤在一起睡的也是你。你还说你失眠。"纪鸣橙沉默几秒，继续说，"你告诉我要跳楼，说你失恋了。"

"你和谁恋爱了，照片，聊天记录，任何一样，给我看看？"她冷静地抬头，看着彭婉之。

妈耶，这下真的是被戳得死死的，彭婉之哑口无言。这么一盘，自己真的是很不靠谱啊……

"还有，"纪鸣橙蹙眉，克制地抿着嘴唇，"你还跟我说，这是茶，你……"

"你给我下安眠药。"一口气说完，她再也撑不住，往彭婉之身上一靠，醉了过去。

03

彭婉之罪大恶极。背纪鸣橙回家时，心里只有这一句。

彭婉之是白羊座，多少有一点英雄主义情结，不待见的人她怎么都不会看一眼，喜欢就凤眼一眯咔咔往上冲。

不过她的恋爱都谈得不长，她觉得自己在感情里有缺陷，那就是必须对对方抱有强烈的近似于崇拜感的滤镜，才喜欢得下去。

但崇拜感的保鲜期往往很短，因为她的多巴胺就总是分泌得不够。向来是轰轰烈烈开场，认识第二天就想跟人结婚然后相夫教子，第三天就认为可以同居，然后进入漫长而无聊的磨合期。

她总觉得，所谓的磨合期对她而言，没有"合"，只有"磨"，只是硬生生地磨掉她的感情。

所有她率先提出分手的恋爱，几乎都是这样，厌了，倦了，烦了。而对方甩她的情况，也很统一，具体原因她还不想说。

彭婳之具有白羊座一切好与不好的典型特质，比如说仗义、冲动、情绪化。外表看起来成熟可靠，实际上是个"傻白甜"，记性很差，经常短路，而且外强中干，尿得要死。喜欢凑热闹，经常热血上头，但一到晚上也容易对窗落泪，反思为什么不能各退一步，守卫世界和平。

就这样矛盾地活着，把所有的生活场景都风干成碎片，丁零当啷地扔在记忆深处，跟抛进了储蓄罐似的，要等砸碎它的时候，才知道里面到底有多少钱。所以活得大大咧咧，活得没心没肺，以至于纪鸣橙所控诉的事情，完完全全地就被抛诸脑后，一点印记都没有留下。

然而就这点交集，在对方的生活里起了蝴蝶效应一般的连锁反应，掀起了她平静岁月里的轩然大波。

彭婳之很愧疚，因此把昏睡的纪鸣橙安置到沙发上时，动作就更轻柔了一点。

"纪鸣橙。"彭婳之让她半趴在沙发上，自己蹲到面前，轻轻拍她的脸，"你有没有好一点啊？"

没有，一点反应都没有，像是睡死过去了。

彭婳之揉了揉酸得要命的胳膊和老腰，呻吟着叹了口气。她是想和纪鸣橙一起调理睡眠来着，但也不是这种情况啊，在酒吧里一头栽下去，跟晕了似的，怎么叫都叫不醒，没办法，只能带她回自己家。

看这样子，水也喝不进去，等她醒来也不太现实，彭婳之很苦恼，这女的是从来没喝过酒吗？怎么能一杯长岛冰茶就醉成这样，连彭婳之自己都要怀疑，是不是酒里真有什么东西。

"你别缩着啊你，你这样子会吐的。"知道她听不见，彭婳之"啧"一声，还是锁着眉头嘱咐她。

沙发上的人轻轻嘤咛一声。彭婳之没辙了，拿起手机看眼时间，再往卧室一瞟。得，让给她吧，谁叫自己于心有愧呢。

彭婳之是本地人，之前一直跟家人住，后来跟更年期的徐女士三天两头吵，就搬了出来自己租了个小房子，因为单身有几年了，只租了个一室一厅，一个人很够用。

当然，没考虑到现在的情况。

她又老龟驮碑一般把纪鸣橙弄去床上，已经快累瘫了，强撑着给她把外套和开衫脱了,让她松快松快。然后脱掉鞋袜,轻轻搭上被子。

一般情况下,彭婉之是绝对不会让别人穿着衬衣牛仔裤就躺在自己床上的。

自作孽,没辙,等她醒来再洗床单吧。彭婉之拿起睡衣,叹一口气去洗澡。

一身轻松地出来,已经是12点多了,彭婉之躺在沙发上,把手往脑后一塞,又开始失眠,外面的风声呼呼的,不过也大不过屋内微弱的电流声,配音导演都有一双好耳朵,但每到晚上,被失眠折磨的彭婉之听觉更为灵敏,她甚至能听到墙体里管道的声音,偶尔楼上传来弹玻璃球的声音,还有自己脑子里的脑鸣声。

不确定是耳鸣还是脑鸣,总之是有,像极其高频的电流声,又像小时候电视机没有信号,"滋——"那样搜索着频道。

去医院看过,测了听力没有受损,医生也找不出原因,说是神经性耳鸣,或者叫神经性脑鸣,病因不明确,也没有什么治疗方法,只能自己适应。

彭婉之用了很长的夜晚和这样的声音共存。后来共存不了,越在意越明显,她就掩盖。唱歌也好,喝酒也好,开夜戏也好,热热闹闹的声色犬马,让这一点执拗的瑕疵逐渐被忽略。

但治疗总有副作用,体现在每次喧哗之后,这样的声音就更为明显,在嗡嗡的回响中游蛇一样蹿出来,嘶嘶地吐芯子。有时让她害怕,怕什么呢?她没想好。

大概是怕孤独。

就是你发现这个世界上,有一种声音是只有你自己能听到的,你无法对别人形容,也无法让人跟你通感,你们不能像听歌、看电影,甚至走在街上那样,对同样的声音做出反馈,你没办法跟任何人说哈哈哈笑死或者滚滚滚烦死了,你只能自己聆听。聆听一种只面向自己的声音,最为孤独。

彭婉之又开始难受了,暖气开得很足,但她仍然觉得冷,在落地窗旁的吊椅上坐了会儿,刷了刷微博,等太阳穴熟悉的敲击感到来,她知道已经到了两点。

走到卧室,想要抱一床被子出来躺会儿,却在脚步声停顿的间隙里,听到了纪鸣橙细微的呼吸。

彭婳之熬着通红的双眼望着她，失魂落魄，像是面对着一袋能够药到病除的中药。她轻手轻脚地进去，打开衣柜，踮脚想要够最上方的被子。她伸了伸手，停下来，又看一眼纪鸣橙。其实，悄悄在旁边睡一会儿……应该没事吧？

明天起来，是肯定要跟纪鸣橙诚恳道歉的，两个人只有一张床，其实一起睡也很合理，大不了道歉的时候再加一项。再说，自己费了那么大力气把她弄回来，没有功劳也有苦劳，怎么说，睡个床边边，也不为过吧。而且，之前纪鸣橙清醒的时候，也答应过跟她挤一个被窝，看起来其实不是很排斥的。

彭婳之真的在很努力地说服自己了。很有成效，她坐到床边，侧躺，小心翼翼地枕着枕头的一个角，心安理得地闭上眼。

纪鸣橙是医生，理应救死扶伤，对吧？

一场如约而至的好梦。

彭婳之梦到自己去游泳，徜徉在海里，好像是一颗干枯的化石，被风吹雨打几千几万年，皮肤都皴裂了，然后被投入深深的浪潮中，滋润她，复活她。

日上三竿，彭婳之才醒来，昨天没拉窗帘，太阳便进行了一场久违的探亲活动，誓要把不大的房间铺得满满当当，暖意铺在脊背上，彭婳之像是被烘醒的。

醒来时她趴在纪鸣橙身边。纪鸣橙翻了个身，面向彭婳之侧睡着，头放在枕头上。尴尬的是，彭婳之的脸就靠着纪鸣橙的手背。更尴尬的是，她流口水了。彭婳之张了张有点僵硬的嘴角，然后看看纪鸣橙的手背，又闻一闻，有点怕有味道。

但她晨起鼻塞，闻不出来。鬼鬼祟祟地悄悄翻身，从床头柜的抽屉里掏出一包湿纸巾，再看一眼纪鸣橙，还睡着，于是偷偷摸摸地用湿纸巾给她轻轻擦拭。

因此纪鸣橙醒来时看到的画面就十分诡异。眼前是一张彭婳之放大的迷迷糊糊的脸，还没睡醒，头发乱得跟鸡窝一样，但轻轻托着她的手，在用湿纸巾擦拭着。

纪鸣橙中指一动，皱眉："你……"没有力气，浑身都没有，嗓子像是冒了火，手腕也很酸痛。

彭姁之闪电状收回手，眨眼："你醒啦？"

"你干什么？"纪鸣橙咽一口口水，脖颈的美人筋轻轻抽动。然后才是扇动睫毛，静静地回想自己怎么会在这里。

"我，给你擦手来着。"彭姁之咬了咬自己有点干裂的上唇。

"为什么要擦手？"纪鸣橙看了一眼自己的指尖。

"我看有点脏。"

"脏？"纪鸣橙皱眉，把手抬起来，仔细看看手背，又闻了闻。沾上脏东西了吗？

趁她发呆，彭姁之赶紧解释："昨天你喝醉了，那个酒度数高后劲儿大，你说着说着就不省人事了。"

"你用这种眼神看着我干吗？"彭姁之急了。

"问你家在哪儿也不说，我能咋办，你别不识好人心啊，姐废了好大劲才把你小子背回来。"

"我小子？"纪鸣橙虚弱地蹙眉反问。然后她动了动肩膀，低吟一声，静静环顾四周，看起来是彭姁之的卧室。她带自己来了陌生的地方。纪鸣橙突然就起了鸡皮疙瘩。

"我们，一起睡的？"

"那不然呢！"彭姁之累得要死，还见她语气不善，便一把坐起来，急了，"这是我家！我收留你，难道我还自己睡沙发啊！你总一副我要害你的表情干吗啊！"噼里啪啦一顿倒豆子，说完又开始懊恼，说好的道歉呢，这态度，好像还有点责怪纪鸣橙。

她见纪鸣橙愣了，微张着嘴，怔忡里带着隐约的质疑。

彭姁之薅头发的手停在头顶，提高声调："我没怎么样你纪鸣橙！你胳膊和腿都在！我是好人！好人！我是好人！"

"咱俩当同事那么久了我什么样你不知道啊！"她欲哭无泪，"我看着也不像坏蛋吧？"

"妹妹，你别这样看我了行吗？"彭姁之恨不得在床上给她跪下，"我对你发酒疯，是不对，我那是把你当我前男友了，我喝晕了，我一点儿都不记得,我也没想到啊,我真的,很对不起,特别特别对不起你。"

"妹妹,我给你磕一个吧。"

纪鸣橙惊呆了,彭婠之好像突然就疯了。还叫她妹妹?

但纪鸣橙好一会儿没说话,等彭婠之冷静下来,听她若有所思地问:"当我是你前男友……你和你前男友,有暴力行为吗?"

"没有!没有!"彭婠之接着薅头发,又狐疑地转过来,"你问这个干啥?"

"考虑要不要报警。"纪鸣橙抿嘴。

"你!"彭婠之正想发作,却停了下来。心里"噫"一声,看她的面色,小纪大夫这事儿算是过去了?

"真没有。"彭婠之小声说。

"哦。"

看她答得还挺乖的,冷静了是吧?彭婠之看她一眼:"你起来吧,要吃点东西不?我给你熬点粥?"还好昨天确认过了纪鸣橙不上班,否则醉成这样,要是误工自己罪过就大了。

"你会熬粥?"

"会点儿吧,不就是把饭煮稀一点吗?"纪鸣橙没说话,彭婠之知道她小样儿,那就是想喝了,"啧"一声,穿起拖鞋往外走。

在厨房听着纪鸣橙慢悠悠地起床,听着她去洗漱间,彭婠之拉长嗓子说:"牙刷在马桶上面的收纳柜里,有新的,你自己拆啊,洗脸巾有一次性的,洗面奶啥的用我的吧。"

听到开柜门的动静,彭婠之缩回脑袋,望着咕噜噜冒泡的锅,给自己竖个大拇指,好贤惠啊彭婠之,在外能蹦迪,在内能起灶,这世上的男的是都瞎了吗?放着这个明珠蒙尘。还不快来疼爱她,温暖她?

胡思乱想,把自己给整笑了。

纪鸣橙自厨房经过,莫名地望着彭婠之双手撑在灶台上,对着一锅稀饭甜蜜地微笑。

彭婠之很反常,等粥端上桌,她给纪鸣橙盛上一碗,再把筷子摆到她面前时,纪鸣橙依然这样觉得。尽管她和彭婠之不熟,但最近也算某人单方面打得火热,从没见她这样殷勤过,也从没见她这样安静过。

安安静静地吃完早餐,安安静静地收拾碗筷,安安静静选择了开车而不是骑小摩托,安安静静地把纪鸣橙送回了家。

彭婉之确实反常,因为她的小算盘开始噼里啪啦打起来了。她想着,既然和纪鸣橙把误会说开了,那之后大概就可以坦坦荡荡做闺蜜,已经三次试验过,纪鸣橙对于治疗自己的失眠症特别有效,她不能失去这个宝藏,但这事儿有点尴尬,就算是特别好的朋友,也总不能时不时就去人家家里睡一觉吧。

所以她决定从长计议。从长计议的方式,是求助她认为朋友圈里最有办法也相对最懂纪鸣橙的向挽和晁新。

向挽听完,很不明白她这算是个什么问题:"那合租不就行了吗?"她和晁老师一开始便是合租的,那时也不大熟,但朋友之间合伙租房,是十分正常的事。

"好有道理啊,"彭婉之醍醐灌顶,"你小子。"她就知道,向挽鬼精鬼精的。但又有个问题,纪鸣橙不大爱搭理她,又不像晁新当时那么缺钱,怎么可能同意跟自己合租啊?

考虑了一周,也没有头绪。

又是熬了一晚上,她从录音棚出来,随手从工作室的冰柜里拿了根冰棍儿,一边吃一边走到楼梯间,准备打车回家。一抬头,却看到了纪鸣橙。好家伙,这是日思夜想,出现了幻觉吗?

还是那身羽绒服,揣着兜低着头,见到她,头抬了起来。彭婉之咬一口冰,吊儿郎当地嚼着,走过去,伸出食指往纪鸣橙肩膀上一戳。咦,硬的。不是幻觉啊?

纪鸣橙蹙眉,莫名其妙地望着她。

"不好意思啊,我以为你是鬼呢。"彭婉之嘬一下冰棍儿,"我熬太困了。"

"你咋来了?"又打个哈欠。

"你前段时间一直给我发消息,那天之后,就不怎么找我了,为什么?"纪鸣橙很不适应这个点儿谈话,也还没完全苏醒,说半句就轻咳一下。

"我忙啊。"忙着想咋跟你合租。

"你以前不忙吗?"

彭婳之眨眨眼，好奇怪啊，为什么纪鸣橙有点像在质问啊？

"这段儿……特别忙吧。"她"咔嚓"一声，又嚼两口，"啥事儿啊？"

纪鸣橙低低呼吸一口气："我总觉得……"

"嗯？"

"我没有喝醉过，所以要先跟你确认一下，你喝醉之后，是不是做了什么，完全不记得？"

"有时候记得，有时候就不记得，哦你还在纠结我对你发酒疯这事儿啊，我真不记得了姐姐。"彭婳之鼓着腮帮子。

"不是这个。"

"嗯？"

"你跟我说实话，我那天是不是也对你，"纪鸣橙下定决心，平静地抬眼看她，"耍酒疯了。"

"啊？"

04

"啥？"彭婳之没反应过来。

纪鸣橙低头望着垃圾桶，声音跟天山清雪似的，但说了她此生最暴力的话："我是不是也不当心扇你耳光了。"

单薄的声线在电梯间激起淡淡回响，彭婳之觉得，这可能才是幻觉。冰棍儿拿在胸前，化了，水一滴滴往下砸，和彭婳之心里喊"老天爷"的频率一样。

"你怎么，"她微笑了，声音很温柔，"会有这种想法呢？"心里的小人儿开始练拳击了。

纪鸣橙神色复杂地望着她的笑容，眼神更坚定了："你可以跟我直说，我知道你平时总喝酒，可能不在意这种事，但我……"

"谁说我不在意？！"彭婳之尖声道。

"那你在意？"纪鸣橙望着她。

"我，"彭婳之想用冰棍儿扔她，"不是，妹妹，不是介意不介意的问题，是压根儿就没这事啊。"

"不可能。"纪鸣橙说。

彭婉之瞠目结舌,眼皮都要抽筋了。

纪鸣橙推了推眼镜:"那天醒来,你坐在床边快哭了,说要给我跪下,后来你主动提出给我做早饭,之后对着给我煮的粥笑,端上来之后,你没让我自己盛粥,反而很温柔地问我,一小碗够不够,随后你把筷子递给我,本来是横着的,但你很贴心地捏着筷子中段,给我把筷头转了方向。"

"后来你说要开工,顺路把我送回去,下电梯时问我冷不冷,我说有点,你就去地库取车,没开你最喜欢的机车。"

"之后两天,你没有找我,周四,我给你发微信表情,你回了一个表情,如果是之前,你应该会回一个问号,然后再聊两句。"

"你的表现,跟我当初被你不小心扇了一巴掌,想躲着你一模一样。"

彭婉之脑子跟糨糊一样,都快被她说服了,不自觉就跟着她的逻辑走:"扇……"

"彭婉之,你突然对我服软,"纪鸣橙锁住眉心,望着对面,"是不是因为我跟你学着耍酒疯,你害怕了?"

彭婉之心里已经快憋疯了,很努力才平静下来,把已经化得差不多的冰棍儿往垃圾桶一扔,没敢再掏出湿纸巾来擦,就攥着手指不动声色地搓。搓了十来下,彭婉之才温婉地说:"纪老师,姐,咱们讲讲道理。打没打,你不知道吗?"

"你扇了我,你也不记得。"纪鸣橙说。

彭婉之抬手,在自己嗡嗡嗡的脑子附近比画两下,凑近她,克制地说:"我扇你,顶天了就一巴掌,但要把我打服,你知道要多长时间吗?我也不可能跪得那么快,你懂吗?"

"不懂。"纪鸣橙说。

彭婉之心里都快被泪水淹了,痛苦地望着纪鸣橙,语调都变了:"咱就是说,你都醉成那样了,晕晕乎乎的,你之前也没发过酒疯,你也不可能突然就暴力了,你懂吧?"

纪鸣橙神色复杂地望着她:"或许下意识地跟你学了。"

好漂亮的一个逻辑闭环啊,彭婉之自己都要信了。

"那你要怎么办吧?"彭婉之往墙壁上一靠,破罐子破摔了,从没跟博士对过线,更何况她认为,硕士的逻辑就够吊打自己了。

她望天叹了口气。

"你承认了?"

"我说没有,你信吗?"

"不信。"

彭婠之冷哼一声,那不就结了。

"便宜你了,我扇了你,你揍了我,咱俩扯平了,走吧。"彭婠之舔舔嘴角,还有残留的冰棍儿味,按下电梯,准备下楼。纪鸣橙沉默了,往她的身边靠了靠。

"你咋回家啊?"彭婠之瞥她,"我打车捎你?"

"我开车了。"

"嚯,你有车?"

"嗯。"

"今儿怎么开车了?"

"来接你下班。"

"你这是……"彭婠之眨了眨凤眼,有点拿不准她的意思。

"本来想跟你找个地方,谈一谈,但现在……"好像也没什么好谈的了,纪鸣橙低下头。

俩人一路无话地走上电梯,纪鸣橙揣兜望着渐渐倒数的数字,微微仰头,吸了吸鼻子。

"你干啥啊?"彭婠之偷眼看她,怎么好像有点……不高兴呢?

纪鸣橙叹一口气,仍旧望着液晶屏幕,思索着说:"你可能觉得,我这样的人,对这种事很较真,挺讨厌的。可是,我真的觉得这种事很严重,如果我打了你,我是需要赔礼道歉的。"

"我没有,纪鸣橙,"彭婠之有点慌了,"什么叫,你这样的人啊……"她嘟囔着放轻了语调。

"你一直觉得我土,不是吗?"抿抿嘴唇,看一眼电梯门的缝隙,纪鸣橙轻轻笑了一下。

"我没有,我觉得你人挺好的,真的,接触了之后才发现,真挺好的,我这两天还想呢……"彭婠之的脑瓜子一转,突然"叮"一声,定在当场。

见她久久没说话,纪鸣橙问她:"想什么?"

想……去你家住啊。

彭婠之暗暗地挑了个眉,心里的邪恶小人儿浮起一抹笑。眼神一瞟,她碰了碰纪鸣橙的胳膊:"你不是要谈吗?"

"嗯?"

"你要不困的话,去你家,咱们好好谈。"彭婠之叹了一口气,"其实发生这种事,我真也挺难开口的。"

"唉。"她眉头一蹙,对着电梯门摇摇头。

"还好遇到你是个讲道理的,咱们聊聊吧。"她诚恳地和纪鸣橙对视。

"礼貌问话,你有想法吗?没有的话,我就先说。"坐在纪鸣橙家的沙发上,彭婠之仍然不免紧张,剥一个橘子放松放松。

"没有。"纪鸣橙嗓音软软的,听起来有点乖。

彭婠之先给她捋一遍:"你看哈,咱俩现在都觉得挺对不起对方的,心里都有个坎儿,这么过不去很容易结梁子,那咱俩直接当闺蜜,不打不相识,不就冰释前嫌了吗?"

"我没有跟人当过闺蜜。"纪鸣橙说。

"啊?"

"不知道怎么当。"

"哦,这简单,"彭婠之瞌睡遇到枕头,"我建议,我们合租。"

彭婠之分了两瓣橘子,递给纪鸣橙。纪鸣橙望着水润润的橘瓣,久久回不过神来。

"现在是这么个情况,你怀疑你跟我学坏了,耍酒疯了,你道德感强,而我呢,也一心向善,想改掉耍酒疯的这个毛病。你看你人美心善,素质极高,正好可以监督我,少喝酒,文明饮酒,改掉坏习惯。这不是为社会做贡献吗?"

"还有,我那天瞟你手机,还有人喊你小姐姐,油腻成那德行,八成是个相亲对象吧?你肯定很苦恼,需要一个朋友帮你做情感指导,我呢,正好空窗期,一个人住也很无聊。"

"所以,"彭婠之挑眉,"咱俩合租,不刚好做伴儿吗?"

彭婠之又把橘子往前一送,纪鸣橙接了。她心里又"嘿嘿嘿"笑三声,面上倒是很凝重:"这个事儿都让你纠结了几个月,这几天,你也没睡好吧?"

"实不相瞒,我也是。"彭婠之吸吸鼻子,横着食指揉一揉,突然有点心虚。

但也不妨碍她继续循循善诱:"你不爱跟人肢体接触,从没有过室友吧?没感受过室友的关怀吧?冬天回家招呼你吃顿饺子啥的?香死了。"

纪鸣橙沉吟几秒,承认:"上大学时,跟室友住不惯,所以都是回家住的。"

"是吧!"彭婠之双手一拍,"你看你三十几了也没个朋友,相亲都没支招的人。"

她把最后的橘子吃掉,侧着脸睨纪鸣橙一眼。

纪鸣橙习惯性地把指尖对起来,交叉,又碰碰掌根。下垂的睫毛根根分明,在眼下投射出岁月静好的阴影。

彭婠之一看她这样子就知道,已经被说服了。小样儿,你是智商高,但感情属于智商范畴吗?这要是彭婠之搞不定她,白混那么多年了。

果然,纪鸣橙说:"我考虑考虑。"

"噗。"彭婠之没忍住,笑了出来。

纪鸣橙抬眼看她,彭婠之清清嗓子:"哎呀,吃齁了。"她趴到沙发扶手上,柔声道:"况且说,咱俩相互陪伴一阵,解解闷儿,也算是都补偿了,你说呢?"她伸手捧着脸,眨眨眼。

纪鸣橙收回手,也撑在沙发扶手上,指尖杵着下巴。

成了,彭婠之心领神会,但她不着急。优秀的猎人最重要的品质就是耐心。于是她站起身,适时以退为进:"都这个点儿了,我也真的困得要死了,你会收留我的吧?"

"别担心,就今晚,我说的那个事你慢慢考虑,我今天只是在你家躺几个小时,明儿还开工呢,你总不能让我这么晚赶回去吧?"彭婠之理直气壮,"这可是你来堵人,让我跟你谈,又把我带回家的啊纪鸣橙。"

纪鸣橙叹气,站起来:"我去给你铺床。"

"一起,一起,哪能这么麻烦你。"彭婠之小碎步跟上。

这博士买的橘子,是甜啊,还想再吃一个。哈哈。

05

  彭婉之看出来了，纪鸣橙其实并不想同意她的合租计划。因为她在铺床的时候一眼都没看彭婉之，跟她擦肩而过想要出卧室门时，还留下一个嫌她堵门口了的眼神。要是她们家苏唱，她们家向挽挽……倒也不可能是她们家苏唱，她们家向挽挽。

  彭婉之看着纪鸣橙简单清理了次卧的床铺，然后走到主卧的衣柜前，打开，蹲下，给她找被套。先翻出一套看起来有点旧了，她摸了一下，又放了回去，从下面翻找出只睡过一次的一套。

  "就，也不用那么客气，我不嫌弃你。"彭婉之站在门边儿，看她蹲着那样，突然有点不忍心。

  纪鸣橙没有谈过恋爱，对这方面也不太开窍的样子，不然也不会允许那种油腻男对她发"小姐姐"，她看起来怎么说呢，像是特别听父母话的那种。假如她妈妈给她打一个电话，说谁谁谁不错，她就会在下班之后赶过去见面。应该还会家教良好地、温声细语地吃完一顿饭。她这样的人，开车都不会超车，等红绿灯也不紧不慢的，眼看着绿灯要跳了，很早就开始减速。

  她应该非常谨慎，也非常不喜欢自己的人生出现意外。所以之前彭婉之不爱和这样的女孩儿玩，是人人交口称赞的安稳人生，也是一眼看得到头的安稳人生。

  像死水，没有任何一个缺口的湖泊，永远是死水。靠天降的雨水积蓄迟缓的热情，再用漫长的岁月等待干涸。

  此刻这样的一个姑娘，曾经是不苟言笑的医生，但蹲在衣柜前，因为彭婉之而迟疑地摸了一把被套的质地，微小的动作说明，她有一点紧张。在她的一生中，应该很少有这样无措的时候吧。哪怕她时常表现得平静而温和。

  纪鸣橙抬手把耳发钩到后面去，抱着被子站起身来，白皙细嫩的侧脸显得她的面庞很单薄，然后她睁开有着漆黑瞳仁的眼睛，抬头向上看，从上方的格子里找出一套叠得齐齐整整的睡衣。

  "纪鸣橙……"彭婉之突然就心软了。心软得一塌糊涂。唉，也不知道自己刚在干啥。

"先去洗澡吧,有一次性内裤,在洗手池下面,自己拆。这衣服过了水,我还没穿过。"纪鸣橙递给她。然后抱着被套准备去铺床。

彭婠之拉住她的手腕:"我能要你穿过的睡衣吗?"

啥?

"你别用看变态的眼神看我好吧?"彭婠之欲哭无泪,"我不是告诉过你我失眠吗,但很奇怪,那两次我在你旁边就睡得挺好的,我感觉你那个沐浴露的味道,特别安眠安神,我想着,穿上你的睡衣是不是也能有点效果啊?"她耐着性子解释。

纪鸣橙看她拉着自己的手腕,示意她放开。彭婠之缩回手,才听纪鸣橙反问:"你是说,我沐浴露的味道,助眠?"

"对。"

"那你用我的沐浴露不就行了吗?"

啊这……是啊。彭婠之讪讪地往浴室走,当她没说吧。浴室的门一关,艳丽的女声从封闭空间里传来:"纪鸣橙!"

"怎么了?"铺床的手一顿。

"我那个好像快来了,肚子有点痛,你有没有护垫啊,给我用一下,我怕弄脏你衣服。"

"也在洗手台下面,用塑料袋装着的一包。"

"哦那我随便用了啊。"

纪鸣橙没再回话,专心给她把床铺好。等彭婠之洗完澡出来,纪鸣橙已经在主卧里关好房门了,彭婠之探头跟她说一声:"我洗好了,你进去吧,我睡了啊。"

"嗯。"里面应了一声。

"晚安。"彭婠之拉长声音喊。

纪鸣橙没回。唉,彭婠之叹口气,还是让她消化消化吧。

躺到床上,彭婠之才发现那并不是纪鸣橙的沐浴露的味道,她还打开了洗发水闻了闻,也不是。

那款沐浴露她自己也用过的,洗发水也就是常见品牌,都没有她曾闻过的带着茉莉和橙皮的味道。好在枕头是纪鸣橙用过的,还有一点残留的

味道，所以彭婠之没有熬太久，在思索这究竟是有什么科学原理还是什么玄学因素，沉沉睡去。

第二天纪鸣橙是下午班，正好彭婠之也就录几个预告，可以晚点去。因此她允许自己睡到十一点才起来，但意外的是，她十点就醒了。原因是，身上有点痒。嘶……想伸手挠，又够不到，硬生生忍住，蹭了两下，然后爬起来，洗漱完毕，走出去，看到正在吃早餐的纪鸣橙。

"煮蛋器里还有一个。"纪鸣橙一面剥鸡蛋，一面说，"牛奶在冰箱旁边的流理台上，你要喝的话自己拿一盒。"

彭婠之用手指做梳子，把长卷发拨弄到后面去，点点头，转身往厨房走。

"等等。"身后传来纪鸣橙清淡的声音。

"怎么了？"彭婠之回头。

"你，"纪鸣橙侧脸看她，"你脸色怎么不太对？不舒服吗？"

"没有啊。"彭婠之风轻云淡地瞥她一眼，到厨房拿蛋出来剥。

但纪鸣橙专注细节的眼神没有放过她，在她扭捏地走出来，坐到对面，然后交换了四次二郎腿，仍旧难耐地蹙起眉头时，纪鸣橙放下手中的牛奶，认真问她："到底怎么了？"

"你在我家，要是不舒服了，应该跟我说。"而且，她还是医生。

彭婠之小小地鼓了鼓腮帮子，凤眼一悠："我有点痒，不知道是不是过敏了。"

她看见纪鸣橙的喉部一滑，跟她确认："你知道你的过敏原吗？"

"不知道。"

纪鸣橙想了想："你下午几点去录音？"

"四点半。"

点点头，纪鸣橙拿出手机发微信。

"你干什么？"彭婠之还举着半个鸡蛋。

"找我们医院的同事给你加个号，查一查。"纪鸣橙头也没抬。

"我怎么就要去看病了？"彭婠之没反应过来，再说了，这事问过她了吗？怎么搞得像通知一样。

"嗯。"纪医生没有解释的意思。

"不是，"彭婉之伸手，一把按住她的手机屏幕，"你什么意思啊？看不看医生，我自己不知道啊？我只是稍微有点痒，等一下再看嘛。"

纪鸣橙的手指被彭婉之按着，也没有再反抗。她思索了一下，润了润嘴唇，低声道："你是在我家出现的症状。"轻轻带过一句，她又说，"而且，过敏这事不可以掉以轻心。"

彭婉之眨两下眼，声音也放轻了："你……你担心我啊？"

"我没有担心你，只是，我是一个医生。"纪鸣橙把手从彭婉之手心里抽出来，"赶紧吃，吃完我们一起过去。"

彭婉之歪歪扭扭地努着嘴，小小"啧"一声，把剩下的鸡蛋吃掉。

喝完牛奶，纪鸣橙刚好在主卧换好衣服，彭婉之仍旧靠在门框处，撩起睡衣袖子，挠了挠胳膊肘，问她："我能穿件你的吗？昨天的衣服穿两天了，又熬了夜，闻着有股味儿。"

声音哑哑的，听不出来嚣张了："你放心，我穿完给你干洗。"

纪鸣橙没看她，把衣柜的滑轨拉到最大，然后站到一边，彭婉之一溜烟地小跑过去，一看，衣柜整整齐齐，一排衣架挂着黑白灰的色调，乍眼看上去，很高级，仔细一看，特别土。比如白衬衫是棉质的，灰也不是时尚的高级灰，而是软乎乎的线衫，像她妈妈有时会穿的那种。

彭婉之突然就有点后悔。

但该说不说，人家都敞开衣柜了，不挑两件显得自己特别好像嫌弃她似的，彭婉之伸出手，指尖动两下，犹犹豫豫的，没话找话说："你竟然连衣架都是一个方向，一个款式。"

"嗯。"

彭婉之瞥她一眼："看你这小眼神儿，怎么好像有点骄傲呢？"

"你看错了。"纪鸣橙淡淡地推了推眼镜。

于是彭婉之很勉为其难地找了一件套头衫，外套还穿自己的。要拉上衣柜时，她伸手一拦，又看一眼纪鸣橙的浅蓝色衬衣和白色勾线开衫，"嘶"一声，试探："要不，我也给你搭一套？"

纪鸣橙左手按了按自己开衫的扣子："怎么？"又觉得她土了是不是？

其实她也知道，但她平时不怎么在意穿着，也没有时间逛商场，有时甚至是她妈妈买了直接往衣柜一塞，她就拣几件穿。而且平时上班都穿白大褂，里面的衣服好像也不怎么重要。

看一眼彭婠之，纪鸣橙把关门的右手放下，坐到床边，双手撑着床沿。

彭婠之"扑哧"一下笑了："你还挺傲娇，想打扮直说呗，都是女的，谁不懂啊？"

说着她像个主人家似的挑选起来，拎出几件往纪鸣橙身上比画比画，一下冲得太猛，惹得纪鸣橙的身子微微后仰，手本能地抬起来，举到彭婠之的腰侧。

彭婠之曲起一只腿跪到纪鸣橙旁边的床铺上，另一条腿支着，转身又伸手往衣柜里够。纪鸣橙怕她摔了，铁衣架打到自己脸上，护在彭婠之腰间的手便没放下来，保持了半个拳头的距离。

彭婠之低头看一眼纪鸣橙的长腿："还穿你上次那条牛仔裤吧？你腿特好看，而且那双小靴子还挺潮的。"

"是吗？"纪鸣橙掀起单薄的眼皮，自下而上看她一眼。

"我的眼光，你放心。"彭婠之笑起来，凤眼眯眯的，"再搭上这个，宽松款的黑色套头线衫，感觉配白大褂还挺带感的。"

"带感？"

"嗯哼。"

"什么带感？"

"白大褂带感啊。"

"白大褂……有什么带感的？"纪鸣橙头略偏了偏，柔顺的长发从肩头滑下来。

"制服啊，你懂不懂。"彭婠之笑嘻嘻。白大褂这种克制又专业的套装，白羊座喜欢得要死，只不过自己是学渣，没有机会穿。

"你下次买一点黑色小脚的牛仔裤吧纪鸣橙，那个很好穿搭，而且特别显身材，其实你身材挺好的。"彭婠之一边挂一边说。

纪鸣橙想说她不会买，但犹豫了一下，说了"嗯"。

换了衣服，俩人就马不停蹄往医院赶，这回纪鸣橙没骑小电驴，还是开车，好在大中午的竟然有个车位，纪鸣橙带着彭婠之从医护人员直达楼层的专属电梯上去，先到了口腔科，打卡换白大褂。

纪鸣橙是下午两点的班,所以没有那么着急,不过也按照日常的习惯,先洗了洗保温杯,倒上一壶热水,放到桌面,看微信上同事说可以过去了,然后才跟彭婠之说:"走吧。"

彭婠之跟着她下到六楼,临近中午,候诊的人还是很多。

纪鸣橙把手揣在白大褂的兜里,走在彭婠之前面,让她突然生出一种狐假虎威的感觉。

走到分诊台,几个穿着粉制服的小护士先是跟纪鸣橙打了招呼:"纪医生。"纪鸣橙微笑着点点头,然后径直往4号诊室去。

4号诊室外边没有候诊的,就诊信息上只写了医生名:齐什么,后两个字有点罕见,彭婠之认不出来。纪鸣橙拧开门把手直接进去,打招呼:"齐姐。"

"小纪,来啦?"齐医生正伏案写着什么,见到她笑逐颜开地把笔放下,站起来,也是习惯性地插着兜。

"嗯,"纪鸣橙把身侧的彭婠之让出来,"我跟你说的那个朋友,齐姐帮忙看看吧。"

"行了,"齐医生扬扬下巴,一副"你放心"的样子,"你去忙,我亲自看。"

"谢了。"纪鸣橙笑了笑。

彭婠之的眉尾无意识地一挑,原来纪鸣橙与人社交起来是这样的啊?有点酷,竟然还会笑,笑起来干净又纯良,但莫名其妙还挺飒爽的。

纪鸣橙看她一眼,说:"我先上去,看完给我发微信。"

"知道了。"彭婠之看一眼端起搪瓷杯喝茶的齐医生,怎么忽然有点脸红呢。这个氛围吧,很诡异,就跟上幼儿园家长把孩子交给老师似的。

第三十二次感叹,其实有医生朋友,还挺好的。

依然是一样的流程,问诊,开单子,检查,然后等待结果。检查结果出来得很快,彭婠之简单问了下情况,齐大夫给开了药,然后她一边看单子,一边往外走。打开门,纪鸣橙就在门外,站在拐角处稍内侧的地方,仰头看墙上的疾病科普。

"欸?"彭婠之走过去,"你不是在楼上吗?"

"刚好下来找人,看你差不多快结束了。"纪鸣橙问她:"怎么样?"

说话间齐医生也端着水杯走出来，跟纪鸣橙笑着打了招呼，停下脚步说："没事，查了，是卫生巾过敏，以后注意点儿别用网面的。"

彭妁之点头，之前自己家的卫生巾常年用一个牌子，从不知道还有对网面护垫过敏的情况。

原来如此，难怪彭妁之难以启齿。纪鸣橙扇了两下睫毛，看一眼彭妁之。

彭妁之吸吸鼻子，怎么好像有点感冒呢？

和齐医生分开，纪鸣橙往楼上走，没有坐直梯，而是上了右前方的扶梯，扶梯上没其他人，彭妁之站在离她矮一个阶梯的左侧。

"还上楼？你还要回诊室啊？中午不吃饭啊？"彭妁之问她。

"七楼交费，拿药。"纪鸣橙没回头。

"哦。"

到取完药，纪鸣橙也没再跟她说话，看彭妁之也难得地沉默了，把药装进包里就要回家，纪鸣橙终于有了点反应，叫住她："吃饭吗？"

"啊？"

"中午了，你不吃饭吗？"

"你请我啊？"彭妁之突然又高兴了，蹭饭当然最开心啦。

"食堂，爱吃不吃。"纪鸣橙走到直梯前，按下按钮。

"嘿嘿，不吃是白痴。"彭妁之走过去，把包包扣好。

彭妁之下过很多馆子，但医院的食堂还真是第一次来，也许是因为职业滤镜，这个食堂看上去也干净很多，白色和绿色的桌椅相间，对面是一排打饭的橱窗，跟大学似的，不同的是要清淡一点，闻着没有厚厚的大油味儿。

彭妁之跟着纪鸣橙走过去，拿了餐盘然后打了简单的工作餐，纪鸣橙替她刷卡，食堂阿姨看上去认得她，还笑着寒暄："带朋友来啦纪医生？"

"嗯。"

和彭妁之找了个安静的角落坐下，她又继续贯彻"食不言寝不语"的原则，低头夹着米饭，矜持又慢条斯理地吃着。

彭妁之觉得很无聊，一边吃一边刷手机。快要吃完，纪鸣橙喝了两口汤，咽下去之后用纸巾擦嘴，眼神依然盯着汤，却轻声问彭妁之："什么时候搬过来？"

"哈？"彭婠之一时没反应过来，但很快又缓冲完毕，"你是说，你同意跟我合租啦？"

说着说着，打了个嗝。

纪鸣橙没否认。

彭婠之笑了："你是不是觉得，我昨天说的还挺有道理的？"

"不是。"纪鸣橙双手交叠在桌上，坐直身体跟她说，"我不觉得你的建议对解决问题有任何建设性，但是……"

眼看彭婠之要不高兴了，纪鸣橙问她："你说你常年失眠，但在我家能睡好，是吗？"

"对啊，是真的。"彭婠之很诚恳。

"嗯，"纪鸣橙继续道，"现在你身体有炎症，需要治疗，并且你是因为用了我家里的东西导致的过敏。"她轻咳一声："你可以在我家养病，调整作息，等身体好了，再搬回家。"

"纪鸣橙，"彭婠之单手捧着脸，很感动，"你真是人美心善，谁看了不说一声好。"

纪鸣橙皱眉，低头继续喝汤。

彭婠之矮下脖子勾着看她一眼："哎呀，想笑就笑嘛。"

"姐看出来了，你很爱听人夸，以后作为室友，我多夸你，好吧？"

而且纪鸣橙这人挺骄傲的，不允许人质疑她一点专业技术和职业素养。

纪鸣橙不置可否。

彭婠之乐了会儿，举着手机看下时间："那我一会儿就回去收拾收拾东西，住不了多久，我就带个行李箱就够了，然后四点半去录音……唉，你几点下班啊？晚上我去买点虾吧，我做海鲜还行。"

彭婠之这个人，一向很会交朋友，因为她特别会你来我往，投桃报李，纪鸣橙准她在自己家里养病，彭婠之就很感动。

而且，她看着纪鸣橙一丝不苟的头发和着装，忽然又有点愧疚了，无论怎么说，是自己欺骗在先，利用了人家的心软。

于是她决定对她好点儿，以后都对她好点儿。好到等她搬出去的时候，纪鸣橙都恨不得给她定做一个"中国好室友"的锦旗的那种。

"晚上不行，晚上我要去跟人吃饭。"纪鸣橙迟疑了一下，看了眼今

天的日期。

"相亲啊?"彭婠之八卦地问道。

见纪鸣橙没反应,她知道了,但有那么点不被重视的不高兴:"我今儿第一天搬过来,你就要抛下我去相亲啊?你这么不会做人的?相亲什么时候不行,你跟他说改个时间,我告诉你啊,要是那男的都不肯迁就你一次,以后能迁就你一辈子吗?"

"而且,我自己一个人进你家,你不怕我不熟悉,乱动你东西啊?"

舌灿莲花。纪鸣橙沉默三秒,拿起手机:"行。"

完美。彭婠之给她一个赞赏的眼神。

CHAPTER THREE

比如时间，比如岁月
Biru shijian, biru suiyue

比如时间，比如岁月

Biru shijian, biru suiyue

01

彭婉之这天心情很好，录音录得快，收工也早，并且没有像往常一样请大家吃下午茶，而是搜了附近的海鲜市场，买上半斤虾，一点鲍鱼，几个螃蟹以及蛏子。再拖着行李箱按照记忆找到纪鸣橙的楼栋，根据她给的密码开了门。

"什么时候回来啊橙子？"她有礼貌地给纪鸣橙发了个语音。

没人回。

彭婉之哼着小曲把海鲜放到厨房，想了想，毕竟刚来人家家里，还是不要太随便，决定等纪鸣橙回来。

坐到她最心爱的科技布沙发上，刷了会儿手机，腰就疼了，于是她躺下来，按照自己往常的习惯，把腿搭到沙发靠背上。另一腿抵着扶手左摇右晃，微博小视频传来熟悉的声音："注意看，这个女人叫小美……"

与此同时，彭婉之听到了家里诡异的脚步声。猛地抬头，纪鸣橙从书房出来，平静地望着她搭在沙发靠背上的脚。

"啊，你怎么在？"彭婉之赶紧坐起来。

"这是我家。"纪鸣橙穿着家居服，很恬静的样子。

"你这么早下班的？"彭婉之惊呆了。

"没记错的话，我告诉过你，四点半下班。"

"但你今天下午班啊，两点才上班。"

"也是四点半。"

"天,你这工作也太爽了,"彭婠之啧啧称赞,顿了顿又想起来,"那我给你发微信,你怎么不回啊?"

纪鸣橙笑了一声:"我以为,你在讲笑话。你回来时,应该看到我的鞋了。"

彭婠之转头看玄关,还真是……

"还是你早上给我挑的那一双。"纪鸣橙屈指顶顶眼镜,补充一句。

"嗨!"彭婠之站起来,耸耸肩,两手背在身后拉伸一把,作势很忙碌地往厨房走,"你这个厨房我看看,好不好用啊?能不能展示我的厨艺啊?这海鲜很肥的,你看一眼,只要你的锅不拉胯,我保证好吃。"她两手支着塑料袋,给纪鸣橙看蹦跶的螃蟹。

"你会做海鲜?"纪鸣橙随意地靠在洗手池旁,示意她把捆好的螃蟹丢进池里。然后摘下眼镜,挽袖拿起小刷子,准备刷一刷。

"那当然啦,我海鲜做得可好了。"彭婠之支着脖子看哪个锅适合蒸。

纪鸣橙指一指下方的柜子,意思是里面还有锅,让她挑:"上次我看你好像不怎么会熬粥。"

彭婠之蹲下来往柜子里看:"别的差点儿,但做海鲜我是一绝。"

"很少有人在菜系里选择进修海鲜。"纪鸣橙一面刷螃蟹,一面说。本来不打算再开口了,但想着彭婠之不辞辛劳地买菜做饭,她觉得自己还是应该礼尚往来一下。

彭婠之拿起一个大一点的煮锅,比画比画蒸架,放到灶台上,笑了:"哪是进修啊,我之前谈了个男朋友,他贼爱吃海鲜,尤其是蒜蓉粉丝蒸扇贝,一口气吃八个。"她夸张地比画着手势,和纪鸣橙对视一眼,嘴角下撇,有点嫌弃。

"姐那时候猪油蒙了心,想着给他洗手做羹汤,专门学了这玩意。"

"猪油蒙了心"这个说法让纪鸣橙又笑了,低头伸食指逗了一下螃蟹的小钳子。

纪鸣橙罕见的孩子气动作,彭婠之刚好捕捉到,而且觉得很新鲜。她把锅送到洗手池,放到一边准备洗,然后趴到流理台上,仰头看纪鸣橙:"其实我发现,你也不是不爱笑,但你的笑点有点奇怪,有时候我都不知

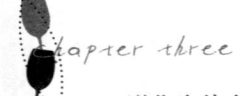

道你为什么笑。"

"是吗？"

"嗯，比如说，白天我们在医院，我跟医生说我没那个过，你突然笑了一下，你笑什么？我到这会儿还没想明白。"

"没笑什么。"

纪鸣橙开始刷锅。

"难道，"彭婠之挤着眉尖儿，表情很离谱，但试图和纪鸣橙建立连接，"像你这种传统女人，是因为我和你一样冰清玉洁，感到欣慰？"

轻咳一声，纪鸣橙有点忍不住了。她难以理解地望着彭婠之，缓缓重复："传统女人，冰清玉洁？"

彭婠之第一次看到老古董纪鸣橙用"都什么年代了啊"的眼神看自己。被鄙视链末端的人所鄙视，彭婠之有点无地自容了。"我声明，我没有这种'封建'的想法啊，我就是，努力理解你。"

纪鸣橙淡淡说："你对我的误解有点大。"

没等彭婠之再开口，纪鸣橙这次主动道："我笑，是因为你当时的动作挺可爱的。"本来想说"挺好笑的"，但她看了一眼彭婠之认真听她讲话的眼神，斟酌着换了个词。

彭婠之张口就来地夸过纪鸣橙很多次，但是这是第一回，纪鸣橙这么直白地夸她，还是她惯常的一本正经的口吻。莫名就让人有些脸热。

纪鸣橙垂着眼帘，继续清洗螃蟹："另外，'冰清玉洁'这个词，是品行高洁的意思。"

"哦。"彭婠之受教了。

"所以，还觉得你冰清玉洁吗？"

"我，还行。是个好人，嘿嘿。"彭婠之没来由地觉得纪鸣橙像在逗她，但她没有证据。

接过纪鸣橙递来的锅，她离开洗手池，插了句话："你要会切姜的话，切点儿吧，等下和蟹一起蒸。"

话题又绕回海鲜上，彭婠之一面摆螃蟹，一面说："话说，你想不想知道，我和那个'海鲜男'怎么分手的？"

"你说。"

"他前女友回来了,我成炮灰了。"彭婉之提起来还是气,"敢情姐就是个替身。"

一旁的纪鸣橙不紧不慢地剁姜:"你谈过很多个男朋友,我记得。"

"对。"

"那为什么……"纪鸣橙住了嘴。

彭婉之了然地一笑:"为什么,从来没有'两情相悦'过?"

"嗯。"

"不告诉你。"彭婉之吊儿郎当地顶了顶口腔,假装嚼两下泡泡糖。

"跟你八卦这些,是想告诉你,姐的恋爱经验可丰富了,一眼就能看出是不是渣男,你以后相亲,我帮你参谋,保证给你挑个靠谱的。"彭婉之仗义地挑挑眉。

02

吃过饭洗好碗,纪鸣橙继续回书房写东西。

彭婉之特别会招呼自己,把箱子拖到次卧放好,再换上家居服,然后瘫到沙发上,开始看综艺。看着看着又把桌子上的石榴剥了,自我投喂。彭婉之笑点很低,哪怕是搞笑艺人硬挠人胳肢窝,她都能乐得直不起腰。

看了十来分钟,收到一条微信。她眼盯着电视屏幕打开手机,竟然是纪鸣橙。三个字:"小点声"。

彭婉之直呼见了鬼,站起来往书房去:"喂!"

"你嫌我吵,说一声不就完了吗?发微信干什么啊?"她敲敲门,然后拧动把手,探出头去,"吃水果吗?我给你削个苹果。"

纪鸣橙侧脸看她:"不吃。"

彭婉之趁势进去:"看书呢?"趴到桌面,本来想搭两句话,定睛一眼满眼英文,她说一声,"僭越了。"立马退下。

"咔嚓"一声掩门,纪鸣橙望着书本,没有翻下一页,而是拿起手机。

于是彭婉之刚走到客厅,又收到一条消息:"你手上的石榴,是我买的吗?"

彭婉之折返回去,隔着门问她:"是啊我从你水果盘里拿的,咋了?"

"那是最后一个。"纪鸣橙说。

chapter three

"啊,我不知道,不好意思啊,我明天给你买。"

"甜吗?"

"挺甜的,怎么了?"

"明天记得买这么甜的。"

彭婉之乐了,屈起食指敲了她的门一下,然后笑着说:"我洗澡去了啊,我来你这调生物钟的,我得早点睡,也省得吵你看书。"

"嗯。"

坐下玩了会儿手机,彭婉之擦着头发从浴室出来,带着周身浓郁的暖香:"你去洗吧,吹风机在哪儿呢,借我用一下,我没带。"

纪鸣橙从浴室的柜子里拿出吹风机,在沙发旁边插好电源,递给她。

"你要去洗吗?"彭婉之抬头,自她手里接过吹风机,素面朝天地望着她。

纪鸣橙印象中的彭婉之永远都是妆容精致、斗志昂扬的,性子烈,而且吃软不吃硬,听说一个组里给女配音演员的价钱比男配音演员低一档,她上去就跟人拍桌子,说别跟你姐姐我说什么行规,要么你找别的导演,在我这儿,钱只按台词结,搁这男女两队各走一边的不知道的还以为上厕所呢。

"姐姐我在圈儿里十几年了,为的是这录音棚,不是陪你修厕所的。"

这句话在刚入行的小姑娘们之间口口相传,她们都觉得彭导很帅,但可能只有纪鸣橙她们几个一路走来的老人知道,当年二十出头的彭婉之是怎么录了整整六个小时,拿到一顿点外卖都不够的工资,蹲在楼梯转角的背面偷偷哭的。

已经退圈的前辈吴可去安慰她,问她是不是嫌钱少了。她说:"不是,吴姐,我嗓子哑了,刚刚怎么清,声儿都不脆了,我担心是不是废了呀。"她很怕发声方式不对,毁了声带。那时候她挂着眼泪,鼻子红红的,像被雨打湿了一样。

和现在有点像,长卷发湿漉漉的,睫毛也是,脸上的精华液没有被拍到完全吸收,像附着在毛孔外边的水汽,令她看起来很年轻。

"怎么?"于是纪鸣橙的眼神也耷拉下来。

"你现在要去的话,我就先把洗了的内衣拿出来晾上,你帮我找个衣架。"彭婠之要站起来。

"我帮你晾吧，你吹头发。"纪鸣橙往洗手间去。

"那是内衣哎纪鸣橙！"彭婠之拉住她的手腕。

噢，纪鸣橙心里笑叹一声，可能是刚才的回忆太让人心软，一下子没反应过来。"那你去，衣架在门背后。"她说完坐回沙发上，继续玩手机。

彭婠之趿拉着拖鞋，小跑步去把衣服晾了，然后规规矩矩地回来吹头发。

等纪鸣橙洗完澡，客厅的灯已经灭了，看一眼，次卧的灯也没开，她没什么睡意，还是坐回书房看书。才十点，还能听到小区里住户在花园里遛狗的声音，零零碎碎的。纪鸣橙很爱听夜晚书页划过的响动，仿佛可以把所有立体的东西都变得扁平化，也把所有看不见摸不着的东西都变得具象化。

比如时间，比如岁月。

门外响起一阵脚步声，迟疑又错落，到书房门口停下，想来是看到了门缝里的光。

影子从门缝里拓进来，当主人试探的马前卒。彭婠之的声音比光影还要薄，甚至带了一点无措："纪鸣橙，你还不睡啊？"

"怎么了？"折腾一天，她不累吗？

门轻轻被推动的声响，好像彭婠之靠在了门的另一边，她没打算开门，只把后脑勺微微抵在木板上，仰头看着过道上方的射灯。

"我又睡不着了。"

"是太早了？"纪鸣橙转动转椅，面向门口，但没有起身。

彭婠之连叹息都沾了些许失落："花园里有狗叫，另一面靠着路边，偶尔有大车碾地的声音，我睡不着。"

她站直身体，准备到客厅沙发上去缩一会儿，但门开了，纪鸣橙站在门框处："你能听得这么清楚？"

"不仅这些声音很清楚，我还能听到我脑子里的声音，厉害不？"彭婠之笑了。但她笑得很疲惫，纪鸣橙没见她这样笑过。其实很难想象时间到底改变了她们什么，当初咧着嘴角的明媚少女也终于换上疲惫不堪的笑容。

chapter three

"那……我陪你聊会儿。"纪鸣橙说。

彭娴之抿抿嘴唇,收敛过的眼神往书桌上一瞟:"要不,你去我房间看书吧?"

纪鸣橙愣了愣:"这样你能睡着?"

"我不知道。"

"我看书会开灯。"

"我不怕光。"怕安静,又怕耳朵不得安宁。

纪鸣橙没再说话,拿起书跟她到次卧。次卧没有书桌,于是纪鸣橙坐在床边,背对着彭娴之看书。彭娴之缩到里面,用被子把自己裹好,又戳了戳她单薄的脊背:"你这样不冷吗?"

"不冷,我在书房也不冷。"

"不行,我看着你冷。"彭娴之露出一个脑袋。

"你躺进来,我拿个枕头给你靠着床头,也舒服点儿。"说着,她递给纪鸣橙一个乳胶枕。要不纪鸣橙这样陪着她,她挺过意不去的。

于是纪鸣橙靠坐到彭娴之身边,一手掌着书,另一手习惯性地掖了掖被子中央,省得漏风。彭娴之满足地闭上眼,但没睡,只在纪鸣橙翻书的声音中轻声说:"有时候你觉不觉得我挺矛盾的?"

"嗯?"

她闭着眼睛笑:"白天我总觉得自己很强,晚上就是脆弱女人,以前我自己在家的时候,还喜欢穿着睡袍倒一杯红酒,站在落地窗前看繁华夜景,那时候我觉得我可落寞,可孤独了。"

纪鸣橙笑了一下。彭娴之也觉得好笑,叹一口气,又说:"这会儿靠着你,我想起来,咱们也是认识十来年了,你说,哪能想到有一天会这样住在一起呢?"

"挺奇妙的,这个月发生的很多事,我都觉得挺奇妙的。现在住进你家了,我还觉得有点不真实,总觉得跟你还不太熟呢。你觉得跟我熟不?橙子。咱俩做好朋友吧。"

"谢谢你,橙子。"她说着,声音渐渐小了,手放在脸侧,浓密的卷发铺开,睡得很乖巧。纪鸣橙把书合上,看她一眼,心里说了句,晚安。

03

彭婉之今天起得很早，神清气爽。拉开窗帘的时候，她突然想到一句话，江城最贵的不是房价，而是四时不变的艳阳天。如果要用银子等价交换，可能一千两也不够，可能一万两也不够。

彭婉之对着大大的落地窗笑了笑，伸了个懒腰走出门，然后在走廊处停下脚步。

客厅的阳台上，纪鸣橙执着铁质的洒水壶浇花，她在浇灌枝叶，阳光在浇灌她。等几株花朵都被照料到，纪鸣橙放下水壶，盘腿坐在小软垫上看书。

彭婉之突然就在想，为什么纪鸣橙那么有安眠的效果，可能因为她是这个快节奏都市里的bug（程序错误），她似乎从来没有着急的时候，她会规划好她的每一分每一秒，像分好一块软绵绵的奶油蛋糕，不疾不徐地享用它。享用，对，彭婉之觉得这个词用得很精准，纪鸣橙像是在享用时间，因此她坐在那里的时候，像是时间的主人，尽管她看上去纤细得没有多少力气，垂下的长发像丝绦，翻页的手指像玉骨。

彭婉之突然就觉得，她更贵，比江城的阳光都要贵。

"早上好，纪老师。"彭婉之舒坦地打招呼。

纪鸣橙转过头："早上好。"

"睡得好吗？""有好一点吗？"

两个人同时说。

彭婉之笑了："你是说我的睡眠，还是身体啊？"

"你可以随便回答一个。"纪鸣橙低头看书。

"那我就不回答了，"彭婉之坐到沙发上，"反正你也是场面话。"

纪鸣橙没再答，彭婉之玩了会儿手机，突然想起来："你今天没排班？"

"嗯。"

"那中午吃笋烧排骨，你觉得怎么样？"早饭不想吃了，彭婉之拆开一袋饼干。

"你会做？"

"一般，你打下手吧。"她自己嚼了一块，又觉得吃独食不太好，于

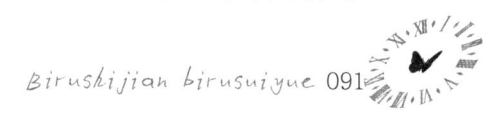

Chapter three

是走到纪鸣橙旁边，拈起一片递到她嘴边。纪鸣橙抬眼看她，彭婠之嫌她扭捏："哎呀，你不是看书吗，手要翻页，别把书弄脏了，我喂你。"

纪鸣橙迟疑片刻，然后张嘴咬住一小块。彭婠之"噗"地嗤笑，揶揄她："你就不会一口包住接过去？这一下一小口的，我还得伺候你啊小姐？"

"是你要喂我的。"纪鸣橙仍旧不紧不慢地咀嚼着，神色淡淡的。

"得，我喂出白眼儿狼来了。"彭婠之真就等她嚼完了，才拍拍手，去洗手间洗手，把头发扎起来，然后换衣服。望着镜子里唇红齿白气色良好的女人，她暗暗给自己加了个油，要好好睡觉，照顾身体，活得比乌龟还长啊彭婠之。嘿嘿。

下定决心之后，彭婠之就以开展一个大项目的严谨态度来对待此次合住，欺骗他人的愧疚心理和感恩睡神的报答心理交织，导致她看着纪鸣橙越看越觉得她有种"微服私访"的感觉，想着在有限的合租时间里尽量对她殷勤点，这样即便她发现真相，也会念着自己的好。

更重要的是，纪鸣橙完全没有想过收她房租。于是彭婠之就自然而然地包揽了家务活，每天像田螺姑娘一样扫地擦地，买菜做饭，她的工作安排是一阵一阵的，前段时间赶了工，最近不是太忙，居家时间比较长。

彭婠之当然不觉得自己讹上了纪鸣橙，相反，她认为俩人在互相帮助。比如她发现这个小纪博士也有短板，那就是做饭很难吃，而自己义不容辞地接管厨房，每天对着菜谱给她变花样做饭，小纪医生自此丧失了和食堂大姐交流感情的机会。

又比如，晚上她热情地邀请纪鸣橙跟她一起追剧，然后跟着纪鸣橙泡脚，俩人两个同款泡脚桶，在沙发上排排坐，彭婠之给纪鸣橙讲剧情，还给她削苹果。

"每天一苹果，医生远离我。"彭婠之每次递给她的时候，都要讲这个烂梗，然后再往旁边挪挪身子。

再比如，她还偶尔带纪鸣橙骑机车兜风，有一次半夜十一点，她们从江边空荡无人的大道上飞驰而过，四周闪烁的灯光无声而喑哑，眯在眼里像是遗落的目光，彭婠之感受着纪鸣橙贴在她背上的僵硬的身体，大叫着把声音从头盔里透出来:"橙子,我跟你说!你要觉得开心的话,你得喊!喊两下,特解压!"

纪鸣橙没有喊,但下车时,她熟练地把头盔摘下来,脸色惨白,望着手里的头盔,突然笑了。

彭娴之载过很多人骑机车,但没有一个是纪鸣橙这样的反应,安静,包容,嘴唇都褪色了,眼里还有一点生理性的波光,然而她望着头盔淡淡地微笑。彭娴之突然觉得,她把自己的摩托车也变慢了,把澎湃的心潮也变慢了,但她没有很反感。

于是她突然发现,"过时"这个词,有时候也意味着不会被时间要求和束缚,不是吗?

纪鸣橙是一个过时的人,也是一个时间之外的人。她有自己的一套规则,挺奇妙的。不过这仍旧不妨碍彭娴之致力于把纪鸣橙打扮潮一点。彭娴之很爱网购,想着人也没收她房租,就也顺便给她海淘两身衣服,纪鸣橙是典型的薄身材,穿什么都很好看,而且侧面更好看,彭娴之看她试着试着,就有点酸了。

"你腰好细。"她撇撇嘴说。

纪鸣橙从镜子里回望她。"你也……"她斟酌着说,"你的身材也挺不错的。"

"嗯?"彭娴之抬头,看一眼自己身上宽大的家居服,"你咋知道的?"

"你偷偷观察我。"凑近纪鸣橙,从镜子里控诉她。

"没有。"

"怎么没有,我这会儿穿着套头衫呢,你怎么知道我身材好。想不到你是这种人啊,看着什么也不在乎,其实都在暗中观察。"

纪鸣橙不打算接她的话了,俯身叠衣服。

"你觉得我身材哪儿最好?其实我腰还挺细的,你注意过吗?"彭娴之半躺在床上,两手向后撑着,卷发晃晃悠悠的。

"没有。"

"那你是觉得哪儿好?我腿好看吗?我腿长其实还行。"踢着拖鞋,绷绷脚尖。

"如果我不说,你打算一直这样展示下去吗?"纪鸣橙保持着弯腰的

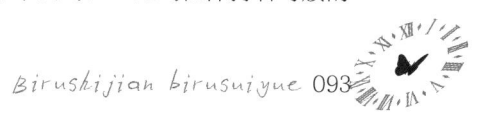

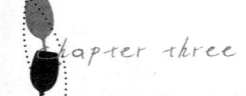

姿势，但突然侧脸看向她。

纪鸣橙直起身子，把衣服抱进衣柜，说："都挺不错的。"

彭婠之望着她的背影，忽然发现，纪鸣橙的腰比自己还细，腿比自己还长。她眨眨眼，怀疑自己脑子出问题了。这么一个不会打扮又过时的书呆子，能比传说中的大美女彭婠之身材还好，能比传说中的大美女彭婠之还好看？彭婠之连连摇头。

她起身，看见纪鸣橙在厨房冲咖啡，连个胶囊咖啡机都没有，还喝着速溶咖啡呢，穿着跟彭婠之老父亲同款的深灰色羊毛开衫，半扎发一半在前一半在后，眼镜也不是挺抬气质的金丝，而是银灰色细框，朴素得连个款式都谈不上。

呵，彭婠之扒拉着门框嘲笑自己，身边多少美人儿啊？你看传说中的清冷"御姐"苏唱，时尚甜妹向挽，成熟迷人的晁新，哪怕是接地气的美女，那还有于舟这个选项呢。

所以自己刚才是抽了哪门子疯，居然被纪鸣橙惊艳了呢？她摸着下巴，再仔仔细细打量纪鸣橙，她端起纯白色咖啡杯，看不那么烫了，便抿一小口，看起来从容优雅。

纪鸣橙听见动静，放下咖啡杯端在腹前，略转头看她一眼。

得，抓个现行。彭婠之赶紧闪身躲回去，贴到墙上，觉得自己好丢人啊，趴在门边研究人家。踮起脚尖从墙上横着挪回去，钻进次卧，把自己蒙到被子里。蒙得头昏脑涨，喘不过气，她才冷静下来。

其实也正常，她对自己说。因为她特别容易慕强。以前是没有把纪鸣橙放在眼里，但现在接二连三地发现了人家的过人之处，比如拔牙技术高超，哄睡能力一流，处事不惊稳如泰山，偶尔笑起来又好像在化冰……

打住。她心怀鬼胎地出屋遛了半圈，清两下嗓子，拧开瓶盖喝一口水，问纪鸣橙："你写完论文，我们就出去，是吧？"

"嗯。"纪鸣橙端着咖啡进了书房，看都没看她。彭婠之恨恨的，自己刚才好歹还纠结了五分钟呢。

不过谁叫彭婠之是姐，姐当然要大发慈悲地原谅她。

下午她们约在 SC 工作室的录音棚里，之前接了个活儿，是配于舟的新书，还没那么快开录，不过需要定声线。本来这种小事录两句发过去就行了，但想着跟苏唱好久没见，正好俩人也没什么事，就过去看看她。

彭婉之可喜欢找苏唱玩了，因为每次和她混在一起，都觉得自己特有钱。就比如说这个鱼肚白的吧台，还有一眼望过去很高级的休息室，通常也就售楼处为了撑场面才装得这么高大上，人家是为了暗示开发商财大气粗不会跑路，而苏大小姐是明示"姐财大气粗不差钱"。

彭婉之和纪鸣橙一起进去，她其实很爱挽着人，日常也坐没坐相站没站相，徐女士成天骂她没长骨头，以前喜欢搂着苏唱，后来也总是和向挽手拉手，但今天自动门一开，她本能地要握上纪鸣橙的手腕，把她带进去，但不知道为什么，就没有。

她别扭地和纪鸣橙保持两个拳头的距离，并肩走进去。于舟和苏唱已经在棚里。那叫一个中国好室友，亲密无间。

她翻个白眼抬手往门上一敲，苏唱抱着胳膊自靠着的桌沿站起："来了。"

于舟窝在转椅里，转过来："纪老师。"只跟纪鸣橙打了招呼，然后摇着脑袋对彭婉之笑。

小样儿，彭婉之从战术上藐视她："啥表情啊？"

"看姑娘红光满面必有好事啊。"于舟笑眯眯的。

"是吗？"彭婉之听这么说，高兴了，双手捧着脸，"你看我是不是气色好多了？最近都不熬夜了，我今天没擦粉底，你看看是不是细多了。"

她把脸伸到于舟面前，于舟左看右看："是哎。你这觉睡得，很有效果啊。"

"哎呀，"彭婉之娇羞了，依然捂着脸，凤眼一抛，"说什么呢！"

"说你做作。"苏唱偏头看她。

"你懂什么。"彭婉之懒得理她，退开身子往后看一眼，"那，你先去试音？"

纪鸣橙揣着兜，静静望着她们，点点头。但于舟觉得有点不对劲，因为彭婉之对纪鸣橙说第一个字时，在"那"后面停顿半秒，而且，音调比和自己说话低两个度。

纪鸣橙把外套脱掉，进了观察室里面，设备都是调好的，她只用进去照着手机里收到的内容念两句台词。

在麦克风前站定,于舟有点意外,低声跟彭婠之说:"纪老师今天打扮得很好看哎。"

细腿裤,马丁靴,黑线衫,上面的图案简洁大方,特别有气质。

彭婠之乐了:"是吧?"

"你这么骄傲,你搭的?"

"啊——"彭婠之一个音拐三个弯,诚意十足地肯定自己,"我在家玩'奇迹橙橙'呢。"

"哎我跟你说,"她突然想起来什么,附到于舟耳边悄声道,"你要觉得好看,你就夸她,使劲夸她,我跟你说,可有意思了,她特别喜欢别人夸她,一夸准脸红。"

"真的?"于舟捂嘴反问。

"你试试。"彭婠之挑个眉毛,表情像准备偷黄鼠狼的鸡。暗咳一声,她收回笑意,直起身子,按下话筒的开关键,食指在麦克风上端一敲。于舟心领神会,凑近麦克风:"纪老师。"

"嗯?"纪鸣橙原本正在看台词,听见耳机里传来声音,转头看外边。

"你今天好漂亮啊!"于舟由衷称赞。

纪鸣橙没想到是这句,愣了愣,然后别别扭扭地移开目光,说:"谢谢。"低头继续看手机,抿唇弯弯嘴角。

彭婠之把话筒键按掉,蹲下去两手扶着桌沿:"你看你看你看,笑了笑了笑了。"

"好好玩啊。"她右手撑着脸,望着纪鸣橙,眉眼弯弯。

但于舟只把浅笑噙在嘴边,意味深长地看着她。

"干吗?"觉察到不对,彭婠之瞥于舟一眼。

"纪老师笑了,你好像很开心。"于舟说。

"不是,你没觉得很好玩吗?"

"我就是觉得,正常情况下,不会有人因为发现别人会笑,反应大成这样吧……"于舟仰脸看苏唱,"对吧?"

"嗯,正常人不会。"苏唱回了准备就绪的纪鸣橙一个 OK 的手势,轻声说。

试完音，四人一起出门吃饭，就在写字楼旁边的购物中心，彭婠之挽着于舟的手在前面边走边看商场橱窗里的当季新款，纪鸣橙和苏唱在后面聊近况。

于舟揣着兜："好怪啊我觉得。"

"哪里？"

"平常我们出来，你都让我和苏唱一起走的。"而且纪鸣橙现在是彭婠之的室友，怎么看也是苏唱于舟一块儿，彭婠之纪鸣橙聊天比较合理吧。

"是吗？"彭婠之眨眨眼。

"对啊。"

"我跟你不是一直很亲吗？"

"倒也没有。"

于舟指指右边的店面："你看模特身上那件，适不适合你玩'奇迹橙橙'？"

灰色的披肩款大毛衣，彭婠之眼前一亮，转头看向纪鸣橙，纪鸣橙正跟苏唱聊到一部剧，停下脚步："怎么了？"

"那衣服，好看不？"彭婠之扬扬下巴。

纪鸣橙支一把眼镜，慢吞吞收回视线："又买？"

"不想买？"彭婠之挽着于舟，偏头。

"这个月买了五件了。"纪鸣橙说。

彭婠之笑了："你工资就那么点儿啊？"

纪鸣橙也低头笑，说："也不是。"

哎哟，怎么莫名其妙就笑了啊，于舟不太明白，和苏唱对视一眼，眉头抬起来，觉得很诡异。

她俩之间的磁场吧，很怪，有一种又熟悉又陌生的感觉。

于舟推了推彭婠之的腰，说："你不买一件啊？"

"我？"

"苏唱说，下个月李乔结婚，你不会不备'战袍'吧？"小声交流。

李乔也是圈里的，以前的二线男配音演员，后来配了一部IP剧（由原创作品改编而成的影视作品），很懂营业全程炒热门话题，顺理成章跻身流量行业，再然后因为配音认识了个十八线女演员，女方家里很有钱，李乔鞍前马后，伏低作小，终于攀上高枝。

小人得道，鸡犬不宁。彭婳之时常这样嘲笑他。这次竟然还要搞一个世纪婚礼，巴不得整个圈的人都来围观他怎么"吃软饭"。

当年他巴上彭婳之的时候，也这副德行，恨不得拿个大喇叭喊自己交往到了彭婳之，那时候她年纪小，蠢得要死，还以为男人昭告天下是爱她的表现。

后来她才理解了部分男人幼稚的虚荣心，他们无比自负，以为自己站在金字塔的顶端，但他们证明自己的方式往往取决于女人，取决于另一半多么漂亮迷人有魅力，卖弄炫耀的时候，比任何其他雄性生物都更加原始而低端。

还不如彭婳之呢，起码她的虚荣心源自自己，通过取悦自己而战无不胜。

战无不胜是一种气质，芸芸众生里我自高贵的气质，不是真的打架的意思。

彭婳之想着想着又笑了，轻蔑地道："姐出席就是给他脸了，要再打扮，我怕他折寿啊。"

俩人叽叽咕咕地走开了，留下莫名其妙的纪鸣橙和见怪不怪的苏唱。

吃完饭彭婳之和纪鸣橙骑着机车回家，照例是消食，追剧，泡脚，但彭婳之今天没削苹果了，而是作死地点了杯沙冰，一边泡脚一边喝。

纪鸣橙觉得有点好笑，这到底是养生还是不养生呢？但她没打算置喙什么。

泡完脚，纪鸣橙没再贪恋狗血的剧情，而是回到书房继续写文章，彭婳之索性也不看了，翻出瑜伽垫跟着电视做瑜伽，说是不为婚礼打扮，其实还是有一点介意自己的体态是否优雅。

等出点汗，便去洗澡，本想和纪鸣橙说一声自己洗好了，但却听到她零碎的通话音。

"嗯，是我之前和您说的，妈。"纪鸣橙胳膊搭在阳台边，春寒料峭，她披了件小毯子，手拨弄着夜露沾湿的花骨朵。

"我最近和她接触比较多，我觉得，有一点奇怪。"声音细软而轻柔，在晚间仿佛在讲故事。

"怎么奇怪呢？你和她好好说了没有呀？"纪妈妈把电视声音按小两格，手上还缠着毛线，电话开始免提放到茶几上。

"说了，她也道歉了，她是真的不记得了。"

"道歉是诚心的噢？"

"应该……"纪鸣橙食指把花瓣一压，"挺诚心的吧。"纪鸣橙迟疑着说，"她会给我买衣服，到家里来打扫做饭，睡不着，还每天让我陪她。"

"她有失眠症，她说，要我陪着，才能睡好。"嗓音压下去，纪鸣橙的脖颈也压下去，靠在阳台上，像俯身看花园里的行人，要把思绪拉远一点，才能让刚才说出口的话不停留太长时间。

纪妈妈在那头一愣，随即笑了："傻姑娘，哪里有只有一个人才能治好的失眠症啦？"

"你是医生，你会这样子开药的？"纪妈妈的嗓音也放轻了，绕着毛线，像在小院儿里听女儿讲话。

"是吗？"纪鸣橙收回手，把额发往后一拨。

"我看八成，她是诚心道歉，想跟你做好朋友。只不过嘛人害羞一点，不好意思直说。

"那么你呢？她接近你的时候，你是高兴，还是不高兴呀？"纪妈妈把电视按下暂停，老花镜拿下来，眼睛有点酸，抻着眼皮眨了眨。

"我不知道。"

"不知道？"

"有时候觉得她很吵，有时候她不说话了，又想发个微信看看她在做什么。"

纪妈妈笑着叹一口气，一切尽在不言中喽。

"那么你如果觉得她也不错，也可以稍稍主动交朋友嘛。"

"我没有觉得她好。"

她不太好，爱玩、爱闹、爱骗人，晚上不睡觉，白天起不来，凌晨吃冰棍，泡脚喝沙冰，永远很骄傲的样子，总是嫌弃别人，脾气像炮仗一点都燃，嘴上时常不饶人，但真伤害别人了又悔得直哭。哭完下次还敢。而且，她的粉丝还一直私信骂自己，几个月了。就在她天天在自己家擦地抹

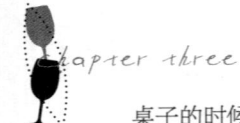

桌子的时候。

纪鸣橙想着想着，突然笑了。

纪妈妈感慨万千，没再说什么，嘱咐两句注意身体，就挂了电话。

手机被打得有点热，纪鸣橙握在掌心，望着对面楼栋的灯盏发呆。

"纪鸣橙！"背后忽然来了一声。她有一点被吓到，但没表现出来，转头看她。

彭妁之没听清她刚才在说什么，而且也没有偷听别人讲话的习惯，只零零碎碎听到她喊"妈"，就自觉地走开了。

"给你妈打电话啊？"她随口问一句。

"嗯。"

"家里有啥事吗？"这个点儿打。

"没有，"纪鸣橙摇头，突然想起来，"上次我推掉的那个相亲对象，好像约在了这个周末。"

挂了电话才想起来，刚忘了跟妈妈提这事，如果再爽约，好像不太好吧？

"那，"彭妁之突然正经起来，"你要去吗？"

"你怎么这个表情？"

"我什么表情？我是怕你遇到渣男！小白兔似的，没谈过恋爱，最好骗了。"彭妁之喷一声，把面膜贴到脸上。

"那……"

邀请我啊，邀请我啊，邀请姐给你参谋啊！彭妁之眼睛瞪得像铜铃，用意念催眠纪鸣橙。

04

周末转眼就到，彭妁之等了好几天也没等来纪鸣橙的邀请，一看周六下午，纪鸣橙在衣柜前站定五分钟，把彭妁之日前搭配过的黑色线衫拿出来，又放进去，再拎出被彭妁之嫌弃过土的蓝衬衫和白小褂，规规整整地穿上。

彭妁之顷刻就明白过来，觉得纪鸣橙这丫头很是心口合一，说不想去相亲，还真就不想。

不像二十四五岁的她自己，每次姐妹说有帅哥，彭婠之口里说着"哎呀有什么意思啊"，实际已经坐在梳妆台前刷睫毛了。是个好橙子，很老实，但是老实错了地方。

彭婠之把没喝完的沙冰放下，问纪鸣橙："干吗不穿我给你搭的那身儿啊，她们都说好看。"多少有点明知故问，想听这个土里土气的人怎么答。

纪鸣橙执起牛角梳梳发尾："这样就够了吧。"

"你不想漂漂亮亮地去啊？"猛吸一口沙冰，吸管呼噜噜作响。

"觉得，跟他在微信上不是很聊得来。"

"那这么说，"彭婠之眼神儿微妙地一亮，"你不想跟他好呗？"

纪鸣橙没答话。

"你要不想跟他好，"彭婠之的头抵着门框，扭扭头，吊儿郎当地把眼帘往下撇，"那你这么穿可不行。"

"你不是说，这身很土吗？"从前她分明摆出过没眼看的样子。

彭婠之"喊"一声，趿拉着拖鞋走进来，把沙冰往梳妆台上一放，抽张纸擦擦被沁出的水珠沾湿的手："妹妹，你一点儿都不懂男人。"

"你别看什么抖音快手上那些短视频里，男的相亲时看到个妖娆美女就走不动，演的。"

她拖长嗓子，把纸巾一丢，半趴到梳妆台上，望着纪鸣橙素净的眉眼："他们谈恋爱呢是喜欢这种漂亮的，身材好的，面上有光的。"

"但你猜他们为什么要相亲呢？

"要么就是听家里的话，八成是'妈宝男'还打个孝顺的幌子，要么就是自己没本事找不到好姑娘想走捷径，优秀的也有的，但忙，不想在恋爱这步骤上花费太多时间，哦，还有骗婚的。

"总而言之，相亲对他们来说，就是用尽量少的时间成本，快速地找一个——老婆。"

她看见纪鸣橙的眼波微乱，便心领神会地勾勾嘴角，恶作剧得逗一般。

"所以你这样的，朴素、低调、长得不赖、学历够高、工作体面，不懂打扮意味着多半没什么花花肠子，说话轻声细语感觉也很好骗，感情上还一张白纸，完美啊。"就好比瓮里的鳖，谁都想拿回去炖汤。

纪鸣橙目不转睛地盯着她，忽然又弯弯嘴角，淡淡一笑。

chapter three

"笑什么,笑什么?"彭婠之也忍不住乐出声,戳一下她的肩膀,"你笑什么?"

"笑你很懂。"

"那是,姐从前白混的?像你这样的条件,这家庭教育背景,这工作单位,还有这身材这长相,要打扮得好看点儿,他们可能才觉得驾驭不住,想一想你为什么要相亲,"彭婠之谆谆教诲,"你要弄得土里土气,人立马想跟你扯证。"

"因此你最好呢,"她把纪鸣橙散落在胸前的头发拨到肩膀后面,又伸手摘下她的眼镜,"露不出一点短板来,对方心里才没底。懂吗?"

眼镜腿扫过纪鸣橙的太阳穴,她本能地闭了闭眼,然后睁开:"但我不会打扮。"纪鸣橙望着她,声音低了下去,低得像清晨她照料过的花根。

"哦,对着时尚达人说这种话,我可以理解为请求吗?"彭婠之慢悠悠地挑眉,意气风发地笑了。

纪鸣橙抿抿唇,没说话。彭婠之先撤开目光,拉开梳妆台的抽屉,拨拉两下,里面除了几支笔和一个本子,空空如也。于是她走到自己卧室,把化妆包拎过来,三两下打开,先拿一个润脸的打底喷雾。

"闭眼。"她说。

脸被细密的水雾沾湿,纪鸣橙觉得自己好像成了仰脸的栀子花,而彭婠之是执壶的园丁,让她更加鲜妍多姿。

"好了。"彭婠之放开她,满意地望着自己的杰作。

纪鸣橙看向镜子里的自己,陌生得带了一点侵略性。

"我要给你卷个头吗?"彭婠之也侧脸,从镜子里跟她对视。

纪鸣橙静静回望她,没回话。

"怎么了?"

"我去吃饭,你好像很兴致勃勃。"尽管她说是帮忙降低相亲成功的可能性,但这么殷勤而精心地把纪鸣橙打扮给别人看,始终令人有那么一点困惑。

"没有啊,"她说,"我帮人化妆打扮就是这样的。"

"什么样?玩'奇迹橙橙'吗?"纪鸣橙问。

"嘶……你听到了啊?"彭婠之很尴尬,转移话题,"那不卷头发,不挑衣服就是了嘛。"

她拿起沙冰，桌面上已经拓下一小圈儿水，杯里的冰也化了不少，她吸得很顺畅。

"按你的理论，把我化这么漂亮，如果再穿得土一点，是不是更容易成功？"纪鸣橙平静地问她。

"嘿嘿，你也觉得我给你化得很漂亮啊？"彭婠之得意了。

纪鸣橙抿嘴一笑。然后站起身来，准备拿出彭婠之新买的很显身材的一身衣服换上，把头发披散下来，掖一半到耳后，露出光洁的下颌。

"奇迹橙橙"会自己打扮了，彭婠之安慰又失落。

看她换完衣服出来，一副活生生的都市丽人形象，啧，仙女下凡，是人间烟火类的漂亮，好看是好看，也突然就接地气了。彭婠之突然有点失落。纪鸣橙真不会做人，也真不拿自己当朋友，自己好歹帮她化了妆，现在要出门，招呼都不打一个。叹一口气，她拿起遥控器，准备开电视接着看《皆大欢喜》。却听纪鸣橙站在门口，轻声问她："你不去吗？"

彭婠之装作没听到，等《皆大欢喜》的主题曲响起来，她"啪"一下关掉，笑容从眼底绽到嘴角。

"你想我去啊？那我就去帮你看看喽。"她美滋滋地说。

相亲男姓陈，叫陈立彬，文质彬彬的名字，很容易给人良好的第一印象，选的地方也挺有品位的，新中式菜品，不油腻，形式大于内容。

餐厅格局布置得像咖啡厅，纯白色的桌布搭配浅灰色卡座，素雅清新，而陈立彬订了靠窗的位置，到了夜里，便能看见院子被灯带缠绕的青竹。因人均消费高，又在胡同里，整个餐厅的人不多，多半都是一对一对来约会的。

唯一落单的是彭婠之，她坐在能看到纪鸣橙的角落，二郎腿跷得吊儿郎当的，长卷发拨到颈侧。来都来了，她也不知道自己为什么要躲在一旁，但电视里亲朋好友帮忙参谋，都是这样的吧，最好还要拿个报纸，戴上墨镜鬼鬼祟祟地看。

纪鸣橙瞧她一眼，嘴唇的弧度似弯不弯的。

彭婠之突然就感受到妆容神奇的魔力，比如说之前那个"天外飞仙"

的纪鸣橙,如果做这样的表情,只能代表她笑得很清淡,而现在涂上鲜艳的口红,她的神色有了另外的注解,叫作——似笑非笑。

还挺迷人的。咳,彭妁之自顾自地清了一声嗓子,把注意力挪到相亲男身上。一米八几的个子,穿着浅色西装,短发修剪得不算愣,戴着一副眼镜,坐下时腿的线条把西裤略绷起来,没什么肌肉,看得出平时不运动。

男人显然对纪鸣橙很满意,先是轻声细语地问她要吃什么,还添一句:"要不要吃甜品,女孩子都喜欢吃甜品吧?"

刻板印象,俗,彭妁之"啧"一声,她就喜欢吃辣的,最讨厌甜的了。沙冰?沙冰那是例外。

纪鸣橙跟他有一搭没一搭地聊着,说工作,也说家庭,渐渐抬起手腕托住腮,转脸看院子里摇曳的竹影。

很无聊,甚至不如竹子好看。

窗户上隐约映出妆扮后的眉眼,跟一副古画上了颜色似的,挺好看,挺鲜艳,但一眼就能看出,它是修复的。纪鸣橙看文物,还是更喜欢它褪色的样子。

桌上的手机一振,她瞥一眼,是"我知女人心"发来的。本能地抬头看彭妁之,却见她仍在低头打字。于是解锁,不动声色点开。

"橙子,完了呀。"

"我跟你说了那么多理论,但忘了一条最重要的。

"有些男人啊,那谁说的,普通又自信啊!他哪有觉得自己拿捏不住的啊,你打扮得这么漂亮,人家说不定还觉得挺有挑战性,挺有征服欲呢!"

一条一条争先恐后地涌进来,瞬间就把屏幕挤满了,似乎能听到她在旁边叽叽喳喳地干着急,纪鸣橙鼻息微动,浅笑了一下。

陈立彬看着她温顺纯良的样子,也扬扬嘴角。

纪鸣橙倒是没注意,慢条斯理地用一个食指打字回复:"那怎么办?"和她讲话的语气一样镇定而和缓。

"要不……你觉得你要装花蝴蝶,有可能吗?"

"怎么装?"纪鸣橙回。

"演呀!"彭妁之恨铁不成钢,"配音演员也是个演员吧!咋,要我指导你啊?"

"你指导我。"

就这样晾着相亲男,俩人你来我往地聊了起来,好在对方很有涵养,喝着温水耐心等待。

"那你给钱吗?"

纪鸣橙发过去10块红包。

彭婉之"扑哧"一声笑出来:"那你……说你有好几任男友了,吓死他。"

纪鸣橙掀起眼皮,瞥她一眼,彭婉之捧着手机笑成囤食的小仓鼠,嘿嘿嘿的,眼里邪恶的光闪闪。

把手机锁上,纪鸣橙抬头,对陈立彬说:"我们不太合适。"

"嗯?"陈立彬没反应过来,刚刚聊得还算好,也就发了几条微信,就直接拒绝了?

不过很快就懂了,毕竟他也三十好几了,谈过几场恋爱,点点头对纪鸣橙笑:"有喜欢的人了吧?"

纪鸣橙没答话。

"既然有喜欢的人,还出来相亲,是家里不同意?"

纪鸣橙喝了一口水,旁边的彭婉之竖起耳朵听。

"如果是家里不同意,一定有理由,长辈的话虽然不一定中听,但很多时候都是对的,只是我们太年轻,往往听不进去。我觉得,我们俩其实挺合适。"他推推眼镜,这么说。

"我在银行工作,挺稳定的。有两套房,江南路一套,吴北路一套,结婚后你想住哪一套都可以,都是全款买的,加你的名字也没问题。"

好家伙,糖衣炮弹,这是不打算知难而退啊?彭婉之很看不起他。

"现在也不兴什么彩礼陪嫁了,但我爸妈说了,订婚以后你可以挑一辆80万左右的车,嫁妆我们家不要,装修的时候,象征性买点家电就行。"

呵,坐在你对面的是谁啊?拆迁大户啊大哥,土是土,但是不差钱啊,你跟人一顿房啊车的,看不起谁呢?彭婉之有点坐不住了。

"婚礼我看很多小姑娘都喜欢出国办,你有什么想法?"

"纪鸣橙!"

一声不小的低斥打断他们之间的谈话,冲过来的女人难以置信地挤着眉头，在纪鸣橙身上足足盯了十秒，才提起一口气："你竟然出来相亲？"

陈立彬眨两下眼，看看她，又看看纪鸣橙，搞不清楚状况了。

再十来秒，纪鸣橙才开口："娴之。"

听听，叫"娴之"，彭娴之心里一乐，这是打算配合啰。

彭娴之欲言又止："你跟张茂聊清楚了吗你就来相亲，他前儿还跟我打电话来着。"

陈立彬愣了愣，还没说话，却见纪鸣橙伸手按铃，唤来服务生，说："买单。"

然后对陈立彬道："不好意思，我今天先跟她谈一谈。"

"嗯，行，那个，行。"陈立彬点点头，又推一把眼镜，连平时彰显风度的抢单动作都没做，心不在焉地看着纪鸣橙扫码付款，然后对他欠身打招呼，拉着彭娴之走出门。

天开始擦黑，两旁的路灯也亮起来，纪鸣橙被彭娴之挽着，沿着胡同走，偶然一起踩过几根干枯的碎枝，气氛实在太好，让彭娴之都没舍得开口。

还是纪鸣橙先说："车停在路口，去哪儿？"没把胳膊自彭娴之臂弯里抽出来。

"不回去吗？"彭娴之问。

"我都没吃两口。"很饿。

"那我们吃饭去，你请我。"彭娴之觉得真的很冷，又把手揣进纪鸣橙的兜里。手背擦着手背，然后就没再动弹。她很理直气壮，谁叫自己的外套没兜。

"为什么我请你？你搅黄了我本来的局。"纪鸣橙淡淡地说。

"搅黄？姐不是帮你脱离苦海吗？"彭娴之"呵"一声，"江大博士欸，栋梁之材人类之光，就是让你在那儿跟个挂起来的猪肉似的，被别人称斤算两地按价收购的？"

"两套房子，几十万的车，换个媳妇，好划算的。"她阴阳怪气地说。

纪鸣橙笑了，低着头，很温柔的样子。然后就不说话了，刷好的睫毛卷翘而风情，跟她冷漠的鼻尖像是楚河汉界一样泾渭分明。

"干吗不说话？在想什么？我刚那样你可是配合的啊，可不兴秋后算账,过河拆桥,兔死狗烹,鸟尽弓藏啊。"一连用了四个成语,她很满意。

纪鸣橙没理她,走到驾驶座的一侧,开门上车。

彭婠之也跟着坐进去,笑着捋了捋安全带,不知道为什么,她心情很好,而且隐约感觉到纪鸣橙也是,于是她决定把自己珍藏的路边摊儿介绍给纪鸣橙。指引着车子拐出小巷,一路往南开,再左转穿过校园的家属区,停在后院。

天已经完全黑了,但摊边很热闹,都是附近的大学生,把几个矮桌椅围得满满当当,其余的只能端着盘站在麻辣烫摊前吃。

老远就闻到浓郁的麻辣咸香,路边摊儿的味道是有侵略性的,恨不得缝进衣服里去,恨不得陷进头发里去。长方形的铁锅滚着底料,红汤烧开后发白,一串串被煮透了的菜品陷在里面,令人垂涎欲滴。

纪鸣橙没有吃过这类路边摊儿,跟着彭婠之拿了盘子套上塑料袋,往里面添小料。有一点犹豫,再看一眼麻辣烫,几乎已经有快拉肚子的反应了。

"信我,拉一晚上也值。"彭婠之眯眼,悄悄地跟她说。

很奇妙,明明这次彭婠之没有带她做什么离经叛道的事,耳旁没有轰隆隆的风,也没有疾速飞奔的轮子,更没有大喊大叫想要扰乱两旁人家的安宁,但纪鸣橙又一次觉得,自己好像在冒险。拉一晚上也值,为了满足一顿口腹之欲,从没有人跟她说这样的话,除了彭婠之。

烫烫的丸子入口,果然香辣浓郁刺激味蕾,嘴唇有点麻,分不清是烫的还是辣的,几乎是一瞬间,纪鸣橙眼里就有了点生理性的眼泪。

彭婠之看着她,嘬一口自己下唇上沾的小料,再瞄一眼她被辣椒刺激得边缘泛红的嘴,涂口红时彭婠之都舍不得出格一点,但现在红润漫出去了,像是花了。尤其是她眼里还有一点脆弱。

有没有一种叛逆,叫作"涂改"别人,"污染"别人。想看墨守成规的人越矩,想看一板一眼的人犯规,想看纪鸣橙,不是纪鸣橙。

胡思乱想,纪鸣橙突然问她:"我记得有一次,你们约了楠楠她们,也来吃这个了。"

"嗯哼,那次喊你来着,你没出来。"那是几年前的一个夏天,她们几个在这里喝得烂醉,然后一边疯一边笑,沿着江大跑了三圈。当时纪鸣橙就在江大家属院,似乎隐约听到过彭婠之在围墙外唱着情歌经过,然后是放肆的一串笑，惹得她翻书的动作也顿了几秒。

"那这个小摊子，七八年了。"

"不止，"彭婼之撸了一串，"咱俩年轻时都没出来吃，现在往这一站，都挺不像样的。"

精致的妆容，昂贵的香水，在学生中央扎眼得很。

"橙子。"彭婼之忽然眯起凤眼叫她。一阵风吹过来，有几根头发要糊到嘴边沾上油，她本能抬手腕蹭一下，但没下去，纪鸣橙伸手，两指勾着，给她绕到耳后。

"你上次问我身体好没好，是不是我住你家，你觉得不方便了啊？"她俩现在站在离摊子稍远的一个角落，有白色的蒸汽漫到彭婼之脸侧。让她整个人看起来热气腾腾的。

"我还好。"纪鸣橙垂眼，手无意识地转动两下签子。

彭婼之吸吸鼻子："一开始我说，咱们肯定会住出仇来，但不知道为啥，我俩还挺合得来的，和你住一起有点舒服，你觉得呢？"

"我觉得……其实你很会照顾人。"纪鸣橙没有正面回答，斟酌着说了一句这个。

心也很细，纪鸣橙爱吃什么水果，她一下就记住了，纪鸣橙习惯把洗漱用品放在哪个部位，她也从来没乱动过。

"那假如说，假如说……"彭婼之也没想好自己想假如什么。

"你要想住的话，就继续住着吧，"纪鸣橙把盘子放到回收处，不想再吃了，"反正次卧空着也是空着。"

微信里传来陈立彬的消息："到家了吗？"

"谢谢你请的这顿饭，还是很高兴认识你。"

"你的事，我不会告诉阿姨的，你放心。"

纪鸣橙想了想，回复他："谢谢。"

抬头见彭婼之也吃好了买单，用摊边粗糙的纸巾把嘴一擦，彭婼之又和她并肩往外取车回家。走着走着，依然是没有骨头地搡上身边人的手。

"橙子。"

"嗯？"

"你再叫我一声'婼之'呗，刚那句可好听了，演技特好。"

"彭娴之。"

"没有'彭'。"

"有'彭'。"

"什么有朋,苏有朋啊?哈哈哈哈哈。"

"'有朋自远方来'。"

"哈哈哈哈哈。"

笑声从俩人的口中传来。

彭娴之靠着纪鸣橙,又有点安神似的倦意了,提醒自己,睡眠更重要,她舍不得呢。

05

出乎意料,纪鸣橙的肠胃很坚挺,一点反应都没有,倒是彭娴之拉肚子了,今天几乎没离开过马桶。不仅拉,还吐,纪鸣橙找了点药给她吃,然后就发现她吃药很好玩,吞一口水,眼一闭,头还要战术性后仰。

纪鸣橙问她,你怎么这么吃药?吞咽动作和头部动作似乎没有关系吧?彭娴之眨眨眼,仿佛从未想过这个问题,小心翼翼地问她:"你吃药,不用起个范儿啊?"

吃药需要起范儿吗?纪鸣橙还在想这个问题。

推开房门,却发现厕所的灯已经灭了,往常热闹的客厅也漆黑一片,卧室门关着,也没有动静,难道今天她太虚弱,自己睡过去了?

慢慢走近,门却忽然开了,是拿着手机出来的彭娴之。见到纪鸣橙,她稍稍一愣,随即道:"我出去一下。"

"去哪儿?十一点了。"

"蹦迪。"

彭娴之是在马桶上拉肚子的时候觉得不对劲的,自己太适应现在的"退休"生活了,已经很久没出去玩了,她有点恐慌,这样下去,花蝴蝶彭娴之不会枯萎吧?不会被这柴米油盐给磋磨了吧?

彭娴之薅一把头发,另一手熟练地解锁,打开微信,开始叫人:"楠楠,在哪儿呢?走一个呗?我请。"

"新仔新仔……"

chapter three

刚按下语音按钮,听见纪鸣橙的声音:"为什么突然想出去玩?"

彭婠之拇指往上一滑,把语音消息取消,望着手机屏幕嘟囔:"好没意思。"

"那为什么,这次去玩有意思的,不准备带我?"也有几次深夜飙车,但彭婠之总是一边在食指上转着车钥匙,一边扬眉笑着问她,走不走,橙子,玩刺激的。彭婠之说不出来。

"你觉得,没意思的是我。"纪鸣橙下了结论。

彭婠之把手机"咔嚓"一声锁掉,抬眼看她:"你要跟我出去?"

她想,如果纪鸣橙犹豫一下,自己就能顺势说,你先睡吧,那不适合你。

但纪鸣橙说:"去。"

彭婠之有点乱了,但她嗤一声,笑了:"蹦迪啊纪鸣橙,你会蹦吗?"

"不会,但我也可以去看一下。"

"以前怎么没发现你好奇心这么强呢?"

纪鸣橙心里叹一口气,其实她只是担心彭婠之再出去喝太多,本来已经肠胃不好,如果再烟酒不忌,这一晚下去恐怕又要折腾半条命。但她阻止不了,根据这个把月的了解,彭婠之叛逆得很,这时候如果有人让她不要去,她会掉头就走。

纪鸣橙是个医生,尽管冷漠,但医者父母心。

"那走呗?我换衣服,白天那身儿不合适蹦迪。"彭婠之准备关门。

纪鸣橙没说什么,等门掩上,才突然一句:"我不喜欢皮裤。"

蹲在行李箱前的彭婠之炸了:"我管你喜不喜欢啊?像你这么土的人不喜欢的才是好看的。"

恨恨地放完话,彭婠之顿一秒,默默把手里的皮裤塞了回去。这个天气本来也不适合穿了,要她说啊?烦。

体育北路的晚上永远那么热闹,霓虹灯像长存不灭的永生花,铆足了劲儿争奇斗艳,一条街是"嗨吧",另一条是"清吧",泾渭分明,小资一点的时候,彭婠之会去"清吧"坐坐,听着孤独的驻唱歌手,觉得自己是天底下最该被怜惜的苦女人。但下半场她会出现在人潮涌动的"嗨吧"高举双手,恨不得来一曲"姐就是女王"。

这个世界发生什么都不奇怪，经历会拓宽人的阈值，从生到死，不过是一个从"稀奇"到"不稀奇"的过程。比如，几个月之前，彭婳之压根不会想到，自己有一天会和纪鸣橙来到酒吧，在轰然而至的热浪中释放自己。

打开大衣，里面是一件未过膝的连衣裙，玫红色的，如果穿在别人身上多半很俗，穿在彭婳之身上，却是俗里带了那么点嚣张。

一进通道，纪鸣橙就开始皱眉了，她伸手无意识地抵了抵太阳穴，彭婳之瞄她一眼，她好像有点累。

从酒吧里看纪鸣橙，和平时不一样，她坐在卡座里看着光怪陆离，像藏于市集的隐士，又像打坐诵经的居士，别人来享受，来堕落，她来修行。望着灯光中的欲望男女，她懒得收服，也不愿意收服，只想在这山洞中借住一宿，天亮再寻道。很奇怪，上一次在酒吧，还没有那么强烈的感觉，但这次彭婳之翻着酒水单，就开始望着纪鸣橙出神。

收回目光，正要随手指两个，突然听到纪鸣橙说："忘了一件事。"

"啊？"

"你吃的那个药，忌酒。"

什么？彭婳之人都傻了。那你还让我来？

"我之前没想起来。"纪鸣橙抱歉地说。

"那，"彭婳之耐着性子问，"喝了能咋样？"

"可能会死。"

彭婳之张大嘴，久久回不过神。很难判断这句风轻云淡的"可能会死"到底是真是假，但现在没办法了呀，她的药没带出来，根本不可能去核对说明书里的注意事项。而且，她对药物这方面一窍不通，所以才那么崇拜医生，现在纪鸣橙有身份加持，她不得不低头啊。

"可是姐，"彭婳之压低嗓子，"你耍我呢，到酒吧不喝酒，干吗？"会被人笑的好不好，侍应生都憋不住了。

"蹦迪，你说的。"纪鸣橙抬抬眼镜。

"干蹦啊？"

"不然呢？"纪鸣橙不确定。看一眼舞池，仍不是很确定。

"纪鸣橙你小子。"彭婳之咬牙切齿地把酒水单合上。

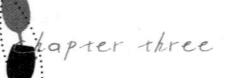

"其实，除了皮裤以外，我也不太喜欢你叫我'你小子'。"纪鸣橙又皱眉，"我是女的。"

"别跟我提皮裤！"彭婠之要疯了。

"哦。"

"一打橙汁。"彭婠之望着纪鸣橙，偏偏下巴，对服务员说。

"一，一打？"服务员小心确认。

"你点那么多干吗？"纪鸣橙望着她。

"好看，有钱，乐意。"彭婠之撑着下巴想，"一打橙汁得几十个橙子吧？要鲜榨的，榨干净点，榨出惨叫那种。"

服务员一头雾水，有点害怕地看眼彭婠之，然后下单走人。

橙汁上来三份，彭婠之拿起一杯，畅快地喝起来。

彭婠之很绝望，也不知道是该怪没有酒精起作用，还是旁边这个人形稳定器把自己给"糟蹋"了，总之她是万万想不到，她此刻望着舞池里疯狂扭动的青年，竟然一点参与的欲望都没有，反倒是头一回如此清晰地逐一观看群魔乱舞，发现他们都跳得挺丑的。造孽啊，再看两眼，她可能得把蹦迪这爱好给戒了。

"今天你上厕所时，晁新给我打电话了，"纪鸣橙也端起一杯橙汁，没有用吸管，直接抿一口，"问起你了。"

"问我干吗？"

"问我跟你相处得怎么样。"

彭婠之一下警觉了："你咋说的？"没有把自己套路纪鸣橙的事给抖出来吧？

"我说还不错，还有，分享了一下我妈对你的看法。"纪鸣橙优哉游哉地边喝边说。

"你妈能对我有啥看法？我俩见都没见过。"顾不上震惊前半句，彭婠之每次只能抓住一个信息点。

"我妈说，你其实很喜欢结交我这个朋友。"

彭婠之打了个嗝。

"阿姨怎么会这么想呢？"有点心虚，不是很理直气壮了，称呼从"你妈"换成"阿姨"了。

"她的感觉吧。"纪鸣橙说。

"不过我妈不是很懂年轻人,也应该没有跟你这样的人接触过,所以我想,还是问问你的意见比较好。"

"你喜欢跟我做朋友吗?"

彭婳之没喝酒,但她觉得自己醉了,醉得晕晕乎乎的那种。她和纪鸣橙坐在酒吧喝橙汁,清醒地品鉴别人的舞姿,这件事就够离谱,但她怎么也想不到,会有一个人,用学术讨论的语气,这么突如其来地问她,喜不喜欢跟自己做朋友……

"还行吧。"彭婳之有点别扭,挽一下耳发。

"知道了。"纪鸣橙认真地看旁边的人跳舞。

她这反应,彭婳之就不甘心了,怎么这么平静啊,自己这么好一闺蜜,该纪鸣橙上赶着吧?

纪鸣橙见俩人没话讲,问她:"要回去吗?"

"没劲透了,想回去,又不甘心。"彭婳之撇嘴。到酒吧喝橙汁,传出去都会被笑的好不好。

手指在茶几上敲击一圈,蠢蠢欲动的代表性动作,纪鸣橙看出来了,自己把眼镜摘下,轻柔地放到桌面:"你平时怎么蹦迪的?"

"教我。"她说。

彭婳之眉尾一挑,哟。把剩下的橙汁喝到底,她才站起身,两手伸到脑后风情万种地将卷发一抛,香水味漫出来,要跃跃欲试加入战场。

"既然你诚心诚意地邀请了……"

"你就大发慈悲地告诉我?"纪鸣橙一笑。

"哦,这个梗你就懂,看来你小时候也挺潮的啊。"彭婳之走过去,把手递给她,"你的时尚感是在什么时候停滞不前的?"

纪鸣橙看看她的指尖,没动。

"通常像你这样坐在卡座最外侧的女生,如果显示出要蹦迪的欲望,是可能会收到这样的手的,矜持一点呢就站起来,奔放一点牵手,撩一点,握手腕。"纪鸣橙伸手,在她手腕的血管处一碰,往下,拉住她的手指,不过只借力站稳,跟她往舞池去。

"嚯,好家伙,你一下整合了三种应邀方式啊?"彭婳之刮目相看。

"都试试。"纪鸣橙点头。

涌入人群时,彭婳之握住纪鸣橙的手。

"当心,人很多。"她说。

从人群中穿过,找了个不大起眼的角落,彭婳之跟着音乐缓缓扭起来,一面点头一面看纪鸣橙,她在碎片式的闪光灯中有一点不适应,低头望望脚下。

"它在震?"她抬头问彭婳之。

"对,舞池的地面会动的,让你跳起来,"音乐声太大,彭婳之凑近她耳边说,"试试,像玩蹦床一样,往上跳。"

纪鸣橙有一点犹豫,看看旁边,好像没人是玩蹦床似的双脚往上跳的。

"不用管别人怎么玩,橙子,"彭婳之拉住她的双手,笑得意气风发,"你跟我玩儿,来。"

双脚离地,她低低地跳起来,跟着音乐节奏一起一落,长卷发恣意又洒脱,像她身上钻出来的叛逆因子,从疲倦的头皮上挥发出来,弹跳在空气里。

纪鸣橙像受了蛊惑,也跟着她跳起来,彭婳之见她动了,很开心,又拿起她一只手伸过头顶:"然后你可以举起来,跟着节奏挥挥手。"

这时DJ(唱片播放师)恰好开始调动气氛:"Put your hands up(举起你们的手)!"

"嘿!"彭婳之高高举起的手掌往下压,和众人一起在节拍的高潮处大喊一声,眯起的眼亮晶晶的,她又像二十出头那样朝着光芒最盛处笑了,笑得神采飞扬,无畏无惧。

纪鸣橙望着她的侧脸,看她皱皱鼻子,看她咧咧红唇,最后她带着闪耀的笑容传过来,在铺天盖地的嘈杂声里喊:"你也试试啊!"

"我不熟悉这首歌,"不知道该在哪里迎合气氛,"而且,我不知道,蹦迪也要喊麦。"

"喊……喊麦?"彭婳之脸都绿了。

一声轻笑,纪鸣橙轻声说:"逗你的。"

彭婳之看呆了,纪鸣橙也会逗人吗?那种感觉像什么呢,像死水突然活络了,像冰面突然裂开了,像在盛夏炎炎的午后,你不抱希望地打开本

114

以为空空如也的冰箱,发现里面有一罐冰可乐。

"你逗我干吗?"她用很轻的声音说,在舞池里安静下来了。

"开个玩笑。"

彭婉之突然就忍不住了,看向她说:"其实蹦迪不是这样的。"

"嗯?"

她把手抽出来,挽着纪鸣橙,说:"知道我为什么要喝酒吗?"

"不知道。"

"因为喝了酒,心跳会变得非常快。"

"气氛好的时候,我会跟一起跳舞的人拥抱。"

"像旁边那两个人一样。"

纪鸣橙微侧侧脸看向旁边,两个人抱在一起。

"他们是情侣吗?"纪鸣橙小声问。

"不是,"彭婉之摇头,"他们都未必认识。"只不过,因为孤独,因为想要慰藉,所以相拥取暖。

纪鸣橙搭在彭婉之胳膊上的手收紧,攥住她的衣袖。

"不过我现在不会,"彭婉之放开她,呼出一口气,"因为我没有喝酒。"她眨眨眼,看向旁边的音响,努力让自己平静,最后将纪鸣橙的手一勾:"走吧,这首歌我不喜欢。"

语气有点落寞,很突然。

离开舞池,像是回到人间,她突然觉得,和纪鸣橙描述的舞池,甚至包括这个夜店,都像一面照妖镜,把人心里的妖怪揪得无所遁形,那些在白天潜伏的恶魔,只能靠吞噬夜晚生存。

有的人夜晚很短,妖怪没有食粮,很弱,比如纪鸣橙。有的人曾经夜晚很长,那恶魔被喂得很肥,很强,能够动摇人赖以生存的体面根基,比如彭婉之。

回到卡座,她把自己扔到沙发上,像灌酒一样灌了自己一杯橙汁。

纪鸣橙望着她,又把眼镜戴上,很想问她,以前真的时常在夜店跟别人拥抱吗?听她的语气,好像谁都可以,又好像这跟感情无关,完了可能连拜拜都不必说,亲昵只留在舞池里。

叹一口气,她没再说话。

chapter three

彭婉之转头看她,一见她沉默的姿态,有点不高兴:"你干吗这个表情啊?你干吗一副我自甘堕落的表情啊?"

"我没有。"纪鸣橙无辜。

"我……我虽然跳舞的时候跟别人疯过,拥抱什么的,还好吧。"彭婉之略微心虚。

"而且,也是好些年之前的事情了,也就这样过几次,我近两年,也没有。"她也不知道自己在解释些什么,越说,越觉得自己好逊啊。

好烦,乱七八糟。

纪鸣橙淡淡一笑:"你会在意我怎么看你吗?"

彭婉之脱口而出就想否认,但她架起二郎腿,抬手抵住下巴,瞥纪鸣橙一眼:"你……那,如果这么说的话,你那个,对我,什么印象啊?"

"我对你的印象……"纪鸣橙稍稍偏头,眼里落入橙汁金黄的液体。她开始承认,自己当年应该是向往过彭婉之这样的女孩,她和所有人都处得很好,好像认识的朋友都喜欢她。她不用管会不会给人添麻烦,就好比她能够在某一个周末的半夜十一点,直接就从微信里点人出来陪她玩。

纪鸣橙以前也尝试过跟她搭话,坡跟是一次,第二次,是在她23岁的时候。

那年彭婉之、苏唱还有她合作了一部剧,虽然是小成本,不过在当时题材新颖,也正好合了女性主义题材抬头的趋势,算得上热播广播剧。因此剧组就让她们三个再去棚里录一个小剧场,那天下午她们到得比较早,坐在过道旁边的休息椅子上,彭婉之拿手机刷微博,很惊喜地跟苏唱说,网上竟然有她们俩的搭档粉,叫"畅想"。

彭婉之一边翻超话,一边抱怨:"凭什么你在前面啊?"

她们俩向来关系好,说得很热闹,纪鸣橙坐在一旁,想了想,问一句:"不知道网上有我和你们的搭档粉吗?"她的声音太低,不够彭婉之听到,或者说,不够二十来岁的彭婉之静下心来听到。

彭婉之依然和苏唱叽叽喳喳,没有理她。

纪鸣橙没有问第二次,只不过后来想,如果当时彭婉之理她的话,会回什么,多半是"哎,我看看,搜一下,会不会有咱俩的啊?咱俩的搭档名会叫啥啊?不可能还是我在后面吧……"

可能叫"橙汁"吧。多年后，纪鸣橙和彭娴之坐在酒吧，望着当年没做成朋友的人，点了一打撒气的冷饮，阴差阳错为自己解答了这个问题。

纪鸣橙笑了笑，说："刚认识的时候，觉得你挺骄傲的，也觉得，我们这辈子都不会有交集吧。"

彭娴之心头一动："那……有交集以后呢？"

纪鸣橙思索片刻："挺难定义的，挺分裂的，挺矛盾的。"

彭娴之又想问，觉得自己是个挺不错的朋友吗？

但她没说。

一整天都没活，彭娴之又去 SC 工作室找苏唱，她人不在，于舟在她办公室整理发票。

"不得了，你现在真的好像个老板娘。"彭娴之啧啧称赞，看着于舟的长卷发。

往沙发上一坐，跷起二郎腿，伸手比画："我刚认识你的时候，你才这么点儿大。"

"抱着我大腿叫姨。"

"去你的！"于舟眉眼弯弯。

彭娴之支着下巴看她，也没几年吧，但想想当时于舟梳马尾穿普通 T 恤的样子，像上辈子一样。

"苏唱呢？"

"跟电视台的老师吃饭去了，上次那个综艺，他们想拍第二季。"

"把我塞进去。"彭娴之说。

于舟"扑哧"一声笑了："你该去找风哥吧。"

"把我和橙子一起塞进去，我炒一炒我俩的友谊。"彭娴之趴在扶手上，眸光闪闪。

"你不管你粉丝死活了？人骂了纪老师几个月，你转头炒你俩的友谊。"于舟低头摆弄文件。

"哎呀，"这事很严重，彭娴之突然想起来，赶紧打开微博，"他们不会还在骂她吧？"

一边念着"你们可悠着点吧"，一边在搜索框搜索"纪鸣橙"，点击

chapter three

"实时",挨个往下翻,沉默了。

你们怎么就这么野呢,自己微博骂骂就算了,还一直提醒人家。彭婠之看着广场上满目的"纪鸣橙今天给彭婠之道歉了吗",五味杂陈。如果这时候她注册一个小号叫"纪鸣橙今天和彭婠之成好朋友了吗",会不会被粉丝认为缺德啊?

互联网实在荒谬,把假相当真实,把真心作假话。但互联网又实在合理,因为生活也是这样。

彭婠之想了想,决定去私信那个打卡的人:"你好,其实我跟纪老师关系挺好的,可不可以不要再骂她了?我们私底下也聊过了,都是误会。"那人没有回复她,十分钟后截图出现在论坛,标题"她怎么那么好啊,她真的,我哭死"。

彭婠之决定戒网。

不,放弃微博,转战朋友圈。

江医三院口腔科医生办公室,纪鸣橙刚开完单子,等一位患者交完费来拔牙,进行术前准备时翻了翻微信,彭婠之还没有回复。

鬼使神差点开她的头像,见她竟然更新了朋友圈。"本来想约朋友去吃一家日料,那儿的海胆特别好吃,一搜竟然关门了,很难过。"

纪鸣橙放下手机,喝一口热水,然后站起身来洗手。跟台护士推着小车进来,见她准备好,给她戴无菌手套。纪鸣橙配合地伸出手,口罩上方的眉眼忽然一动,叫她:"小周。"

"啊?"

"你知道有哪家海胆比较好吃吗?"

小周埋头整理:"不知道啊,我不爱吃海胆,你想吃啊?回头我帮你问问?"

本来是一句客套话,按纪鸣橙的性格,多半会说算了,不麻烦了,但她顿了顿,说:"麻烦了。"

哇哦,小周抬头:"纪医生!"

"怎么了?"

"你想和谁去吃?"小周盯着她的眼睛。

古井无波的一双眼,横于口罩上方,神色冷淡又温软。"一个朋友。"

她说。抿唇笑了笑,她低头看一眼片子。

下午四点半,纪鸣橙结束问诊,换下白大褂,从兜里摸出一根发绳,反手将头发束成马尾,拿上手机和车钥匙下楼回家。一路和熟悉的同事打招呼,慢腾腾的,笑起来朴素的样子也像个老学究。

走到门口,抬头却见一只张扬的火凤凰站在树下,靠着自己的小电驴,像靠着摩托车一样,酷得不行了。

彭婠之反手撑着纪鸣橙小电驴的座椅,两条长腿随意地搭着,一头长卷发蓬松松的,笑得见牙不见眼。

"哈喽,美女。"

……好油腻,尤其是从充斥着消毒水和白大褂的干净医院里出来,一下像被油焖住了。

"啥表情啊你?不惊喜吗?"彭婠之看她的脸色,怎么跟自己构想的不一样呢?

"惊喜什么?"纪鸣橙踏下台阶,"我知道你要来接我。"

"你咋知道?"

"你今天没事做,最近又没什么好玩的。"

"So(所以呢)?"

"多半想跟我玩。"

"那我们玩什么啊?去哪儿吃饭?"彭婠之笑眯眯地跨上小电驴。

"你下来。"纪鸣橙说,"我刚想起来,今天1号,我要回家吃饭。"

"纪鸣橙!"彭婠之抓狂了,"你整我是吧?"

"真的刚刚才想起来。"否则她就提前跟彭婠之说一声了。

彭婠之蔫儿了,她下午还约着于舟专程去做了个头发,接人的姿势也想了十来分钟,挺不甘心的:"那你带我去。"

"不方便,我没提前跟我妈说。"

"带朋友上门,要预约几天啊?你现在发个微信不就得了。"彭婠之撇嘴。

纪鸣橙望着她,神色没那么硬了,低声问:"真这么不开心?"

哇,这句话,一下子就问到彭婠之心坎儿上了,她撩眼皮瞄纪鸣橙,所以她愿意带她了吗?

chapter three

"那也不行。"纪鸣橙把手机放回兜里,接一句。

彭娴之愣住,愣得气团在胸里,跟举了块石头似的。

"我从来没带过朋友上门,得提前铺垫。"纪鸣橙慢吞吞地推推眼镜。

彭娴之低头,不想说话了。

"我先陪你回去,然后再回家吧。"纪鸣橙看她两眼,然后抬腿跨上小电驴,坐到她身后,说,"我也换身衣服。"

声音从背后传来,看不到表情,但由于她的声音向来柔弱而温雅,让彭娴之舒服多了,她说:"那你下次如果不跟我约,要提前说。"

其实这话很没有逻辑,因为她并没有跟纪鸣橙约,明明是她自己突然跑来的,但纪鸣橙说"好"。最善于逻辑分析的纪鸣橙第一次对强词夺理妥协,说"好"。

彭娴之乐了,发动小电驴缓缓上路:"以后你要干吗,都跟我说一声,好吧?"得寸进尺,耀武扬威。

"好。"纪鸣橙说。

彭娴之在前面笑,忽然觉得小电驴也挺不错的,说话不用喊,可以保留纪鸣橙轻言细语的成色。

语言的成色,也叫语言的质量,由很多种语义色彩的比例构成。很多话,说出来,念出来,喊出来,成色是不一样的,就好比纪鸣橙的这个"好",就好比……嗯,没有第二个例子了。

CHAPTER FOUR

难以企及的风

Nanyi qiji de feng

难以企及的风

Nanyi qiji de feng

01

江大家属院，纪鸣橙站在厨房里刷碗，对着红棕色的老旧的窗户，天已经暗下来，但没有完全黑透，青冥冥的，如果不当心，会分不清是凌晨还是傍晚。

时间倒没有欺骗性，有欺骗性的是心。

纪鸣橙把洗干净的碟子摞好，再擦一遍灶台，到外间时爸爸在坐着看新闻。

他眼睛已经不大好了，每次要搬着凳子挨很近，纪鸣橙提醒他一下，然后走进卧室，妈妈半坐在床上，翻以前的老照片。

"怎么突然把相册拿出来？"

"上周你叫阿姨来打扫卫生，整理了一下旧东西，这本相册被压在被子下面了，我拿出来放床头，今天才得空翻一翻。"妈妈一面说，一面指给纪鸣橙看，"你看你爸，年轻时还是蛮潇洒的嘛。"

纪鸣橙凑过去，黑白照片，她爸爸穿着衬衣和军装裤，站在田坎外，笑得很阳光。

于是妈妈也就笑了："当年也是看你爸爸长得好看，那时候他什么都没有的，我还是要跟他好。"

纪鸣橙坐到旁边，温顺地扬起嘴角。

"以前我看这些老照片，总想起年轻的时候，现在看这些，就总在想，橙橙和小时候相比,真是长大很多。"

"这次回来,吃饭,洗碗,心不在焉的,"妈妈翻过一页,眼睛从镜框上方看她,"四菜一汤,三个饭碗,往常你十五分钟能搞定的,今天洗了半个钟头。"

"你听,你爸爸都在看天气预报了。"妈妈慈祥的话里有一点俏皮。

纪鸣橙放在床边的手一动。

"吃饭的时候还一直看手机,妈妈以前很骄傲的,去你外婆家奶奶家吃饭,一大桌子亲戚小辈,要么吃饭看电视,要么吃饭玩手机,我说,我们橙橙最乖了,吃饭很规矩的。"有一点小小的嗔怪,但不多。

"是那个朋友?"妈妈问她。

"嗯。"

"她说,"纪鸣橙突然笑了,"她说,帮我把小电驴的挡风披拆掉,洗了,让我别以为是被偷了。"

"她很奇怪,怎么会觉得,有人要偷旧的挡风披。天又那么热了。"纪鸣橙抽抽娟秀的鼻子,低头望着地上的散尘,轻声埋怨,但嘴角翘了翘。

"她还帮你洗这个的?"妈妈很惊讶。

"嗯,其实她挺会生活的,不像外表那样。"

"那你们现在的关系怎样啦?"

"今天早上,她送我去上班的。"纪鸣橙伸手把被子捋平。

"那看起来,这个朋友挺真心的喽?"

纪鸣橙叹一口气,抬头望着老旧的雕花木门,略咬一下嘴唇,才思索着说:"我感觉到她早上想跟我说,她想跟我长期合租下去,问我想不想。"

妈妈把相册摊在大腿上:"你们两个都觉得对方很好,那一直合租也不是不可以。"

"但我总觉得……"纪鸣橙摇头,"她太躁了,做事不认真,心不定的。"

二十四岁,彭婠之给一部动画片配音,男女主分手那里,她哭得不能自已,还是作为搭档的纪鸣橙把她扶出去,不知道该坐在哪里。

休息室人很多,于是她们就去了楼梯间,两个人并排坐在一截楼梯上,彭婠之悲痛欲绝。但她没有说为什么,只掏出手机,翻出一个微信号,隔着泪眼一直看聊天记录。

chapter four

那个微信号的备注是"老公",她发了很多条简短绿色消息,挤在一起,连成一片,但白色那边,一条都没有。

她哆嗦着手,又打了一个电话,从最近通话里拨出去,几秒后就被挂断。她咬着牙一直拨一直打,发泄一样,还是纪鸣橙把她的手机拿过来,不知道说什么,只说:"坐会儿吧。"

彭婠之就把头埋在膝盖里哭,嘤嘤嘤,呜呜呜,可怜得要命,像只被抛弃的小狗。

纪鸣橙惦记着这件事,于是第二天开工时她给彭婠之带了一种很好吃的面包,里面有炼乳奶油,她不爱吃甜的,但据说,吃甜品会让人开心一点。

在茶水间,没送出去,因为她听见彭婠之跟楠楠笑着说:"真的,他真的好帅,昨天他来找我要微信的时候,我都不敢相信。"

楠楠说:"不是吧,昨天才在酒吧遇见,你今天就坠入爱河啦?"

彭婠之翻着那人的好友圈,还是把照片点开给楠楠看:"但是真的很帅,你看这张好不好看?"

纪鸣橙在身后倒茶,发现彭婠之点开每张照片的时候,都是直接弹出,没有加载时间。

她应该自己提前看过很多遍了。

对于彭婠之这样的女孩儿来说,感觉大过天,一秒钟就是一辈子,一下头,也就是一秒钟。

对喜欢的人是这样,对朋友也是这样。

纪鸣橙从回忆里抽身出来,中指指腹轻擦一下鼻尖,问妈妈:"想吃水果吗?我去给你削。"

妈妈摇头:"那你现在是怎么样想的?"

"我不知道。"

但她不想听她和别人讲过的那些话,彭婠之的嘴,自带轻浮功能,能够把所有沉下来的真心打发,打成奶油,打成甜蜜的泡沫。

"我想,让她慢下来。"

"那么,你要跟他保持距离咯?"妈妈问她。

纪鸣橙摇头:"我想好好了解她。"

"因为,妈,我们看一个人,像看一座山,有不同的角度,在很远的地方,是青翠连绵,云雾缭绕,丰富的植被让她显得很温柔,走近之后,可能是怪石嶙峋,深渊难测,但当真正在山里时,又不一样。"

"也许是花红柳绿,莺啼鸟鸣,也许是阴冷潮湿,根本住不了人。"

"所以,陌生人的角度,普通朋友的角度,亲密好友的角度看人,都不一样。"

有的人可能是一个面面俱到的好同事、好伙伴,却未必是一个百分百知心的亲密友人。有的人可能在交际里木讷而呆板,但在感情中歇斯底里,敏锐多情。

"我如果要跟一个人当闺蜜,我会想,每种角度都先试一试。"就像她在酒吧尝试所有应邀方式一样,每一种都试一试。

不过这些,她没有打算对自己的母亲说。她只是纯良地顶了顶眼镜,乖巧地坐在床边。

妈妈静了好一会儿,才说:"那么,你要怎么样去接触,你自己把握就好,妈妈是很相信你的,如果你想的话,把她带回来吃个饭,妈妈帮你看一看,也是一种角度,是不是啦?"

她不太懂这些年轻人的弯弯绕绕,但她其实有一点高兴,她的女儿又懂规矩,又懂自主,规矩是她用来适应生活的方式,自主是她自始至终骄傲的灵魂。

谁说纪鸣橙是被教得好,妈妈总是摇头,他们都不懂橙橙的。

02

和父母告别后,纪鸣橙把垃圾带下楼,打车回家。

彭婉之没在客厅,而是在主卧开了一盏小灯,侧躺着玩手机。

"坐起来吧,对眼睛不好。"纪鸣橙说。

彭婉之看她回来了,很开心,但嘴上还是倔:"你一个'四眼儿',还说我。"

她这张嘴,纪鸣橙叹一口气。

没再说话,进浴室洗澡,洗完把扎起的头发放下,彭婉之跪着从床上爬过来,看着她说:"我想你了,橙子。"

Chapter four

纪鸣橙瞟她一眼:"一般来说,这句话都会在别人回来之后,第一时间说。"

"是吗?"

"嗯。"

"我稍微有点儿迟钝。"彭婠之偏偏头。

纪鸣橙笑了笑,绕过她往床上走,经过时伸手轻轻地揉了揉她的头发。

"你揉我头哎纪鸣橙!"彭婠之心花怒放,"你刚是不是觉得我特可爱啊?"

"没有。我在想,你今天的头发毛茸茸的,为什么?"纪鸣橙坐到床边,开始看书。

"毛茸茸?你懂不懂时尚啊!我今天特意垫了发根,显得颅顶高,颅顶高显脸小,比例好,你知不知道?"彭婠之抬起胳膊,把自己两侧的头发往上拎,示范给她看。

"哦,很像我小时候养的卷毛狗。"纪鸣橙翻一页书。

彭婠之眯眼:"迟早被你气死。"

纪鸣橙小时候会想,夜晚是什么味道的,它触手冰凉,有时会在窗户上结出雾蒙蒙的霜花,但她尝不到。

尝不到,就越是想。

而此刻彭婠之跟她在同一片屋檐下,她莫名会觉得,没有尝过的夜晚是冰糖味,晶莹剔透,等着热水化开……

门锁响动,纪鸣橙回到家已经是中午一点多,彭婠之在沙发上睡着了,手机掉在地上。

纪鸣橙换鞋进来,蹲下捡起她的手机放到桌上,彭婠之就醒了,迷迷糊糊地问她:"你没去上班啊?"

"我下班了。"纪鸣橙说。

"嘶……"彭婠之皱眉,猛地坐起来,头晕目眩,甚至想吐。她龇牙咧嘴地问纪鸣橙:"几点了?"

"一点多。你吃饭了吗?"

"没有，我都不知道我怎么睡着了。"彭娴之把手指插进卷发，重重地按摩头皮。

"那要吃点吗？你几点开工，来得及吗？"

"三点，"彭娴之低下头，闭眼摇了摇，睁开时眼里有点水雾，她跟纪鸣橙说，"橙子，我好像发烧了。"

纪鸣橙蹙眉，手背抵着她的额头，有点烫，然后找体温计："量一量吧。"随即起身去卧室拿出一条毛毯，给她盖上。

"滴——"温度计叫了起来，纪鸣橙抽出来，看了一眼："低烧，温度不高，不过你最好还是吃点药。"

"哦。"彭娴之恋恋不舍地抽出来。

吃完药，彭娴之倒是收敛很多，自觉地喝下半碗外卖粥，然后换衣服化妆，要按时准点地到达录音棚。

纪鸣橙有点担心她的身体状况，于是开车送她过去。

这次是在苏唱的棚里，做一个暑期档动画片的配音导演。

最近已经来过几次，纪鸣橙算是熟门熟路，跟在彭娴之身后进来，彭娴之和约好的演员打招呼，一点也看不出病态。

拥着演员们进棚，彭娴之只稍稍侧了侧身子，对纪鸣橙扬扬下巴，笑了："回去吧橙子，谢了。"

然后就是马不停蹄往录音室赶，高跟鞋摇曳生姿，红唇干练风流，只在转回头的时候不经意地蹙蹙眉头，咳嗽半声。

除了纪鸣橙，没有人注意到。

纪鸣橙跟她点点头，想到了25岁的彭娴之。

那时她就已经很有气场了，而且是她们这一批当中最早接触配音导演工作，准备以此为工作重心的人。

周泠她们问她为什么，其实她当配音导演的钱，远远没有当时上升势头很好的她当配音演员挣的钱多，还操心，甚至有时候她费用都不收。

25岁的彭娴之吊儿郎当地扒拉着人的肩膀，说觉得导演帅，导演酷，在外面呼来喝去呼风唤雨，演员们都要叫她，导演。

多有面儿啊，她说。

直到后来渐渐传说，彭娴之的组，没有性别价格差异，男女演员都一

Chapter four

个价。纪鸣橙才渐渐明白，彭婠之所谓的面儿，在这里。

她笑嘻嘻的，从来不给自己上价值，但她心里很明白。彭婠之的气场来自专业，之所以专业，是因为理想。

纪鸣橙没有回去，而是拿着一直在手里的保温杯，去茶水间给彭婠之灌热水。

再走到录音棚，推门进去，看见她转着转椅认真地看本子，然后问演员："我需要给你们投到电视上吗？这样你们好看。"

"不用，我们拿着本儿就行了。"

"哟，行，"彭婠之笑着点点头，"那你们注意，别把翻本儿的声音给我录进去啊。"

一个威胁式的玩笑，凤眼犀利又妩媚，里面有一位刚入行没多久的新人，弱弱地问："彭……彭导，一会儿，咱们要彩……彩排吗？"

彭婠之"扑哧"一声笑了："咋，这么紧张啊？话都说不清楚，咋录音啊？"

"没……没有。"小姑娘红脸低下头去。

"你最好是啊，我一会儿重点观察你。"彭婠之拿起笔，笑着指她一下。

里面都笑起来。

"好啦，开工吧。"她拍拍手，招呼各位。

纪鸣橙等她坐正了，才把保温杯放到她手边。

棚里的新人对她俩的传言多多少少有所耳闻，看本的时候也偷眼看看递上保温杯的纪老师。

彭婠之拿起来，抿一口，然后仰头跟纪鸣橙小声说："烫。"

说话前她自然地把麦克风关掉，等完全侧脸对上纪鸣橙，才勾勾嘴角。

"放会儿再喝，我先走了。"纪鸣橙说。

录音师在旁边将她俩看了个来回，大气不敢出。

"好。"彭婠之眯着眼笑。

突然想伸手摸摸她的头发，但今天她的卷发很精致，妆容也是，一点都不像在家里那么毛茸茸，反而带着往常纪鸣橙认为不好接近的骄傲。

纪鸣橙没说什么，走出门，等电梯时收到一条微信。

"你刚是不是想摸我的头。"彭婉之发的。

"被我发现了。"

"是不是觉得我工作时候特有范儿。"

"哈哈哈哈哈哈哈哈。"

纪鸣橙轻轻一笑,回她:"好好工作。"然后锁屏,把手机放进兜里。

这场戏比想象中结束得早,彭婉之没有再请大家吃饭,跟各位演员说了辛苦便就地解散。

她整理了一下剧本,放到苏唱特意留给她的抽屉里,看一眼工作室没熟人,于是拎着手机坐电梯下班,走到大厅,正要给纪鸣橙发消息,抬头却见她站在大厅里。

侧对着自己,两手背在身后,左手伸直,右手反手捏住左边的胳膊肘,仰脸看着大厅里的壁画。

纤细的镜框,纤细的长发,纤细的身量和眉眼,柔弱又自在地偏安大厅一隅。水晶灯在她头顶盛开,但纪鸣橙更为好看,像牡丹旁亭亭玉立的水仙。

彭婉之鞋跟儿一滞,在瓷砖上磨磨蹭蹭地抵住,抬起足尖,又放下,然后才走过去:"你不是回去了吗?"

纪鸣橙转过来:"在旁边的书店看了会儿书,一晃就到四五点了,于是想问问你是不是下班了。"

"那怎么没问啊?"彭婉之作势低头翻微信,右手把卷发撩到耳后去。

"进来又看到大厅的画,画得挺有意思。"

"然后呢?"

"就把你忘了。"

彭婉之想骂脏话。纪鸣橙看着她,悠悠然笑了,淡淡地道:"走吧。"瞥眼见彭婉之抱着她的保温杯,眼神顿一顿,但没说话,领着彭婉之往外走。

彭婉之警觉:"哎,你的车怎么在外面?咱们来的时候,不是停在地库吗?"

"嗯。"

Chapter four

那这不对啊,如果她在旁边商场看书,是不用动车的,彭婠之斜眼:"你骗我,你开车回去了,又特意来接我的吧?"

"随你怎么想。"

小样儿,还挺傲。彭婠之喜滋滋地攀住她的胳膊,挽着她:"那既然来了,咱们今天在外面吃,然后逛个商场吧。"

"你在生病。"

"我不烧啦!你摸摸我头,一点儿都不烫。"彭婠之立正,抬手摸自己一把,摇摇头。

"为什么想在外面吃?"按彭婠之的性格,即便不烧了,累半天,早想回去躺着了。

"开心嘛!"彭婠之笑哼一声,扭着肩膀耍赖。

"说实话。"纪鸣橙看她一眼。

"嘿嘿,"彭婠之皱皱鼻子,"那个,你不是知道吗,李乔后天结婚,还请你了,我想着咱俩去买两身衣服。"

"咱俩?"纪鸣橙抬眼镜,怎么还包括她?

彭婠之挽着她,俩人往商场走,伸出左手,竖起手背看看自己的指甲:"那货贼恶心,你看着吧,少不得阴阳我两句。"

"到时候,咱俩挨一块儿,你帮我撑撑场子。"

"撑场子?"坐扶梯上二楼。

"你不用怎么准备,到时候就跟平常一样冷漠脸就行了,我说什么,你也别反驳我,"彭婠之见她脸色不太对,马上对大王作揖,"求求你,江湖救急,事从权宜,当牛做马,没齿难忘。"

纪鸣橙抿着嘴唇笑笑,她发现了,彭婠之一紧张就喜欢用成语,说谎的时候也是。

"奇迹橙橙"这回终于解锁商场地图,彭婠之玩得不亦乐乎,她发现纪鸣橙这种"白纸"比色彩斑斓的有魅力太多,她仿佛可以容纳和驾驭一切,不同风格的衣服穿在她身上,像在给她染色,让她每次从试衣间出来,彭婠之都像在开盲盒。

满载而归,彭婠之逛得额头都出汗了,两颊热热的,吃完晚餐,借着脚疼的借口,靠着纪鸣橙回去了。

之后又是坐在沙发上并排追剧，喝沙冰泡脚，睡前和纪鸣橙一起看了会儿书，实在看不懂，于是她就有些学渣的愤怒，把纪鸣橙的书按下去耍赖。

她没有跟纪鸣橙说，她太喜欢这种感觉了，跟以前都不一样，现在是温暖的，舒服的，安心的。

彭婠之反复叩问心里的小人儿——

你真的喜欢这种感觉吗？

有多喜欢？

你今天，有比昨天更喜欢这种感觉吗？

有。

她不知道，原来自我沟通，是一个这么让人有安全感的过程，不被包括自我在内的任何事物催促和怂恿，心平气和地与自己聊天，是一个这么令人疗愈的过程。

03

终于到了万众期待的……呸，李乔单方面认为万众期待的大婚之日。

午宴设在锦华大酒店的千里宴会厅举行，之所以叫千里宴会厅，是因为整个宴会厅的背景放大复刻了长长的《千里江山图》，青绿相间，以浅金打底，是徜徉山水举目开阔的大气与精致。

比两人还高的对半开大门，古铜色华贵的浮雕奠定整场婚礼的基调，鲜花着锦团团簇簇，比花朵更夺目的莫过于精心打扮的亲友，而横贯宴会厅的弦乐则是串起宾客言笑晏晏的丝线。

沿着干净的地毯走进去，浮在花朵的甜香里，入目是几十席桌宴，颇有气势地两边排开。

大圆桌和外部的花饰一样，以白绿为主色调，牛奶似的桌面上绽开细小的浅绿玫瑰，浪漫得不得了。该说不说，彭婠之还是有点羡慕，但抬头看一眼大屏幕上那男人的脸，就不了。

不过庆幸是有的，这李乔真的办得蛮浮夸，可能是为了适应他的风格，来参加的宾客也穿得蛮夸张，甚至还有穿拖地礼服长裙的，彭婠之差点冲上去把人当伴娘围观了。

所以她自然而然就很庆幸自己和纪鸣橙也好好打扮了一番，纪鸣橙穿着白色衬衫款连体裤，衣领半敞，袖子捋起来。

连体裤这玩意儿彭婉之自己是不尝试的，因为她总觉得她穿起来像工作服，但那天纪鸣橙一试，她就眼前一亮，气质太好了，仙气飘飘的，配上黑长直的头发，驾驭得毫不费力。

而她自己则穿了一身大红色的贴身鱼尾款连衣裙，曲线毕露，和她的唇色相得益彰，卷发拨到单侧，露出的耳垂上挂了一个"1"字形碎钻吊坠。

挽着纪鸣橙进门，逡巡一圈，她觉得自己的气场气质都出类拔萃，很满意。

于是在座席里找苏唱她们，按照微信的提示，走到右边角落，便看见苏唱抬起手腕，无声地打招呼。

彭婉之笑吟吟地小跑过去，仔细看她们，愣了。

几个人都穿着日常的衣服，苏唱和晁新得体一点，一个穿着丝质衬衣，一个穿着职业款包臀裙，向挽没化妆，而 SC 工作室的老板娘于舟竟然就穿着普通 T 恤坐在那里。

"你们就这样来了？"彭婉之惊呆了。

于舟更是惊呆："不是你说，来就够给他面儿了，再打扮，怕他折寿吗？"她还担心如果太给李乔面子，彭婉之要跟她们绝交，所以再三叮嘱，低调行事。结果呢？这俩人穿得跟女明星似的，走红毯来了？

"你傻啊！他折寿，不是折得越多越好吗？"彭婉之翻她个白眼，挽着纪鸣橙坐下。

"你送了多少？"于舟靠近彭婉之，悄悄问。

彭婉之伸出一个手指头。

"1000？"

"100，"彭婉之拉拉纪鸣橙，"我俩，包的一个。"

"可是亲友不是会登记随礼金额的吗？"于舟瞳孔放大，"你怎么好意思的？"

"我无耻呗，"彭婉之拨拨耳坠子，嗤笑，"我能有他无耻？我要是去问，'渣男前任请我出席婚礼，该送多少，在线等，挺急的'，底下的回复能让我把这 100 都省了。"

"有道理。"于舟点赞。

"嗯哼。"彭婠之正襟危坐。

杂七杂八地聊了会儿,婚礼就正式开始了。李乔打扮得人模狗样的,站在波浪式的海洋灯光里,等待新娘缓缓向他走去。

"你看他那样你看他那样。"席上还有其他人,彭婠之不好笑出声,只能八风不动地耷拉着嘴角,眼神一瞥,示意于舟看台上的李乔——精神抖擞,眼含热泪,满脸骄傲,深情款款,一副出人头地的样子。比他配音时候的情绪层次还要丰富。

"你看他,以为自己跟大明星似的。"彭婠之竖起手背,跟于舟咬耳朵。

"我最知道他在想啥,他现在肯定在想自己是全天下最帅的王子,和公主历经磨难佳偶天成了。"彭婠之嗑着瓜子,看他们深情对视。

"实际上正常人都这样评价这场结合的:这男的不想努力了。"或者是,这姑娘哪哪都好,就是眼神太差。

但彭婠之只想骂李乔,别的不说。

纪鸣橙看她妆容精致地抓瓜子和花生,磕得咯吱咯吱还带解说的,忍不住用眼神提点她,见她毫无反应,反倒于舟目光递过来,跟纪鸣橙对视一眼,弯着眼角笑。

纪鸣橙笑了笑,眼神移开,苏唱看过来,二人又交换一眼,苏唱抬手,食指指腹在自己太阳穴轻轻点两下,然后垂下眼去,没有说话。

于舟"扑哧"一声捂着嘴笑,瞄一眼苏唱,然后悄悄凑过去,笑着说:"还好,其实我觉得,不喝多了砸场子就好。"

"嗯。"苏唱带笑点头。

彭婠之保持一个侧坐的姿势,轻蔑地抬头望着那对新人,耳边是李乔宣誓的话语。不得不承认,好歹是个配音演员,他的嗓音很有欺骗性,总给人一种会天长地久的错觉。

他穿着裁剪精良的西装,打扮成彭婠之见过他最体面的模样,温柔地笑着看着他的新娘。

这席上除了彭婠之,恐怕都是真心祝福他的吧。因此彭婠之的这份不满,淹没在浩瀚的盛会里,是那么的微不足道就像她曾经付出的那三年一样,微不足道。

chapter four

　　彭婠之突然就安静了，胳膊撑着椅背，跷着二郎腿，嘴唇漫不经心地一努，然后轻声问纪鸣橙："你知道我跟他在一起过吗？"

　　"知道。"从 26 岁，到 29 岁。

　　"哈，你这么遗世独立两耳不闻窗外事一心只读圣贤书的都知道，那整个圈儿都传遍了吧。"彭婠之满不在乎地笑了，声音很轻。

　　但她这次不仅用了成语，还用上诗句了。纪鸣橙看向她的脚尖，她一下一下地晃悠着高跟鞋，吊儿郎当地把脚后跟退出来。

　　纪鸣橙想起 26 岁的彭婠之，那时候她和李乔是圈里的"金童玉女"，李乔因为是男演员，受到的关注度比她大一点点。他们俩在圈里是毫不避讳的，在彭婠之不知道的时候，李乔甚至曾经背着她高谈阔论过彭婠之的身材。

　　那是在他们恋爱第二年快结束的时候，纪鸣橙从洗手间出来，正要推开包厢的门，就听到这一句。她没有进去，然后走到门口吹风，跟妈妈打电话说，稍微坐坐就回去。

　　正讲着电话，轰隆声传到路边，彭婠之从机车上下来，手里摇着车钥匙，婀娜多姿地往里去。上台阶时她笑着回李乔的消息，说："哎呀，就来了，你再稍微等一会儿嘛。"

　　然后她停下来，对着外边反光的装饰墙，轻轻拨了拨头发，不知道想起了什么，又笑了。

　　纪鸣橙把目光收回来，跟妈妈说："我现在就回去，大概半小时到家，到家给你发消息。"

　　站到路边拦车，彭婠之的大摩托就在身侧，那时候是金属黑的一台，和它的主人一样，嚣张、强硬而骄傲。

　　看一眼就觉得，应该永远自由，永远恣意，永远在风里。

　　轻轻的啜泣声将纪鸣橙拉到现实，台上在放抒情的音乐，催人泪下地回顾新郎新娘的恋爱史。

　　而台下，彭婠之在哭。

　　于舟慌了，忙找晁新要纸巾："喂喂喂，你干什么。"

　　彭婠之号啕大哭。这也没喝酒啊……于舟头皮都发麻，拿起纸巾就往彭婠之脸上盖，恨不得帮她遮住周围人的目光。

"你别擦我眼睛，妆花了！"彭婠之骂她，咬着拳头想克制。但克制不住。

"不是，你哭什么啊……"于舟慌死了，愁眉苦脸地看一眼纪鸣橙，纪鸣橙也没有料到，转头目不转睛地望着彭婠之。

"你别告诉我，你还对他余情难了啊。"于舟握住她的手，着急地拼命压低嗓子说。

"不是，不是，"彭婠之打了个嗝，抽抽搭搭的，"我每次参加婚礼都要哭，每次一抒情我就哭，我也控制不住啊。"

"你看那个大屏幕，那俩人，多不容易啊。"她伤心地抽泣着。

于舟哭笑不得："搞没搞错啊大姐，那是你前男友。"

苏唱忍不住，侧过头笑起来，晁新也是，向挽则深沉叹口气，再帮她讨两张纸巾。纪鸣橙眨眨眼，略低头，波澜不兴地望着她。

彭婠之突然发现，没有司仪的声音了，也没有煽情的背景音乐了，更没有那对执手相看泪眼的苦命鸳鸯了，只有纪鸣橙，只有纪鸣橙安静又干净地看着她。眼睛漂亮得似琉璃，清透地散发着暗色的光晕。

"我带你去洗手间吧。"纪鸣橙说。

彭婠之抽抽鼻子，把手递给她。

洗手间门一关，嘈杂的闷响也完全听不见了，彭婠之头昏脑涨，用纸巾擦一把鼻端，然后洗手。高级酒店是不一样，触手生温，连水流都这么会讨好客人。

纪鸣橙站到一旁，轻声说："这里面没有人，你可以随便说。"

小白羊憋坏了，她最知道她有多能说。看电视能叽叽喳喳对每个人的行为做出标记式的评价，做饭喜欢念叨你看姐的刀工是不是举世无双，赏花也要啧啧两句说你这水仙到底跟蒜苗有什么区别啊？

她一定想说极了。

果然，彭婠之像被遗弃的小狗似的看她一眼，然后说："我其实比你们都早知道他不靠谱。"她红着眼睛，努力做出委屈又咬牙切齿的模样。

"但我真的，有时候我谈恋爱特别盲目，就因为我睡不着，他不嫌我吵，有天他陪我熬夜，在我旁边睡着了，头搭到我肩膀上，就，跟我亲人似的你知道吗？"她眼妆都花了，但说到最后一句，她带着哭腔笑起来，

Chapter four

自己也觉得很滑稽。

纪鸣橙望着她，清淡地翘翘嘴角。

"就因为我老记着那一会儿的温柔吧，我就跟他坚持了挺久。"

彭婳之有一个可以称之为优点，也可以称之为缺点的特点，她很愿意记住别人的好，哪怕是一丁点儿，她能放得无限大，甚至会一叶障目，眼里只有这一丁点儿。

"他是我谈得最久的一个，也是我……"以为会结婚的那一个。

"但你别误会，我哭不是因为还对他余情未了什么的，早没了，只是乍这一看这家伙结婚吧，还是惆怅、感慨，你懂吗？就觉得以前的我，挺好哭的。"为什么好哭，她没有展开讲，或许是觉得自己傻了吧，跟这货耗了三年。

"还好没结婚。"彭婳之狠狠吸一下鼻子。

"嗯。"纪鸣橙终于说话了，但也就回应了这一个字。她低头望着角落的垃圾桶，侧脸像冰雕出来的一样干净清透。

"橙子……"彭婳之软软地叫她。

"嗯？"

"我的福气在后头呢，对吧？"哭累了，她把头靠在纪鸣橙的肩膀上，橙皮的香味很安神，一点都不刺鼻。

"是，"纪鸣橙顿了顿，轻声说，"彭贵妃。"

"噗。"彭婳之笑出来，很惊喜，"你又接梗了，这不像你啊。"她也会看这些宫斗剧的吗？

闪着泪眼望她："你不会在哄我开心吧？"

纪鸣橙没说话，神色不太自然。

彭婳之指使她："手，放我肩膀上，给我揉会儿。"

纪鸣橙的手抬上来，捏住她的肩，俩人对视，彭婳之舒服地闭上眼，她像经过长夜的寂寂旅途，终于看到地平线上有一线稀薄的光。

像氧气一样。

门锁响动，有人要进来，纪鸣橙放开她，走到洗手台洗手，彭婳之也煞有介事地凑近镜子，整理一下妆容，然后拉着纪鸣橙出去。

回到座位，台上还在致辞，于舟等得都困了，泪眼婆娑地抽抽鼻子，见她俩可算是回来，暗自松一口气。

"我都困了，这婚礼啥时候结束。"

"早走不了，一会儿散席了，圈里的还得合影喝酒唠嗑呢。"彭婼之也哭累了，直打哈欠。

木着眼睛把桌子上的菜狠狠盯了几个窟窿，漫长而无聊的饭局才接近尾声，宾客们三三两两结伴散去，踩着地上红红绿绿的礼炮纸，将散场的仪式感也做个十足。

残羹冷炙堆在水晶灯下，和绚烂的花朵呈现鲜明对比，伴娘趴在主桌旁边捶腿，只剩花童还在嘻嘻哈哈捡气球。彭婼之突然就多愁善感起来，她想说，你看这多像爱情啊。轰轰烈烈开场，把所有的光鲜亮丽都糟蹋一番，再疲惫不堪地四散。

新娘娇生惯养，跟芭比娃娃似的被绑在盛装里半天，早受不了了，和小姐妹回了酒店的新娘房。

李乔就不一样，舍不得千载难逢的风光，非得把面子挣个尽兴，在主桌附近和亲朋们来了几杯，便往圈儿里这两桌凑，咧着嗓子在隔壁咕咚咕咚灌几杯，把新娘漂亮之类的恭维话听得够本，醉醺醺地往彭婼之这桌来。

一身酒气面色酡红，身旁还跟着三两个狐朋狗友，眼见他举着高脚杯，苏唱她们便站起来，想要回酒。

李乔见到苏唱，倒是很客气："唱姐。"

这一圈人，不乏地位资历比苏唱高的，但李乔只单独走到苏唱面前，用很熟稔的语气叫她。彭婼之轻嗤一声，这人她再了解不过了，苏唱有钱，粉丝又多，李乔最爱巴结这样的。

要不是追不到，他说不定早就对苏唱伏低作小了。

"新婚快乐。"苏唱微笑着轻声说，稍稍把身子往桌沿一靠，反手搭在桌面上，指头不用力地轮流敲几下。苏唱不待见他，于舟从这个小动作里全然了解。

李乔红光满面地跟大家打了招呼，眼神转回来，像是才发现彭婼之："哎呀，我们彭姐。"

他用夸张而熟悉的语气，像只是跟彭婼之做过几年好哥们，笑着仰起头，用眯眯的眼神看她："彭导来了，给面子。"

Chapter four

彭婀之看着他，心里很讽刺，李乔比她和苏唱小，当时也是一表人才的青葱少年，笑起来很阳光，尤其是穿着白T恤的时候。完全和现在这个喝得满脸通红的男人不像同一个。

"彭婀之，"另一桌的大吴不知道什么时候坐过来了，脚踝架在大腿上，举着烟抖腿，"你俩高低得喝一杯吧？"

残局续摊，大家都各自聊得热闹，没多少人关注这头的暗潮涌动，钱之南跑过来拍大吴一把："找抽呢，喝多了吧你！"然后就攀着大吴的肩膀把他拉了回去。

大吴脚底跟跄，依依不舍地回头，莽声说："怎么嘛！是不该喝啊小彭，是不该喝啊乔子！"

纪鸣橙站在一旁，微垂脖颈将自己面前的刀叉碗筷摆放好。

苏唱看彭婀之一眼，又和向挽对视。

彭婀之没看任何人，只坐回椅子上，跷起二郎腿，一浪一浪地踢着脚尖，好整以暇地看着李乔——我就看你这家伙今天敢不敢劝我的酒。她挑眉，嘴角扬得很张狂。

李乔把手揣回裤兜里，轻佻地悠了悠身子："走一个？"

"走什么？千里走单骑？为爱走钢索啊？"彭婀之听不懂。

李乔笑一声，拿起桌上的白酒壶，倒上一杯，递给彭婀之："人也来了，喝一个。"

"喝什么？西北风啊？"彭婀之笑了。

于舟左瞄一眼，右瞄一眼，伸出一条腿跨在李乔和彭婀之中间，万一要打起来，她就趁势踩李乔一脚。

李乔果然不耐烦了："有你这么说话的吗？我这办喜事呢！"

"哟，你不说我倒真没看出来，这白花白布的。"彭婀之蹙着眉头，环顾四周。

"你！"后面的伴郎也忍不住，卷袖子要冲上来。

"咋，要打人啊？人刚说了办喜事儿呢，可不兴见血啊。"彭婀之攀着椅背劝他，"见血倒霉八年，我听说。"

"彭婀之。"李乔皱着眉头，把酒往桌子上一放，洒出几滴到桌面上。

苏唱看了看他捏酒杯的手，低下头发微信。

李乔的袖子被一扯,钱之南又蹿了出来,劝他:"这喝多了喝多了啊,不至于不至于。"

"上那边我问你个事儿。"李乔把他的手别开,凳子一拉,到彭婠之旁边坐下,"就冲你今儿这晦气话,这杯你喝也得喝,不喝也得喝。"

彭婠之眨眨眼睛:"一杯哪够啊,怎么着也得喝个三五杯的吧,然后再跟你说个早生贵子啥的,你都把我当金口玉言的菩萨了,我不祝你好婚好育,怕你以后有什么不顺心的事儿,怨我。"

"婠之。"钱之南咳嗽一声,冲她使使眼色。

李乔已经气得说不出话,太阳穴青筋直蹦。原本在聊天的几个人也觉出气氛不对,纷纷看过来,小声嘀咕。

"我帮她喝吧。"一旁传来一声懒音,晁新抱着胳膊从桌子旁直起身,睫毛冷淡地下垂。

"我一杯,你一杯,喝多少你定,喝不了了就走。"她眼下的泪痣也显出了点烦躁。

没料到晁新会说话,钱之南有点被吓到了,尬在当场,叫了声:"晁老师。"

气氛越是凝固,李乔越是下不来台,已经是气得头都晕了。

"你同这样的人喝什么?"向挽不大高兴,柔声问她。

"你什么意思?"李乔转头厉声问她,"合伙砸场子是吧?我怎么样的人了?"

晁新皱眉:"怎么说话呢?"

李乔"腾"地一下站起来:"我怎么说话?!你们怎么说话的?一个个的,啊,成心闹我场子是吧,找我晦气呢是吧?"

他气得浑身发抖,把领子一扯,凳子被掀翻,"啪"一声砸在地上。

旁边的人围过来,你一言我一语地打圆场。

"彭婠之你还是当年那样儿,"李乔恼羞成怒,瞪着眼睛说,"这些年背地里没少骂我呢吧,亏我还想跟你干一杯一笑泯恩仇,你还是那副德行!"

"我骂你?我说话很贵的,你还真不配。"彭婠之笑道。

"你没说?你没说她们能这态度?"李乔颤抖着手指向晁新和向挽。

Chapter four

"哎你你你，你指谁呢……"于舟不擅长吵架，慌了，在旁边小声说。

彭婠之笑得张扬："就你当年一边跟我好，借着我上戏，一边又不甘心去招惹别的女的，这圈儿里谁不知道啊，用得着我说？"

"没准被你骚扰过的姐妹们拉了个群，组成了个'复仇者联盟'也说不定哈。"

"你！"李乔抬手要推她。

被身后的几个人拉住，这时纪鸣橙出了声，碰碰彭婠之的肩膀："我们什么时候回去？"

她只看向彭婠之，仍然是安静如初，好像她从未听见外头的纷纷扰扰，只享用完一顿午饭后，要带彭婠之回家。

彭婠之钝钝地眨眨眼，其实她的手心也出汗了，也口干舌燥了，其实她也不喜欢这样控制不住自己的感觉。纪鸣橙认真地望着她，目光像一缕清澈见底的溪流。

"现在就走。"彭婠之拉住她的手腕，纪鸣橙扶着她站起来。

通道那头出现了新的脚步声，伴郎回头看一眼，把李乔的衣服拉好，又蹲下身扶起凳子，

站起来的时候才碰碰李乔的背，说："瑶瑶来了。"

李乔一愣，转头看向新娘。

新娘换了身香槟色的礼服，走过来跟大家打招呼，然后去拉苏唱的手："我今天都没看见你。"

"知道你忙，我也就跟你说一声，准备走了。"苏唱站起来，轻轻笑着。

"招待不周，今天太乱了，闲下来咱们再约。"瑶瑶说。

其实也就家里人认识，吃过几次饭的关系，所以苏唱一给她发消息祝她新婚快乐，表示没有时间叙旧很遗憾，下次再约，让她好好休息时，瑶瑶本能地就觉得不对，于是过来看看。

"好。"苏唱点头，"走吧。"

下到酒店停车场，空气里还有电梯间的隐香，熏得人头疼，和苏唱一行人在地库告别，纪鸣橙开着彭婠之的车回去。

目送她俩离开，四人才结伴上晁新的车。

其余三人都喝了酒，于舟开车。

驶入主路，于舟一边打方向盘，一边跟苏唱八卦："这瑶瑶你认识啊？"

"不熟，还是问朋友才翻到了她的微信。"

"太险了，这事太险了，你说万一打起来。"于舟还是很操心。

"他不敢。"苏唱说。本来就是高攀，要是在婚宴上打人，老丈人那边也没办法交代，不然李乔也不会勃然大怒还拼命克制。

"你要是认识瑶瑶，就该想办法跟人家递个话，这男的不行。"于舟抱怨。

苏唱没答话，齐老爷子老来得女，四十几岁才得了这么一个宝贝女儿，一般来说不太可能不做背调，更何况李乔的名声，稍微打听打听就知道了。因此李乔是什么样的人，女方家里说不定比她们更清楚。

"我说你，"于舟又从后视镜里看向挽，"你也是的，眼看着晁老师都起来喝酒了，你还在那激他，说什么这种人，你知不知道坏话要背后说的啊？你以为转个头就不是当面了？"

向挽莞尔："我确实转头了。"

"你就是看热闹不嫌事大。"于舟揭穿她。

向挽望着窗外，有些遗憾："你晓得吗？晁老师打架十分威风。"

于舟提高声调："打架？你还想打人？！"

"你'法外狂徒'的属性越来越明显了。"她瞪向挽一眼，恨铁不成钢地摇摇头。

向挽坐得端庄，跟空姐似的。

04

另一边，彭婠之没急着回家，又和纪鸣橙往之前那个路边摊儿去，她们到得早，才五点左右，路边摊儿刚刚支起来，食材都很新鲜，桌椅也都空着。但彭婠之没坐，就站在热气腾腾的锅子旁，低头看着红汤。

"这个好了吗？"她拿起一串丸子。

"再煮会儿。"老板娘说。

"行。"

几秒后，她又问："好了吗？"

Chapter four

"姑娘这个得煮透,不然吃了闹肚子。"

彭婠之于是不说话了,仍然垂头望着,停了一会儿,才笑笑说:"我有药呢。"

其实他们家由于汤底太辣了,食材煮熟了吃也容易拉肚子,食客知道,老板娘也知道,但总要这么拉扯几句,显得食客也会爱惜自己身体似的。

随后她就沉默,锅底滚开,她端着小料取串儿,然后一串接一串地吃,辣得"嘶哈嘶哈"的,纪鸣橙站在一边,买了瓶矿泉水,时不时喝一口。

彭婠之没管她,自己吃了个尽兴,又挺着小肚子上江大里遛了一圈,站在操场口看学生们跑步,高跟鞋抵着塑胶跑道,莫名有点黏黏的,她觉得没劲透了,让纪鸣橙开车带她回家。

在车上点了几瓶酒,到家时正好送到,拎进客厅一瓶瓶拿出来放到茶几上,随手把电视开开,点开一部烂片,特效做得比搞笑片还幽默。

"纪鸣橙,你给我找点药吧。"她用牙开瓶盖儿,看上去不用力地一咬,一吐,瓶盖儿就骨碌碌滚到桌子边缘。

"什么药?"纪鸣橙在收拾早餐的碗筷。

"止泻药,我先吃点儿。"

纪鸣橙看她一眼,走到抽屉里,把上次吃过的药拿出来。彭婠之认真地看看说明,嗤笑:"这药哪儿有忌酒一说啊?你也骗我。"说完把药往嘴里一塞,先吞了几颗。

"你能不能别那么一副贤妻良母的样子啊,一回来就收拾屋子,这种时候你不得陪我喝两杯?"彭婠之抬头看她,卷翘的睫毛一眨一眨。

纪鸣橙定定盯她几秒,坐下来:"怎么喝?"

彭婠之想了想,笑了:"我一杯,你一杯,喝多少你定,喝不了是小狗。"她猛地灌自己一口,然后偷晃新的梗改一改。

纪鸣橙将头发挽到耳后,白皙的皮肤在灯光下像暖玉,她抬手拿起一瓶啤酒,把它倒在惯常喝茶的瓷杯里,看了看,端到嘴边矜持地喝起来。她略略皱眉的样子,显示出了对酒精的抵触。

纪鸣橙没说话,抿着嘴看电影。烂片也看得很认真,像在努力理解里面天马行空的人物关系。

半瓶酒下肚,彭婠之才问她:"我今儿说话,是不是特刻薄啊?"

"有点。"

"你会不会对我有意见？"

"没有。"

"你就是有意见了，不想管我了呗，不然作为一个医生，你能看着病人提前吃止泻药啊？"彭婠之的声音渐渐虚了，纪鸣橙回头看她，发现她在笑，但眼睛里有星星点点的光。

不知道说什么，纪鸣橙宁愿她像几年前一样，坐在自己旁边号啕大哭。但彭婠之长大了，难受的时候知道先笑了。彭婠之也没有长大，还是总用伤害自己的方式想要在意的人多管管她，多看看她。

"你看到刚才多少人在偷摸看没？还有人悄悄录视频，那手机竖着举在肚子这儿，就这儿，她以为我没看见呢。"彭婠之眨眨眼，又低下头，自嘲地笑。那录视频的还是熟人，平时管她叫彭导叫得可甜了。

"你客观说，要是你不认识我，刚才那样子，我和李乔，谁更丢人？"彭婠之望着她。

本以为纪鸣橙不会说话，但她喝了一口酒，说："李乔。"

彭婠之突然就笑了，打了她一把："你有病啊？我问你这句话，是要你真的去对比吗？不是想你哄我，说我一点儿都不丢人吗？"

是这样吗？纪鸣橙蹙眉。

算了。彭婠之摇摇头，又咕咚喝下一大口啤酒，鼓着腮帮子咽下去，跟吞石块似的："我也知道我丢人，谁不知道啊。"

她打个酒嗝："但我忍不住。你知道吗，一开始他跟我提分手，我竟然还缠着他，又哭又闹的，我那时就不甘心，当年多傻啊，都想好要跟他结婚了，我还跟周泠炫耀呢，我说，我订婚得去北海道吧，不知道，到时候看李乔。"

"不过死缠烂打的那时候，也不见得多喜欢他，就是觉得可惜。好赖三年呢。"

但多少女人是这样啊，为了可惜那短短几年的付出，错把惯性当爱情，咬牙三年又三年，最后熬到五六十岁，含辛茹苦地把孩子拉扯大，才在忆往昔的时候说一句："你妈我当年就是瞎了眼。"

"分了以后，我就越想越气，越想越气，一边挺看不上他的，一边又挺看不上那时候的我的。"彭婠之的语气里有莫名的回避,"我就想,骂他一顿,没准我就解气了。"

她灌了口酒,接着说:"其实我也知道在人家婚礼上闹事,挺不好的。"

她抱着膝盖,卷发不精神了,乱糟糟的,电影里的人在敲锣打鼓办喜事,彭婠之拎着酒瓶子,白着嘴唇像在参加葬礼。

她以并不体面的方式,给自己最长的一段感情封棺定论,她觉得自己像被分离成了两个,一个嘴上不饶人,一个冷眼站在旁边,看李乔的笑话。也看她自己的笑话。

彭婠之的大红色鱼尾裙上被酒打湿了,甚至沾上了一点吃麻辣烫时甩上的油点子,这条裙子很贵,平常她都舍不得穿,今天把它坐得皱皱的,糟蹋它让她有那么一点儿快感。

纪鸣橙不胜酒力,脸颊绯红,拉住她的手腕,轻声说:"去洗澡吧?"

"我帮你放水。"纪鸣橙说。

"好好好,你帮我放水。"彭婠之端个小板凳,坐在一旁,看纪鸣橙卷起袖口给她放水,纪鸣橙俯身摸着水温,然后直起身没有动弹,好像也在发呆。

等水放差不多了,她转过头,彭婠之走了过来,还算清醒地走进池里,说:"有点冷,你出去的时候,帮我关上门吧,谢谢。"

很难得地说了谢谢,头发打湿了一半,让她看起来半是嚣张,半是温顺;半是强势,半是可怜。

"嗯。"纪鸣橙带上门。

浴室门开了,有清晰的脚步声。彭婠之喝啤酒向来清醒得快,也就是胀肚子,上完几次厕所又是一条好汉。于是进卧室时,她已经能继续婀娜多姿地走直线,还跑到客厅想要续摊儿。

她很讲礼貌,不愿意弄脏纪鸣橙的房间,但纪鸣橙跟她说,进来喝吧,喝完如果头晕可以直接睡觉。

彭婠之听话地进来,坐到床边擦头发,胡乱擦几下吹干,然后拿起啤酒对瓶喝起来。

她穿睡衣的时候最为乖巧,袖口甚至还起球,卸妆之后眼睛就淡了,双眼皮很开,睫毛又浅,美瞳也摘掉了,眸子就像褪了色,无神,恍惚,还有一点清纯,像大学生一样。但她喝啤酒的动作很有社会气,喉咙一下一下吞咽,像跟人竞赛似的。

纪鸣橙盖着薄被躺下。

彭婠之问她:"你今天不看书吗?"

"不看了。"看不进去。

"那,要不我还是去外边儿吧,是不是会吵着你啊。"彭婠之站起来,她心里又难受了,像北漂了十几年还买不起房的那种难受,跟哪儿都怕被嫌弃一样。

"坐下。"纪鸣橙睁眼,侧头看她。

"你……你怎么那么凶啊。"酒意上来了,冲得她的委屈一浪一浪的,突然就觉得脑仁发胀,呼吸发胀,眼睛难受,喉咙也难受。酒精要给她的五脏六腑做手术,先上麻药,把情绪都抽出来,麻痹掉。

"我没有凶。"纪鸣橙平静地说,她只是有一点陌生的难过。

彭婠之想说话,又忍住了,喉咙往下一咽,苦涩涩的:"对不起啊,我在这种时候特别容易发酒疯,平常她们都顺着我,但是……"但是她忘了面前是纪鸣橙,她也许打扰到纪鸣橙了。

她和纪鸣橙本来就没什么关系,在纪鸣橙看来,也无非就是这段时间走得近一些,她不了解彭婠之,好像也没有兴趣了解,现在自己跟个祥林嫂似的,又怎么不像个笑话呢?

她凭什么觉得,纪鸣橙一定会站在她这边啊。心酸死了,她几乎克制不住就想哭。

"彭婠之。"纪鸣橙坐起来,依然是柔顺的黑发和细嫩的肌肤,没有受到过任何污染的样子,她安静地注视着面前哭得一塌糊涂的人,说,"我也可以顺着你,但假如我顺着你,应该说什么?"

"说……"

"和你一起骂李乔,你需要吗?"

"你又不会骂。"

"假如我会呢?"

彭婠之愣了,脑子钝钝的,好一会儿没转过弯来。

Chapter four

"不需要。"她说。然后放下酒瓶,准备关灯睡觉。

"我也觉得挺没劲的,都过去了。"她笑一笑,"睡吧。"

但纪鸣橙没有睡,而是轻声问她:"真的过去了吗?"

"你说什么?"彭婉之躺在枕头上,侧过头,用极小的声音问她。

"我……"纪鸣橙想了想,心平气和地说,"我不知道我有没有理解错,我可以理解你的难过,因为你替自己付出的三年不值,也可以理解你觉得丢脸,因为在很多人面前情绪失控。不管是不是你的错,你都会觉得自尊心受挫。"

她不喜欢被人看热闹,不喜欢被人看笑话,她很骄傲。

"但是,"纪鸣橙把声音放得很低,出口时也有点犹豫,仿佛怕伤害她,"我不太理解,在你发泄完后,为什么直到现在还在难过。"

"我认识的彭婉之,可能在吃麻辣烫的时候结束,可能在逛操场的时候结束,也可能回来喝过两杯酒对他破口大骂然后就开始接着追剧。"不会在洗完澡之后,仍旧还放不下外面的酒。

"你还喜欢他,是吗?"

彭婉之醉醺醺地看着她,眼睛一眨,再一眨,干燥的嘴唇起了皮,她没有去舔,而是直接咧着嘴笑了,扯得干裂的唇纹怪疼的。

"我不喜欢他。"她斩钉截铁地说,然后又犹豫,"只是,因为……"她说着,眼睛里漫起水雾:"因为最重要的,我还没有跟你说。我没有跟任何人说。"

纪鸣橙心里一缩:"什么?"

彭婉之转回头,正面躺着,木然望着天花板,脑子里天旋地转,她说:"我刚没有讲完,我不是说,一开始他跟我分手,我还对他死缠烂打吗?后来你知道我为啥分了吗?"

纪鸣橙摇头。

"他跟我说,彭婉之你别跟我要死要活的,能有多爱啊能有多喜欢啊,你想挽回,可以,咱俩……"后半句很粗俗,彭婉之复述不出来。

"我一下子就醒了你知道吗,他之前一直没因为这事儿逼过我,所以不管他怎么乱来,我总觉得他可能不一样,我还是想跟他结婚。"

"你……"纪鸣橙有点困惑。

彭婉之缩着小声说："我受不了别人碰我。"

这几个字说得很快，怕被人听清。

"但是……"

"但是看着不像，一点儿都不像，对吧？"彭婉之又笑了，脸颊在纪鸣橙的衣领处一蹭，"那些男的就这么觉得的。"

"但我不知道为什么，所以我每一段儿，每一段儿恋情都挺短，很多男的吧，根本没耐心，每次在一起，就想占个便宜。"

"反正什么难听的话都听过了，"彭婉之自嘲地笑，"什么，彭婉之你还是个女的吗？你谈什么恋爱啊你是在诈骗吧？"

彭婉之一边说一边乐，她还小声问纪鸣橙："你说，我这经验丰富得，是不是可以去写一本书了？"

"搞不好得火吧？"她说着，眼泪就掉下来了。

她听见纪鸣橙叹了口气，把下巴抵在她毛茸茸的头顶，安慰地拍拍她。

"其实，"彭婉之哽咽着说，"我挺尿的，你看我好像挺不在乎，挺酷，挺不肯吃亏的，但每次我都怕，可能有点那个什么心理阴影了。"

其实她更怕的，是她以为真心相待的人，逐渐开始质疑她的感情，最后不耐烦地用看骗子的眼神看她。

"所以后来遇见李乔，他没因为这事跟我计较，我很轴，不瞒你说，我还当他恩人似的，我那时候太傻了我，后来他想跟我分，我还一直念着这事，总觉得他能对我有点真心吧。"

"后来才知道，都一样，他想从我身上拿别的好处。"而且他从未停止过骑驴找马，身边这个"鸡肋"，既是他的深情人设，又是免费保姆，他一点都不亏。

"所以橙子，我过不去的是我自己，我每次想起这三年，都特别厌恶自己，如果不是他给我当头一棒，我都不知道这件事在我心里的阴影有这么大，以至于我找到一个看似不介意这事的人，就昏头了，赔这么多都愿意。"

她像一个沉迷赌桌的人，最让人无法控制的，并不是输赢的金额，而是不计代价的赌徒心理。这种事让她感到既私密，又屈辱，无法摆到台面上来谈，甚至听到李乔的话之后，她本能的反应是转身就走，没有再多说一句。

这么些年，尽量避开跟他的合作，但今天他要跟自己喝一杯，当年没咽下去的气就忍不住撒出来了。吐出来之后，又更厌恶自己。

"我讲不清楚了纪鸣橙，我头很晕。"彭婉之说。

"但你可不可以帮我保密，我没有跟任何人说过。"她吸吸鼻子，哑声说。

"那，你为什么要跟我说呢？"纪鸣橙低声问她。

"因为，你和我之前的朋友都不一样。"

"我在夜场认识了很多朋友，她们理解不了，她们离我实际的生活太远了。而苏唱于舟她们，又离我太近了，我在她们面前说这个，觉得特矫情，特跌面儿。"

"你不一样橙子，你看起来特别安定，特别包容，特别理性。"好像……能救她。

纪鸣橙低头看着她，目光像在安抚。

彭婉之撤开目光，等待她的回应，却听她嘴唇微张，说了一句意料之外的话："都什么年代了？"

"啊？"

纪鸣橙在她肩上摩挲两下，而后放开她，坐起来，靠着床头，也示意彭婉之与她对坐，在背后给她垫上两个枕头。

耐心地等待彭婉之靠舒服了，她才开口："你现在需要我先安慰你吗？如果需要，我就等等再说接下来的话题。"

很奇妙，这个人的安慰方式是这样的，和那些拍着彭婉之的脊背替她破口大骂的人，一点都不一样。但她的回应，时常让彭婉之觉得高级，好比现在，被这样对待，她就很难再伤心了。彭婉之对自己的反应有点困惑，不会是被学历滤镜蒙蔽了吧？

"你先说你想说的吧。"彭婉之摸摸鼻子，眼睛还有点湿。

纪鸣橙安抚地笑了笑，彭婉之恍恍惚惚地回忆，这好像是她今晚第一个笑容。

她披散着黑发坐在夜色里，像小说里的仙人，声音比脸更像："其实有时候，我也试图探索过这个话题。总的来说，我们处于一个较为开放的时代，爱来得很快，也应该拥有绝对的自主性，我们可以在自愿合法且不违反公序良俗的情况下，做我们想做的事。对吗？"

"呃，对。"彭婠之其实没好意思说，她稍微有点转不过弯来。

纪鸣橙沉思着微微偏头。

"但我会想，自由和自主绝对不仅仅是指释放自己的欲望。通常地讲，一项权利，或者一类自由，体现为我们能够自主地'使用'以及'拒绝使用'。都这个年代了，我们当然要尊重欲望的存在，但同时，也应该尊重所有的无感。也就是说，你无须委屈自己，也不需要跟任何人解释。"

"不是，"彭婠之摇头，"问题就在于，其实我也很纳闷，我就开始怀疑是不是自己有病。"

甚至有段时间还挺不自信。越是不自信，她就越想要用轻佻的言行，幼稚地证明自己的魅力。

"我真的不知道，为什么会这样。"

纪鸣橙伸手，把彭婠之散落的头发勾到肩膀后面去："我想告诉你的就是，你根本不用探究这个。"

"你爱漂亮，爱和人亲近，渴望爱情与陪伴，这些都不是你应该更进一步的理由。

"它作为一种欲望，不需要合理性，有就是有，没有就是没有。

"如果有人质疑你为什么没有，你应该让他闭嘴，而不是去论证它没有发生的原理。

"我见过一些人，给自己强烈的逼迫感，像要证明什么，像要献祭一样。

"和你一样。"她冷静而温和地说。

"而另一些人，以不同的枷锁给予别人新形式的羞耻感，他们不是质疑你为什么'要'，而是质疑你为什么'不要'。他们用自己的欲望推己及人，让你渐渐觉得，这是必需的事情，是应当和别人一样的事情，而不是只属于自己的，私密的事情。"

在这种状况下，很难有安全感。被彻底接纳的被全然包容的安全感。

"我不确定你的状况是不是属于身体障碍，但我认为你应该有对某些人，甚至所有人都无感的自由，并且，不应该把它视为一个亟待解决的症结。"

Chapter four

在纪鸣橙的长篇大论下,彭婠之当场就蒙了。这跟她想的也不一样啊,她刚才哭着揭自己的伤疤,然后纪鸣橙拉她坐起来,跟她说了一大通,关于自主性的研究?

这什么走向啊?

"我……"彭婠之觉得头皮有点痒,挠了挠。眼睛也红红的,一半因为喝了酒,一半因为刚哭过。

纪鸣橙低了低头,试探地问她:"你能听懂吗?"

彭婠之眨眨眼:"我得琢磨琢磨,但我能说个题外话吗?"

"你说。"

"你认真说话的时候,特别理性,特别有魅力。"虽然没有完全消化,但确实觉得纪鸣橙有魅力得不得了。她不太好意思,现在拐这个弯,多少有点唐突吧?

果然,纪鸣橙闪了闪眼波,好像一下子不知道该说什么了。

彭婠之决定把话题导回来:"不过你这么一说,我又觉得,我纠结的,好像不是特别大的问题。"

"本来就不是。"纪鸣橙笑了,"你最大的问题可能在于,你把它当很大的问题,甚至因此而付出了不值得的三年。"

"很亏。"纪鸣橙说。

是吗?是这样算的吗?"这么说来,你是在替我亏得慌?可我刚刚怎么觉得,你有一会儿,挺看不上我的。"彭婠之撇嘴,哑声说。

"什么时候?"纪鸣橙蹙眉。

"我问你,我对他说的话刻薄吗,你说有点。"

"但我没有说这些话说得不对。"纪鸣橙慢吞吞地道。

"我提前吃药,你也没管我。"

"你有没有发现,你心情不好的时候,喜欢作践自己,假如别人拦着,你会变本加厉。"

"我变本加厉?你还助纣为虐呢,"彭婠之来脾气了,"你还劝我去洗澡,你作为医生,不知道喝酒之后不能洗澡吗?很危险的。"说着说着,又有些微委屈。

但纪鸣橙咬咬下唇,说:"关上门之后,我在门口站了一会儿,听见你一直在哼歌,而且口齿越来越清楚。"

怎么说呢?彭婠之看着纪鸣橙,开始有一点心慌,因为她突然发现,自己在和纪鸣橙的关系里,出现了阴暗面。

这体现为她真的越来越知道纪鸣橙的好了。她隐隐觉得,这是一个层级比她高很多的人,不是当初自己嫌弃土的那一个,也不是自己从来都看不上的那一个。心里的小人儿对她说,彭婠之,还好你遇到了纪鸣橙。

她突然有种感觉,她不够了解纪鸣橙,或许可以说,从未了解纪鸣橙。

她以前遇到过很多不好的人,所以她过得既不自信,又自信,她会轻蔑地对着那些人翻白眼,啐对方根本配不上自己。但纪鸣橙,可能是她,真正需要仰望的那一个。

多奇妙,几个月前她还在心里嘲笑纪鸣橙的坡跟和凉鞋棉袜,几个月后,她坐在纪鸣橙的对面,觉得她像难以企及的风。

有没有遇到过这样一个人,她像一个稳定剂,像不安定分子的消除器,外界纷纷扰扰,她"中通外直,不蔓不枝",她看似不起眼,你可能需要拿放大镜才能找到她的优点,但她的惊惧、惶恐和负面情绪,就连显微镜都难以观察到。她波澜不兴的外表是一个层面,惊涛骇浪的优点是一个层面,而缺点,在另一个位面。

彭婠之很想跟自己说,找一点她的缺点吧,找一点她冰山下的裂缝,找一点她思维里的破绽,这样就能少仰望她一点。

但没有,反而,她自己开始瞻前顾后了。

05

彭婠之觉得自己又满血复活了。仰望纪鸣橙这件事情没有让她很困扰,反而让她感到充实又满足。

她躺在床上,听到外面纪鸣橙洗漱的声音,还有放轻动作进来轻轻换衣服的声音,好像她没有吃早饭,就直接出门上班了。

彭婠之松了一大口气,呈大字形仰躺在床上,双腿左右摇晃,开始刷微博。好容易熬到十点,估摸着"狗头军师"们差不多醒来了,果然,这时候于舟发来消息:"彭婠之,起来了吗?"

彭婠之一个群语音打过去,四人齐刷刷到场,跟约好了一样。

Chapter four

"哇,你们今天起好早啊哈哈哈哈。"彭婉之起来,趿着拖鞋,啪啪啪地走到厨房,拿起冰箱里的桃汁喝。是昨天上午没喝完的,纪鸣橙还封了个保鲜膜,嘿嘿嘿。

"你还好吧?"于舟的声音听起来很清醒,有猫咪在她腿边叫。

"啊?我?"彭婉之咕咚咕咚喝饮料。

昨天她状态不大对,但彭婉之没吆喝着她们去喝几杯,就是不想让人打扰,所以于舟也没找她,就起了个大早,一边收拾屋子一边等她醒。

看她语气还好,放心了:"怕你不高兴呗。"

"说实话,我昨天回来越想越难受,总觉得没发挥好。"于舟叹气,她总是这样,回去之后一直复盘,觉得有某个瞬间,明明就可以再拉风一点。

彭婉之觉得很暖心,自己怎么这么有福气啊,有纪鸣橙疗愈她,还有几个朋友在真心实意地担心她。

"我还在想,你要是觉得不解气,过不去,咱们私下找个时间,想想怎么回击他,婚礼上确实不太好,得顾着人家女方的心情。"

于舟听她不说话,有点着急:"真的,昨天挽挽还说,想打他呢。"

彭婉之放下桃汁,愣了:"打他?"

"嗯,她说晁老师打。"

彭婉之倒吸一口凉气:"晁老师?"

电话那头传来一声懒怠怠的笑:"她口嗨。"

彭婉之坐在沙发上,捧着脸,咧起嘴跟着笑:"晁老师还会说'口嗨'呢,好潮啊。"

嗯?于舟眯眼,觉得不对劲。

"向挽也挺逗,嘿嘿。"彭婉之用掌根在脸上一蹭,贴住自己嘴角,笑眯眯地。

"嘶……"于舟转头,离话筒稍远了点,"天啊,她咋回事儿啊。"怎么突然对世界充满爱,对身边人施予热切的肯定与关怀了啊?

"哎呀粥粥,你们吃饭了吗?"彭婉之坐在茶几旁剥花生,"饭得吃啊。"

"苏唱在你旁边吗?你帮我谢谢她啊,昨天多亏了她,这脑子,好使。"彭婉之咯吱咯吱地吃花生,一边吃一边笑。

那头传来清冷的声音:"你们怎么了?"

152

"唱儿。"彭婉之笑嘻嘻。

"她好神经。"于舟掩着嘴唇跟苏唱轻轻说。

"不跟你们说了,"彭婉之一个字一个字轻盈地蹦出来,"总之就是听我说,谢谢你们,朋友一生一起走,都在酒里了。"

她雀跃地挂断电话,在群里用文字发消息:"实在没时间多聊,我等会要去接橙子呢。"

"哦。"

"哦。"

"哦。"

"哦。"

下午三四点钟的阳光本来是最配香香甜甜的蛋糕卷的,但此刻照在医院诊室干净而冰冷的器械上,也显得清透诱人。纪鸣橙结束完问诊,把圆珠笔倒过来,笔头向下轻轻一按,弹簧发出短而脆的响声。

拿起手机,上面有彭婉之半小时之前给她发的几条消息,一张鲜橙的图片。

"在超市看到你了。"

"我说橙子橙子,你也不理我呢。"

"这橙子还挺贵,30块钱一个。"

纪鸣橙笑了笑。

小周进来,拿着病历本:"纪医生,今天这么开心呢?一会儿看看手机,笑两三次啦。"

纪鸣橙把手机放下,过了会儿又问小周:"现在几点了?"

啊?她不是刚拿着手机吗?电脑也在跟前啊,小周有点莫名,但还是掏出手机看一眼,又跑出门在就诊信息屏幕上确认了一下:"4点03分,我这说完,可能04了。"

"哦。"纪鸣橙说。轻叹一口气,圆珠笔又在台面上弹了弹,刚才去缴费拍片子的小姑娘,怎么还没回来呢?

又工作了一会儿,抬头看电脑,下方显示4点32分,纪鸣橙站起来,有条不紊地收拾桌面的东西,去热水间把保温杯里的水倒掉,涮了涮,抬

chapter four

头时看看镜子里的自己，把眼镜正了正，但略一思索，又把它摘下来放到白大褂的兜里。

鼻梁有浅浅的印记，她一面揉一面回到诊室，换好衣服，拿着手机下楼。

低头慢慢走着，等下了台阶再抬头，果然在对面的花坛处看到了彭娴之。

靠着她自己心爱的小摩托，穿着黑色的工装裤和马丁靴，上身灰色的贴身背心，露出毫无赘肉的腰身，天气还稍微有点凉，她搭了个宽松的薄外套，挂在手臂上，很不牢靠，好像一动便要从肩头滑下来。

既帅气又妩媚，一头张扬的卷发特别引人注目，她抱着胳膊朝她笑，说："哈喽，美女。"

又是这一句，但这次纪鸣橙没有觉得很油。

多少有点习惯了。

彭娴之扬着明媚的笑容，望着纪鸣橙双手插兜，安静地走过来，笑容僵在脸上，心里的小人儿又开始跑圈了。好尴尬啊……她为什么不打招呼？也不笑，甚至还慢吞吞地看了自己的肚脐一眼。

早上起来没见面，彭娴之忍着中午没找她吃饭，好容易挨到下班点，彭娴之故作潇洒地等在门口，挑选出完美轻松的表情面对她。

但人家根本就没有表情的。

彭娴之收起笑容，活动活动嘴唇，瞄她一眼："纪鸣橙，昨天你不是这样的。你理理我呀。"彭娴之摇摇肩膀，外套滑下来。

纪鸣橙看了她一眼，垂下睫毛："在理你。"

咳，突然就尴尬了，彭娴之转过头，抿住嘴，吸吸鼻子。纪鸣橙也朝相反方向微撇头，看周围的树。

余光瞟到她的动作，彭娴之把滑下的外套拉上来，她向来这样，最怕别人觉得她菜，但只要对方一厌，她就觉得自己厉害得不得了。于是她又把头摇回来，伸手戳纪鸣橙的肩膀："你这叫理啊？笑也不笑。"

纪鸣橙有点后悔没戴眼镜了，因为本来想推一推，但伸手只蹭了一把自己的颧骨："你来了？"

彭娴之笑了："朋友，咱俩见面十分钟了，你才发现我是个活的啊？"

"怎么回事儿啊脸皮这么薄呢,昨天你开导我的时候,特别有范儿,特别酷。"彭婠之又戳她肩膀。

纪鸣橙欲言又止,一会儿抬眼看她:"在外面。"

她不喜欢在外面说这些?

"哦,那上车?咱们出去吃饭吧。"彭婠之把头盔递给她。

纪鸣橙跟着她上车,坐到后面,一面戴头盔,一面说:"今天我同事给我推荐了一家日料店,据说海胆饭挺好吃,要去试试吗?"

"嗯?海胆?为什么想去吃那个?"

纪鸣橙沉默,随即又笑了笑,原来她忘了。彭婠之好像经常这样,说过的话、发过的微博、状态、朋友圈,也就存在于当下那一秒,过后可能一点都印象都没有。

忘性大。

彭婠之骑得很慢,像是带着她在城市里兜风,穿过大街小巷,俩人放纵在黄昏里。

纪鸣橙找的这家海胆是真的很好吃,新鲜细嫩,入口即化。

彭婠之吃着吃着忽然说:"我突然想起来,前两天我还想吃海胆来着,我上学那会儿有家日料店特好吃,但倒闭了,那时候我还是学生,海胆贵,我不能老吃,所以就总惦记着。"

"其实你说,要现在回去吃了,也不一定有记忆里这么好吃呢,对吧?"她夹一筷子,含嘴里。

"也许吧。"纪鸣橙说。

"但你推荐的这家是真的好,我觉得它可以成我现在的第一名了。"

纪鸣橙笑笑。

彭婠之又说:"我前几天想吃,你今天刚巧就带我来了,其实咱俩还挺心有灵犀的,挺有缘分的,你说是吗?"

纪鸣橙低头吃三文鱼,淡淡"嗯"一声。

寿喜锅上来,纪鸣橙正要动作,彭婠之把她的碗拿过来,无菌鸡蛋打好,再放到她面前,很自然而然地照顾她,纪鸣橙一愣,但也没有说谢谢。

彭婠之给她夹菜:"这个牛肉不要煮太久。"

手腕抵在桌沿,看着纪鸣橙沾上鸡蛋,吃掉牛肉,露出还不错的神情,

Chapter four

彭婉之才笑了，望着她眉眼弯弯地说："好吃吧？"

"好吃。"纪鸣橙抬眼看她，眼神清澈又安静。

彭婉之低下头，无意识地翘了翘嘴角。

她现在看纪鸣橙特别顺眼，看着她在对面安静地乖乖吃饭，她就特别心软，越看她，越觉得像易碎的玻璃球，又像出生没多久的小奶猫，她只要一安静，就忍不住想要抚摸她，想要听她呼噜呼噜。

想要给她好吃的。

吃过饭，俩人去看电影。

捧着爆米花入场，纪鸣橙收到一条消息，步履慢下来，彭婉之回头看她："怎么了？有事吗？"

纪鸣橙把手机锁上，摇头："我妈说买了两条鱼，明天做水煮鱼，问我要不要回去吃饭。"

彭婉之张了张嘴，有点失落。她没说话，漫不经心地坐好了，往嘴里塞爆米花。

——快说啊！你上次跟我说，你妈叫我去你家吃饭！你是不是忘了！纪鸣橙！心里的小人拿着大喇叭扯着纪鸣橙的耳朵一顿喊，无声的那种。

作法大概是有用的，果然，纪鸣橙抬手拿爆米花的时候，问她："你跟我一起去吗？"

彭婉之突然就笑出声了。纪鸣橙疑惑地转头看她。彭婉之端起饮料喝一口："那就去呗，反正我明天也没事儿。"

"那我跟我妈说一声。"纪鸣橙低头发消息。

彭婉之不动声色地把手机放到自己大腿右侧，翘着没抓过爆米花的无名指打字："风哥。"

"明天下午那个培训我不参加了啊。

"我大姨妈来了疼得要死。

"明天下午我估计会更疼。"

吴风回她："你怎么知道？"

"观察走势，你懂什么女人！"彭婉之心满意足地把手机锁上，乐颠颠地看电影。

从电影院出来，纪鸣橙已经很累了，但彭婉之扔掉爆米花，洗了个手，想拉着她逛商场。

纪鸣橙向来平静的表情出现了变化。张嘴浅吸一口气，又叹出来。她很想说，今天吃了饭，看了电影，这对她来说娱乐活动已经超负荷了，现在还要逛街？

彭婠之望着她一头柔顺的青丝，又戳她胳膊："怎么了？你累了？可是明天去见你妈欸！你得告诉我，她喜欢什么吧？"

彭婠之拧眉打开百度，搜索"长辈们都喜欢什么礼物"，五花八门，她轻嘶一口气。

"我妈喜欢我。"纪鸣橙淡淡地道。

彭婠之抬头："不是，我是说，我要买点什么给你妈？"什么脑回路啊，你妈喜欢你。

"你怎么突然要给我妈买礼物？"纪鸣橙问她。

"就要啊。"彭婠之扭捏道。

"只是吃个饭而已，太隆重，我妈会不好意思。"

"纪鸣橙，"彭婠之咬着下唇继续搜，小声骂她，"你这个猪脑袋。"

昨天给她上课的时候，一套一套的，自己为什么要买礼物，这不是想给她妈妈留个好印象啊。正腹诽得厉害，却听见一声短促的气息，抬头，纪鸣橙笑了。

"你笑什么？"

"没什么。"纪鸣橙抿嘴，往前走。

"你笑什么！你知道吧？你又逗我呢？"彭婠之跟上去，龇牙咧嘴地逼问。

"不知道。"

"你知道。"

"我妈喜欢吃水果。"

"啊？"

"嗯。"

烦人！彭婠之心里绽开了花，上去扭着她的手说："那我觉得你妈是不是特喜欢吃橙子啊，所以才给你起名叫橙子对吧？咱们去超市把那个30块一个的橙子买了怎么样，我逛的时候没舍得，但肯定特甜。"

Chapter four

纪鸣橙没拒绝,又默认了。

你说,要是橙子有天不搭理她了,怎么办呢?烦。

06

第二天彭婉之起了个大早,先把家里打扫了一遍,虽然她并不知道自己为什么要把家里打扫一遍。中午给自己煎了两大块牛排,因为网上说,去别人家做客要矜持,最好不要吃太多,所以她打算先把自己填饱。

下午开车回家,精心挑选了一条特别淑女的白色长裙,米色开衫搭出层次感,裸色高跟鞋让整个人看着特别清爽素净,她按照向挽的风格打扮的,据说这丫头在见长辈这一门战无不胜。

最后再把长卷发扎成马尾,化上心机的素颜妆。哇,那叫一个青春靓丽,灵气逼人,彭婉之在镜子里对自己满意地笑了。

再开车去接纪鸣橙,这妆容果然让她眼前一亮,体现在看见她后,破天荒地没敢上前。

美死了吧,彭婉之抛了个媚眼。哦,纪鸣橙通过这个油腻的举动确认了,对面确实是彭婉之。刚才差点想找眼镜布擦擦镜片了。

正要上车,彭婉之突然挡着车门:"你开吧?"

"为什么?"

"我今天好淑女的,适合在副驾做作。"彭婉之故作羞涩地笑。

……

到了江大家属院,纪鸣橙停好车,和彭婉之拎着水果往家里去。

老式楼房还没有电梯,她和穿着高跟鞋的彭婉之慢慢爬楼,彭婉之突然就觉得,自己特像一个都市剧女主。

楼道里还有隐约的铁锈味儿,别人家里传出的隐约的饭香,还有人家门上挂着艾草,看起来是得有大半年了都没摘。

她突然就在这些气味里想起小时候的纪鸣橙,会是扎着小辫儿背着书包蹬蹬蹬地跑上跑下吗?好可爱哦。

她捏捏纪鸣橙:"橙宝。"

纪鸣橙对这个称呼表示出了极大的不适应。

"你从小就是'四眼儿'吗?"彭婉之想确认一下,然后再把自己脑子里想象的小橙子修正一下。

"你是指多小？"纪鸣橙顿了顿，"没有人一出生就戴眼镜。"

"也是哈。"彭婳之给自己整乐了。

没再聊天，因为快到了，走到一扇朱红色的防盗门前，门是虚掩的，纪鸣橙拉开门时，彭婳之还在做心理建设，闭着眼给自己画十字。

因此纪妈妈第一眼见到彭婳之，她眼睛是闭上的。睁眼看见慈眉善目的阿姨望着她，有一点探究："这是橙橙的朋友吧？"

"呵呵，"彭婳之有点尴尬，抬手掩了掩鼻子，自我介绍，"阿姨，我叫彭婳之。"紧张，嘴唇有点干，有没有可能口红沾到牙齿上啊？还是先挡一下吧。

纪鸣橙正在换鞋，鸡皮疙瘩都起来了，从来没听过彭婳之在生活中用伪音，配上她的装束，直接是十八九岁的学生。

"欢迎欢迎，橙橙，给小彭找双拖鞋。"纪妈妈把披肩往胳膊上一搭，欠身吩咐纪鸣橙。

"嗯。"纪鸣橙蹲下来，从鞋柜里给她找出一双粉色的，摆到她面前，然后站起来，靠到玄关旁，"先……"

"阿姨，这是给您带的水果。"彭婳之双手把塑料袋递过去。

"先……进来吧。"纪鸣橙的话还没说完。

"哎呀，好客气的呀，"纪妈妈眼睛笑弯了，伸手接过来，"谢谢小彭。"

"先……"纪鸣橙又说。

"阿姨您叫我婳之就可以了，之之也行的。"彭婳之双手往背后一碰。

能不能不要站在楼道讲话，纪鸣橙叹气。

纪妈妈拎着水果往厨房去，优雅的声音从厨房里传来："之之你先进来沙发上随便坐哦，阿姨去弄鱼。"

纪鸣橙领着彭婳之进门，彭婳之抬头左右看，宽敞明亮，一尘不染，家具都是老式的实木款，茶几和电视柜上铺着白色的针织的方巾。茶几上还有一束鲜花，花瓶很有品位，旁边是一副老花镜和几本书，甚至还有英文的。

天哪……彭婳之更紧张了。她的手一直在出汗，于是不动声色地在裙摆上擦两下。一抬头，见纪鸣橙望着她的动作，又笑了。

Chapter four

"你笑什么！"彭婉之用气声质问她。

笑大狮子变小绵羊，艳孔雀变小鹌鹑，彭婉之当乖乖女，花蝴蝶开始装小蜜蜂。

"这是你妈平时看的书啊？"彭婉之指一指封皮儿，问她。

"嗯。"

"她这个年纪，还懂英语啊？"连震惊也很小声。

"我妈以前在英国留学，她说英语很可爱的，是标准的英音。"纪鸣橙淡淡一笑。

天啊……彭婉之的脚在拖鞋里动了动。

"你干吗盯着我啊！"她环顾一圈，又问纪鸣橙。

"没有啊。"纪鸣橙推推眼镜。

"烦死了！你进去帮你妈啊，你都不懂事的吗。"彭婉之悄悄说。

"你不自在了。"纪鸣橙侧头看她一眼。

"你管那么多，快去厨房。"彭婉之想踢她了。

纪鸣橙又垂下睫毛，抿嘴一笑，然后把电视打开，遥控器递给彭婉之，又把花生罐子打开，摆到她面前，最后把垃圾桶也拿过来，放到她腿边，然后起身去厨房。

"妈，爸不在吗？"她一边回信息，一边问妈妈。

"他今天不回来吃饭，他老同事的孙子办满月酒，所以才让你回来陪我的嘛。"

模模糊糊的声音从厨房传来，彭婉之没敢剥花生，就直勾勾看着电视。

想了想，是不是干坐着也挺不礼貌的啊，于是她站起身来，捋捋小裙子，转到厨房，问妈妈："阿姨，需要我帮什么忙吗？"娇娇嫩嫩的伪音，让站着洗菜的纪鸣橙忍不住又笑了一下。

纪妈妈看了纪鸣橙一眼，跟彭婉之说："不用的之之，你在外面稍坐一下，马上就可以开饭了。"

"好的阿姨。"彭婉之扶了一把门框，又转回来问，"要不，我先把碗筷摆上。"

纪妈妈看她很殷勤，也不好再推辞，于是跟纪鸣橙说："橙橙啊，你把碗筷拿出去，跟之之一起摆吧。"

"好。"纪鸣橙把手擦干,从消毒柜里拿出碗筷,眼神示意彭婠之跟自己出去。

彭婠之暗笑,觉得自己这个活找得很好,又不费力也不打扰,还不会显得自己好吃懒做。

不过有一点失算,毕竟才三个人,三副碗筷很快就摆完了。

纪鸣橙又进了厨房,彭婠之在餐厅看她们家墙上的壁画。又在阳台上看了看纪爸爸养的小鸟,和它玩了三局"谁先眨眼谁是猪"的游戏,纪妈妈就端着菜出来说可以吃饭了。

彭婠之很乖巧地去洗手,然后坐到纪鸣橙对面,纪鸣橙站起身先是依照长幼顺序给三人各盛了汤,然后坐下开始用餐。

她们家吃饭是不讲话的,彭婠之有好几次想开口称赞纪妈妈的厨艺,都找不到机会见缝插针。

一顿饭吃得她心里有点毛,太安静了,都能听见她自己清晰的咀嚼声。于是吃到后面就有点坐不住了,伸出脚尖轻轻踢纪鸣橙,纪鸣橙垂眼吃饭,波澜不兴,然后轻轻地回踢彭婠之一下。

彭婠之突然就笑了,抿嘴喝汤。

纪妈妈看她一眼,终于说话了:"还合胃口吗?"

"超级好吃,阿姨。"彭婠之奉承。

纪妈妈很满意,吃完之后起身站了一会儿消食,然后吃控糖药,纪鸣橙收拾碗筷,彭婠之也跟进去了。俩人一边洗碗一边小声说着话。

"我今天表现怎么样?"彭婠之悄悄问。

"什么怎么样?"

"你妈妈咋看我的?她都不怎么说话。"

"还行吧。"

"你怎么知道啊?"

纪鸣橙把碟子放好:"感觉。"

"但我又有一个隐忧,"彭婠之趴靠在流理台,很苦恼,"我装得这么乖,她要喜欢,也喜欢的是乖版彭婠之,那还算喜欢我吗?"

纪鸣橙笑了笑,怎么又上升到哲学问题了。

她慢条斯理地出主意:"要不然,你待会儿出去之后就做自己。"

Chapter four

"怎么做?"

"在沙发上横躺,一条腿踩在地上,一条腿搭着沙发靠背,手边一杯沙冰,一边刷微博小视频,一边像蛤蟆一样大笑。"纪鸣橙认真地回忆。

彭妩之瞪大眼:"你说谁像蛤蟆一样笑?谁像蛤蟆一样笑?"

"彭妩之。"

"你再说一遍?!"

"彭妩之像蛤蟆一样笑。"

"你完了纪橙子!"彭妩之气惨了,"以后你要想去我家,我不告诉你我妈喜欢啥。"

"我为什么要了解你妈妈喜欢啥?"纪鸣橙又把筷子也放好。

"什么?"

"你都还没有告诉我……"纪鸣橙把台面擦干,用很小的声音说,"你喜欢什么样的朋友。"

CHAPTER FIVE

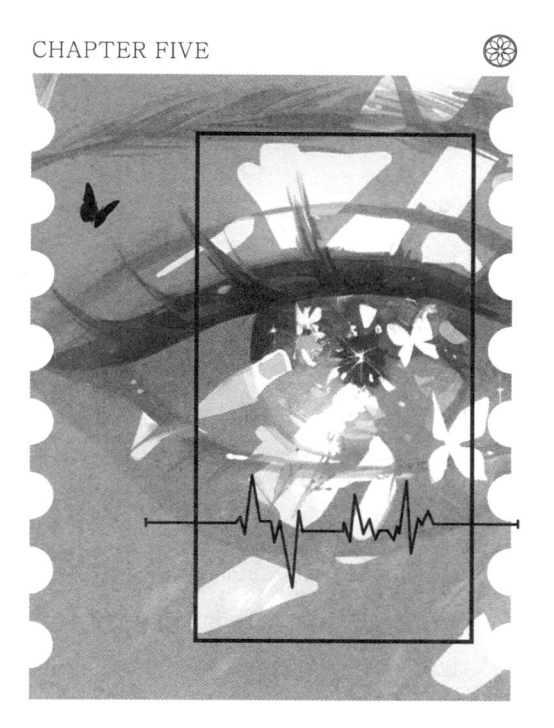

想办法,
Xiang banfa,
让她看到我
rang ta kandao wo

想办法，让她看到我
Xiang banfa, rang ta kandao wo

01

客厅只开了一盏落地灯，靠近阳台边，把纪鸣橙精心照料的花叶包裹得很好看，纪鸣橙坐在蒲团上，木地板上放着一杯安神的热牛奶，手上拿着一本书。毛毛躁躁的心像书页，又被她细致地抚摸着，掂起来，把写满乱码的情绪翻过去。

彭妁之上前，走到她背后，问她："橙子，能不能别看书了？"话一出口，总是比她自己预设的更温柔，生怕打扰纪鸣橙一样。

"怎么了？"纪鸣橙转过头看她。

"跟我玩会儿。"彭妁之说。

纪鸣橙把书放到一边，站起来，稍稍揉了揉发麻的膝盖，然后走到沙发上坐着，拿起遥控器开了电视，把带靠枕的那边让出来。

上次没看完的剧集在接着演，彭妁之看得心不在焉，趁一集结束，她腿一跨，坐到纪鸣橙的旁边。

"你今天问我那句话，什么意思啊？"彭妁之问她。

"哪句？"

"问我，我喜欢什么样的朋友，那句。我想了很久，后来从你妈家离开，我都心不在焉的。"

纪鸣橙看着她，偏了偏头："是吗？"

"你别装蒜，我要是心不在焉，你肯定能发现。"

164

"而且，你就是故意问我的，你肯定知道，我喜欢和你这样的人做朋友。"彭婉之没有兜圈子，直接说。

话说出来，她突然有点心酸。纪鸣橙很聪明的，她是明知故问。

纪鸣橙垂下眼帘，嘴角平静地抻着，像在思索，然而不知道是不是彭婉之的错觉，她感觉纪鸣橙有一点慌乱。她转头，往旁边一看，把遥控器拿起来，按下关机键，嘈杂的声响在10秒之后停止，纪鸣橙在这10秒里，越过彭婉之看着电视屏幕，没有说话。

她先是轻轻吸了一口气，胸腔随之起伏，然后才开口，声音很软很软，像梦呓。"你真的，喜欢和我做朋友吗？"

彭婉之心里的激动和酸胀突然袭来，打得她晕头转向："我真的喜欢跟你做朋友。"说得有一点急切，"我真的，是真的。"

从没见过纪鸣橙这样的表情，她仍旧垂着头没看彭婉之，但她用牙齿轻轻咬住自己下嘴唇的内侧，磨了一磨。唇线瞬间就扭曲起来，打乱她向来摆放得干净又齐整的五官。

她稍稍放缓呼吸，再度启唇时说："我跟你认识十多年了。"你都没有想要跟我多接触一点。

"我们连点头之交都算不上。"她低声说，然后才抬头，"你真的喜欢跟我做朋友吗？"

因为一场误会，从住进她家到成为好友不过几个月。

现在，这个在过去的十年里无数次跟她擦肩而过，连笑声都没有舍得遗落几回给纪鸣橙的人，如此急切地、激动地、盼望地说十分想跟她做最好的朋友。

好像一秒钟都等不了。

彭婉之看着她，有一点无措。

于是纪鸣橙就很温柔地伸手，碰碰她的头发："那你现在想要怎么样呢？"

"我……我想跟你做最好的朋友。"彭婉之说。

"可我，一旦真心交了朋友，就想做一辈子的朋友，我不喜欢有始无终。"在她的话音刚落，纪鸣橙就望着她，认真又坚定地说。

彭婉之一向不是一个很有定性的人，从来都想一出是一出。

chapter five

纪鸣橙想起29岁的彭婖之。和李乔分手半年之后,其实她有过一次短暂的恋情,也是目前为止的最后一次。

可能是破罐子破摔吧,那时她在某论坛看到同城的人约喝酒,在前海的酒吧。她百无聊赖,就去了,跟那个男的还算聊得来,但只在一起了一周。

后来她跟周泠说:"唉,不知道为什么,我特别喜欢别人不喜欢我的时候,他一直不说喜欢我,我就一直追着想跟他在一起,他一说喜欢了,我突然觉得这人特别普通,一点魅力都没有。"

彭婖之喜欢在录音之后,在休息室和别人一边吃下午茶,一边聊情感八卦,纪鸣橙直接或者间接地听到过几回。

周泠说:"你不是一直这样吗,甩别人好几回都这样,也就跟那谁长点儿。还以为你转性了,分手后又这样。"

周泠跟她总结,和彭婖之安稳下来要有两道关卡,一是不被彭婖之看腻,这个周期通常是一到两周,度过第一个周期之后,要保证不甩掉彭婖之。虽然不知道她被甩的原因,但从失败率来看,想要跟彭婖之好好在一起,真的很难。

堪比取经。

于是彭婖之就陡然觉得,恋爱真的很难,不是被别人伤害,就是伤害别人,不如封心锁爱,搞事业吧。

"你为什么会说到这个呢?"彭婖之看着纪鸣橙,这么说。

"我很少有真正不喜欢的事情,但我不喜欢有始无终。"纪鸣橙笑了笑。

"因为,这可能会让我觉得自己没有那么重要。"

"橙子,"彭婖之看着她,不知道该怎么办了,"我知道你觉得我很不稳定,但我这个人对友情是很认真的,你看,我跟苏唱她们交情一直很好。我觉得我们也可以成为更好的朋友,要不要试一试?"

纪鸣橙摇头,轻声地,温柔地说:"不要试一试。"

"我不要。"她再次摇了摇头。然后喉咙一咽,她将睫毛垂下去,又看着手中的遥控器。

她的确想听彭婖之的态度,但刚刚彭婖之脱口而出的"试一试"让她有些失望,然而她也明白,彭婖之能直言不讳,已经足够诚恳了。

"如果你愿意,你可以靠近我,观察我,了解我,以任何方式,然后想一想我们是不是真的合适做朋友。可以试验交流，可以试验思想和观点，但我不想跟你用友情来试错。"

她知道以后的事情说不准，但她不想一段友情的开始，是抱着试一试的态度。

"我刚刚说试一试，你不开心了。"彭婠之说错话了，她蔫儿了，也是哈，纪鸣橙那么骄傲，对交朋友那么谨慎，谁要交个好朋友，是别人跟她说，试一试啊。

但彭婠之一紧张脑子就打铁，还想着，也许真诚能够加点分。

"没有。"

是她，突然有点怕。

她清楚地知道这次交的朋友其实和以前那些都不一样，但她，也害怕。越能察觉到区别，越害怕。

谈了一次以后，双方达成暂时再磨合一下的共识。俩人正式开始合租生活，纪鸣橙在下班之后，开始和彭婠之学做饭，彭婠之主攻大菜，纪鸣橙选择学的是甜点。

彭婠之问她，是不是因为自己喜欢吃甜点，所以纪鸣橙特意学这些。纪鸣橙说不是。

喊，小样儿，还不承认。彭婠之笑着洗锅，那为什么她学的偏偏是曲奇饼、牛奶小方、抹茶蛋糕？怎么就每样都正好是彭婠之最喜欢吃的？

每晚10点到11点，互相以提问的方式，讲从小到大的成长史，更多的是，这十年。

原来有一次生日，彭婠之在莫园办生日会，邀请了好多圈内人，纪鸣橙没去，是因为发烧了，还是流感，怕传染。

但她当时拜托胡宝替她带去一份礼物，那份礼物是当时彭婠之在微博上说很想要的一个积木小钢琴，能弹出声音的那种，但国内买不到，需要代购。

那天人多事多，彭婠之忘了是纪鸣橙的礼物，还以为是胡宝送的，她很感激胡宝的用心，还跟人做了四五个月的闺蜜，后来胡宝怀孕生孩子，俩人才联系得少了，如今还是微信朋友圈之交。

chapter five

彭婳之很感慨，要是那时候自己上点心，记住是纪鸣橙送的，是不是早一点互相了解的，就是她们两个？

她问纪鸣橙，你怎么知道我喜欢那个钢琴啊？纪鸣橙说，就是微博上看到了。但彭婳之在她的神色里察觉到了隐瞒，但她也没说出口。

第二天，纪鸣橙出差了，走得比较早，微信给彭婳之留了个消息，鸡蛋在煮蛋器里。牛奶也连着纸盒子温在热水中。

彭婳之照例起来吃早餐、出门工作，然后在天黑后回到家，自己看电视。

空落落的情绪来得猝不及防，跟从草丛里蹿出来的野猫似的，在黑夜里凄厉地叫着挠她一爪。

她给纪鸣橙发消息，纪鸣橙这次回得很认真，也很迅速，总是有两三行的样子。跟之前在医院时一点都不一样。

彭婳之还是每天给她发在各个地方碰到的橙子的照片，到快一周的时候，她开始每天给纪鸣橙发："橙子，你啥时候回来呀！"

这个培训到底要多久啊？两周的培训和讲座，会不会不太科学啊？

彭婳之吹着刘海，每天准时准点给纪鸣橙浇花。

第八天的时候，她突然发现，自己一个人也能睡着了，为了验证，她在第九天回了自己家，真的能睡着了。

她又开心，又失落。但一点都不想告诉纪鸣橙。

第十二天，彭婳之杀青了，没有工作，也没有局，她决定自己出去逛逛，但骑着摩托，不知道为什么，就走到了纪鸣橙的医院。

站在花坛前，走来走去地踢着小石子儿，又抬头看看她诊室的楼层，稍微溜达两圈，就打算回去了。

突然一个熟悉声音叫住她："这是……之之？"

彭婳之回头，是纪鸣橙的妈妈。

"阿姨，"彭婳之忙迎上去，"怎么在这里碰见您啊？你不舒服吗？"

"我来拿控糖药。"纪妈妈穿得很保暖，但有点疑惑地看了一眼彭婳之——贴身的工装背心和工装裤，长卷发配上烈焰红唇，和上次一点都不一样，差点没认出来。

糟糕，彭婳之被她看得当头一棒，上一次，是什么声线来着？"那个，我正好参加完一个乐队活动，哈哈。"彭婳之乖巧地笑着说。

"那之之怎么来医院啦?"纪妈妈也很关心她。

"噢,那个,我们乐队表演,我队友摔了,我是陪她来的。"彭婠之硬着头皮编。

纪妈妈惊讶:"那有没有大碍?"

"没有没有,一点擦伤,她拿了药,就回去了,我这会儿在想去哪儿吃饭,所以就自己转悠了一下。"

纪妈妈笑了:"那么我邀请你去我家吃,今天叔叔也不在家,橙橙也出差,我也是'孤家寡人'的。"

啊这……其实彭婠之觉得有点尴尬,但那是纪鸣橙的妈妈欸!她都可以单独跟纪鸣橙的妈妈吃饭!谁看了不说一声牛啊,她也太容易得长辈的欢心了吧。抱着这点骄傲,她就自动自觉地再一次上门了。

纪妈妈这次没有跟她太客气,让她在厨房打下手了,俩人一边聊一边做饭,倒也其乐融融。

吃饭时彭婠之已经很懂得规矩了,没有再开口,用餐完毕她要洗碗,纪妈妈叫住她:"之之啊,你不要动,等下叔叔回来,他会洗的。"

"哪能让客人洗碗的。"纪妈妈让她过来坐,给她削苹果。

削到一半,她才接着厨房的话聊:"其实我们橙橙,从来没有带朋友回来过,你是第一个。"

"是吗?"彭婠之笑得眉眼弯弯。

"是啊,小学的时候,有个同学跟她特别好,想要来家里做客,橙橙就是不让,人家小姑娘都追到家门口了,她不让进门的,同学在门外哭,说,纪鸣橙不跟我天下第一好了,纪鸣橙不跟我天下第一好了。"

纪妈妈一边说一边笑:"哎哟,邻里邻居都跑出来看,她还是守着门不让进。"

"后来她的叔叔阿姨们笑这个事情笑了好多年,提起来就笑。"

彭婠之也觉得很好笑,跟着乐。

"所以嘛,她那天带你回来,我还蛮惊讶的,你们应该很好很好咯?"纪妈妈把苹果递给她。

"嗯……我跟她是特别特别好。"彭婠之有点紧张,拿着苹果的手也翘着兰花指。

chapter five

"我猜也是,阿姨蛮开心的,她能交到特别好的朋友。"

"我一直怕她独来独往,那天她跟我说,她遇到了一个特别好的女孩子,想要交朋友,又不知道怎么处理友谊,怕伤害她。我就在想,这是一个多好的女孩子呢,连橙橙都小心翼翼的。"

小心翼翼?彭婠之愣住了。

从纪妈妈家里回去,开门,关门,换鞋,脱衣服,再走到卧室穿家居服。

做完这些以后,她的身子还是没有热起来,于是她到厨房烧了一壶水,打了一会儿灶台,才发现现在哪还有用灶火的烧水壶啊,笨死了。

重新把电热水壶的按钮按下去,她一边吹口哨一边等,吹着吹着,妈耶,好想哭。这次也没喝酒啊,为什么那么想哭呢?倒不是只因为纪妈妈说,纪鸣橙特别珍视她,也不至于感动哭。而是因为,她突然意识到,自己和纪鸣橙的差异性。

她们真的是完全不同的两个人。

再次独自坐到纪鸣橙家里,听着她妈妈和颜悦色地说着她小时候那些倔强的事情,讲起来嘴巴旁边有淡淡的酒窝,很骄傲的神色。

然后她扫到纪鸣橙旧房间床上的奖状,一张张贴得规规整整,是从不出错的轨迹。

出门前,叔叔回来了,跟她打招呼,然后很自然地问纪妈妈,药拿回来了没有,按时吃掉没有。

太常规、太幸福的一家三口了。

纪鸣橙和彭婠之不一样,彭婠之性子野,纪鸣橙从小就是标杆,家里还是书香门第,父母都很受敬的,买菜人家都要主动抹零的那种。

从她目前对纪鸣橙的了解来看,她按部就班地长大,几乎跳过了每一个叛逆期,在每一个人生选择上都是对的那一个,如有神助。

纪鸣橙这么优秀,家底又好,性格也好。自己呢,彭婠之时常调侃自己是个小坏蛋,因为她很享受带坏好学生的感觉。

但这是她头一回生出了罪恶感。她那离经叛道的人生,头一次不想要了,要不起了。

她趴在纪鸣橙的阳台上,想了一天,自己有什么好的呢?

170

感情经历太多，还把生活过得一塌糊涂。谁看了，都会觉得自己是带坏纪鸣橙的"差生"。

只想着一门心思跟纪鸣橙绑定，没想过别人怎么看纪鸣橙会不会被带坏，成天骑着摩托车到纪鸣橙的工作单位"招摇过市"，没想过一点对纪鸣橙的影响。

她们的相处中，从来都是纪鸣橙在迁就彭婠之。

好自私啊彭婠之。

02

一晚上没睡，躺在床上翻来覆去，第二天又找了电影看，一部接一部，看到日落西山，门锁响动，彭婠之木然转头，纪鸣橙竟然回来了。

"你怎么回来了？"她讶异。

纪鸣橙风尘仆仆，穿着培训发的修身白T和牛仔裤，头发披着，把行李箱推进来，第一句话是："怎么不回我消息？"

怎么回事，眼睛红红的，头也没洗，看上去脸也没有。

彭婠之一动，饿得眼冒金星："我回你了吧，看电影，可能没顾得上。"

纪鸣橙看一眼茶几："没吃饭？"

嘶……彭婠之想了想，她忘了："我吃了吧？"

然后打了个嗝，她胃特别不好，一旦饿着，就爱打嗝。

纪鸣橙蹙眉，望着她轻声说："你没有吃。"

"好像是，忘了。"彭婠之站起来，准备去拿点东西，口干得很。

见她打开冰箱门，纪鸣橙主动问："找什么？"

"冰棍。"彭婠之弯下腰。

"你没有吃饭，还要吃冰棍？"

"我就是口渴。"

"口渴喝水，我给你做饭。"

"我真的不想吃饭，我就想吃点冰的。"彭婠之烦了，靠在流理台上，皱着眉头撒气。

纪鸣橙看了她一会儿，轻轻地问："你为什么总是这样？"

彭婠之转头看她，纪鸣橙脸上竟然出现了她从未见过的委屈和无力的

chapter five

神色，搞得彭婠之有点慌："我怎么了，我就是这会儿不想吃饭嘛，你不想我吃冰棍，我不吃就是了。"

"不是我不想你吃，"纪鸣橙垂下眼，又出现了上次那种隐忍的神色，"是你一直这样，从二十岁到三十岁，从我认识你开始，你总是这样，不爱惜你自己的身体。"

彭婠之跟她一起调整作息的时候，她其实很开心，但才离开没多久，彭婠之的回复就逐渐敷衍，她心神不宁，反正最后一天也没什么要紧的事了，便提前赶回来，看到的是她故态复萌。

黑眼圈很严重，一看就没好好睡觉，桌上一堆零食，灯没开，关着窗帘看电影，连自己吃没吃饭都会忘记。

纪鸣橙终于想到30岁的彭婠之，那时候她封心锁爱，一心搞事业，但她自由自在，孑然一身时更是完全进入了黑白颠倒的模式。圈里所有人都知道彭导喜欢熬大夜，熬到凌晨三四点，在楼道里吃冰棍儿，贪婪地享受片刻的清醒。

纪鸣橙撞见过几次，每次都担心她下楼开车的时候会猝死，或者出车祸。偏偏她还爱飙车，很爱很爱飙车。作为一个医生，她有多了解那些猝死案例，就有多担心彭婠之，甚至有时候在网上看到疲劳驾驶导致的车祸，她都会走神，但她从没说过，从来没有厉声厉语地管教过她。

这几个月，看着她渐渐好起来，看着她渐渐喜欢上这种平静又循规蹈矩的生活，又开心，又害怕。害怕的情绪在分离之后达到顶峰，尤其是彭婠之热切地给她发了几天的微信后，就又回到爱答不理的状态。

纪鸣橙问不出口，她是不是对现在的生活厌烦了？只想回来亲眼看一看。看到她这个状态，纪鸣橙大概能推断，她想要过以前的生活了。

"我不是故意的，我真就是没顾上。"彭婠之说。

"没顾上吃饭，也没顾上回复我，是吗？"纪鸣橙问她。

彭婠之的心跟针扎一样，垂着头让头发落下来，又抬手薅上去，吸了两口气才对着冰箱门说："橙子，我不行了，咱俩做不成好朋友了。"

沉默，大概沉默了半分钟，能听见冰箱运转的嗡嗡声。彭婠之没敢看纪鸣橙的表情，而是低头望着自己的拖鞋。

但纪鸣橙反倒平静下来，平静得跟之前的十来年一样，她走回去，把行李箱放好，再回到厨房，对彭婠之伸出手："来。"

"啊？"

纪鸣橙牵住她，到卧室坐下，没把窗帘拉开，也没开灯，然后镇定温柔地问她："可以跟我说说你的想法吗？"

"没关系的婠之，没关系，"她咽着喉头，"如果你信任我的话，可以告诉我，是不想合租了，还是觉得咱俩性格不适合做朋友，都没有关系。"

"你怎么这时候还在哄我啊？"彭婠之哭了。

"我好想你啊橙子。"她抱着她，号啕大哭。

纪鸣橙一愣，眼镜后的双目也微微泛红："怎么了？发生什么了？"

"既然想我，应该还是不讨厌我的，那为什么刚才那么说？"她抱着她，又紧了一些。

彭婠之有点崩溃，哭得上气不接下气："你相信我吧，我真的太在意你了。"

"和之前的不一样，都不一样，我听你妈说你珍惜我这个朋友，我难过得要死。你知道吗，以前我要是知道我朋友夸我，我可得意了，我尾巴能翘上天。我就是那种特别嘚瑟的人。"她哭得上气不接下气。

"这次怎么回事呢，我好害怕啊，我一直想一直想，我想着我会不会带坏你啊，我成天嘚瑟会不会影响你工作啊。我，我哪有你说的那么好啊。"

"橙子，咱俩还是保持距离吧，我好舍不得你跟我在一块儿啊。"

她听见自己耳边轻轻吸气的声音，纪鸣橙眼眶濡湿，鼻尖也红了。

"你是这样想的吗？"她带着颤音，红着眼睛笑了。

"嗯，"彭婠之顶着浓浓的鼻音抬头，"而且，而且我跟你说，我可坏了，除了你能看到的缺点，我的缺点可多可多了，我特别爱骗人，特别爱捉弄别人。"

"我还……我还骗你。"

"你骗我？"纪鸣橙给她抹眼泪，动作比语言更温柔。

彭婠之一股脑坦白，"当时在帐篷，我发现你能让我睡好以后，我就骗你说我失恋，把你约出来。想要灌醉你，再试一次。"

她闭着眼，嗷嗷哭。她觉得自己完了，经此一役，纪鸣橙肯定不会理她了，她这个滑头、骗子，根本没有纪鸣橙想的那么好，早点吧，一拍两散。

chapter five

"我还搅黄了你的相亲,但我看人还对你不死心呢,其实他还可以的,你去找他吧,你俩生个孩子,我给你包红包。"

"结婚请不请我都行,我一般参加婚礼还是得体的,李乔那种情况不会出现第二次。"彭妡之伤心地说。

哭了好一会儿,太阳穴都发麻了,她想要擦鼻涕,纪鸣橙递过来一张纸,她小声说谢谢,然后掩住鼻子死命擤了一下。

"别那么用力。"纪鸣橙忍不住提醒她。

彭妡之用手背把自己的眼泪擦去,终于鼓起勇气抬头看纪鸣橙,却看她眼里含泪,嘴角隐隐带笑。

"你怎么还笑啊。"彭妡之的鼻腔冒出一段短促的气音,又想哭了,"我跟你闹绝交,坦白局呢。"

"没有人要跟你绝交,"纪鸣橙摇头,温声说,"而坦白局,现在才刚刚开始。"

彭妡之梨花带雨地抬头:"你什么意思?"

"你说的那些事,我全都知道,从一开始就知道,但,你想知道我的吗?"

"什……什么?"彭妡之挂着眼泪,疑惑地看着她。

"我一直在等和你说的这一天,但我有点害怕。"纪鸣橙把眼镜摘下来,叠好,放到床头柜上,还好,没有开灯。

纪鸣橙看看月光下,折射出隐约人影的镜片,再抬眼望向彭妡之:"你的夜盲症,现在好了吗?"

"夜盲症?"彭妡之一怔。

"对,以前你发过一条微博,说你有夜盲症,晚上回家那条小巷的灯又是坏的,一个月摔了三次,问你家新房子什么时候才装修好,能从旧小区搬出去。"

——啊啊啊啊,烦死了!!!房子到底为什么要装修这么久啊,我只想住有路灯的小区,怎么就这么难,夜盲症患者很难过啊!!!

彭妡之本来没什么印象了,听她这么说,仔细回忆:"我们家搬到新小区,那是好多好多年前的事了,这条微博我都没印象了。其实我当时根本不知道我有没有夜盲症,我就是看电视,觉得这个名词很高级,我晚上又确实不怎么看得见,就用了。"

"是不是听着还挺孱弱的?"彭婠之吸吸鼻子,看着她。纪鸣橙笑了,摇摇头,她就知道,她就该知道。

"那你的飞蚊症呢?是真的有吗?"

"这个是真的,"彭婠之赶紧说,"我高中的时候就有了,但应该是生理性的,不是病理性的,不严重,就是偶尔能看到小黑点儿。"

她不太懂纪鸣橙为什么跟她说这个,又和套路有什么关系,总不能这些病是她下的毒吧?她咬咬嘴唇,问纪鸣橙:"为什么说这个啊?"

"因为,"面前朴素而干净的姑娘看着她,"我想跟你做朋友很久了,很久很久。"

"嗡"的一声,彭婠之好像听到了自己心里撞钟的时候,一根古老而粗壮的树木往她心脏中央一杵,打得她几乎想要闷哼出声,第一反应不是疼,而是诧异,自己的心脏怎么这么大,能够容忍这样意料之外的力度,能够牢牢包裹住那根撞钟的外来者,以无边无际的酸涩回馈它。

没有激动,没有震惊,只不过鼻尖麻了一下,然后就是淡淡的痛感,像是睡眠不足。彭婠之从未有过这样的感受,她的音量也不自觉回收了,像敛着呼吸一样:"你这是什么意思?"

"什么时候?"她连连追问,"为什么啊?"

她不知道,她怎么一点都不知道呢?脑子里开始钝钝地回忆,仔细地回忆,可是和纪鸣橙的交集真的就那么点儿,三两下就掏了个干净。

这让她有点难受了,不敢再想了,她这么在意的人,也想跟她做朋友?而且,想跟她做朋友很久了,是吗?

她可以这样理解吗?

纪鸣橙平静的目光告诉她,可以。

甚至可以理解得,更深厚一点。

纪鸣橙垂下眼,她和彭婠之的交集,也称得上不太美丽的误会。

当年她还在上学,被一位学妹带着进入配音圈,原本只是玩玩,但有一个真情粉丝对她说了五个月的早安,她坚持了下来,她们没有说过多的话,有时候这个粉丝会对配音表演发表一些点评,好像还有一点点专业度。

chapter five

　　五个月的早安戛然而止，纪鸣橙在断掉的第一天就发现了，然后点进去那个微博账号，显示微博账户状态异常，无法查看。她问身边的同学，这是什么意思？同学说，就是号被炸了，可能在网上骂人了吧。

　　失落有一点，但不多，遗憾也有一点，因为她还没有跟这位朋友好好地打过一次招呼。

　　怀揣着这一点点执念，又加上对配音表演的爱好，她正式走上这条路，自然而然地，在工作中认识了彭婠之。

　　第一印象不是太好，因为这样的女孩儿几乎算是纪鸣橙的反义词，张扬、高调，大大咧咧，没心没肺，笑起来是"咯咯咯咯"的声音，有时候还会带一点"马叫"。

　　转折点出现在某次的聊天中，听另一位同事问她，说，你这个微博好新啊，是为了出道新注册的吗？这么有形象管理意识，你这是笃定自己要红啊？彭婠之很无奈地说，什么呀。她之前有个用了两三年的号，因为人被举报炸了，要不她也不会换号。

　　听到"炸号"这两个字，纪鸣橙突然想起来，那个ID叫作"想之不尽"。

　　想之，婠之，彭……婠之。

　　年轻而腼腆的纪鸣橙有一点激动，但同时又奇怪，跟自己打了五个月的招呼，也知道她是纪鸣橙，如果真的是彭婠之，怎么会完全把自己当陌生人呢？正思索要不要开口确认，又听彭婠之说，嗐，炸了也好，那号上有太多黑历史了，还有追星的呢，你说的也是哈，万一我红了呢，还省得清理了。

　　纪鸣橙收回探出的身子，眨眨眼，是这样吗？她觉得当时的"追星"，是不愿提及的"黑历史"？

　　不想打扰她，纪鸣橙自然也没有前去相认，但对彭婠之的注意从那时起便开始了。

　　偶尔进去刷她的微博，她也习惯在早上到微博打卡，发一个"早上好"。

　　有时说"堵死我得了"。

　　有时是"811的鸡肉饭团也太好吃了，我一口气可以吃四个"。

　　那时她们都不红，没什么粉丝评论，彭婠之拿微博当日记本一样用。

　　发现彭婠之并不是"想之不尽"，是第二年三月份的事了，这位粉丝又回来了，告诉她之前微博发生了点状况，她又备考去了，现在上来看看她，不知道她还记不记得，很高兴还看到她在配音，希望她一切都好。

纪鸣橙与支持她的这位粉丝打了招呼，再看看彭婠之的页面，因为这个单方面的误会温柔一笑。

很难讲是从什么时候起，关注彭婠之成了她的一个习惯。一开始可能只是觉得有点意思，这个姑娘过着跟自己截然不同的人生，喜欢重型摩托车，一分享情歌就是坠入了爱河，一分手就会在微博上哭。

后来评论量越来越多，她的话越来越少，再后来，开通了仅半年可见。

第三年，她们的合作渐渐变多，能搭上几句话，成为点头之交。

那年年中，圈里聚会，大家玩国王游戏，纪鸣橙和另一个男生抽到同一张牌，"国王"指定抽到这张牌的亲脸，看热闹不嫌事大的朋友们起哄，纪鸣橙脸有点白，但昏暗的包厢里没什么人注意。

这时候彭婠之突然扔过来一个扑克，砸到茶几上："干吗呢，无聊不无聊！"

她半躺在沙发上，光滑的胳膊搭着靠背，穿着热裤的长腿修长又洁白，痞里痞气，嚣张肆意。彭婠之有时像个侠女，路见不平拔刀相助的那种，更多的时候，像个热血笨蛋。

第四年，彭婠之小有名气，她策划举办了一个科普配音、了解配音的网络直播节目，每周一期，在周日晚上八点，邀请圈内的女配音演员们做嘉宾，聊一聊配音遇到的事情，讲述对配音表演的热爱和坚持，希望能让更多的人了解和看到她们，也互相打气。

纪鸣橙那时学业紧，为了放松，一期不落地听。

彭婠之很乐观，能够把受过的委屈受过的气都讲得很好笑，但有时候纪鸣橙听着她"咯咯咯咯"的笑时，会想起在楼梯间偷偷哭的她。

也曾想过，周围认识的女配音演员们都上了节目，彭婠之会不会有一天邀请她。

可是没有，直到整个节目停更下线，都没有。

第五年，她们微博终于互关，因为配了一个剧里的两个女主，官宣那天，彭婠之提到了她，配上一句剧里的台词。

是这么说的——

chapter five

"纪鸣橙是我的好姐妹，一辈子的那种！"

太常见的营业，但转发的粉丝很多，小红点的数字涨得足够热闹。

看到这条微博的那一秒，纪鸣橙就意识到了这件事情，她想和彭婠之有更多的交流。

她当然是世界上第一个感受到彭婠之对自己的吸引力的人，但她没有打算去追逐，因为她过得很慢，可能要用很长的时间才能把这一刻的初始吸引力变成想跟她做更好的朋友的动力。

但她那时候很忙，忙于学业，也没有任何行动的心思。

只是仍旧会听到关于彭婠之的消息，看她从默默无闻到小有名气，看她从锁骨发变成长卷发，看她游戏人间一样一段一段地经历爱情，不断投入，又不断受伤。彭婠之很容易了解，只要你将眼睛放在她身上。

03

纪鸣橙用了六年的时间把关注一个人从习惯变成生活里静悄悄的角落。像一只躲在衣柜里睡觉的猫，只要它不醒来伸懒腰，很难察觉到它的存在。但这只猫很调皮，真的就偶尔会钻出柜子，到人面前伸个懒腰。有时还喵喵叫一声。

比如在纪鸣橙听说，彭婠之在酒吧喝多了撒酒疯的时候，比如在彭婠之跟粉丝笑闹，说姐朋友多着呢的时候，比如在听说她买醉伤心，痛骂渣男的时候。

还有在某几个凌晨，看到她咬完冰棍，缩缩脖子，强迫自己清醒地进电梯的时候。这些特定的时刻让心里的荞麦疯长，蓬勃有力，难以忽略。

但她还是没有跟彭婠之做成朋友，搭过几次话被不咸不淡回复的经历，让纪鸣橙不知道该怎么样开口跟她做朋友。彭婠之根本就没有将纪鸣橙认为是可以纳入好友圈的人，连微博纪鸣橙偶尔去评论，她也很少看见。

第八年，一些圈内人开通匿名信箱玩，彭婠之也跟风。

纪鸣橙望着这个匿名信箱，发了一会儿呆，然后写了很长的一封信，大意是说，如果你身边有一个人，在你不知道的地方关注你，想跟你做朋友，有一阵子了，你觉得，应该要说吗？

第二天凌晨3点，她收到了彭婠之的回复。

彭婉之说，她是白羊座，最大的特质是慕强，而且感情特别泾渭分明，只会和自己感兴趣的人交朋友，认识时间久了就当朋友对她来说是不存在的，也永远不会因为一个人对自己好就跟这个人做朋友。如果真的在身边默默关注，而她自己一点都没有察觉的话，那应该对那个人一点好感都没有。所以还是建议放弃吧，哈哈。

她最后还俏皮地加了一个"哈哈"。

纪鸣橙看着那个回复，笑了笑。

彭婉之难以思考了，脑子里像被塞了一团纸巾，皱皱的，发出一阵阵的响声。她能清晰地听见这些响声，证明外来物的存在，但她无法判断它处于头脑中的什么位置。

"这么说，如果那次我没有酒后扇你耳光，我们是不是……"永远都不会有机会成为好朋友了。

终于问出口，茫然里有浓浓的难以置信。

纪鸣橙看着她，扬扬嘴角，轻轻地摇头："你没有发酒疯。"

"本来就没有。"说完这个话，她习惯性地抿起嘴角，脸颊又粉了，有一点可爱，像个不谙世事的小姑娘。

那天的包厢，彭婉之什么出格的也没有做，只是纪鸣橙平静的生活起了波澜。

上一年年底，彭婉之病了，不是什么大病，不过就是鼻炎复发，但因为长期作息不规律，发得很严重，拖拖拉拉小半年，一度影响录音进度，老板吴风被迫更换两个项目人员，对她也颇有微词。

有次纪鸣橙去录音，听见风哥说，彭婉之这身体，还能在行里熬几年啊，说了不听，说了不听，我都怀疑这姑娘还有免疫力这东西吗？上次感冒也是，别人咳一周，她硬生生熬成百日咳。

那之后，纪鸣橙就留心起了圈里的局，春节过去，果然有聚会，纪鸣橙难得地参与了，没有唱歌，就坐在角落里听。

彭婉之还是大波浪高跟鞋，笑得风情大盛。

和李乔分手后，她宣布封心锁爱，一心扑到工作里，效率高气场也强，终于长成她二十岁时开玩笑说的那种都市丽人，雷厉风行，干脆利落。

chapter five

她熟知各种酒，知道配什么饮料入口才好喝，坐下开始，她一边嚼爆米花一边端着玻璃杯喝，时不时笑着跟旁边的人讲两句。

酒过三巡，气氛更热烈，几个男同事都喝晕了，彭婠之半眯着迷离的眼，偏头红着脸，靠在茶几上唱情歌，其实她唱歌很好听，如果不哭的话。

其实彭婠之哭起来也没有圈里的人传的那么滑稽，那么突如其来。只要有人仔细看她，会发现她先是哽咽，然后一滴眼泪滚下来，那时候脸上还没有表情，明艳动人的五官反衬得眼泪特别晶莹剔透，特别干净无瑕。

纪鸣橙看着她哭，也看着她酒精上头，看她从低声啜泣到号啕大哭，看她神志不清地走回座位，跌到自己身边，然后把胳膊圈住自己的脖子，香水味和酒香铺天盖地，她软软地趴在自己怀里，哭得上气不接下气。

一边哭，一边问之前的那些人为什么要离开她，说她只想谈个恋爱，怎么就这么难。

有睡得迷迷糊糊的同事被吵醒，不大清醒地看她一眼，笑着埋下头，说，又开始了又开始了。

所有人安静得差不多了，彭婠之晕晕乎乎地注视着纪鸣橙，眼妆花了，口红也花了，狼狈得像个在外摔倒的孩童。但她出神地望着纪鸣橙，然后笑了笑，靠在她肩头睡着了。纪鸣橙抚摸着她干瘦的脊背，哪怕穿着不薄的冬装，都能摸到突出的骨节，无意识地拍了拍，然后指头回扣，半握拳，虚虚抓了一把。

她那么多好朋友，真的就不能多自己一个吗？

——如果她想要一份很好的、很健康的感情，那为什么不能是友情，那为什么不能是我？

只要她看到我。

想办法，让她看到我。

纪鸣橙用推算最难的数学题的方式来计算她和彭婠之成为好友的可能性，几乎次次都是无限趋近于0。

她早说说过，纪鸣橙不是她感兴趣的人，即便是做了朋友，恐怕也是不温不火玩不到一起的那一个。彭婠之会自动把朋友分为两类人，一类是可以发展的，一类是从没想过的，纪鸣橙会被永远放在后者。

她不仅要让彭婠之看到她，还要把她归类为"可以发展的"那一类，至少让她想一想,自己和这个人有交集的可能,有关系更进一步的可能。

因此,纪鸣橙所能想到的最好方法,就是告诉她,她酒后不当心打了自己一下。

但彭娴之这样的人,假如只是单纯发酒疯,自己和她直接说这件事,她可能也就恍然大悟然后十分抱歉地说,真的对不起,怎会如此。

道过歉,就不会放在心上。

但横冲直撞的小白羊,天生反骨,天生叛逆,天生有猫一样的好奇心,还天生心软得一塌糊涂。

要让她好奇,让她心心念念,让她觉得有意思。

让纪鸣橙变成她感兴趣的有探索欲望的那个人。

"你从来就没有在包厢对我发酒疯。

"我也从来没有看言情小说上头。

"知道你要导这部戏,我加了书粉群看文,然后私信你。

"依你的脾气,我猜最多第十天你会忍不住把我拉黑,拉黑之前可能会点进我的主页,看看这个讨厌鬼究竟是什么人。

"于是我在我的主页发了保温杯的照片,这个保温杯,我经常带着去录音,我想你应该会眼熟,会发现是我。

"这么反常的举动,你一定忍不住,会来问我,我就告诉你,你对我发酒疯,而我很纠结,很困扰,为了研究,去加了言情书粉群。

"再跟你讨论道歉负责的事情。"

就像那天在酒吧,她和彭娴之说的那样。让彭娴之认为,这件事对她的困扰不小,心软又容易愧疚的彭娴之,会因为不知道怎么道歉,来反复接近她。纪鸣橙甚至在彭娴之最好的朋友面前,做出躲避的反常举动。

她的朋友应该会告诉她,有那么一个人,很奇怪,好像在躲你。

纪鸣橙这个名字,会在不经意的时候出现在彭娴之耳边,逐渐被她挂在心上。

她一定会想,我在哪里得罪她了吗?她为什么不待见我?然后会在某个失眠的夜晚,把自己和纪鸣橙的交集,先过一遍。

先想起这个人,然后纪鸣橙再出现。

"不过,我没有想到,你拉黑了我,却没有来看我的主页,你可能只

chapter five

是骂了一句神经病,然后把这件事抛诸脑后。

"怎么办呢?我把剩下的两篇剧评发布到微博,提了你的名字。"

"你的粉丝会搜索,然后替你找到我。"

"风波起来,你一定会来找我。"

她慢条斯理地说,抬起右手,抚摸自己的胳膊。是一个处心积虑的接近,为了让彭婠之看到她,只为了让彭婠之看到她。

彭婠之觉得自己的心脏已经快不行了,有一搭没一搭地跳着,像被雨水打湿的蝴蝶,粘在地上,无力地扑腾翅膀。用尽全部的力气,也只能徒劳地扑腾翅膀。震动和震惊两相交叠,让她太阳穴都隐隐作痛。

"橙子……"她只喃喃说了这一句。

"那……那后来……"

"后来的事,我也没有想到。"

彭婠之告诉过周泠,她会对不怎么搭理她的人更有兴趣,要是发现别人很喜欢她,就容易下头。因此在前期的交往中,纪鸣橙努力保持一个不近不远的距离,让彭婠之相处舒服一点,再肆无忌惮一点。

彭婠之想利用她治疗失眠,这件事她没有想到,原本以为有很好的契机,但酒吧那一晚之后,彭婠之又冷落了她。

几天都没有再找她,纪鸣橙有些慌,忍不住到三声工作室去等。彭婠之仍旧熬着夜,从漆黑到恐怖的办公室走出来,麻木地咬着一根冰棍,面无表情走到她面前,戳了戳她。她眼皮都熬得凹进去了,戳她的样子很木。

那天纪鸣橙撒了第二个谎,问她,自己是不是也对彭婠之发酒疯了。本来只是执拗地想找一个借口,让自己有道歉的理由,再度产生交集。

但彭婠之开始顺水推舟,在当晚提出要合租。

再之后,便是对彭婠之得寸进尺的小聪明不着痕迹地纵容,陪她疯狂,看她泡脚喝沙冰,看她日益增多的好气色和蛤蟆笑。

彭婠之看着她,心里五味杂陈,她也突然明白,为什么纪鸣橙想要她慢下来,想清楚。一方面她对这段友情真的很小心谨慎,另一方面,她曾经为了接近她,设置了小小的圈套,纪鸣橙一定也害怕,怕是因为自己的推波助澜,让彭婠之处于不清醒的状态。

怕彭婠之突然对她失去兴趣。还怕她知道自己是刻意接近后会生气,不想再理她了。

她不断地在想，究竟什么时候告诉她呢？

但没想到，彭妁之也怕了。她今天说，害怕纪鸣橙跟她在一起会产生坏影响，怕自己不够好，怕她为了要纪鸣橙这颗安眠药而撒谎的小心思被戳破，怕她觉得自己自私。

纪鸣橙用十多年的时间围观了彭妁之，她一往无前，不撞南墙不回头。永远头破血流，永远不留退路。终于在这一年，等到了彭妁之的退却和克制。

和从前都不一样，她和彭妁之这道题，有解了。

"从头到尾，自私的不是你，是我。"纪鸣橙垂下眼帘，抿抿嘴角，哽咽着低声说。

彭妁之伸手捧住脸给自己降温，脸颊燥热，心里也热。

她只能再掏啊掏，掏出零零碎碎的想法，把这个故事补充完整："那……你说做这些是为了接近我，那如果我跟你接触几次后，还是没意思，就道完歉还是当普通同事了，你怎么办啊？"

纪鸣橙抬起软软的眼皮看她，笑了："那就算了。"

算了，这些年里很多次都跟自己说算了。还在想，结婚时给她送什么礼物呢？一般都包红包，但她想包红包之余，再给彭妁之挑一个东西，也许是一对杯子，还没想好。

她其实不是一个必须要交朋友的人，对友情也没有那么势在必得，所以才以旁观者的身份自居那么多年。

纪鸣橙一直在台下，如果只为了跳一支舞，那她宁可不来。要来，就带给她和自己能够长久的可能性，如果她仍然没有兴趣，那便算了。

彭妁之仔细地回想，纪鸣橙带来了开场，但确实从未强迫自己做过什么，从拔牙开始缠着纪鸣橙的是她，要跟纪鸣橙挤一个帐篷的是她，几次三番想灌醉纪鸣橙来治失眠的也是她。

之后忽悠纪鸣橙跟她一起调理、合住。

纪鸣橙每次就坐在床边看书，连靠近她的距离都不过分。

彭妁之眼睛又酸了，她看着纪鸣橙，又低头看看她的手。

她小声说："好恐怖啊。"

chapter five

"我……"纪鸣橙提起一口气,咬住嘴唇内侧,没说话。

彭娟之还想着:"你居然那么早就想跟我做朋友了,还一直关注我,真的好恐怖。"

"比如说,我记得我年轻那会儿,没做激光除毛,有时候有唇毛,有时候犯懒腿毛也脱得不干净,也不知道你,看没看到。"她抹一把后脖颈。

这……纪鸣橙没想到她会说这个,愣了,不知道该怎么开口,也摸不准彭娟之的态度,只能说:"嗯……我其实,看得也不是那么清楚。"

"你怎么看得不清楚啊?你有戴眼镜啊。"彭娟之抬头,皱眉。

"我……"

"干吗,哑巴了,刚不是很会说。"彭娟之莫名就瞪她。

纪鸣橙张口欲言,彭娟之抢先道:"再说'我',你就出去吧。"

纪鸣橙把嘴闭上。

彭娟之在床上盘腿坐着,右手撑起腮边,脑子还是一团糨糊,超纲了,真的超纲了,跟在梦游似的。

而且最糟糕的是,她的身体比脑子更快,好像已经完全相信并接受了纪鸣橙很多年前就想跟自己做朋友这件事,不自觉就对她颐指气使了。

彭娟之咬咬左嘴角,又咬咬右嘴角,看一眼安静地坐着的纪鸣橙,真的好纯良啊,完全就是那种仙气飘飘一尘不染的风格。

纪鸣橙看抬起头,又看看她。

彭娟之提起手,擦擦自己哭过的眼睛,又揉揉鼻子,打了个嗝,说:"我没有问题了。"

"那……"

"我想去睡会儿。"她说。

这个态度,让纪鸣橙又有点担心,试探着问:"你没吃东西,我给你做点吃的吧?"

"不了,我直接睡了,明天再吃吧。"

"那我扶你。"

彭娟之咬咬牙:"不用。"

纪鸣橙低头,看看自己摊着的手心儿,没说话。

彭娟之呼出一口气,脊背也松下来:"太乱了,你让我想想吧。"

"嗯，那你睡这个房间，还是那个？"纪鸣橙转过头，看一眼旁边的柜子，没什么目的，就胡乱地看一眼。

"我去次卧睡吧。"彭婠之想了想，站起来。

纪鸣橙点头，看着她把鞋穿了："好。"

彭婠之出门，进次卧，关门，纪鸣橙静静地听着，没有再跟上去，坐了一会儿，才把床头柜上的台灯打开，摸出手机，里面有科室主任的消息。

她挑几条重要的回复了，然后又放下，望着床头柜发呆。

次卧里有被子窸窸窣窣的声音，当然纪鸣橙听不见。

彭婠之在被窝里打了个滚，想了想，趴到枕头上，拿出手机开始打字。

"于舟于舟于舟，纪鸣橙六年前就想跟我做好朋友了！"

这个感叹号，表六年。

没有回复。

彭婠之又发："信我，这个事值得你睡一半爬起来听。"

十分钟后，于舟回复她：咋了？

彭婠之一个电话过去，躲在被窝里，小声地说了来龙去脉，说着说着捂住嘴，激动得不能自已。

于舟那边久久不能平静，但总算也是平静了。再开口时声音都有点抖，第一句是："你们介意我用这个故事取材去写小说吗？"

"好精彩啊真的，你给我发那句话的时候，我以为你在做梦。"于舟真的觉得很有可行性，"感觉写了能火。"

"你还是人吗！"彭婠之用气声在被窝里骂她。

"不是，等等，你就这么把人扔那儿了啊？"于舟决定先说重点，"人家提前赶回来，还跟你坦白，现在肯定忐忑死了吧，你就自己跑回房间了，把她晾着了？"

"我……我……我，"彭婠之张口结舌，"我不知道该咋办啊，我刚才坐在那儿，我拨刘海的时候手都在抖。"

"现在声音还有点抖，你听出来了吧？"她凑近话筒。

听出来了，还听出来她在被窝里有点缺氧。

"而且,被套路这么久，我高低得有点脾气吧？咱们导演不都这样吗？就是最大的秘密被戳穿，剧本上得有个'如遭雷击'的时间，我要是不说

chapter five

我消化消化,显得这人被骗得没脾气啊?"

彭婠之摇着脚,还是有点担心。

"那你现在怎么想的啊?"于舟问她。

"我现在有点想上厕所。"彭婠之又摇摇脚。

"啊?"

"就是激动的那种,一直有想上厕所的感觉。但这会儿我不好出去吧,她在外面呢。"彭婠之很纠结。

于舟"扑哧"一声笑了:"我说你,还是快出去吧,人还晾那儿呢。"

彭婠之"啧"一声,觉得难办。

"万一她真难过了,不想跟你做朋友了。"

"她怎么会难过呢?"彭婠之翻个身,"我又没有怪她,也没有怎么样,我就说我要消化消化。"

"怎么不会难过啊?你别以为就你会对人'下头',很多橡皮筋拉紧了,断也就一秒的事。喂?喂?"

竟然挂了。

次卧的门打开,彭婠之先探个头出去,主卧没人,厨房里有轻微的响声,她走过去,看见纪鸣橙蹲在灶台下方的柜子前,正伸手够里面那个砂锅。

听见彭婠之出来,她转过头看她。

很莫名,彭婠之突然就有点尴尬了,她僵硬地把左手往前一伸,扯着袖口:"找什么?"

"锅。"

"什么锅啊?炒锅煮锅都在上面。"彭婠之挠挠头发。

纪鸣橙转过头,伸脖子探看里面:"想拿里面那个砂锅,想煲汤喝。"

彭婠之走过去,纪鸣橙向来头发都梳得很顺,但今天没有,有糙糙的小杂毛弯在她耳朵上方。

彭婠走过去,停在她身边,用膝盖轻轻碰了碰她的背:"是你想喝,还是想给我煮啊?"

纪鸣橙没回答她的问题,只顿了顿动作,问:"你想喝吗?"

彭婠之沉默一会儿,咬唇:"你要是给我煮,我就喝。"

纪鸣橙眨眨眼,露出一个浅笑,然后伸手把砂锅拿出来:"想喝什么?"

站起身，到洗手池旁洗锅。

彭婠之盯着她，也抿抿上扬的嘴唇，靠在台前看着她，不知道为什么，突然就鼻子一酸，眼睛湿了。

水流哗啦啦地冲刷，纪鸣橙没等到彭婠之的回答，转头看她，却对上她的泪眼，一怔："怎么了？"

手就放在水底下，靠着锅，被细小的水柱冲着。彭婠之垂首，问她："纪鸣橙，你是个好人吧？"

"我是。"像是知道她在担心什么，纪鸣橙直接就回答她了。

彭婠之的眼泪掉下来："那你不要再骗我了，就这一次。"

"我以前没有骗过人，打算这辈子就这一次。"纪鸣橙低声说。

"我也不了。"彭婠之吸着鼻子。

"不说谎吗？"

"嗯。"

但纪鸣橙笑了，没回应她。

"你什么态度？"

"只是，觉得可能有点难。"她想起彭婠之对美甲师信口胡诌的样子，想起她在朋友面前胡吹海吹的样子。

彭婠之一下反应过来，小声说："是有点。"

"但是，我不骗我朋友啊。"

"所以我不骗你的。"

04

第二天纪鸣橙没有排班，一大早起来就收拾被彭婠之弄脏的屋子，然后开始拆快递，从小盒子里拿出一个椭圆形磁条一样的东西，贴到床头柜上，另一个小圆铁被彭婠之的充电线穿过，二者轻轻一粘，充电线的接口便固定到床头。

纪鸣橙一边整理彭婠之的电线，一边蹲着说："以后要充电，伸手就可以把充电线取下来了，不用再弯腰去够，地上的线也不会乱作一团，很脏，还有安全隐患。"

彭婠之坐在床边，轻轻踢着自己的拖鞋，觉得纪鸣橙不是在整理她的

chapter five

电源线,而是真的有在好好整理自己一团乱麻的生活。

"下午你要没事儿,咱俩请苏唱她们吃饭吧?"彭婠之把纪鸣橙衣服上的一根细毛摘掉。

"吃什么?"

"潮汕牛肉火锅。"

下午六点半,几人约在上次那个火锅店,老板都认识她们了,毕竟很少有人连吃两顿。

见到彭婠之,老板很热情地迎进去,说今天有包间,要不要坐包间。于是彭婠之定了个小包间,等她们过来。

包厢门一开,苏唱她们进来,坐下放好包,于舟给苏唱递个眼神,然后给向挽递个眼神。

"纪老师。"于舟又笑吟吟跟纪鸣橙打招呼,几人也朝她点点头。

"你们一起过来的?"纪鸣橙见彭婠之不说话,便开口寒暄。

"对,正好挽挽在我们那录音,晁老师接完牌牌回家安排好,就来找我们了。"于舟说。

"嗯,"纪鸣橙把菜单递给她们,"我们随便点了点,你们看看还要加点什么。"

于舟接过来,嘿嘿嘿地笑,苏唱也笑了:"先吃着吧,一会儿不够再加。"

"好。"纪鸣橙点头。

"咦,"于舟偏头,看举着筷子盯着锅的彭婠之,笑问,"我们彭导今天怎么不说话啊?嗓子不舒服吗?"

"干吗?"彭婠之抬头,恶狠狠瞪她。

"这么凶啊,"于舟转头,"纪老师。"

"喊她干吗?"彭婠之扭捏起来,摆摆肩膀,嘟嘟囔囔地埋下头,摆筷子。

"这,"于舟很无辜,"不是你们让我们来吃饭的吗?你俩也不说话,怎么,吵架啦?让我们来当说客啊?"

"还是说,散伙饭,在我们见证下你俩结束合租生涯?"

彭婠之急了:"我迟早撕烂你的嘴。"

什么散伙,会不会说话。

于舟笑起来,皱皱鼻子对彭婉之做鬼脸:"让你挂我电话。"

大半夜找她,结果拜拜都不说一句就挂了,后来也没个消息,害她等得抓心挠肝的。

彭婉之低头认错。

"好啦,不闹你啦,"于舟笑着叹气,"那今天我们喝酒吗?"

"她不爱喝,"彭婉之说,"我也不喝了吧,咱们几个也没必要。"

苏唱看她这个样子,有点惊讶,认识这么多年,彭婉之从来都咋咋呼呼,没有一次这么低眉敛目,这么温顺腼腆,好像改了性儿。

这个聚会比往常要安静些,大家讲一讲近来的工作和生活。

"唱,"彭婉之见吃得差不多了,放下筷子,"上次我听于舟说,那个配音演员竞演综艺要有第二季,是吗?"

"对。上次跟电视台的朋友吃饭,她们聊到了。"苏唱答。

彭婉之想了想,"啧"一声:"这次能不能推荐我和橙子去?"

"纪老师上一季救过场,她们是很有意向的,"苏唱抿唇,思索着说,"你这边,上一季她们邀请的是三声工作室的老板风哥,这一季如果是你的话,不太好带队。"

"不过也不好说,这一季可能不是战队模式了,我问问看。"苏唱补充。

"好,你帮我问问,"彭婉之看一眼纪鸣橙,"之前那个事,网上误会挺多的,我想咱俩如果能同时参加综艺,互动互动,是不是能好一点?"

苏唱轻声道:"没有那么快,这次她们想做直播的模式,但直播牌照不好拿,可能要到明年才能录,所以她们跟我碰,也是想让我现在留意有没有势头比较好的新人。"

"噢。"彭婉之挺着圆滚滚的肚子,点点头。

吃完饭,送走几位朋友,彭婉之和纪鸣橙骑摩托车回家,天气渐渐热起来,这个时间骑车最舒服了,彭婉之又没骑快,后面载了个纪鸣橙,她多少有点小心翼翼。

到了楼下,连发型都一丝不苟,俩人没急着上楼,一起逛花园。彭婉之跳在花台上,沿着边缘走,纪鸣橙在下方替她注意脚下。

"橙子,你今天吃饭,都没怎么说话,不太高兴啊?"

chapter five

"没有，"纪鸣橙叹一口气，抿抿嘴，"我如果说了，你会笑我吗？"

"啊？"彭婠之勾头，用眼神挠她。

"我觉得，我不太会跟人交往。"

"啊？跟谁？咱俩不是处得挺好的吗？"彭婠之问。

纪鸣橙思索："你那些朋友都是很好的人，可我总觉得融入不进去。"

彭婠之着急："你也很好啊，不比她们差。"

纪鸣橙捏捏她的手背："不嫌我土了吗？"

"嗯？"

"把我介绍给你朋友，也不用先包装我一下？"

"包装什么，你现在挺好的，"彭婠之侧脸看她，嘴角情不自禁地向上扬，"我现在看戴眼镜的人都特别亲切，而且，我发现你这种眼镜特耐看，下午我在微博刷到很潮的那种金边眼镜，反而觉得挺油的。"

纪鸣橙有点不自在，抬手支支镜框。

"放心吧橙子，你是我真心交的朋友，我不会嫌弃你的，你别嫌我烦就行，要是我哪天烦到你了，你告诉我。"

"知道了。"

彭婠之果然很黏人，想着纪鸣橙第二天要上班，她觉都没好好睡，爬起来给她做早饭。

然后骑车送她去上班，立在门口舍不得走。

纪鸣橙埋头登上楼梯，然后也顿顿身形，回头看她。

身边有同事经过："纪医生早。"

纪鸣橙打招呼："早。"

要跟同事一起进去，再扫一眼彭婠之，明明烈焰红唇，但她站在那眼巴巴地望着纪鸣橙，像是一只被落下的小狗。

纪鸣橙转过脸没再看她，低头发消息，进了大楼。彭婠之还在失落，揣兜里的手机一振，她拿出来，见是纪鸣橙："怎么了？"

"你把我揣兜里吧。"彭婠之咬咬唇，"好想当你的挂件。"

"你上班，我能坐旁边看着吗？或者我去挂个号？"

纪鸣橙在电梯里笑了："想天天上医院啊？"

然后锁屏，把手机放下，出电梯跟值班护士打招呼，进诊室开始一天的工作。

这天纪医生的手机就没停过，里面像装了只蜜蜂，嗡嗡嗡地一会儿一振。患者出门，纪鸣橙喝水的间隙，小周终于忍不住瞟她："纪医生，你是不是有事啊？"

"没有。"纪鸣橙慢条斯理地喝水。

"嗡——"又是一声。

小周欲言又止。

纪鸣橙把手机拿起来，解锁，彭婠之已经无聊到开始发表情包了。

"怎么才十一点我真受不了了。"她说。

纪鸣橙想想，回复她："今天不开工吗？"

上方的名字立马变成"对方正在输入……"，纪鸣橙耐心等了会儿，彭婠之打字过来："我去年不是身体不好吗，风哥换了我两个项目，现在找来的也不太多了。"

圈里就这么大，风声根本拦不住，一次不好用，少找你的人就多俩，两次不好用，潜在项目能少个七八。

半分钟后又发来："你怎么回我了？我有没有打扰你上班？你把我的微信调成'消息免打扰'，这样就不提醒你了，你有空再找我。"

"做一下体检吧。"纪鸣橙只回了一句。

她总是很担心，彭婠之这个身体，恐怕毛病不少。

"好，我去约一个你们医院的。你等着，我调理好了，赚钱给你发红包。"彭婠之发了一个龇牙的表情。

又挺油的，但纪鸣橙耷拉着眼皮，笑了。

天啊……小周这下是真的受惊了。

快到中午，纪鸣橙从洗手间出来，经过诊室门口，正好遇到主任端着搪瓷杯，往诊室里看一眼。抬头见到她，亲切招呼："小纪。"

主任五十来岁，头都秃了，常年笑眯眯地端着搪瓷杯，一副诸事不问颐养天年的样子。

"主任。"纪鸣橙很有礼貌地问好。

chapter five

"正好，我屋里没水了，上你屋接点。"主任不客气地进去。

"我来吧。"纪鸣橙把他的搪瓷杯接过来，弯腰去饮水机处接水。

主任站在桌前，看看她电脑的系统页面，又扫一眼她的笔记本："小纪啊。"

"嗯？"纪鸣橙把杯子盖上，递给他。

"你家里的事，处理好了吧？"主任端着杯子，把盖子拎起来，轻轻撇茶沫。

纪鸣橙想了想："处理好了。"

"你来医院挺久了，还没请过事假，这次培训课都没上完，就急忙赶回来，家里一定有很重要的事，如果有困难，尽管跟科里开口。"

主任喝一口茶，太烫了，又吹两下。

"谢谢主任。"纪鸣橙眼皮垂下来，手支在桌子边缘，没多说。

"这次培训，北城的医院专门打电话来说了你的情况，本来是要给不通过，我说这孩子平时表现很好，求了情，这才过了。电子证书下来了，你上系统里看一下。"

主任拿话点她。

纪鸣橙抿着嘴："嗯。"

"通过了是好事，中午一起吃饭吧，我叫上小庆。"

"好。"

主任端着搪瓷杯，笑眯眯地又踱步走了，纪鸣橙把手揣白大褂里，浅浅呼一口气，然后拿出手机，彭婉之十分钟前发来消息："橙子橙子，你下班了吗？我就在你医院隔壁的咖啡厅，中午我陪你吃食堂吧？或者你要能溜出来也行。"

"我中午要跟同事一起吃饭。"纪鸣橙回她。

彭婉之发来一个"猪猪失落"的表情。纪鸣橙笑笑，这只猪戴着蝴蝶结，很花枝招展，很像彭婉之不大聪明时的样子。

下午，彭婉之发来信息的频率降低，应该是找到一点事情做了，纪鸣橙把手机放一边，专心致志投身于工作。

"先去拍片子吧。你之前没有拍过片子，也不知道口腔的具体状况，建议你拍一个CBCT（锥形束CT），不过这个比较贵，而且不能走医保，你可以吗？"

患者有点犹豫，瞄着她的脸色："不能走医保，那我换个能走的可以吗？或者便宜一点的。"

纪鸣橙安抚性地笑了："可以，那开曲面断层吧，先拍来看看。"

"大夫你声音好好听。"小姑娘也开心了，夸她。

"谢谢。"纪鸣橙看着电脑打字，很随意地道谢。

看看系统，最后一个号了，她的心情也不错，但今天还有时间，她想等等3号病人拍片回来，看能不能赶得及再帮她看看。

正低头写字，有人进来了，纪鸣橙头也没抬："回来了？片子给我吧。"她放下笔。

再抬眼，见彭婠之站在诊室里，望着她笑："给你什么？"

纪鸣橙靠坐到椅背上，把口罩摘下来："你怎么来了？"

"来接你下班啊。"彭婠之大刺刺地在桌子旁坐下。

有彭婠之等着，纪鸣橙就放下心来加了一会儿班，等病人回来看片子开好药，才换上自己的衣服，和她一起回家。

起身时彭婠之还在回微信，一边走一边发语音："不了我真的不了，我……"她瞄一眼纪鸣橙，接着说："我有事儿呢，改天吧。"

"怎么了？"纪鸣橙和她一起上电梯。

电梯里没人，彭婠之直接说："可乐她们约我晚上去酒吧，我不想去。"

"你好像很久都没去酒吧了。"纪鸣橙说。

"对啊，这不是你也不喜欢嘛。"彭婠之笑着瞥她一眼。

纪鸣橙想了想："要不，今晚我陪你去。"

"真的？"彭婠之眼神亮了。

"嗯。"纪鸣橙望着她，温和一笑。

彭婠之这回没给纪鸣橙打扮，还是让她穿着很朴素的灰色短袖T恤和牛仔裤，平底运动鞋，素面朝天地就去了。

到达酒吧时是晚上11点，纪鸣橙有点犯困，但被彭婠之拉着，又被激情澎湃的节奏一震，瞬间清醒七八分。

组彭婠之这个局的是她大学时隔壁宿舍的闺蜜，要好十来年了。可乐

chapter five

是独身主义者,喜欢满世界跑,朋友圈里一会在非洲看大象,一会在冰岛等极光。因为酷爱户外,晒成运动感十足的小麦色,因此大家也不怎么叫她的大名徐可,而是叫可乐。

彭婠之一身玫红色亮片的吊带裙,裁剪合度波光粼粼,裹得她像刚出水的人鱼,穿过拥挤的人群,牵着纪鸣橙,和卡座里的可乐她们打招呼。

可乐是典型的江城女生,从妆容到穿着都很热辣,超短裤和小吊带,丝巾裹上鱼骨辫,手腕上戴着不知道从哪儿搜刮来的荧光棒。还插了一根在她的肩上的吊带里。

"你干吗,跟个鸡毛掸子似的,"彭婠之乐了,上去就小踹她一脚,"让一让,姐过去。"

"哟,这是?"可乐偏头,饶有兴味地打量纪鸣橙。

彭婠之没答,拉着纪鸣橙坐下,看看旁边一位长相清秀的短发帅气女孩和一个脖子上有文身的男青年:"你不得先介绍啊?"

"椰子,"可乐指指女生,又对男生扬扬下巴,"崩子。"

一边一个"子",还挺对称,彭婠之笑着跟俩人打招呼。

"你好。"椰子打扮中性,声音也低,又看一眼纪鸣橙。

彭婠之大大咧咧地伸长胳膊,把手从后方圈住纪鸣橙的肩膀,有点得意:"纪鸣橙,我好朋友。"

可乐还没回过神来,彭婠之竟然交了这么呃……低调的一个朋友,黑长直的头发,戴着眼镜,穿的是没有任何图案的灰色短袖,很短,近似于无袖,不过露出的胳膊就挺好看,纤长细腻洁白,比自己手腕上的荧光棒还要吸睛。

纪鸣橙感受到她的目光,平静地对视一眼,可乐笑了,递酒给她:"喝吗?"

彭婠之接过去,放到桌上:"今儿不喝了,我来个冰可乐吧,她……"
她低头,悄悄问纪鸣橙:"你喝橙汁吗?还是矿泉水?"

哟,这样子,比彭婠之不喝酒了还让可乐大跌眼镜。

纪鸣橙也转头,因为太吵,她凑在彭婠之耳垂边说:"你要想喝酒,可以喝一点,但别醉,我没办法扶你回去。"

"不喝,不想喝。"彭婠之摇头。

"哎我说,"可乐无语了,把自己肩膀上的荧光棒抽出来,扔给彭婠之,"我是来看你俩咬耳朵的是不?"

彭婠之笑着一把接过,在纪鸣橙面前晃晃,又给可乐扔回去:"干吗,我说了是出来喝酒的啊?"

"上酒吧不喝酒,你没事儿吧?"

"那我走呗?"彭婠之往沙发上一躺。

纪鸣橙望着她的侧脸,口红的弧度弯得恰到好处,她从来都是开在夜里最艳的那朵花,当初也是在一个昏暗的夜场,她百无聊赖地半靠着沙发,二郎腿一抬,扔一盒没封口的扑克,游刃有余地帮自己解围。

那盒扑克停在桌面时,纸牌由于惯性被抽出来一半,当时纪鸣橙想,怎么她连扔扑克都能扔成这么规则又好看的坡度。

"我不管,老规矩,输了喝,一口也行,一杯也行。"可乐递个骰盅给她。

纪鸣橙好奇地看一眼,彭婠之接过来,一边摇一边解释:"猜点数,几个几,你看我玩一局就知道了。"

骰子在盅里被摇得噼啪作响,彭婠之撩了撩自己的头发,俯身跟她玩起来,可能是最近没混夜场,手生,一连输了三局,喝两杯芝华士,她的口吻里就漫上了酒气。

侧脸看纪鸣橙,问她:"想不想玩?"怕她无聊,怕她待得勉强。

纪鸣橙扫桌面一眼:"我试试。"

彭婠之坐到她后面,看她玩。

"三个二。"可乐看她俩这样子,直叹气。

"五个二。"纪鸣橙想想,说。

可乐没犹豫:"六个四。"

"七个四。"纪鸣橙没看骰子,幽幽地望着她。

可乐掀起自己的骰盅,稍稍看一眼,又看看纪鸣橙:"八个四。"

"开。"纪鸣橙笑了。

她一个4都没有,可乐有4个4。输了。

"可以啊橙子!"彭婠之抱着她摇来摇去。

再玩几局,对面换了三个人,纪鸣橙仍旧次次占据上风,她智商高,善于观察总结,又会打心理战沉得住气,对面看她八风不动的样子,根本

chapter five

猜不出她手上的点数。尤其是，她偶尔还意味不明地笑笑。

彭婠之看着很欢乐，想起之前自己因为纪鸣橙的笑而猜来猜去的日子，想不到这个拿来摇骰子这么好用，而且用在别人身上，怎么就那么让人开心呢。

可乐看看纪鸣橙慢条斯理推眼镜的样子，问彭婠之："你朋友挺会玩啊。"

"她不会，"彭婠之对着可乐挑眉，"只不过，她是博士。"后半句说得谦虚，也说得很大声，可乐受不了，不玩了，转头跟椰子猜十五二十。

彭婠之被冷落也不生气，看着纪鸣橙："你好厉害，好帅。"

"是吗？"纪鸣橙抿抿唇，喝一口矿泉水。

"当然是。"彭婠之酒气袭人。

纪鸣橙仍旧一板一眼地上班，彭婠之又接了个新项目，她拿着保温杯去上班，里面装了下火的菊花茶。

这天纪鸣橙下班比较早，来接彭婠之，原本雷厉风行的大"御姐"踏着高跟鞋下来，见到她就蹦了过去。两人一起买菜回家，做饭吃饭，那叫一个平淡温馨。

彭婠之对电视的耐心不持久，看着看着就缩到一边玩手机，抬眼一看九点了，于是跑到纪鸣橙旁边。

"今天可乐竟然跟我发微信，说想要加你。"

"加我？"

"嗯，她说，你玩游戏厉害，下次要找你一起玩。"彭婠之仔细看着她的神色，耍起了无赖，"但是我又不想你加别人，不跟别人玩儿，只和我一个人玩儿。"

纪鸣橙抿嘴笑："那是你的朋友。"

彭婠之皱皱眉："谁我都介意。"

然后纪鸣橙跟她说，把小储藏室腾出来给她做衣帽间了，还装了自动感应的灯，问她要不要看看。因为彭婠之记性很差，住了这么久，还是不记得卫生间的开关，哪个是换气哪个是灯带，通常是噼里啪啦按一遍，再一个个关掉。

彭婳之听她这么说,当然有兴趣,趿拉着拖鞋跟过去,纪鸣橙把小木门拉开,灯已经亮起来。彭婳之很奇怪,够着头看:"我们也没出声啊,这也太灵敏了,它还会自动关吗?"

纪鸣橙伸手拉她,稍稍把门掩上:"不是声控,是雷达感应的。"

"啊?"彭婳之自动转换气声,"确定会熄吗?不会一直开着吧?会不会很费电?你别给人坑了。"

"会。你想看它熄灭吗?"纪鸣橙也将嗓子放低。

"想。"

"过来,"纪鸣橙捂住她的眼睛,笑了,"躲一会儿。"

彭婳之也在笑:"躲一会儿,它就看不见我们了吗?"

"嗯。"

彭婳之觉得很幼稚,两个三十多的人了,在这里躲一盏灯。

但她笑着笑着,突然又很感慨,想哭了。以前不会有人关注她记不记得开灯的按钮,不会有人为了她方便装感应的电灯,更不会有人有耐心,为了满足她看一看灯熄灭的小小要求,站在这里,无聊地、毫无意义地等上几分钟。

不想再管灯熄灭不熄灭,有这几分钟就足够了。

纪鸣橙和所有人的都不一样,她的关爱在细枝末节,在比别人多肯付出的微不足道的一秒。

05

周末纪鸣橙没有贪睡,因为最近妈妈身体酸痛,她订了一部按摩椅,今天早上送货上门。

纪鸣橙早早出门,彭婳之没事做,在床上滚来滚去,为了打发时间,也为了有起床的动力,坐到梳妆台前化了四十分钟的妆,有点欧美风的,大双眼皮,她很满意。

这类妆容肉眼看些许夸张,但最是上镜,彭婳之在客厅里找光线好的地方拍了好几张,然后发上微博,毫不意外地收获了一大波夸奖。

她这次特意发了动图,无异于拿着大喇叭喊"没修图"哦,连美图秀

chapter five

秀也没用，皮肤就是这么好，气色就是这么佳。

纪鸣橙一到家里就收拾了下自己以前的房间，腾出一块地方来放按摩椅，然后又分别教爸爸妈妈如何使用，见妈妈躺到按摩椅上开始享受，她才走回客厅，收拾茶几和书架。

父母有老一辈通用的小毛病，就是很多东西过期了也舍不得扔，所以纪鸣橙时不时回来帮他们看一下食品的保质期，清理一批。

和搬运按摩椅的垃圾一起拿到楼下扔掉，又一家人其乐融融地吃完午饭，爸爸出门下棋，妈妈仍旧织毛线，纪鸣橙在厨房洗碗。

夏日午后紧闭门窗开着空调，屋里特别安静，断断续续的水声中，纪鸣橙听见外间有手机的振动，时不时嗡鸣一声，像调皮振翅的知了。不用猜就知道是彭婖之，憋了一上午，她终于忍不住，开始微信轰炸。

往客厅望去，妈妈停下织毛衣的手，瞥一眼茶几上的手机，收回目光，继续动作。

纪鸣橙把碗放下，洗手出来，抽一张纸巾擦干，然后坐到沙发上，拿起手机查看消息。

"洗完了？"妈妈认真梳理毛线。

"没有。"纪鸣橙点开微信，看了看彭婖之发来的表情包，知道她没什么事，放心了，于是快速点击两下她的头像，拍了拍她。

彭婖之发来一个心花怒放的表情。纪鸣橙抿唇稍稍一笑，继续把手机放到桌上，回厨房将碗洗好。

再出来时，妈妈请她帮忙，用双手撑出架子，协助她缠毛线球。

毛茸茸的线一圈圈从纪鸣橙的胳膊上抽走，到妈妈手里团成规整的圆球，妈妈利落地绕着，说："今天买菜，碰到你高中班主任了，李老师，你还记得吧？"

"记得。"

"他现在退休，孙女都老大了，跟他一起上街买麻团。"

"是吗？"

"是呀，很可爱的。我想起你高中那时候，开家长会，说班上有同学早恋，我就想，是不是我们橙橙呀，你爸爸说，怎么可能是橙橙，你看她手机，密码都不设的。"

"有时听到隔壁小姑娘因为妈妈偷看日记吵，哭，我就在想，我们家姑娘怎么这么信任妈妈的，一点秘密都没有。"

妈妈一边笑，一边拿眼睛看她。

"妈，"纪鸣橙稍稍动动手臂，以便她缠绕得更方便，"我不打算结婚的。"

妈妈不说话了，埋下头专心致志地缠着毛线，小小的线团慢慢变大，像牵着的小小的纪鸣橙一样，明明还在昨天，眼看着就长大了。

她吸了吸鼻子，因为年纪大而有些干枯的颈间皮肤缩了一下。但她仍旧温柔地继续刚才的话题。

"我就想，哪里会没有秘密呢，小姑娘要是长大了，总是有想法的。"她摘下老花镜，抹一把眼睛，也不知道是盯着毛线，干得难受了，还是别的。

她没再说别的，看着自己手上的线条一圈圈减少，速度比刚才要更快一些。

妈妈的手有点抖，但快速绕了两圈后，又恢复方才的速度，平稳的，悠然的。

"先别告诉你爸爸。"她又说。

纪鸣橙的手指微微蜷着，眼神盯着地面，尽管她没什么表情，但妈妈抬眼一看，就心疼了，因为从小到大，几乎很难见纪鸣橙无措，十指交叉的动作是第一次。这个手指蜷缩，拇指微微摩挲食指关节的动作是第二次。

俩人沉默了一会儿，妈妈说："九几年的时候，妈妈也很年轻的，那时候很摩登，心想要做新时代的女性，要做很开明的妈妈。"

纪鸣橙的眼圈红了。

妈妈缠着毛线："妈妈看到那些父母不同意子女独身主义，或者丁克家庭的，那时候妈妈都不理解，觉得为什么要干涉子女的选择呢？"她漂亮的嗓音此刻稍稍发抖。

"现在才觉得，妈妈也没有那么开明，听到还是有一点难过的。"父母总是会为子女担心，总是想子女走一条世俗意义上最"顺遂"的道路。

"不好走的呀，橙橙。很孤单的。"她放下毛线，拿起纸巾，背过身擦眼泪。

她听见纪鸣橙在背后默默咬着嘴唇忍眼泪，尽管她没发出什么声音，

chapter five

但她是她的妈妈,她就是知道。纪鸣橙一根头发丝疼了,她都知道。

"妈。"纪鸣橙轻轻叫她。

"你是想清楚了,是吧?"妈妈背对着她,问。

纪鸣橙略略一顿,说:"是。"

妈妈因为这句话有点克制不住,她埋头捂着眼睛说:"妈妈一直很担心你,你一点缺点都没有,也从没有不听话,妈妈一直想,一直想,怎么会有这么好的孩子呢,什么时候会不会给妈妈来个坎儿呢?

"担心了你的身体,担心了很多状况,更年期的时候,看电视看到一个好端端的高才生被车撞了,我都担心得好几天睡不着,一背都是汗,然后妈妈就去给你求平安符,你姨妈说很土,没有年轻人会带在身上的,我说橙橙会的。

"后来妈妈就猜到了,开始担心你不开心,担心你不会谈恋爱,担心爸爸妈妈走了没有人照顾你。

"橙橙,这次你告诉妈妈,印证了妈妈的猜想,妈妈又难过,又踏实了。"

纪鸣橙鼻头发红,眼一眨,眼泪滚下来,她坐过去抱着她妈妈,把纸巾递给她。

妈妈接过去,擤了擤鼻子,还是说:"不要告诉你爸爸,也不要跟奶奶那边讲。"

"好。"

"擦擦脸,不哭了橙橙。"妈妈狠狠抹一把眼泪,拍拍纪鸣橙的手。

"好。"

这天纪鸣橙在家里待得比较久,到晚上吃过饭再回家,彭姁之整理了一下之前的录音文件和本子,八九点吃了两块三明治,纪鸣橙回来时很疲惫,只朝她笑了笑就说要去洗澡。

彭姁之问:"怎么没给我回消息啊?"

"在家里一直跟爸爸妈妈聊天,回来时告诉你了。"

谈到父母,纪鸣橙欲言又止,不知道该不该跟彭姁之说,但她习惯把事情办妥后再让别人知道,现在妈妈在难过,爸爸浑然不知,如果告诉彭姁之,她可能会很紧张。

200

其实纪鸣橙也没想这么快,但今天听着她妈妈试探的语言,突然就不想兜圈子了。心疼她妈妈的猜测,所以才提前摊牌。好在彭婠之对她和父母的相处也没表现出什么兴趣,她只是有点担心纪鸣橙今天的状态。

"你别感冒了,我好像有一点头疼。"纪鸣橙掩饰性地吸了吸鼻子,其实不是感冒,但她哭过,彭婠之对声音状态很敏锐,多说两句就能听出来。

彭婠之点头,跟着她进卧室拿睡衣,然后自个儿去厨房帮她烧一壶热水,再进客卫洗漱。她今天没出门,所以也懒得洗头了,出来得很快,倒好热水放到床头后,就躺下玩手机。

纪鸣橙的手机今天很反常,在床头震个不停,纪鸣橙也很反常,洗澡洗了足足四十分钟。

彭婠之又想起白天,自己想跟纪鸣橙聊天,纪鸣橙状态也很回避,只说自己困了。

彭婠之猛然惊醒,她们成为好朋友真的没有多久,自己热烈、张扬、恨不得公告天下,纪鸣橙会不会烦自己啊?毕竟她是一个习惯慢生活的,节奏不那么快的,很有边界感的人。

纪鸣橙真的很有边界感,在圈里十多年,出来聚餐的次数屈指可数,跟人谈论也从不涉及太多私人生活,不显山不露水,以至于很多人都不知道她有多么优秀。还有她的感情,她甚至是一个连喜好都不太透露的人,只要她想,她可以把一切偏爱藏得严严实实。

彭婠之真的在反省了,要不要给纪鸣橙一点空间,不那么黏黏糊糊,两个人慢慢靠近,是不是会让她舒服一点。于是她把纪鸣橙的手机放下,给可乐发微信:"明儿有安排吗?"

"我在北城呢姐,你看我朋友圈了吗?"

"啥时候飞的?"

"昨天晚上。"

彭婠之叹气,偏着身子跟可乐聊起来。

听见门开了,纪鸣橙从浴室走出来。彭婠之把手机放到一边,跟她说:"你手机一直响,你看看吧。"

纪鸣橙抽出手坐直身子拿手机,略扫几眼,说:"同事问我论文的情况。"

"平常你总是写东西,是论文吗?毕业工作了还要交论文啊?"

chapter five

"我们被引进来的,都有科研成果指标,"纪鸣橙朝她笑笑,"我手里目前有×国自然项目,在出成果了。"

听不懂,彭婠之头都大了,不过看起来,纪鸣橙这样的牙医,也不像她之前以为的那么轻松,还以为真就每天上那几个小时的班,下班就可以出去玩了。

看纪鸣橙这么上进,她也挺不好意思的。于是她跟可乐结束对话,决定早睡,明天提前到录音棚,跟她的"战机"好好联络感情。

CHAPTER SIX

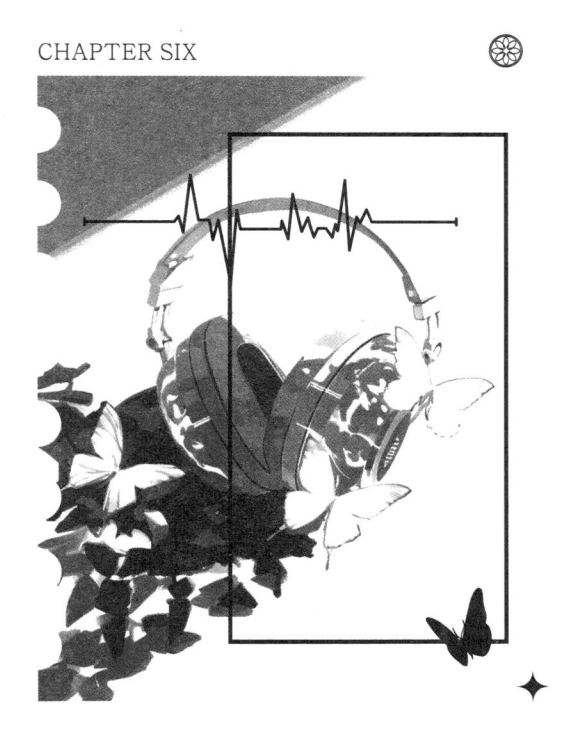

她没有听见任何杂音

Ta meiyou tingjian renhe zayin

她没有听见任何杂音

Ta meiyou tingjian renhe zayin

01

三声工作室的每一个棚彭婠之都很熟悉，甚至曾经放下狂言说，三声的棚就是她彭婠之的"彭"，棚与棚之间录音的细微差别，她都能说得头头是道，还能详细到每个棚空调对音质的影响。

但这个下午她拿着本子望着观察窗，有些恍惚。好像看到纪鸣橙低着头很不起眼地站在麦克风前，戴着耳机若有所思地听自己指导。

上班时彭婠之搜了搜什么国自然项目，又点进去纪鸣橙所在的医院官网看，她是她们科室的学科带头人，还在一些听起来很高级的英文杂志上以第一作者或者通讯作者的身份发表了十多篇文章。

顶级三甲医院的在编医生，出类拔萃的学者，还能抽空将副业做得有声有色风生水起，甚至能坐到业内备受瞩目的综艺的导师席。

说时间管理大师，都显得配不上她。是真正的人中龙凤吧，世界对她来说，像是一场游历。

这场戏彭婠之录得不太好，她精细的耳朵，连演员口误两次都没听出来，回放时风哥正好进来探班，听得直皱眉头。彭婠之很过意不去，说了对不起之后，麻烦主演再录一遍，收工后请全剧组吃饭，包括辛苦加班的录音师。

很久没跟剧组联络感情了，彭婠之带他们去了一个人均消费比较高的酒吧式餐厅，鲜啤很好喝，尤其是白桃味的，连不爱喝啤酒的彭婠之都能来两大杯。

难得聚会,剧组的兴致很高,点上烤串,热热闹闹地聊起来,彭娴之坐在方桌靠近窗户的一边,想起纪鸣橙来。

餐厅在二楼,落地窗外是万家灯火,也不知道纪鸣橙在家里吃的什么。

打开手机,有她给纪鸣橙发的消息:"晚上不回家吃饭啦,剧组聚餐。"

纪鸣橙回复:"好,早点回来。"

彭娴之撑着下巴,另一手的手指在啤酒杯上敲,手机一振,她赶紧掏出来,是纪鸣橙。纪鸣橙问她:"打算吃到几点?"

但彭娴之没有很快回复,而是笑着抬头跟旁边的好友聊天。

接下来的十五分钟,彭娴之像花蝴蝶一样满场飞,跟这人谈笑风生,和那人眨眨眼睛聊家常,表面淡定无波,左手却在桌下攥着手机数秒。

手机又振一下,纪鸣橙问她:"要我来接你吗?"

"不用,"彭娴之这次回复了,"一会儿我叫代驾。"有小心思的,叫代驾说明她喝酒了。

纪鸣橙回得很干脆:"你在哪儿?"

彭娴之想了想,没回,想让纪鸣橙给她打个电话。

心不在焉地又喝了半杯,纪鸣橙却没再追问她了。纪鸣橙是担心她了,不然不会追几条微信,但又不那么多,问一次之后便能随时停止。可能是写论文比较重要吧,可能她的同事今天也在一直找她吧,彭娴之想。

彭娴之落寞地夹菜吃菜,又想起昨天晚上觉得纪鸣橙心里有事的感受。你要想知道,你问她啊彭娴之,她又不会不告诉你。

矫情什么啊。彭娴之叹一口气,竟然有点六神无主。

录音师点点给她拿一串烤翅,然后跟她聊风哥离婚的八卦,彭娴之好容易听入神,突然背后传来一声惊讶的招呼。

"纪老师?"

彭娴之心底一震,怀疑自己听错了。循声望去,纪鸣橙竟然真的来了。

她穿着红白相间的T恤,有点大有点旧,配着浅色的修身牛仔裤,中规中矩的一身,但头发半干,皮肤水润,一看就知道已经在家里洗过澡了,在烤串的烟火气里她似染着雾珠,慢腾腾地走过来。她推眼镜的同时,看了彭娴之一眼。

同剧组的人多半都认识,以为是偶遇,热情地招呼她,钱之南起身,要给她腾地儿,又扯着嗓子让服务员加碗筷。

但纪鸣橙跟钱之南他们笑了笑,便绕过桌子,径直来到彭婠之面前,在渐渐安静下的席间,低头问她:"喝了多少?"

"没喝多少。"她润润嘴唇,装作不经意地问,"你怎么来了?"

"我看你没回,刷到钱之南的朋友圈,问了一句。"纪鸣橙把手支在桌边,影子落在彭婠之身边。

彭婠之一刻也待不下去了。"就走。"她眯眯眼,说。

纪鸣橙点头,彭婠之起身说她有点事,要先走了,然后俯身扒拉着点点的肩膀,小声说买单啊,再回身拿起包,纪鸣橙跟相熟的朋友打过招呼,轻轻扶着彭婠之的肩膀,裹着酒气往外走。

挺诡异的,告别过的众人嚼着烤串,神色各异地看看她们。

下楼到了街边,纪鸣橙掏出手机叫车,彭婠之有点奇怪:"你来接我,不开车的啊?"

"这个地方我不熟,不知道好不好停车,而且,万一你要我留下陪你喝酒呢?"

彭婠之靠着她:"你怎么永远都想得这么清楚啊?"

"不清楚。"纪鸣橙说。

"嗯?"

"来接你这件事,没有想得很清楚。"连思考都没有,问了地方,就来了。

所以现在也不知道,圈里人会怎么议论她们,多半会很奇怪吧,没什么交集的两个人,网上还吵得水深火热,今天突然一起离开,多余的解释都没有。

彭婠之笑了:"我还以为,你要装作巧合,或者来蹭饭,谁知道你一下子就过来了。"

彭婠之开心死了,开心得都想不起来自己之前为什么别扭了,努力想了一会儿,才咬咬下唇,眼神往纪鸣橙那边一瞟,问她:"我今天不开心,你感觉到了吗?"

"感觉到了。"

在家里还看到了彭婠之的车钥匙,她明明就没开车,微信里还特意跟自己说"找代驾"。

"那你怎么不问我,为什么不开心?"

"来接你,就是想回家问的。"

彭婠之往纪鸣橙那边挪挪座位:"你现在问。"

"彭婠之,你为什么不开心?"纪鸣橙转头,透过薄薄的玻璃镜片,看着她。

彭婠之把身子靠在椅背上,小声说:"你昨天没怎么搭理我。"

纪鸣橙一愣,随即先是笑了:"因为这个?"就因为这件事,她暗暗疏远自己一晚上。

"事儿太小了是吗?"彭婠之眨眨眼,挺难为情的,"这么一说出来,我也觉得。"

纪鸣橙低头,抿住嘴,很矜持地在笑,确切地说,她很矜持地在开心,彭婠之计较她的任何一个细节,这意味着,彭婠之真的很在乎她。

十来秒后,她才说:"昨天我跟我妈说不想结婚,我妈哭了,我也哭了,不想你担心,所以不太热情。"

彭婠之张了张嘴,一会儿才说:"哦。"

回到家,纪鸣橙说还有点工作,让彭婠之先睡。

彭婠之喝得头晕,原本想在床上躺一会儿,但不知不觉就睡了一觉,睡得不安稳,醒来一看,凌晨一点半。

开灯走到书房,门掩着,里面有噼里啪啦打字的声音,断断续续。彭婠之给她倒一杯温水进去,揉着眼睛问她:"怎么还在加班啊?"

纪鸣橙接过水,喝一口,揉揉鼻子,眼睛有点红了,好像还鼻塞。彭婠之挺心疼:"明天再写不行吗?"

"明早得交。"跟同事说好了,纪鸣橙从不推迟。

彭婠之于是打着哈欠抽了本杂志,坐到一边的躺椅上等她,看着看着眼珠子就跟被醋泡过似的,杂志当被子盖,睡了过去。

接下来的一周,彭婠之有一个重点项目,原本因为人设合适,也加上想一起工作的私心,初定下纪鸣橙。但由于这个插曲,彭婠之另约了晁新。

工作之余彭婠之也收心很多,每天下班后买菜做饭,厨艺大有长进,

chapter six

晚上再和纪鸣橙一起聊聊天，纪鸣橙会带着她玩拼图、玩乐高、玩棋牌类游戏，她俩有一搭没一搭地玩着，时不时瞄一眼电影，聊聊对表演的看法。

日子过得平淡如水，也安逸得让彭婠之"乐不思蜀"。她觉得，自己可能在学会怎么做纪鸣橙的好朋友了。

七月末，纪鸣橙带彭婠之去做体检。

见她穿着白大褂从楼上下来，手插兜对自己笑，彭婠之拿着单子靠在电梯扶手边："你好，美女。"

纪鸣橙走到她面前，优美的嘴唇一翘："你好。"小样儿，现在骄傲的纪医生也越来越能跟上花蝴蝶的步伐了。

纪鸣橙朝她伸手，彭婠之在医生大人的地盘自然不敢造次，双手将单子奉上，大人推推眼镜看一眼："嗯，该有的都有了……肿瘤标志物呢？"

"啊？有这个吗？"彭婠之凑上去。

"我给你订的套餐里面有的，找找。"

彭婠之听话地翻包，果然被她和收费底单一起夹在钱包了，她掏出来，小声地问："真要测这个吗？听着怪吓人的。"

纪鸣橙笑了："这有什么吓人的？"

"那……要是查出来有问题怎么办？肿瘤啊，癌症吧，太吓人了。"彭婠之跟着她，一起往检验科去，"不瞒你说，我最近总觉得后脑勺有点疼，而且小腹也是，还有上面这块儿叫什么，是肝吗？有天跟针扎一样痛。"

"不检查，就不会生病了？"纪鸣橙叹气，彭婠之身体太差了，之前仗着年轻，毫无节制地糟蹋。现在知道怕了。

"要不我再养养，健康一点再来。"彭婠之想办法。

纪鸣橙看她一眼，笑了："你这是自我欺骗式体检。"很多年轻人都这样，早睡早起清淡饮食一两个月，把指标糊弄过去，体检完犹如考试解放，又开始挥霍无度。

"万一呢？万一有问题呢？"彭婠之真的慌了。

"那就治。"

彭婠之站在科室门口，看纪鸣橙去帮她扫单子，突然觉得眼热，挺简单的三个字，听起来跟承诺似的。

彭婠之觉得纪鸣橙改变了她不少，从前她挥霍自己，感情付出之后就毫无保留，连死都不怕，恨不得以身家性命做筹码。现在她开始懂得克制，像一只往回收的网，开始害怕变故，害怕分离。

该用什么来判断是不是遇到那个对的人呢？彭婠之想，也许是观察，自己偶然产生的"后悔"情绪是置放到什么地方。

有的人，让你后悔遇见后悔相交后悔浪费时间，但会有那么一个人，让你后悔自己在与她未曾相逢的漫长岁月中，没有变得更好。然后清醒地、成熟地、健康地、完好无缺地遇见。

到了窗口开始抽血，彭婠之的血液有点黏稠，第一管就已经够费劲，管子里起了沫儿，怎么都抽不出来，第二管也进度缓慢。护士姐姐哎哟一声："抽你的血真够费劲的啊。"

一面说着，一面换第三根管。

彭婠之也伸头看看，暗暗握紧拳头，再抬眼瞟纪鸣橙，她好看的眉毛皱起来，淡淡的，嘴角抿住，没什么表情，是心疼了。

"多喝水啊姑娘，每天醒来最好喝一大杯。"护士姐姐说。

"好。"纪鸣橙代她答，认真记下。

从医院出来，彭婠之不嘚瑟了，也不絮叨了，站在艳阳高照的路边，眯眼："啥时候拿结果？"

纪鸣橙说："一周之后。"

"哦，"彭婠之用穿着小靴子的脚踩上机车的脚踏，"那我回去了啊，你赶紧回科里吧，刚耽搁一阵儿，也挺不好的。"

"嗯。"

彭婠之扑哧一声乐了，拿手戳她："你什么表情啊妹妹？"

好久没叫她"妹妹"了，以前痞里痞气吊儿郎当的，一点不走心，现在叫起来，挺生硬的。

"做个体检而已，你这个表情，我会以为我要挂了。"彭婠之笑她。

"你说什么？"纪鸣橙轻轻蹙眉。

彭婠之伸出舌头，做了个鬼脸。

纪鸣橙从兜里掏出一根铅笔："摸木头。"

彭婠之快被她笑死，握住细小的"木头"，又反手曲起食指在上面一敲："Touch wood, knock on wood.（厄运走开。）"

看着纪鸣橙老古板似的把铅笔收好,转身回医院,彭婠之若有所思地跨上机车,风驰电掣般离去。

还没来得及胡思乱想,电话响起来,彭婠之用头盔里的蓝牙耳机接听,是于舟。

"小粥粥。"彭婠之用轻浮的语气喊她。

但于舟却没有像往常一样说"滚",而是问她:"你在哪儿呢?"

"骑车。"

"你先停路边,看看微信。"

于舟没有多说,挂掉了。彭婠之莫名其妙地找了个地儿停车,一脚支着打开手机,于舟发来一张截图。

论坛上的,已经有了一千多条评论了,标题是:"彭婠之这个自拍,是在纪鸣橙家吗?"

她的自拍背景放大,阳台上花草的种类和花盆的形状,和纪鸣橙当初小号发的花花草草完全一致。

巧合的概率也无限接近于零。

02

大热天,彭婠之出了一身冷汗。

入行十多年,虽然脾气不好,但网络上总归有距离感和专业性,做人处事也自留三分余地,因此她不怕八卦,也没什么好闹到网上去的。和纪鸣橙那次是第一次,她收获了好多怜爱。

这是第二次。她和纪鸣橙的名字再次放在一起,供人八卦,原来还挺让人害怕的。

怕什么,她没想好。以前吧,她招摇过市的,也没啥顾忌,因为圈里默认不八卦私生活,听众朋友们也不是很关心。但现在越来越多流量注入,和几年前早就不是一回事儿了,行业吸引更多眼球,对从业者的行为规范也更加严格,通俗点说,就是更"腥风血雨"。否则纪鸣橙也不会因为几篇剧评就面临"塌房"。

彭婠之和纪鸣橙的关系如此受人瞩目,以至于有一千多条评论,其实也跟上一次有关系,风波再起,事情变得扑朔迷离。

"天哪别吓我，她俩不是挺不对付吗？"

"彭婠之怎么可能在纪鸣橙家，她俩那会儿掐成那样了。"

"右手边第二个花盆缺口形状都一样，实锤了吧。"

"这个世界太离谱了我需要消化一下。"

不过也有维护的粉丝觉得过于夸张，就算是在纪鸣橙家里又有什么奇怪的，说不定她俩关系根本没有粉丝想的那么僵，毕竟后来还合作了。

"那合作显然是以前定下的，"有人反驳，"她俩又没对手戏，而且当时宣传的时候，彭婠之根本没跟纪鸣橙互动。"

"点赞都没有。"有人补充。

不过前两三百条评论还算平和，转折点出现在后半场。有一位网友贴出彭婠之6月初的一张自拍，在床上说晚安，看起来平平无奇。但这位网友圈了几个地方：彭婠之睡的这个床头是美式樱桃木的，然而她前几年的床头都是铁艺床。第二个点是，这张照片，角落的踢脚线和彭婠之在纪鸣橙客厅自拍所露出的踢脚线款式及颜色都一样。

床头柜上的书，封面上露出一颗榛子，名字叫 $BETTER$，看不出任何内容，但根据封面识图，这本书的中文译名是《医生的精进》。不可能是彭婠之的书。

彭婠之不仅是在纪鸣橙家做客，还可能在她家过夜。

论坛沸腾起来，猜测像是点了烟的香，扭扭曲曲，蜿蜒上升。

"所以有没有可能，之前的剧评，是两个好闺蜜之间的小游戏啊……"

猜测的人觉得很有道理，因为熟，所以才这么肆无忌惮地数落，没想到被扒出来，无从解释，所以两边都冷处理了。

彭婠之的粉丝炸了，毕竟骂了人几个月，这种猜测无异于说彭婠之把粉丝当猴耍。在里面因为维护她，和人长篇大论好几个来回。

彭婠之心里挺不是滋味的。

她把手机锁上，骑车回到家里。

这个家对她来说，已经称得上熟悉了，有纪鸣橙独特的略带橙皮香的味道，很清新，很安神。阳台上的花朵被照料得很好，折叠型跑步机是上个月买回来的，被调到彭婠之最适宜的速度。

当初一眼看上的科技布沙发，现在她已经知道怎样躺下最为舒服，脖颈枕着扶手，刚刚好。

她便这样以这样的姿态打开微博，粉丝还是那么关心她，时不时给她发私信，问她今天有没有开心，有没有好好吃饭睡觉。有人说，她已经几天没有营业了，真的很想念她。有人给她发了一张拍摄的天空，说："彭彭，今天我们这里天气特别好，拍给你看，希望你看了之后能开心。"

彭婠之鬼使神差地点进去她的微博，半个小时之前发了一条："不是吧，什么花花草草踢脚线一样就是别人家了吗？就算在别人家里又怎么了，两个女生不能一起住了？"

有一个回复，彭婠之打开，是她的自评："说不定，是不打不相识呢。"

她很矛盾，一方面在说服自己那不是同一个屋子，另一方面，她的自评在"退而求其次"，假如真的是纪鸣橙的屋子，假如彭婠之真的跟纪鸣橙和好了，那也是"不打不相识"，是闹了之后冰释前嫌，变成好朋友。

彭婠之从来就没有骗过她们。

无意识地在微博界面刷，她又发了一条："小猪宝，我只信你跟我说的，嘿嘿。"

彭婠之眼睛一热，忙把眼眶支起来，夸张地架住，不想哭。她向来坦荡，没什么见不得人的，好多粉丝也都知根知底，眼熟挺多年了。

锁上手机，她想起当初向挽和苏唱闹的乌龙，自己风风火火赶过去到于舟家自拍，把这事圆了过去。其实也不是不好说明，只要她想，或许不用同样的办法，但总归能糊弄过去。

但很神奇，这一次，突然就不想。

在沙发上躺了一会儿，跟于舟她们说自己会处理的，然后咸鱼一样木然望着吊灯，等纪鸣橙回来。

五点十分，门锁响动，彭婠之坐起来，纪鸣橙看她没玩手机，有点惊讶，略带倦意地笑笑，彭婠之靠在鞋柜旁，简单两句说了网上的情况。纪鸣橙安静地听着，也没耽误换鞋和洗手的动作，擦手时微偏偏头，问她："那你是怎么想的呢？"

她没有慌，也不认为这是一个事故，而是情绪稳定地问她的想法。

见彭婠之没有头绪，她坐下，打开微博，问："是哪张照片？"

拇指往下滑："这一张吗？"

彭婳之靠过去:"嗯。"

纪鸣橙点开,滑动切换图片,认真地看了会儿,随后笑了:"挺漂亮的。"

"喂!"彭婳之有点别扭,都什么时候了,她说的竟然是这句。而且当天没夸,现在才夸,都补不上了。

"所以你想公开说明咱俩的关系。"纪鸣橙翻了翻其他两张被扒出来的照片,低头说。

"啊?我……"她没说啊,有这么明显吗?

纪鸣橙抬手牵住她的指尖,如果彭婳之不想说明,根本不会等到她回来,而是早就"完了完了,橙子咱俩被发现了,你千万别动啊,我找苏唱她们想办法"。

彭婳之坐到她身边,没说这茬,而是摸摸自己脖子两侧,昂着头问她:"这是哪个部位,淋巴吗?"

"是,"纪鸣橙偏头看看,"怎么?"

"我最近总觉得这块有点疼,就我转头或者偏头挤压的时候,总觉得隐隐作痛,今天体检忘了查这块了,我改天再去补个彩超吧?"彭婳之缓慢地转着头。

纪鸣橙伸手,稍用力按了按,蹙眉。

"橙子,我真挺想跟大家说清楚的。"

纪鸣橙欲言又止。

彭婳之摇头:"不是因为虚荣心,也不是冲动,我今天下午躺这儿,想了几个小时,总觉得很忐忑。"

"我的身体挺不好的,要等体检结果,淋巴还要做检查。"

"我……"她想了想,抬头望着纪鸣橙说,"我挺害怕的。我粉丝都对我特好,喜欢我支持我挺多年了,你说,如果咱们这么糊弄她们,会不会有报应啊?"

纪鸣橙心头一滞,动容地望着她。

她没有认识过这样的彭婳之,瞻前顾后,畏首畏尾。她以前很"鸡贼"的,不然也不会打死不认想让纪鸣橙背她"恐女儿娃"的锅,她吃这碗饭吃了十多年,靠着趋利避害的本能,遇到事也能跑得飞快。

但这次她想公开,因为怕有"报应"。

纪鸣橙终于没有对她了如指掌了,但这一点陌生,是她终于剥开彭婠之的内心的证明,令最经验丰富的猎人,也略微无措。

"真的想?"纪鸣橙沉吟着问她。彭婠之润润嘴唇,垂眼,然后点头。给自己积点德吧,她想。

纪鸣橙想了想,说:"那就公开说明。"

"橙子,"彭婠之蹭了蹭,"我是不是太冲动了,要不你管管我吧,如果我这个想法不对,你告诉我,你教我,我听你的。"

"其实,"纪鸣橙慢悠悠地看她一眼,"我也想要说明我们的关系。"

"那会对你有影响吗?"彭婠之问她。

"也许会。"看彭婠之疑惑,纪鸣橙抿抿嘴角笑了,"可能,有一天彭婠之一整天都没有出现,会有人来私信我,纪鸣橙,彭婠之呢?"

"也可能,在我消失半个月后,有人去私信你,说请跟纪鸣橙说一声,该营业了。"

她的语气很轻柔,也很一本正经,彭婠之紧闭的心像是被剥开了,她笑着对纪鸣橙说:"真的吗?我喜欢这种。"

"嗯,"纪鸣橙点头,"你直播的时候,还会有人问,你室友呢?"

"彭婠之,你室友呢?"纪鸣橙低眼,望着她笑。

"在这呢,我室友跟我一块儿呢。"彭婠之也笑。

"开心了?"纪鸣橙伸手碰碰她的鼻尖。

"开心死了。"

"会不会在我跟别人搭档的时候,有人帮你打抱不平,说纪鸣橙你看看。"彭婠之又问。

"那我要管吗?"

"你就来回复一个表情,或者一个标点,显得高冷一点,但是表示你知道了。"

"好。"

"那会不会有人私信我说,你们一定要很快乐?"

"会。"

"你怎么知道?"彭婠之的话沉在夜色里。

"如果没有,我去私信,"纪鸣橙说,"我有小号。"

彭婳之"扑哧"一声笑了:"你几个小号?怎么还有小号?"

"要多少有多少。"

"果然,你的心是黑芝麻汤圆儿。"

彭婳之心满意足,把眉间的褶皱放平,睡过去。

彭婳之的语音直播定在周日晚上九点,说聊聊最近的剧,听听物料什么的,但由于论坛的热度,这次直播比往常关注度高很多,才开了五分钟,人气就冲破了两万,不过两万里包括机器人,真人倒没有那么多。

彭婳之左手一杯奶茶,右手一个保温杯,冰奶茶用来镇定,实际喝的是菊花茶。

坐到播音设备前,她开始跟听众朋友们唠闲嗑,纪鸣橙靠在床头看书,没出声。

心不在焉,彭婳之和弹幕都心不在焉。太难受了,彭婳之转头看一眼纪鸣橙,撇嘴,大白羊最讨厌憋在心里,她快要窒息了,但这咋开口呢?直接说:是的,我跟她关系很好?

是的,我跟她还合租了。

该说不说,这么想还挺爽的。纪鸣橙仙女一样笑笑,翻书没作声。

唠了半小时,彭婳之都有点困了,纪鸣橙见她坐立难安,叹一口气,把书放下起身,从卧室往客厅走,经过她身边,细细碎碎的脚步声很容易被收音设备捕捉,纪鸣橙在沙发旁弯腰躬身,倒了一杯水。

弹幕有点延迟,一两分钟后才有人问:"彭彭不是一个人在家吗?"

刷屏的速度慢下来,突然又飞快地弹出一串哈哈哈,有维护她的粉丝想把这条刷上去。

而彭婳之润润嘴唇,靠近话筒,把那条捞了回来:"对,我在朋友家。"

大家都不是傻子,预感到她想要回应这件事,管理员出来说:"大家不要刷屏啦,注意直播间弹幕礼仪哦。"

开了这个口子,就开始有人问:"彭彭最近搬家了吗?"

"嗯,因为……"她的心跳有点快,因为这时候纪鸣橙过来了,倒一杯水放在她手边。

她现在有三杯水了,但纪鸣橙的这杯不一样,不养生也不提供情绪价

chapter six

值,仅仅为了让她解渴。

彭婳之端起来,轻轻地说:"我最近交了一个很好的朋友。"

耳机里的耳朵热起来,这是她第一次跟粉丝谈论这个话题,像朋友一样,弹幕开始乱飞,一串又一串的"啊啊啊啊啊啊"从眼前飘过,还有五花八门的礼物,牢牢贴着屏幕,甚至页面有点卡住了。

这种感觉很奇妙,所有的热闹都在一小块四四方方的天地里,而她和纪鸣橙的小家如此安静,她又坐在床边看书了,自己回头望着她,她也只是看着书页笑了笑,没有看彭婳之,也没打算出声。

彭婳之突然就不想让她那么安静,她瞄瞄屏幕,又转回来,轻轻地问:"纪鸣橙,你不说点什么吗?"

纪鸣橙有点惊讶,抬头:"我?"

她的声音像空谷幽兰一样干净而澄澈,自带柔弱感,因为离得稍微有点远,又更缥缈一些。从耳机里传过来,像霎时让沸腾的水冷却,又霎时将躁动的秒针停止。

她笑了笑,气息一动,说:"不了吧,你们聊。"声音很小,但很清晰,带着动人的笑。

直播间又沸腾了,开始"啊啊啊啊啊",有人忍不住,说"是纪老师吗?是纪老师吗?是纪老师吗?是纪老师吗?""我从没听过她这种语气"!

还有人在原地打转:"这是在干什么?这是在干什么?这是在干什么?这是在干什么?"

彭婳之受不了了,怎么这么快乐啊?好像也没有什么让人难以接受的,她们看起来已经这么就快欣然接受了,比之前的距离还更近一些,像朋友一样跟她开玩笑。开心死了,没有那么难嘛,之前还忐忑那么久。

看她脸通红,纪鸣橙也有点好奇,走过去坐到她身边,认真地看弹幕。看了一会儿,她脸也红了。

冷静了一会儿,弹幕有人问:"婳之跟纪老师怎么变成好朋友的啊?"

彭婳之咬咬嘴唇,喝一口水:"就之前有一点误会,我做的那个广播剧,其实之前我知道纪老师刚好看过原文,在有次合作的时候,就说那出来之后纪老师也听一下,帮我提提意见。"

"但我当时就客气客气,"她笑一下,"过后我就把这件事情给忘了。"

"纪老师呢，"她看纪鸣橙一眼，"是个很认真的人，于是给我私信了很多剧评，但我不知道那是她的生活号，我以为是找事的，一冲动拉黑了她，她就把剩下两篇发布到微博上了。"

纪鸣橙望着她，抿了抿嘴角。

彭婠之回视她，理直气壮。

她偷笑，又说："纪老师也一直没有解释这件事，还是我后来去看牙碰到她，才知道这个乌龙，所以我们就聊上了，嗯。"

"所以，谁先主动说开的啊？"有人问。

彭婠之笑了，换一个声音："还用问吗？"

"彭彭你厉害啊！！！"

彭婠之嘿嘿笑着捧住脸，有点飘了。

"那你们没什么问题了吧？"彭婠之嗓音微哑，迟迟问。

这个欲语还休的语气，纪鸣橙一听就知道，她还想讲两句。

托着腮的手捂住嘴，纪鸣橙转脸笑。

"我想听纪老师说话。"直播间的粉丝胆子也大起来，直接提要求。

"什么纪老师，纪老师不喜欢说话！"彭婠之给她怼回去。

她话多都是对着我，懂不懂啊，她在心里腹诽。

直播间忽然又炸了，弹幕一连串地刷。

彭婠之伸手，把手机屏幕按住，慢慢往下拉，好些条"啊啊啊啊"之后终于有了信息量："苏老师来了！！！"

苏老师，什么苏老师，这里只有纪老师。彭婠之当然知道是苏唱，但心里还是跟一句。

名为"苏唱"的 ID 什么也没说，送了个礼物。

弹幕上出现一排小字："苏唱"给主播"彭婠之"赠送生日蛋糕。

屏幕出现"生日快乐"特效，长达三十秒，祝她生日快乐。

"苏唱你……"有病啊？

"……为什么要给我送生日蛋糕呀？"她克制住了，用甜妹音客气询问。

挺好，还没有丧失理智，纪鸣橙看她一眼。

"漂亮。"苏唱说。

哦，好吧，你高兴就行，怎么说也是来"共襄盛举"是吧？

"哈哈，真的很漂亮，谢谢唱。"

苏唱一来，气氛更热闹了，还有大着胆子的路人也跟着喊："苏唱，说两句！"

有两个"哈哈哈哈"过去，但潜伏在直播间的苏唱粉丝不是很高兴，回了句"干吗呀"。

苏唱没有再出现，应该是送了个礼物就走了，直播间也不再提，叽叽喳喳聊别的。

啧，彭婠之看看这对比，突然庆幸自己和纪鸣橙人气都不算太高。她给纪鸣橙送去一个"流量好难"的眼神，摇摇头。

这么一想，她突然又觉得自己很幸运了，趁着弹幕还沉浸在苏唱到来的热闹里，她把麦轻轻关掉，微笑看纪鸣橙。

在这场她本以为会兵荒马乱的直播里，她和纪鸣橙既是风暴的中心，又是两个缩在角落的避风人。

03

很激动，是那种一晚上都像荡在水里，余韵久久无法平息的激动。

纪鸣橙去书房继续写论文了，彭婠之本来想上网搜一圈，但她又隐隐觉得自己可能无法承受，于是给于舟打电话，听她总结归纳。

于舟真的很不想再在晚上出现，怕被人说闲话，但她今天确实守着了，完整听完了彭婠之一整场直播。然后脸部五官做了两小时瑜伽。

"怎么样？"彭婠之敷着面膜，两腿交叉半靠在床上，有一点嘚瑟。

"牛。"于舟先给予肯定。

"想不到吧，我彭婠之啊，竟然在网上公开开麦，啊哈哈哈，你高低得服一个。"

"那我给你磕个头吧。"于舟笑了。

"哎哟，你现在脱敏了啊宝贝。"彭婠之揶揄她。

"今儿唱出现，我帮你观察了一下，"彭婠之凝重地摇头，"赠你八个字，任重道远，血雨腥风。"

"我嘛就不一样，我们在流量和实力之间做了很好的平衡。"

于舟没说话,也没让她滚,有点反常,彭婳之喊麦:"喂,喂?"

"要不我给你念一下现在论坛的标题吧。"于舟打开电脑,鼠标声点了几下。

彭婳之心里一紧,正襟危坐:"请讲。"

于舟清清嗓子:"有很多'天啊''妈呀'之类的我就不说了啊,有说不错的,有说没想到的,还有实时播报你俩搭档超话人数的。"

"下面几个你要做好心理准备。"

"只有我一个人觉得她俩八竿子打不着吗?我听说她俩交朋友了,跟听说哆啦A梦跟变形金刚交朋友了似的。"

彭婳之皱眉:"谁是哆啦A梦,谁是变形金刚?"

于舟笑翻了。

"评论咋说?"

"你想听真话吗?"

"废话。"

"在讨论一个江大博士为什么会跟你做朋友。还有人找出你早期的录屏,说谆谆教诲的'谆'都不会念。"

"嘶……"彭婳之怒了,"不是,在这之前我不是那朵小白花吗?怎么现在风评都反转了?"

于舟阴阳怪气地叹气:"谁让有人在直播的时候充英雄,给她解释的时候把责都揽过来,说自己忘记了,而人家又是这么一个专业认真信守承诺的形象,再加上几个月一声不吭不多解释,配上她博士光环,这沉稳大佬'人设'不要太酷。"

"啊,是吗……"

"嗯,"于舟的鼠标继续往下滑,"还有说你人不咋样,明知是乌龙也不替她解释。"

彭婳之很心虚,她觉得网友骂到点子上了。小号纷争暂且不提,"恐女几娃"这件事让纪鸣橙背了那么久锅,她自己也应该被骂骂了。

这个澄清出得挺好的,她觉得,哪怕别人说她不好,说她配不上纪鸣橙,那至少小橙子是清白的好橙子了。

彭婳之想着想着,笑了。

chapter six

于舟觉得很诡异,她不会是被刺激疯了吧。

"还有吗?"彭婠之问她。

"还有就是,"于舟苦笑,"粉丝们有点情绪。"

有真情实感帮彭婠之骂过纪鸣橙的粉丝,因为被调侃而恼羞成怒,觉得一腔真心被错付,后面撕得很厉害,于舟有点担心,但这个时候,她没告诉彭婠之。

也能理解,毕竟当初是为了维护她,转头人家成为好朋友了,而且一点口风都没有透露,再被别人一笑,一激,看起来像个小丑。

于舟无声地叹气,把论坛关掉,她是很羡慕彭婠之和纪鸣橙有勇气坦然面对,但同时这些烟花爆竹下的暗流涌动,像是没浮出水面的安全隐患,也让她暗自忧心。

"没有了,就这些,其实也没什么好看的,"她说,"你俩好好的,其实一时的舆论也不重要,今天很多很多人都替你们高兴的,我们也替你高兴。"

"我,苏唱,挽挽,晁老师,哦,还有今天牌牌也给我发微信了,我们都很替你高兴。"能交个真心朋友不容易,于舟温柔地说。

彭婠之眼圈儿一下子就红了,她觉得是不是真的年纪大了啊,眼窝这么浅。她以前不是这样的。

她吸了吸鼻子,重重呼出一口气,于舟听出来了,突然说:"你还记得咱俩刚认识的时候吗?那时候我还挺怕你的,我很少跟这种烈焰红唇的大'御姐'打交道,你当时剧本围读,一个字都不多说,疯狂'炫技'。"

"后来跟你吃饭,去酒吧,你都是特别吃得开的那种类型,我有点'社恐',总觉得不会跟这样的女孩儿做朋友的。"

彭婠之受不了了,狠狠吸鼻子:"你说这个干吗啊,你干吗突然追忆往昔啊。"

烦,让她眼泪狂飙。

"不是,不是,"于舟含着眼泪带笑说,"后来我和苏唱和好,挽挽又跟晁老师合租在一起,你还是一个人,总是一个人,你知道吗?那次我们去晁老师老家,我临时叫上你,你熬了夜还二话不说就来了,然后为了醒神,在路边吃冰棍。"

220

"我当时就想，能不能有个人来陪陪你呢？"

能不能有个人，来陪陪彭婠之呢。

她很爱热闹，所以其实很怕孤独，她有自己的心事，但最过不去的坎儿从来不跟她们说。

她总是笑嘻嘻的样子，总是天不怕地不怕的样子，总是雷厉风行专业到不容置喙的样子，但她其实会为角色哭，有时候里面的配音演员配哭了，于舟看到彭婠之撑着桌子转头擦眼泪。

她很仗义，很细心，当年还不是很熟悉，她就做主给向挽免掉学费，从来没嫌弃她是个没有前途的"文盲"；于舟和苏唱和好后，她牺牲自己好不容易攒来的假期，陪向挽散心；于舟自信心受挫意志消沉，是她拎着于舟的耳朵嘴巴都说干了把她骂醒；向挽独自度过的春节，看到彭婠之骑着摩托车停在路边，说要带她去逛庙会的场景，被向挽记了很久很久。

她是很多人眼中的"大女人"，总是力所能及地照顾每一个，但绝口不提自己也需要被照顾这件事。哪怕她说自己封心锁爱，酒后在包厢号啕大哭，别人也见怪不怪，觉得她疯，甚至有一点好笑。

终于有一个人，认真地看着她每一滴眼泪落下的形态和轨迹，不因为她流过很多，就觉得它们不值钱。

"我就是，突然挺感慨的，"于舟擦着眼泪微笑，"我没想到，你遇到纪老师之后，是这样的，不逞强了。"

"我刚刚听你直播的语气，你叫她'哎'的样子，说每一声'纪老师'的样子，我不知道为什么，听得挺想哭的。"

"挺好的。"于舟说。她们都长大了，自己从直发变卷发，而曾经最大的彭婠之变小了，真好。

彭婠之哭得头晕，鼻子完全被堵住了："我觉得你真挺烦的，你越来越啰唆了你知道吗？"

她情绪激动就胡言乱语，一边哭一边胡言乱语。

于舟破涕为笑，轻声怪她："你说什么啊？"

"你嚣张了是吧？得意了是吧？"于舟用纸巾擤鼻涕，"我跟你说，纪老师是个可好可好的人了，你俩以后千万好好的。"

"知道了。"彭婠之很不适应于舟像个姐姐一样嘱咐她。

chapter six

"不跟你说了，挂了。"再聊下去她真的要哭得收不住了。

"晚安，彭导。"

"晚安，作者。"彭婠之这句话很轻，鼻音里带着笑。

过了两天，纪妈妈请纪鸣橙带彭婠之回家吃了顿饭，彭婠之这次表现得稍微正常一点，没有那么"甜妹"了。一家人什么也没说，就仅仅是吃了一顿，然后彭婠之进去帮纪鸣橙洗碗，纪爸爸说怎么能让客人洗。

纪妈妈把他按下看电视，一边戴老花镜一边说："年轻人嘛，动一动也没有什么的。"

洗好碗，彭婠之和纪鸣橙在以前的卧室看她的奖状，俩人叽叽咕咕地翻小时候的照片，然后纪鸣橙打开衣柜，说这里面还有一点以前的衣服，看能不能带点过去穿。

彭婠之扫一眼，直叹气："还是算了吧，你这些。"

纪鸣橙看她一眼："我妈买的。"

"可是老年人的审美就是不一样啊，你孝顺我知道，也不是……"彭婠之压低嗓子。

纪鸣橙淡淡一声："妈。"

彭婠之汗毛都立起来了，转头，纪妈妈拿着一本相册站到门边，说："我卧室还有一本，放橙橙房里。"

彭婠之心里的小人在疯狂拳击，恨不得哭着给纪鸣橙两下。而纪鸣橙推推眼镜，没打算解围的样子。

彭婠之用下牙齿咬住上嘴唇，封住自己的嘴，见纪妈妈把相册放好，看一眼衣柜，跟纪鸣橙说："这个衣服旧了，你买点新的吧，也可以让朋友帮忙参考参考。"然后她慈祥地笑笑，出去了。

彭婠之吓出一身冷汗，看她走了，拖住纪鸣橙的手："怎么办，阿姨刚才那话什么意思，是不是点我呢？我怎么说话这样啊，不过脑子，我要死了。"她生无可恋，急得像热锅上的蚂蚁。

纪鸣橙看着她，笑了，她看起来真的很紧张，紧张得快哭了。

"我妈退休前，在医院带过很多实习生，还有教学工作，所以也算半个老师。"纪鸣橙说。

"所以呢？"

"她脾气很好，你这样的学生她教过很多，不会生气。"

嘶……"什么叫我这样的学生？"

"在背后说老师坏话的。"纪鸣橙笑了笑。

"那一样吗！学生是学生，我可是……"

"是什么？"纪鸣橙眨眨眼睛，问她。

"走了。"彭婠之不理她了，出去和纪妈妈看电视。

俩人从纪鸣橙父母家出来，彭婠之开车回家，突然想起什么，跟纪鸣橙说："你知道吗，现在网上好多说咱俩的，你说，要不要我找个机会，我们搭部剧？上次搭档都得好几年前了吧。"

纪鸣橙想了想，摇头："我接下来没有时间了。"

彭婠之摸一把方向盘，看她："怎么了？还有研究项目啊？"

"我们医院是学校附属医院，有教学任务，所以下个学年我会到大学去当老师，教正畸学或者实验课，看安排。"

"老师？"彭婠之惊了，"那你还看病吗？"

"看。这种课不会很多，可能每周就抽一个下午不排班，或者上完课，再回去上班。"

"那你就既是医生，又是老师了？"彭婠之眨眨眼睛，不知道说什么，好像纪鸣橙又更优秀了一点，她挺骄傲的，但又有一点茫然。

不知道该不该跟纪鸣橙说，自己现在的项目越来越少了，她很清楚地感觉到，现在圈里竞争越来越大，好多年轻人有实力又有流量，还有越来越多的资本进场投资新工作室，她很敏感地感觉到了自己正逐步走向被更新换代的边缘，但她无能为力。

一路没什么话地到家，纪鸣橙拎着从父母那带回的水果进门，彭婠之刚要换鞋，接到一个电话，是她妈妈打来的。

彭婠之有点迟疑，接起电话，往楼道里走了走。山雨欲来的语气，一开口就是质问："你不在家？"

徐女士从来就对她不耐烦，彭婠之也没什么好语气："啊。"

"在哪儿？"

"朋友家。"回得很含糊。

"回家来，我上你家住两天。"

"你干吗上我家住？"彭婳之皱眉。

"你奶奶，骂我不照顾你，我去你家照顾你。"

"不用，我自己住得挺好的。"彭婳之抠着墙上的瓷砖说。

"我在你家门口等，你今天要不回来，我上她家找你去。"徐女士没打算跟她绕弯子，下一句是，"她叫纪鸣橙是吧？江医三院的。"

彭婳之愣住了。

04

离开纪鸣橙家，彭婳之才发现，江城的夏日其实是很难熬的。没有那些花花草草做掩护，也没有令人灵台清明的纪鸣橙做掩护，阳光肆虐，不留情面，它们把高楼大厦映射得歪歪曲曲，像新型的都市妖怪。

路上的行人像被按了加速键，有虚虚的影子，彭婳之"呜"的一声从街道中间飞驰而过，是夏天里最浓墨重彩的风。

进入楼道，按下电梯，她从兜里摸出一片口香糖，嚼着上楼。徐女士穿着灰黑色的套装连衣裙，站在门口等她。从她回来，少说也半个多小时了，她没说找个地儿坐了，就笔挺挺地站在门口，两手交叠在腹部，拎着包，很高傲的样子。

其实血缘真的是挺微妙又挺残酷的东西，它会让人无从选择，强行将各种类型的人拉到一起，比如徐女士这样的人，如果彭婳之在路上见到，或者在电视里见到，不会跟她打任何交道，可她偏偏是她妈。

彭婳之走上去，伸手按指纹，对着门框喊了声："妈。"徐女士连应都没有应一声，昂着头走进去，连进了门，还是很高傲。

换上拖鞋，她就矮了一截，拿眼角瞟彭婳之，看她的装束，紧身的短款T恤和超短裤，略一动作腹部就露出来，若隐若现的，很不规矩的样子。再看看她用一边的牙嚼口香糖，更不规矩的样子。怎么就养出了这么个女儿呢，徐女士今天看她是特别不顺眼。

"你空手回来的？你东西呢？"徐女士看了一圈她的小窝，从餐桌灰尘的厚度来看，空了有一段时间了，所以她也没打算坐，就站在中央，开始发难。

彭婳之往沙发上一坐:"你东西呢?"不是说要来住几天,照顾她吗?

徐女士皱眉,和彭婳之如出一辙的凤眼更有压迫力:"这沙发这么脏,你就坐下了?"

"我一会儿洗个澡。"彭婳之低头玩手机。

徐女士极力克制情绪:"彭婳之,我来找你了,你就没点话跟我说?"

彭婳之最讨厌徐女士连名带姓地叫她,从小就是,因为这通常意味着是威胁,或者警告,但她又突然又想,其实纪鸣橙也很喜欢叫她全名,但为什么就这么容易让人接受呢?

她恍惚了一下,然后说:"哦,稀客。"

"你什么态度!"徐女士厉声道。

"我什么态度,"彭婳之耐着性子把手机放一边,身体前倾,胳膊撑在膝盖上,抬眼看她,"你刚电话里跟我什么态度?'江医三院是吧'?你想干吗?"

她真的一路忍着,才能跟纪鸣橙很温和地说回去跟妈妈吃个饭,一路忍着骑车,一路忍着坐到了这个沙发上。怎么,要去她医院闹啊?拿这个威胁她啊?

徐女士气得手直抖,也不管沙发脏不脏了,坐到另一个单人沙发上:"我不能说吗?我不能找吗?我就是涵养太好了,才没有直接找上门去!你一个大姑娘天天的不务正业,也不好好谈个恋爱,学人家玩什么不婚主义!"

彭婳之反问:"我干什么了?我杀人放火了,还是无恶不作了?我干什么了?"

"你自私!你不结婚就是让我们家绝后!"徐女士鼻翼扩张,眼睛也红了,咬牙切齿骂她。

彭婳之定定地看着她,后槽牙一紧,然后点点头,笑了。

徐女士最恨她这个吊儿郎当,万物不过心的样子,她一旦露出这样的神态,作为母亲很清楚地就知道,她在嘲讽。

彭婳之抱起胳膊,头转到一边,吸了吸鼻子,没说话。

她自私。这个词她想过在网上听到,在直播间听到,在论坛听到,但没想过,是她妈,当着她的面说的。

屋子瞬间安静下来,徐女士看着她的样子,眼神闪了闪,有点后悔才脱口而出的话,然后她探出身子,拿过彭娩之的手机,摆到她面前的茶几上,语气稍微软了点:"把东西拿回来,自己住,再去谈个恋爱。听话,不要跟人学什么不婚主义。"

彭娩之木木地转过头,盯着手机,看两眼,然后再看了看她妈妈,动动嘴唇,终于说:"你怎么知道的?"

徐女士深吸一口气,有点哽咽了:"你奶奶给我打的电话,说是你堂哥在网上看到了你跟风学人家不婚主义。"

老人家在电话里对她暗暗数落,觉得太过荒唐。

"彭齐这个人就是管得宽。"彭娩之笑一声,摆过头。

"你怎么说话的?你一个小姑娘怎么说话的?"徐女士的眉头紧紧锁起来,气得她心脏都隐隐作痛,"说话这么呛,谁教你的?那个纪鸣橙教你的?"

"你有完没完啊?!"彭娩之的眼睛红了,"我向来就是这样你第一天知道?关她什么事?"她本来就是这么个破罐子破摔的状态,是纪鸣橙让她变好了一点,什么叫纪鸣橙教她的,她真的忍无可忍。

"我说他说错了吗?知道这种事第一时间告诉老人,八十多快九十了,哪天被气死了,我彭娩之的背锅是吧?"

"我就知道,要不是我奶奶打电话给你,你会管我吗?我搬来外面这么久了,你管过我吗?我哪天在外边出事了,也得过两天才能有人打电话让你来吧?"

"彭娩之!"徐女士浑身发抖,抬起手想要打她,又硬生生克制住。

她偏头死死盯着她,要盯出血来:"我要管你,啊?我还要怎么管你?从小你不爱读书,我打也打了骂也骂了,哄也哄了劝也劝了,你听过我的吗?

"你高中上不了学,我找了多少关系,塞了多少钱才补了那个录取线?啊?"

"我根本就不想上那个中学!我有别的中学可以上,你们为了面子非要我读那个学校!"彭娩之嘶声道。

"从小就是这样,什么都是面子,什么都得你们喜欢,要我带出去有面儿,要装乖,我想搞配音,你不准,看我跟我偷鸡摸狗了似的,过年一家人吃饭,从来不让我说我的职业。也就我每次导了贺岁片,你和你老姐们儿去看电影的时候,说两句,看看字幕再走,有我们彭婳之。"

彭婳之满眼通红地问她:"一年也就那一次,其他时候还有吗?天天就用想劝我改邪归正的语气来教我走'正道'。什么是正道啊?怎么就没走正道了?"

她也就为了那所谓的一年一次,想让她妈妈理解她一点,所有贺岁档的剧她都想导,都想上,有人明里暗里背后传她虚荣,她说什么了?结果还是这样,不管她做了多少部的配音工作,履历有多长多厚,她妈妈还是觉得她不务正业。

"我就不明白,"徐女士摇着头,忍着眼泪,"别人的孩子怎么都那么贴心呢?怎么我就生了你这么个讨债的?别人怎么就爱学习呢?你的表姐表妹,一个留学回来搞金融,一个在当律师,还有你表哥,你说他不好,他现在也在银行当领导了,你呢?"

"那时候春节陪你去你奶奶家吃饭,别人说起小一辈的工作,你姑姑问你,你做什么啊,你说做配音演员,你姑问你配了什么,你说《神情大盗》里第三集里面卖包子的两句吆喝。当时你姑憋笑憋得脸都红了,也就只有你爱说,只有你也不看别人怎么笑你,怎么笑我们家,就你爱说。"

彭婳之的眼泪终于掉下来,她狠狠吸着鼻子问她:"群演怎么了?群演怎么了?哪部剧没有群演啊?他们懂个屁啊。"

"你说什么?那是你长辈!"徐女士站起身来。

"我说错什么了?!"彭婳之也站起来,"笑笑笑,笑什么啊,我爸出轨他们不笑,我爸出轨我奶奶怎么不管管啊?我怎么了,我行得正坐得端,有什么资格说我?"

"也就你,还要跟他们那边来往,骂你你还听着,还要回来骂你的女儿。你骂了我,他们念着你一句好吗?逢年过节能让你上桌吃饭不?"

"啪"一声响,火辣辣的巴掌甩到彭婳之脸上。

彭婳之的话一出口,她就知道这个巴掌得落下来,但她还是本能地眯了眯眼,脸一点也不疼,就是麻,脑仁也嗡嗡的,她这时候想的竟然是,她没有被人甩过巴掌,原来甩脸上的音效和拍手是完全不一样的,这带了一点撞击木头似的"嗡嗡"声,下一次,跟拟音师说的时候,可以提一下。

她偏着脸没说话，徐女士难受了，想伸手拉她，又克制住，她抬手擦眼泪，仍旧控制不住抽泣，好一会儿才说："我跟他们来往，我跟他们来往，还不是为了你。"

"我现在住的房子，是你姥姥的，你姥姥身体不好，说不定哪天就走了，到时候这房子得几家分你算过吗？"

"当初你爸出轨，我赌气，没分他房子，他答应我以后你结婚给你买婚房，现在你越来越不听话，又不结婚，你爸那边的妹妹，人马上也要成家了，你能让他再想起你几回啊？他怎么可能再给你买房子啊？"

江城的房价越来越高，当年房子还是白菜价，单位里都能分，而现在的房子早就不是一回事了。她悔，她恨，当初怎么就没要房子，也努力攒钱，还是跟不上房价起飞的速度。

"你赚钱，我跟你说，让你存着存着，存个首付，"徐女士泣不成声，"你不听，非要去买那个什么摩托车，换了好几辆，一辆就是十几二十万。你这行饭能吃到什么时候，我一点底都没有，你哪天病了，哪天我走了，你拿什么过啊彭婠之，你拿什么过？"

"你现在不说好好恋爱结婚，还要跟一个女的合租，学人家搞什么不婚主义，以后你要是病了，她管你吗？你天天骑那个车，要是被车撞了，她管你吗！"她歇斯底里地哭着。

每一次，每一次彭婠之骑车，她都担心出事，说过几次不听，她索性不管了，眼不见为净。每次看到彭婠之，就觉得这也要操心那也要操心，她操不完的心，可彭婠之没有一样顺她的意。

"那个人我上网查了，学历高工作好，你有什么啊？啊？"

"对啊，我什么也没有，什么都不可靠，"彭婠之转过头，看着她幽幽说，"什么感情，什么婚姻，一点用都没有，不是你告诉我的吗？"

"我即便现在找个人结婚，你能保证他不出轨吗？不家暴吗？结了婚哪怕生了孩子，不会抛妻弃子吗？你能吗？"

"你自己最清楚了，不是吗？"她含着眼泪笑了，"你为我想，你真的为我想过多少啊？有些话我到现在都没说。"

把声音放轻，再放轻，轻到地底下，掏出一个年幼的秘密。

"小时候我爸不老实，你知道风声，自己不敢去面对，让我回家看，看家里是不是有个阿姨。我看到了。

"笑死,你知道一个小孩儿看到这种事有多恶心吗?那是她爸啊,和一个陌生的女的。"

她一直在想,到底自己为什么长成了这样,这个情感怪物一样的人,一方面渴求安稳的婚姻,总是一上头就想谈恋爱,但一方面又隐隐排斥一些亲密关系。

对啊,她就是这样,缺爱,又恶心爱。想要爱,又恐惧爱。

其实,今天之前的彭婉之也不确定是不是有这个原因,总觉得不至于,毕竟一个那么短暂的画面,短到她一度以为她忘记了。

直到现在,直到和她妈妈对峙的一刻,她清晰地想起了当年的感受,才意识到,也许是真的有关系。有的伤害细小到,你以为它不能成为一个伤害,恐怕到很多年后,才找到那根线头。小孩子其实知道很多秘密的,大人们都以为她不会记得。

"我……我……"徐女士恐慌地看着她。她不知道,她不知道彭婉之看到了,那天彭婉之蹬蹬蹬地跑回她单位,然后抱着书包摇头,说没有,家里门锁着。

彭婉之又坐下了,用很镇定的语气说:"她叫纪鸣橙,是江医三院口腔科的医生,还会去大学任教。"

她抬眼看徐女士:"我很清楚地告诉你,但你别想动她一下。"

"你最爱面子,他们那边也最爱面子,你要敢闹她一下,医院也好学校也好,我马上给我们家这点破事做个宣传视频。"

"我说到做到。"她站起来,带起沙发上的灰尘,她也没拍一下,转身开门离开。

彭婉之也时常在想,自己怎么就喜欢机车呢?

她很难跟别人形容骑车的感觉,不是简单的刺激,也不是狂奔的心跳,而是伤害。

每次她骑着长条形的机车,从城市的纵横中飞驰而过,她觉得自己像在执掌一个小小的刻刀,在城市里划出划痕,机车的轰鸣声会惊扰这座城市,惊扰无数按部就班的人,他们像发现生活的漏洞一样抬起头来,惊惶

chapter six

看一眼这划痕。

左转,右转,俯身,加速,几乎要贴到地面,又立起座驾。

她穿梭了很久,直到夜幕降临,直到江边有了灯火通明的渔船。把车停在江边,自己靠着车站了会儿,然后掏出手机,定了一晚酒店。

不确定她妈妈还在不在自己的小家,即便不在,没有打扫的屋子也没法住。也不想回纪鸣橙家,脸上倒是没什么痕迹,但表情会有,状态会有,纪鸣橙可能是这个世界上最了解她的人,一定会问她发生什么了。

她又不能一五一十地告诉纪鸣橙,因为她如果将那些冲突和盘托出,她想,纪鸣橙一定会主动寻找解决的办法。她甚至可能借钱给彭姁之买一套房子,好让徐女士放心。

彭姁之不确定纪鸣橙会不会这样,但她怕她会。

她今天总归有一件幸运的事,酒店人少,给她升级成江景房,景色很漂亮,但也比不过她靠着机车欣赏星星点点的光亮升起的瞬间。

彭姁之洗完澡穿着酒店送来的一次性浴袍,打开电视,但按下无声,给纪鸣橙发微信:"晚上我跟我妈一起睡,今天不回去了,你早点休息啊。"

纪鸣橙没有说好,也没有说不好,只说:"你走的时候,没有说要过夜。"

彭姁之躺在床上,打了删,删了打,最后说:"嘿嘿,我妈想我了呗。"

"那能打电话吗?"纪鸣橙问。

彭姁之躺进被窝里:"行,你忙完打给我吧,我洗完澡了。"

刚发过去,纪鸣橙的电话就过来了。

彭姁之的声音很小,被被子闷着:"哈喽,橙子。"

纪鸣橙笑了:"怎么这个声音?"

"我妈在洗澡,我在被子里打呢。"

房间空荡荡的,落地窗上是江城最值钱的夜景,电视机里无声播着《动物世界》,洁白宽敞的大床有小小的隆起,里面躲着一个假装热闹的姑娘。

纪鸣橙从椅子上站起来,左手拿着电话,右手端着保温杯,从书房的飘窗看出去,坐着喝一口温水:"今天吃得怎么样?"

"还行吧,我妈做饭也就那样。"

"恐怕不止还行。因为你吃了很久,都没有空回我消息。"

彭姁之笑了:"哈哈哈哈哈哈。"

230

她的眼角有一点湿，但还好，不过分。很想靠着纪鸣橙哭一场，但真正听到她声音的时候，又觉得仅仅是这样也够了。

"我只是不习惯。"纪鸣橙靠着窗台，安静地说："刚刚收到你消息，说不回来了，突然觉得家里变得很安静。"

两个人没有再说话，彭娴之听着她小小地咳了一下，然后是脑中经久不衰的耳鸣，她需要很用力，才能在耳鸣中辨别纪鸣橙微弱的气息。

"明天几点回来？"纪鸣橙问她。

彭娴之想了想："九点吧。"

"八点。"纪鸣橙说。

彭娴之又笑了："七点。"

很幼稚，本来以为纪鸣橙不会再理她，但她说："六点。"

"五点。"

"四点。"

彭娴之先认输了："要不现在吧，你到我家楼下等我。"

纪鸣橙那边沉默了一会儿，然后轻轻应道："好。"

听她说"好"的那一刻，彭娴之嚣张跋扈的心又蠢蠢欲动，这一次她不是那个坏学生，纪鸣橙才是，她蛊惑金盆洗手的彭娴之跟她一起离经叛道，一起把支离破碎的自尊心打包，相逢在万籁寂静的夜晚。

彭娴之爬起来，说："我给你发地址。"

"嗯。"挂断电话，她把电视关上，又换回弄脏的那一身白T和短裤，站在落地窗前拿起酒店赠送的矿泉水喝了一口，然后带上房卡下楼退房。

前台的姑娘认得她，见她只待了个把钟头就要走，有点讶异，但还是一声不吭地给她办理好退房手续，彭娴之出了酒店，在炎炎夏日里又骑上车。

开动之前，她突然想起什么，用蓝牙耳机给纪鸣橙打电话。

"怎么了？"

"有句话，我想现在跟你说，我怕一会儿见到你，就不好意思开口了。"彭娴之骑着车，但声音在头盔里还是很稳。

"什么话？"

"你怎么这么好呀，纪鸣橙。"她说完，笑了笑，挂断电话，俯身加

速往家里奔去。

停到楼下,她摘下头盔,捋了捋头发,坐在花坛边等,过了会儿看见纪鸣橙进小区了,穿着棉质的 T 恤和灰色宽松运动裤,清汤寡水的长发,朴素的眼镜。

她做什么都是不紧不慢,一点都没有赶过来的样子,仿佛只是在周围遛弯,眼见天色晚了,闲适地回到小区里。

彭娴之站起来,朝她笑:"来了?"

"嗯。"纪鸣橙点点头,推眼镜。

她俩轻声打了个招呼,然后一前一后往小区外面走。

骑上车,纪鸣橙从背后坐上来,靠着彭娴之。彭娴之垂眼笑了,说:"'道路千万条,安全第一条',戴上头盔,要自觉。"纪鸣橙安静地戴上头盔。

彭娴之想,纪鸣橙大概是感觉到自己不开心了,也是,自己这脏兮兮的衣裤和凌乱的头发,再加上比往常更大大咧咧的笑容,其实很容易看出来。所以纪鸣橙今天特别温情,不过她不打算开口,只安静地坐在后座,接她回家。

05

那晚彭娴之再一次失眠,半夜她光脚走出卧室,坐在地毯上玩手机。

她不知道她妈妈或者彭齐那边会做出什么来,究竟有没有把她的话听进去,会不会恼羞成怒真的去骚扰纪鸣橙。

仍然不放心,于是打开微博,输入"纪鸣橙"查看。没什么别的,有的提到了她俩,但都不是很负面,她滑了一下,隐隐放下心来,抱着膝盖坐了会儿,掀开窗帘,已经隐隐天快亮。

快六点,她蹑手蹑脚地回到床上,再度醒来时已是中午,纪鸣橙早上班去了,她打开微信跟纪鸣橙说自己起床了,然后咳嗽着去找点东西吃。

昨天着凉得有点厉害,咳嗽一起来就止不住,一边吃纪鸣橙留下的水煮蛋,一边查看手机里的消息,发现 APP(应用)推送给她体检报告了。

紧张,几乎是手心里一瞬间就出了汗。本想找纪鸣橙先帮她看看,但想了想还是不打扰她了。彭娴之自己点开,一点点往下挪,时间漫长得无异于受刑,看完最后一项,她松出一口气,好像没有提示有大病。但有些指标异常,她挨个上网搜索是什么意思,看医生的反馈,也不是很严重。

快要触线的亚健康状态,身体里有些炎症,由于喝酒有中度脂肪肝,也由于运动少和饮食不注意,低密度胆固醇偏高,内分泌失调,子宫内膜厚,颈椎生理曲度消失,窦性心律不齐,总之密密麻麻的小毛病需要调理,一整个"作死"的人生报告。

幸好,好像还有得救。她赶紧把报告转给纪鸣橙,发过去一个动动脖子有点骄傲的表情。

纪鸣橙没立马回复,估计是在认真看,然后回她一个"抚摸小猪"的表情包。

"晚上请我吃饭。"彭妡之心情不错。

晚上她们去吃了一顿很好吃的法餐,然后抱着爆米花看电影,压马路回家。

到了深夜,彭妡之又没有睡着,徐女士消失的第二天,还是没有找她。她又像昨晚那样跑到外面,坐在地毯上搜索"纪鸣橙",仍旧风平浪静。

但这天她想了很多,她想要不要再联系一下她妈妈,说一点好话呢?人真的很矛盾,气上头的时候,觉得她真的是坏得不得了,但她真的认真地消失了,彭妡之又会想,她自己一个人那天是怎么回去的呢?她说担心自己骑摩托车的时候,是不是也像纪鸣橙和自己一起担心体检报告那样受折磨?自己能够在纪鸣橙家里装模作样地讨好纪妈妈,怎么就不肯对自己的母亲好言相劝呢?

有时候吵完架,她总会觉得,自己和徐女士还是有相似之处的。两个人针锋相对,寸步不让,把受过的伤害转成利刃,刺给曾经相依为命的人。

她也在想,她妈妈突然提到姥姥的房子几家人分,是不是那边的亲戚对她妈妈一直住在那边有意见了。假如房子要收回去,她妈妈住哪儿?

彭妡之又想,有人觉得小朋友是天使,有人觉得小朋友是恶魔,可是和很多大人比起来,小孩子总有其宽容之处,比如说,她们被大人比较得习以为常,却很少说,你为什么不像别人家的大人一样。

你为什么不像纪鸣橙的妈妈一样,那么知书达理,那么温柔体贴,那么受人尊敬,那么恰到好处地关爱自己的女儿。

她深深地叹一口气，不得不承认亲人间时常会面临这样的矛盾，难以互相认同，难以互相理解，但又割舍不下。

要起身回去，鬼使神差地打开手机，又搜一遍"纪鸣橙"，没有新微博弹出，她想了想，改成"jmc"三个字母，再搜一遍。和大名大同小异，但往下滑，她心里一紧。

有一个没有头像的小号，连发了很多条，从她直播那天起，一直在阴阳怪气她和纪鸣橙。

彭婉之手指发抖，点进去，强压下心跳地观看。看起来是她的粉丝，因为直播那天在论坛吵架转成黑粉了，心里过不去，一直在微博辱骂，用词极其难听。

最新的一条是前一天的，她贴出了纪鸣橙医院的联系方式截图，配文"体制内还可以混圈吗"。

彭婉之血冲头顶，几乎连坐都坐不稳。她贴出来这个是什么意思？她打电话举报了吗？还是仅仅是赌气？纪鸣橙有收到吗？她医院会是什么反应？如果收到了，她为什么不告诉自己呢？

几乎一瞬间，所有想法纷至沓来，她在想，是不是可以私信这个小号劝一劝，又觉得太冲动了，恐怕带来更负面的影响。

心脏一抽一抽地疼，像是长年熬夜在身体起了反应，心悸似的。

她强压下生理不适，回到卧室想要赶紧睡觉，却翻来覆去怎么也睡不着，脑子里疯狂起风暴，一会儿想这个，一会儿想那个，没有任何清晰的思路，像一个录音带，有人用铅笔把带子抽出来，狠狠搅动。

"嘤——"她突然听到脑子里尖锐的一声。从前细小的、持续的嗡鸣爆发似的蹿进她耳朵里，瞬间拔高。

她很慌，抬手扶住床沿镇定下来，闭上眼，在心里数数，数到快六十，声音渐渐低下去，在耳郭形成海浪退潮一样"呜呜呜"的回响。

和她心脏的跳动同频。

睡不着，真的睡不着，数羊也睡不着，编故事也睡不着。连在纪鸣橙家都不能让她睡着了，她越来越害怕。

一连三天，她精神越来越差，纪鸣橙问她，她说可能大姨妈要来了，抵抗力弱，感冒又没好，挺难受的。纪鸣橙让她跟她一起去医院看看，她说不了,这两天开一个挺重要的项目,风哥亲自盯着呢。

她想问纪鸣橙有没有收到什么谈话,但又怕她知道自己搜这些看,会担心。于是她没有再说,打车去盯项目了。

好在项目还算顺利,一投入到录音棚,她就是诸事隔绝的状态。和演员讲戏、彩排再到正式录音,都一气呵成,除了录音师提醒两次录到剧本的声音了。

下班收工,她一看时间,不到六点,送走演员后,正准备给纪鸣橙打电话,录音师门一开,她抬眼:"风哥。"

"哎,录完了?"吴风往观察室里看。

"对,今天收工还挺早的。"彭婉之拿着手机回他。

吴风点头,又嘱咐一句:"这个项目是节目组介绍过来的,人挺重视的我也跟你说了,你仔细点。"

"是,我今天还带着彩排了。"

吴风放心了,转身要走,突然"喷"一声:"音呢,我听听。"

彭婉之把椅子推给吴风,然后让录音师回放:"就预告那块儿吧。"

"好嘞。"录音师点两下鼠标,新录制的声音从音响里流淌出来,立体环绕,清晰无比。

三声的棚向来音质不错,吴风盯着录音软件的波形,听得脸色稍霁,到三十秒的地方,忽然拧住眉头:"喷麦了。"

"对,"彭婉之从手机里抬头,"这个在后边儿补了,我还没来得及剪。"

吴风没说什么,继续听,彭婉之见他没什么问题,正准备让录音师关掉,却又见他点点屏幕,两分零四秒的地方,说道:"鼻子声。"

录音过程中,有时会有鼻腔黏膜碰撞发出的声音,比如"哒"的一声,很轻,她们通常说"鼻子声"。

彭婉之皱眉:"你拉回去,我听听。"

声音流畅顺滑无比,演员的表演也无可挑剔。

她眨眨眼,把手机放下,见吴风抬起头来,看着她重复一遍:"鼻子声,你没听出来?"

"我……"这里有鼻子声吗?彭婉之的心瞬间空了一片,嗡嗡嗡的,让她几乎眼前一黑。

chapter six

她拉一把椅子坐下来,抿唇跟录音师说:"音量开到最大,拉回去,再放一遍。"

眉间起了小小的山丘,她身子前倾,屏气凝神地听。

播放完毕,彭婳之摇头,自己上手,确认音量拉到最大,然后再把进度条往后拖,再来一遍。这一次,连录音师都转头欲言又止地望着她。

彭婳之靠回椅背上,眼神一黯。

她听不见,她没有听见任何杂音。

CHAPTER SEVEN

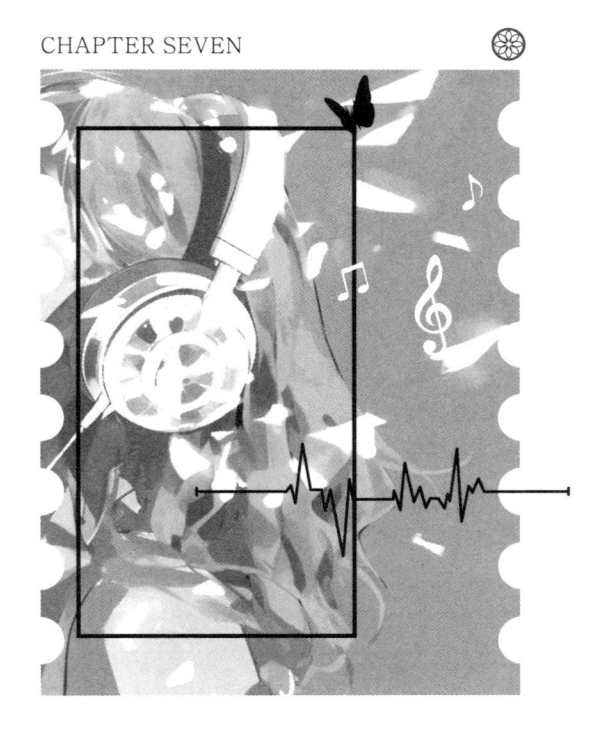

我永远都是你的听众

Wo yongyuan doushi ni de tingzhong

我永远都是你的听众
Wo yongyuan doushi ni de tingzhong

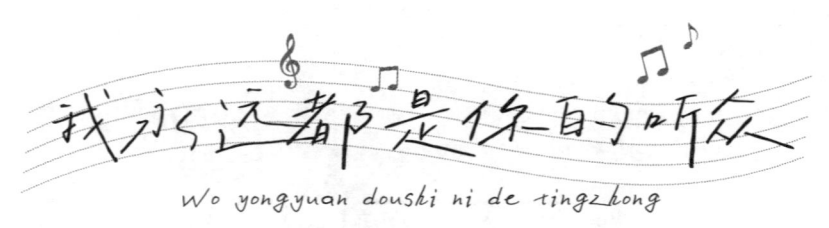

01

彭婠之作为知名配音导演，令人称道的不仅是她的专业和敬业，还因为她有一双最精细的耳朵。能够听清楚声音里的任何瑕疵，以保证经她手的配音质量永远在标准之上。

如果一位配音导演，听不出瑕疵，甚至听不出错漏呢？

她一边按耳朵，一边跟吴风说，可能是最近睡眠不好，耳鸣影响了，她回去好好调整，然后请录音师把今天的音全部导出来，她回去再过一遍。

没有什么异常，她冷静地收工，甚至在等导音的时候，还在自动售卖机买了一瓶水。

回到家她火急火燎地说要赶工，跳着跑着就进了书房，门一关，跟厨房的纪鸣橙喊："我今天不吃了啊，这个音我得再过一遍，明儿给风哥。"

纪鸣橙站在门前眨眨眼，没再说话。

彭婠之揉了揉有点酸胀的太阳穴，抿唇，插上U盘把音发给苏唱，请她帮忙仔细地听每一个杂音，标记下来，先别发给她。

彭婠之发完文件，补一句：认真！认真！认真！然后自己戴上耳机，放大音量，再过一遍，然后把有杂音的地方打出标记。

她大气都不敢出，专心致志到虔诚的地步，其间纪鸣橙敲了敲门，问她吃不吃水果，她按下暂停，想了想，说："帮我倒杯水吧。"稍稍不客气的语气，然后埋头继续听。

门锁响动,纪鸣橙进来把水放到她身边,看她和小学生做作业一样认真,便也不打扰她,轻轻拉上门出去。

来到卧室,她盘腿打开电脑,想继续写点东西,但光标在文档页面闪了闪,手指在键盘上弹响,无意识地打出三个字:怎么办?

怎么办?彭娴之状态不对已经几天了,自己刚才故意倒了一杯温度很高的水,她看了一眼,没有说别的话,如果是往常,她急着喝水,应该说"不要热的,不要热的,这个我怎么喝啊,给我换杯凉的求你"。

然而纪鸣橙也知道,问题不在于彭娴之遇到了什么困难,而在于,她压根不打算告诉自己。甚至还语调轻快地遮掩,想要瞒过她。

纪鸣橙抬头,望着墙面,单手在键盘上无逻辑地敲。

房门紧闭的书房安静到死寂,彭娴之听得很慢,快两个小时才全部拉完,然后她迫不及待地让苏唱把打标记的地方发过来,和自己纸上的时间点一一对应。像对答案一样,彭娴之这场职业生涯的大考,考得细微而孤独。

和看体检报告不一样,她这次没有片刻耽搁,连拜神求佛的闲心都没有,只平静如水地在自己的时间点后面打钩叉。答题者和阅卷者都是她自己。

看到最后,她将笔放下,咬住下嘴唇,发怔。一个小时多一点的音频,录制时一共14个杂音她没有听出来,而现在屏气凝神地听,和苏唱相符的有8个,但其中4个她把声音判断错了,没有认出是翻本子的声音,还是吸鼻子的声音,还是空调的响声。

其余6个,她压根没听见,而自己还因为耳朵的干扰,幻听了2个出来,再拉到那个地方时,没有任何差错。

她就这样空落落地坐着发愣,手抚摸着桌面,没敢发出任何声音。

楼上传来脚步声,她听得很清晰,再动动耳朵,能听见外面偶然的喇叭声和风声,她抬手摸摸自己的下巴,连肌肤的摩擦声都那样细腻而清晰。

怎么就听不到呢?怎么会听不到呢?她用手撑住下巴,又稍稍掩住嘴,以气声念"一、二、三、四、五、六、七……"

声音的质感和气息很清楚,再念一遍,一、二、三、四、五、六、七……

她突然想起来什么,打开自己电脑里的台词,用稍快的语速把它们一遍遍念出来,念到喉咙发痒,念到心底有点发酸。

不能再想了,她掏出手机,给自己挂了个五官科的号,准备明天去看看。

故意拖到很晚,她才洗澡上床,设好闹铃准备给手机充电,却突然想到充电线被自己拿去书房了,身后传来又冷又软的清音,是纪鸣橙进来了:"给我吧。"

"我这边有线,帮你充。"纪鸣橙伸手。

彭婠之愣了愣,然后说:"哦。"翻身递给她:"怎么还没睡啊?"

纪鸣橙没答,看一眼手机:"屏幕好脏,用的时候没觉得吗?"

彭婠之笑笑,抱着她:"觉得啊,等你帮我擦。"

纪鸣橙也笑了,拆开床头柜抽屉里的小型消毒纸巾,就着台灯淡淡的光亮帮她擦拭。

彭婠之凑上前去看:"你知道吗?我真觉得你是个特别优秀的人。"

"怎么突然这么说?"

"你连擦手机都很仔细。"

纪鸣橙的优秀在每个角落里,越是细节的地方,越无可挑剔。

彭婠之听她没有反应,忽然问:"你笑了吗?"

"没有。"纪鸣橙轻轻说。

"哦。"彭婠之以为纪鸣橙听到夸奖应该要笑的,但没有听她的气息,很怕自己错过了,很怕自己没听到。

放好手机,纪鸣橙转过身,准备睡觉。彭婠之在静谧的夜晚开口:"橙子,我跟你说,我特别喜欢看你笑,也特别喜欢听你笑。"

"嗯?"

"我的意思就是,假如你哪天笑了,在我旁边,或者背对着我,我没反应,那肯定是我没注意听,不是冷着你,你懂吗?我挺喜欢你笑的。"彭婠之皱着眉头,眼皮跳了跳。

纪鸣橙这个人,和别人都不一样,别人笑是"哈哈哈哈",她是和呼吸差不多的一个气息,她不出声的,太容易被忽略了。

怎么会突然说这个呢?还颠三倒四的,纪鸣橙有点疑惑,但听着彭婠之仿佛是很认真地在说,于是她也认真地记下了,说:"好,我知道了。"

"嗯。"

彭婠之放心了,靠着纪鸣橙,终于睡了一个好觉。

240

第二天一大早,她到了江城国际医院,说了情况之后,医生跟她说做一个听力测试。

测试很快,当场就出了结果,医生对比她带来的之前看耳鸣时检测的曲线图,说听力确实有所下降,不过目前的听力状况算在正常范围内,不影响生活,由于她说最近心理压力大,建议她自己再监测观察一下,如果没有特殊情况,每三个月或者半年复查一次听力。

至于她的耳鸣症状,还是跟之前的医生说的一样,应该是神经性耳鸣,目前医学界关于该病的成因还没有一致定论,鉴于彭姁之的作息,可能是由于常年失眠导致的神经衰弱引发的,他给彭姁之开了一点营养神经的药,让她吃一段时间看看效果。

最重要的是要放松心情,生活规律。

"那……我有可能好吗?"彭姁之问。

"不确定你是不是暂时的听力损伤,没有医生能给你做百分之百的承诺,有的突发性耳聋也能够恢复,所以你还是要保持好的心态。"

"如果实在不能恢复,就适应它,毕竟也不会影响你的正常生活。"

是啊,不会影响一个普通人的正常生活,但会影响一个声音工作者的职业生涯。

彭姁之揣着药走在八月的阳光里,连阳光也凉津津的,照到身上,跟个幌子似的。

她最烦的就是看不到头的事情,哪怕今天给她宣判一个死刑,也好过医生告诉她,这个事情没准,可能有希望,但你要这样多久,不好说。

头脑发涨,路过小卖部,她又想进去买一根冰棍醒神。

她看着玻璃柜里琳琅满目的包装,像她幼年时用糖衣替代的关爱,但这些当年缺失的,后来被她用病态的方法用力补偿自己,天长日久,成为另一种亏损。这些亏损没有问她收费,但在未来的某一天,她想止损的时候,给她寄来了账单。

可能她想错了,她不是来得及,能抽身,还有救。

她蹉跎太久,来不及了。

彭姁之又买了瓶矿泉水,常温的,一边喝一边打车去三声工作室。工作还得继续,她只能坚持着,让录音师帮她听着点,还是不放心,于是每

Chapter seven

天录制结束后,让录音师帮忙导出来拷贝到U盘里,再请苏唱帮忙听一遍。

这个项目足足录了十三天,其间彭婳之也没有放弃做声音训练,每天像远眺一样,在浇花时听听远处的声音。

她知道自己吃药瞒不过纪鸣橙,于是主动说她最近睡眠又不好,耳鸣严重了,所以去找之前的医生开了点治神经衰弱的药。

纪鸣橙给她倒了杯温水,然后帮她揉耳朵。

彭婳之跟她开玩笑:"你知道吗?我听说捡回来的流浪猫,如果耳朵有毛病,比如耳螨之类的,就会上药水,然后揉耳朵,揉着揉着,耳螨就甩出来了。"

"那你也试试,"纪鸣橙说,"甩一甩,把耳朵里的知了甩出去。"

"知了?"

"嗯,我看看,是不是在耳朵里养小知了?"纪鸣橙偏头看,"怎么总是吵你睡觉?"

彭婳之因为这个说法乐了,摸摸自己的耳垂:"看到了吗?"

纪鸣橙凑近:"看到了,我跟它讲讲道理。"

请它不要再吵彭婳之了。

彭婳之笑嘻嘻:"你好会哄人啊。"

"是吗?"

"是,你绝对是天才,各种意义上的。"彭婳感叹。

纪鸣橙沉默了一会儿,突然说了一句意味不明的话:"所以,傻子才会不要天才的朋友,对吧,彭婳之?"

"什么?"彭婳之抬了抬头。

"没什么。"

彭婳之敏锐地发觉,纪鸣橙感受到了,感受到了自己对她的回避和隐瞒,她可能也在担心,自己又对她疏远了。

尤其是自己整夜整夜睡不着,纪鸣橙又有几次是真的毫不知情呢?自己的朋友在不安,可彭婳之没有什么好办法,这件事太难说出口了,连她自己都在得过且过。

苏唱不可能帮她听一辈子,这个项目一结束,她就看不到下一次在哪里。

02

八月底,项目全部杀青,彭婉之松了一口气,正要从工作室回家,却收到吴风的微信,让她去办公室一趟。

她踏着高跟鞋干练又风情地走进去,脸上的妆容很精致,挽起袖口的宽松款衬衫扎进职业的包臀裙里,红唇凤眼,气场十足。

工作场上的彭婉之永远都是这个样子,自信张扬,无坚不摧。

吴风坐在沙发上,没跟她寒暄,抬头就问:"小朱说你每天都把录音拷回家,干吗呢?"

彭婉之坐到一边,吴风示意她自己剥橘子吃,她拿起一个在手里掂了掂:"不是说这个项目很重要吗,我回去再听一遍,看看有没有什么需要改进的。"

"是你自己听吗?"吴风皱眉,靠在沙发上问她。

"啊?"彭婉之埋头剥橘子,"没懂。"

"我问过你组里的人了,录制当天完全不说问题,第二天再补音,天天都在补,有你这么录的吗?"

"我说你咋不让点点跟着我呢,非得换小朱,风哥你这是在我身边安眼线啊?"彭婉之撒了个娇,"干吗啊?一举一动还跟您汇报,您直接问我得了呗。"

"什么眼线,你上次那俩项目黄了你心里有数吧,我不得让个好点儿的帮着你啊?别废话,你拷回去到底是干吗?"

彭婉之剥两瓣橘子,塞嘴里嚼着,没作声。

"你要还说是你自己听的,那咱们去棚里,我现场给你放一段儿。"吴风斜眼看着她,站起身就要走。

他起身时裤管摩擦的声音那样明显,彭婉之觉得有点讽刺,这时候怎么又能听清了呢?

"走啊。"吴风站眼前等着她。

彭婉之把最后一瓣橘子吃了,含含糊糊地说:"我给苏唱听了。"她呼出一口气,抽纸擦手,一下一下地揩着指缝。

"彭婉之!"吴风转过来,外套被带得脆响,他伸出食指在空气中虚空晃两下,咬牙切齿地盯着她,如果不是手边没东西,他可能要摔本子。

"你在这行干了多少年了！十年，十五年有没有？！你出去问问，你出去问问，什么导演敢把录音随便发给剧组外的人，这还用我教你！是不是！"

彭婳之低着头，把纸巾揉在手心里，盯着看了一会儿，喉头滚动，没有说话。

"还不是一段两段，是全部！"吴风从没发过这么大的火，双手叉腰在办公室里走来走去，"苏唱她自己有工作室，你知道吧？你跟她关系再好，她是别的工作室的老板，你清楚吧？！"

"苏唱不会泄露的。"彭婳之只说了这一句。

"她要敢泄露我让你赔到去要饭！"吴风脸涨得通红，"你知不知道你在干什么？行规俩字儿在你看来是摆设？这事什么性质你知道吗，换个老板早把你告了！你知不知道这个项目有多重要！"

"你要没时间，你说啊，你告诉我啊，我知道你最近挺忙，跟那个纪鸣橙关系挺好是吧？但你的事业还要不要了，你还想不想干了你跟我直说！你要想退圈儿了你趁早告诉我，你知道我顶着多大压力让你上这个项目的吗？我们工作室新导演那么多怎么就是你彭婳之拿到这个项目了呢？"

彭婳之的心被狠狠捶了一下。

怎么又是纪鸣橙呢？怎么每次自己不好，所有人都要推到纪鸣橙身上呢？她妈妈怪纪鸣橙带坏她，她的"黑粉"因为报复她去骚扰纪鸣橙，现在连风哥都觉得是因为纪鸣橙的关系，她才无心工作。

全世界都在把她的错归罪到纪鸣橙身上。

彭婳之把头垂得更低了，她狠狠咬了一下嘴唇，用极低极低的声音说："不是的，风哥，我生病了。"

"我听不到那些杂音了。"

说这话的时候，她很恍惚，落地窗的阳光进来，把绿植的影子拖得很长。

光柱里的微尘纤毫毕现，像一段段被裁剪的时光。

她大学还没毕业就跟着风哥跑录音棚了，那时候三声还不叫三声，三声是怎么来的呢？有次她跟着跑棚完回去，说风哥，你以后是不是也能开个工作室啊？你要开了，我就是元老。

吴风说他是在筹备，还在积累经验，如果开工作室，叫什么好呢？

彭婠之说，叫三声。

为什么？吴风问。

彭婠之一边啃鸡腿一边说，我夹带私货。你看你叫吴风，我叫彭婠之，咱俩的名字有一声、二声、四声，就是没有三声，要有了三声，咱们就啥声调都齐全了，以后配音这行饭，咱能包圆儿了。

她在这个工作室从初生牛犊不怕虎的小姑娘长成风华正茂的大"御姐"，从蹦蹦跳跳的跑步鞋换上摇曳生姿的细高跟。所以后来即便苏唱开工作室，晁新开工作室，风头越过三声，她都没想过跳槽，从来没有。

而现在，她是以什么心情说出她生病了这句话的呢，一个配音导演要用什么心情，来说出自己听力有问题这句话呢。

无异于一场宣判。

她抬起头，笑了笑，说："风哥，对不起。"

吴风的眼圈儿瞬间就红了："你说什么？你听不到？为什么？"

"妈呀我今儿这罪过，"彭婠之皱着眉头笑，"让你又气又哭的。"

她叹气，用漫不经心的语气说："我太任性了，以前你总劝我，我不听，现在想学好吧，嘶，它有点晚了。"

她笑了："我也没想过会报应在我耳朵上啊。"

"风哥，这个项目我弄好了，真挺好的，你听了音就知道了，苏唱她肯定不会泄露的，我拿命担保。但你说得对，我不能这样了，没有下次了，后边儿的项目，你给我推了吧，我想休息了。"

彭婠之诚恳地轻声说完，走出办公室，走过她跟苏唱打闹着说到底哪个好的录音棚，走过她经常请剧组人喝下午茶聊八卦的休息室，快走到门口，她回头望了一眼，洁白的桌椅还是跟几年前一样。

她每次自掏腰包请剧组人吃饭，大手大脚，圈儿里都在传彭婠之可有钱了，后辈们也心安理得地跟她蹭吃蹭喝。

她想起前段时间于舟跟她打电话，说她们初见的样子。穿得也跟现在差不多，白衬衫，包臀中裙，乌黑的长卷发，卷翘的睫毛和鲜红的唇釉，红得很正，红得意气风发。

Chapter seven

她准备好了剧本，递给于舟的时候，感觉到了于舟的紧张和无所适从。那时自己还在心里笑了笑。

在工作场所面对陌生人，她很习惯先做出高冷的样子，用专业为自己塑造第一印象，喜欢别人觉得她很帅，喜欢别人觉得她不好接近，喜欢别人觉得她闪闪发光。

她这辈子也没什么值得夸赞的地方，唯有这份工作是她的坚持与骄傲。

她跟于舟说过："让我闪闪发光的，不是专业，是热爱。"

声音工作，是她走到今天，唯一的也是最大的底气。

但也就到今天为止了。

彭婉之其实挺理解吴风的。去年那个综艺，晁新的工作室横空出世，一炮而红，苏唱的工作室更是"来势汹汹"，更何况两边关系那么好，很多项目都合作着来，以联合出品的形式或者一个出品一个制作的形式吃蛋糕，出了好几个叫好又叫座的作品，而吴风这样的老牌工作室，渐渐跟不上潮流，生存空间已经在被挤压。

前几个月，吴风跟刘姐的婚姻走到尽头，二人和平分手，合理分配夫妻共同财产，三声当年有刘姐的投资，吴风为了争取到三声，协商给刘姐相应的补偿。

因此，此刻三声的每一个项目对他来说，都挺重要。

彭婉之很清楚，如果她想继续做，吴风不会不给她项目，所以她自动请辞了，更是在办公室都没有多待。

最能摧毁一个人的是什么？是让她在自己最骄傲的地方低头。最让人恐惧的是什么？是在自己曾经运筹帷幄的领域，得到别人的怜悯。

不用说三声，哪怕吴风不要她了，苏唱或者晁新也会收留她，但是"收留"这个词，听起来怎么让人这么难受呢？

彭婉之从不爱说什么"初心"，因为这个词被用烂了，挂嘴边显得矫情，但她也不得不承认，初心和其他所有东西都不一样，它不等于最初的心动，事实上，它是你赖以生存的自尊心。

更实际点说，她从没毕业就干这行，从小就犟，也没想过别的出路，如果不做配音导演了，她不知道还能干什么。回归配音演员，被别人导，可以，如果是她自愿选择，可以。但"退而求其次"，不行。

她颓然地回到家，买菜淘米做饭，然后趴在窗台看侧下方那一层的小黑猫。猫也有自己的固执，哪怕被关在屋子里，它也永远固守在窗户下面，阳光最好的一块。

智能锁响，纪鸣橙回来了。

彭婠之让她赶紧洗手吃饭，把清淡的晚餐摆上桌，问她今天的工作。俩人吃了一会儿，彭婠之说："有件事，圈里估计以后会有风声，所以我想先跟你说。"

这种事瞒是瞒不住的，不用说录音师肯定猜到了，一直补录的演员也会私下揣测。

"你说。"纪鸣橙放下碗筷，干净的双眼望着她。

彭婠之很平静地送入一口饭："我那个听力有点受影响，干不了活了，所以我最近打算先休息一下。"

"不过你放心，我拿药了，正常听力也没问题。"她把医生说的治疗方案再跟纪鸣橙讲一遍。

"我有10天年假。"纪鸣橙想都没有想，笑着说，"想去哪儿？"

但彭婠之望着她，却问："所以你早就知道了？"

"知道你睡不着，知道你状态不好，知道你工作不顺心，知道你和你妈妈沟通不愉快，也知道了，你不想让我知道。"纪鸣橙垂下眼帘，把视线放到绿油油的蔬菜上。

彭婠之抠着自己的指甲："我不知道该怎么说。"

"没关系。"纪鸣橙想说，她去问问医院的同事，看看有没有更好的治疗方案，但彭婠之打断了她。

她说："橙子，我现在才发现，我不是我以前以为的那样呼风唤雨的。"

纪鸣橙稍稍动动眉头，等她继续说。

"我发现，我名声挺不好的。"

"怎么这么说？"

彭婠之想了又想，终于说出来："我妈不信我，从我出生以来就没相信我能干点正事；我粉丝不信我，有些认识了七八年的，我以为都该称得上一声朋友了，在发现我跟你交朋友的时候，第一反应是怀疑我；还有风哥，你知道吗，在我说我生病之前，他觉得我在玩儿呢。"

每次录音和回家重听时，强迫自己得过于用力，摘下耳机都想吐，又怕音量开得过高，反而再损伤听力。没有人知道她当时有多难受，但别人以为她在玩呢。

　　"这破圈子，姐也不想待了。"她痞里痞气地笑了，抬头望着餐厅灯，流光溢彩的眼珠子一转，把闪烁的泪水遮掩住。

　　她还在逞强，依然在。好像自己当先抛弃这个职业，就不是被职业所遗弃一样。

　　"那就不待了。"纪鸣橙想，她最近心理压力太大了，暂时脱离这个环境，也许是好事。

　　但彭婠之突然就哭了，她抬手捂住眼睛，哽咽着说："那我能去哪儿呢？"

　　能干点啥啊，还能干点啥啊。她还想存点钱，给自己买个房子，以后万一她妈被赶出来了，就让她住着，何况自己有点财产，对着纪鸣橙也多少有点底气吧。

　　现在怎么办啊。

　　还有纪鸣橙，她喜欢的是当初那个雷厉风行的彭导，如果那个彭导不见了，她还会喜欢她吗？

　　她咬牙切齿地啜泣，却见纪鸣橙在她身前蹲下来了："去哪儿都可以，想做什么都可以。"

　　"可是我什么都不会，我不像你，学历那么高，是医生，还是老师，你知道吗？"

　　"你会，你会很多，你很聪明，也很有悟性，还很坚忍。你骑车骑得很好，做饭很好吃，收拾屋子也井井有条，你连喝酒都比别人潇洒。你记不记得你策划过节目，非常有意思，平平无奇的事情都被你说得很有趣，我想，你去做内容博主或者做节目策划，也会很成功。嗯，你的穿搭也特别好看，有一次我去录音，听到别人在背后问你，是不是时尚博主。"

　　"你撒谎，"彭婠之哭着说，"你可看不上我的穿搭了，你还问我穿皮裤能不能排气。"

　　还没说完就破涕为笑，她狠狠擦着眼泪，又哭又笑。泪眼蒙眬中，低头看纪鸣橙也笑了，眼镜背后藏着一点点不出格的眼泪。

彭婉之心软得不像话，问她："橙子，你怎么这么好呢？"

你越好，我就越不想拖累你，不想成为你的污点，不想别人提起纪鸣橙说，她什么都好，没懂为什么能跟彭婉之做朋友。但至少以前别人会说，有彭婉之导戏就放心了，质量保证。

如今最后一句也没了。

但她不想让纪鸣橙担心，于是自个儿擦了眼泪说："放心吧，我休息休息，再想想搞点什么，你最近是有口福了，速速把你想吃的写上，过了这村就没这店了。"

"好。"纪鸣橙伸手，碰碰她。

彭婉之没有颓废，反而更加积极地做家务，每天变着花样给纪鸣橙弄吃的，她很乖巧，很听话，也懂事了很多，不再喝冰水，按时吃药，早上还在家里做操。

她不追剧了，只看快节奏的综艺和电影，然后跟纪鸣橙说，追长剧太浪费时间了，她得腾出时间来筹谋筹谋，干点大事。

但纪鸣橙几乎在她调台的第一秒就猜到了，是因为连续剧大多配音，都是她们认识的同事，每一副嗓子都烂熟于心，她不想再听。

03

九月，纪鸣橙开学了，在江大医学院实验课当老师。

她应该很受欢迎，因为彭婉之发现有学生加她微信，然后在晚上跟她聊天。

很能理解吧，年轻漂亮书卷气十足且年龄差距不大的老师，声音好听到像是从电视剧里剪出来的，还参加过综艺，有知名配音演员的身份加持。

想不受欢迎都难。

十月，天气转凉，彭婉之的症状并没有好转，她整理换季的衣服时也顺便整理了一次电脑，里面有她分门别类的剧本文档，还有一些是她在原文上打的标记。

她点开随便看了看，又打开录音软件，自己录了一小段，听着还成。但她已经开始怀疑了，自己听起来还行的东西，是真的还行吗？她的耳朵会不会骗她？突然想起徐女士的话——这行饭你能吃多少年啊？

chapter seven

她在网上搜，她这样的症状，是有失聪的可能的，到时候真是一粒米都吃不到了。

没关系，她又对自己说，只是休息调养调养，都会好的。

都会好的。

但她因为宅在家里，精神越来越不好，晚上睡不着，白天就补觉，睡得头发昏，除了做家务好像什么动脑子的事都干不了。

纪鸣橙很委婉地提出她过于焦虑，想要陪她出门散心，或者去看看心理医生，她说再说吧，现在纪鸣橙挺忙的，等忙过了这段，她们再去。

纪鸣橙又问她，在家里无聊不无聊，要不要约她的朋友可乐，去酒吧玩一玩，她可以陪她去，彭婠之说没劲，而且在调睡眠呢，咚咚咚咚的声响对心脏也不好。

十月十日，纪鸣橙生日，彭婠之过得浑浑噩噩，忘记了，她很自责。纪鸣橙没有怪她，只是说把于舟她们约出来吃个饭吧，彭婠之这次表现出了兴趣，很开心很积极地订餐厅。

纪鸣橙打开衣柜，拿出一件经典又大方的休闲款白衬衣，扎到黑色的贴身牛仔裤里。她的胯骨很漂亮，小腹也没有一丝赘肉，她去上课时时常这么穿，黑长直的头发披着，文静且高洁。

她换完衣服，把领口的扣子解开一颗，露出纤细的脖颈，然后自然而然地把袖子挽上。

彭婠之忽然因为这个动作崩溃了，她坐在床边，仰头看纪鸣橙，说："我们别做朋友了吧。"

为什么是这个动作呢？

因为彭婠之本来想，本来兴致勃勃地想，等定完餐厅，她就给纪鸣橙搭一身衣服，再给她化个妆，戴上隐形眼镜，用什么发型好呢？鱼骨辫怎么样，纪鸣橙好像还没试过，一定很好看。

但转眼就见纪鸣橙自己穿好了，抹平腹部褶皱的动作很熟练，解开衬衫扣子和挽起袖子的位置也很精准。

纪鸣橙开始意识到自己的魅力了，不再像从前，别扭地站在衣柜前，想要自己帮她搭配衣服，又矜持地不开口。

纪鸣橙回过头来，看着彭婠之，然后她抬手，就开始解衣服。

"你帮我搭。"她轻声说。

"你干什么？"彭婳之按住她的手，"你不是穿好了吗？"

"没有，"纪鸣橙摇头，"我不满意，我穿得不好看，我穿得很丑，你帮我搭。"

"不是，"彭婳之垂眼，"你明明穿得很好看，你不需要我帮你搭了。"

"我们别做朋友了吧。"她又说了一遍。

很疼，但也很痛快，像她之前任何一次超越生理极限的熬夜一样，晕晕乎乎的，她像在报复，但报复的不是别人，是她自己。

然而纪鸣橙直起身子，瘦削的肩膀动两三下，静静呼吸几回，摇头。

"不行。"她微蹙眉头，用极其罕见的强势的神情看进她眼底，"我跟你说过，我不接受。"

"你真的很傻，你推开一个认真关心你的人。"她的眼泪漫上来。

"你也很聪明，在我生日这天提，以为我会赌气，会很难过，会觉得你一点都不考虑我，然后就答应你。"

"你真的忘记我生日了吗？今天凌晨，你还在刷微博，搜'纪鸣橙'，看到有人祝我生日快乐了。"她微动鼻翼，冷静自持地把彭婳之的小心思一个一个拎出来。

"我不同意。"纪鸣橙眨眨眼，把睫毛根部濡湿的地方眨掉，仍然温柔克制地望着她。

彭婳之看着她的样子，眼泪一颗一颗砸下来，忍不住哭出声："可是我没有办法，我在努力了，你相信我吗？我在努力了，可是它不好，一点儿都不好，我吃了两个疗程了，一点用都没有，我不想你陪着我去看心理医生，我不想你陪着我到处去找大夫，我也不想你工作上课回来以后很累了，还要对着我这堆破事，我一点负能量都不敢露，我怕让你烦，但我其实烦得要死了。"

"你可以烦，可以哭，可以什么都跟我说，我怕的不是你有负能量，我怕的恰恰是你不告诉我。"纪鸣橙蹙眉低声劝她。

彭婳之摇头："你知道这个世界上最爱彭婳之的应该是谁吗？应该是我自己。但我每天听着我心里那些焦虑和烦躁，连我自己都受不了，你知道这段时间，本来的我是什么样子吗？反复无常焦躁不安喜怒都没

办法控制,我自己都受不了我,我怎么忍心让别人烦呢,我也不敢让别人烦。"

"而且我听到了,我听到你科室主任给你打电话了,这段时间是你第二次在家里听他的电话了,你说会好好工作,你们还提到了上次培训的事,培训也是因为我跑回来的,是不是?

"你敢说,我没有影响你吗?"

"你有影响我,"纪鸣橙的眼泪落下来,"我也每天都在害怕,在焦虑,怕你又要放弃。"

"你怎么就不明白呢?没我你能过得好多了,我现在看你跟看'大冤种'似的,每天看你都难受。"彭婼之捂着脸。

"婼之,这只是神经性耳鸣,它还没有造成太严重的后果,我是医生,在医院我见过生死,我很明白。

"你的病历我看了,它不影响你生活,不影响你从事一般职业,甚至不影响你配音,你的热爱是声音工作,不是导演。我之前一直不敢跟你提这个事,是怕你听了难过,但你真的想清楚了,声音工作对你来说,意味着什么吗?

"如果你当它是一份职业,一份用来糊口的工作,那么不做配音导演,做配音演员,一样可以赚钱,你目前没有非放弃这份职业不可的理由。如果当它是理想,你知道什么是理想吗?

"是不求回报,不计算得失,只因为热爱而去做,不用管做得好还是不好。

"如果实在受影响严重,我们请一个专门听音的助理,哪怕少赚一点,你开心就可以。即便真的没有舞台给你,我也永远都是你的听众、你的演员。"

彭婼之心头一紧,泪眼莹然地望着她。

纪鸣橙又蹲下来,说:"还有一些话,很残忍,但也很现实。听力,或者说健康,不是会陪伴我们直到永远的东西。我们总有一天听力会减退的,不是今天,也会是几十年之后。我们也总有一天没有办法在任何岗位上发挥价值,但是支撑一个人的不是强有力的臂膀,也不是所谓的成功与光环,是自己。"

闪闪发光的，其实不是专业，也不是热爱，是独一无二的永远忠于自己的灵魂。无论身处什么行业，也无论身处什么境地。

"你又说得很有道理，怎么办啊，"彭婉之伸手抹眼泪，"你是神仙吗？"

"是啊，神仙朋友你也不要吗？"纪鸣橙望着她。

"可是我还是没办法对着你，我跟你说实话，我有一点自卑了，每天看你越来越好，我又高兴，又难受，啧，烦死了。"彭婉之抽抽鼻翼。

纪鸣橙没再逼她，沉默地想了想，温声道："那么，我们各退一步。"

"什么意思？"

"我们不绝交，但是暂时分开住。你答应我，自己去看心理医生，自己好好调理，如果需要我，就给我打电话，我过去找你，我们一起吃饭，一起看电影。"

几天见一次的聚会，彭婉之一定会精心打扮再赴约，她就不会像每天待在家里面对光鲜亮丽地出门工作的纪鸣橙那样，那么有落差感。

彭婉之又恍惚了，纪鸣橙的方案永远那么面面俱到，她忍不住了，咬咬下唇问出口："你到底看重我什么？"

"这个问题不着急，以后再回答你。不过你现在先给我吃一颗定心丸，否则我不会让你搬走。"

"什么定心丸？"

"答应我，不绝交。"

彭婉之跟她对视，仔仔细细地看她眼里藏得过于好的软弱。然后她点头："好。"

"谢谢你的生日礼物。"纪鸣橙淡淡一笑，用气声说。

生日聚餐取消了，彭婉之和纪鸣橙俩人在家，一起做了顿饭，然后她帮彭婉之简单收拾了行李，送她回出租房，约好大扫除，然后劳累过度的纪鸣橙顺理成章地在彭婉之家里住上一晚，第二天，她没有过多停留，就起床上班了。

距离拉开后，彭婉之觉得舒服一些了。

彭婉之先看了一下自己的存款，还有几十万，然后预约了心理咨询，去朋友介绍的中药店进行调理，最后报了一个瑜伽班。

一开始，她对新生活还是充满希望，时不时给纪鸣橙发一些微信，不见面的聊天让彭妁之又嚣张了很多，甚至还会像从前那样调侃她两句。

治疗之余，彭妁之也在思索，假如配音工作以后真的难以糊口，她还是想要再搞一个副业，多赚点钱，也有个退路。

在网上搜了一圈，想过开奶茶店、咖啡馆、花店，都觉得很艰难。但天无绝人之路，十一月，入冬之后，她的发小姜饼跟她说，自己开了一个潮牌主理店，线上售卖，问彭妁之有没有兴趣去当模特。

彭妁之当然有兴趣，不过不是做模特，是做模特兼店主。

俩人都是火象星座，一个白羊座，一个狮子座，一拍即合。姜饼跟她说，自己的店已经上线了，不缺启动资金，所以不用她掏钱，只要她多拍点照片，在自己的微博发一发，带带货就行，她给她算技术入股。

姜饼的意思很明显，彭妁之大小算个"网红"，把她的粉丝引流进来，前期的客流量就有了。

但彭妁之翻了翻自己的微博，不太愿意。

"你能在直播间吆喝吗？"姜饼问她。

……好像也不太行。

"那你能干啥啊姐姐？"姜饼笑她，"真以为我这缺模特啊，你粉丝那么多，好使，才找你，你微博也不发，直播也不干，那我找你干吗呀？"

"要不你来当客服，我这还缺客服。"姜饼是开玩笑，她们从小就这样互损，但当年跟她互损的是嚣张跋扈的彭妁之，现在听在耳朵里的是没了救命稻草的彭妁之。

她猛然惊觉，从八月到十一月，从夏天到冬天，三四个月过去了，自己还是没有重整旗鼓。

连姜饼都说，你还能干吗啊？要不来当客服。

临近年关，她的朋友们都忙起来了，又是为贺岁档赶工，彭妁之越来越闲，这个圈子说温情也温情，说残酷也残酷，温情在于它会给势头好的人适时送上一把风，任她上青云；残酷在于，但凡你落下来，没有一朵云托着，它甚至不允许你缓缓下坠，而是"啪"一声，脸朝地。

她之前跟于舟说过，红的越来越红，糊的越来越糊，跟娱乐圈特别像。

整个世界，没有一寸地方需要她的感觉又来了。至于纪鸣橙，说实在的,她跟个小神仙似的,永远风轻云淡,强大到逆天,她想不出纪鸣橙有什么需要她帮忙的,哪怕她一直说,自己真的很重要。

彭婠之开始辗转反侧,她意识到,自己仿佛跟鬼打墙一样和纪鸣橙不远不近地交流着,没有向上爬,没有变更好,甚至不太能跟纪鸣橙更近一步了。

04

十二月初,彭婠之正考虑要不要和纪鸣橙重新谈一谈时,收到一条私信。

是一个没有头像的小号,发来一句平平无奇的话,她说:"彭婠之,你和纪鸣橙要很快乐。"

她的心"叮"地一下,仿佛被面包机弹起来了,是她吗?

……

"我们直播后,会不会有人私信我说,你们一定要很快乐。"

"会。"

"你怎么知道?"

"如果没有,我去私信,我有小号。"

……

彭婠之点进去,空无一物的相册,全是文字。

她一条一条看,从她搬走之后就在写。

"她约我看电影了,我其实很不爱看这类动画片,但她看得很开心,我问她我可不可以吃她的爆米花,她说这个是限量版香蕉味的,198一颗,我说我今天没有带钱,记在账上。我吃了12颗,合计2376元。她忘了问我要,但我希望她可以给我抹个零。"

"早上浇花,突然想起来她在家里给花草都起了名字,我忘记哪一株叫醒醒,哪一株叫困困了,晚上通电话,我会请她叫醒醒一声,看看哪一株会答应。"

"我妈问我,她这次怎么没有来,我说她最近比较忙,我妈让我转告她,下次来其实可以笑大声一点,我们家没有那么古板的。我帮她问,那么吃饭时可以讲笑话吗?我妈妈很为难,说最好不要。"

也偶尔有点小脾气的。

"这个项目很难搞定,我不想再做研究了。"

彭婉之本能地刷新,又一条新的。

"微博不只能用来营业,写日记也挺方便的。人类观察日记,我观察我自己。"

好像意有所指,彭婉之觉得好玩,暗暗笑了,火速退出登录,用另一个手机号注册了一个小号,叫"我不知女人心",关注她费劲记下来的"用户2234678"这个ID。

随后发布小号的第一条微博:"哈喽,美女。"

三分钟后,"用户2234678"关注了她。

江城的这个冬天没有那么难熬,因为彭婉之大部分时间都居家了,被暖气包裹,有种不知今夕何夕的醉生梦死。用醉生梦死来形容暖气,听起来很滑稽,但有时候彭婉之觉得,暖气真的很像酒,是给人错觉的东西,直到你脱离,直到你出门,直到你站在寒风里,才能有片刻清醒。

彭婉之就这样清醒又不清醒地和纪鸣橙一起写着日记。人类观察日记,她们观察自己,也放缓步调开始观察她们的友谊。

原来自己在纪鸣橙眼里这么可爱,等位的时候有时会无意识地碎碎念,纪鸣橙问她念什么,她说她突然觉得黄老邪和唐老鸭名字有一点般配。

12月13日。用户2234678:"今天晚上她突然说,很喜欢上官婉儿,我有点惊讶,她平常从不跟我讨论这些。"

我不知女人心:"惊讶啥?上官婉儿这个皮肤真的很好看,打给我168元给我买一个。"

用户2234678:"失策了,应该吸取1987年版《红楼梦》的教训的。"

我不知女人心:"1987年版的《红楼梦》是永远的神。"

12月14日。我不知女人心:"我真的很想报警让人把可乐抓起来,我跟她说心理医生不管用,她告诉我她认识一个很厉害的神婆。"

用户2234678:"中西合璧,不失为一种方法。"

我不知女人心:"没救了。"

……

12月29日。用户2234678："她什么时候搬回来？"

"我不知女人心"没有再更新。

彭妁之摸着手机屏幕，有点紧张，她觉得这样挺好的，如果回去合租，她产生自怨自艾的负能量，不那么可爱了，又烦人了，怎么搞？她很怕纪鸣橙再像那天那样哭。

所以她忽略掉这一条，等纪鸣橙的下一条。

12月30日，12月31日，1月1日，1月2日，纪鸣橙都没有发微博。也没有约她跨年，甚至没有跟她说一声，元旦快乐。

彭妁之很不安，给她发去微信，没有回复。

再打电话，无人接听。

她拿起车钥匙就要出门，这时来了一条微信，她一边换鞋一边打开。

是纪鸣橙发来的，很简单，就一句话。

"我想，我可能开始理解，你当时说不要做朋友的心情了。"

彭妁之一个电话打过去，对方还是没接。

太反常了，反常到彭妁之顾不上纪鸣橙说的话。很怕纪鸣橙出事，她想了想，打个车到她家，拇指贴上指纹，丁零一声打开密码锁。

纪鸣橙不在客厅，也不在阳台，整个屋子有一种荒无人烟的寂静感，连阳光的游弋都似个杳无音信的假象。阳台上有晾着的衣服，看干的程度是挂着有几天了，以纪鸣橙的性格，干了之后她就会立马收下来。

桌子上有一盒稀粥外卖，送来之后没有拆，彭妁之走过去拿起单子，是昨天的。

到底怎么了？她越看越心惊。加快脚步走向卧室，门虚虚掩着，里面没开灯，床上有小丘似的隆起，她躺在床上玩手机。

纪鸣橙怎么会不开灯玩手机？而且仿佛还很入神，直到彭妁之出现在门口，她才发现。

她抬起头来，眉心微微一动，手一撑坐起来，手机屏幕倒扣在腹部："你怎么来了？"

"你怎么了？生病了吗？"彭妁之上前，"啪"一声把台灯打开，就着光亮看纪鸣橙。她的脸很苍白，眼下有淡淡乌青，对她这样的养生专家

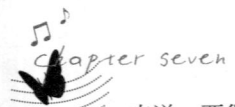

来说，要很难得才出现黑眼圈，不知道是不是心理作用，看上去瘦了一小圈儿，小仙女下凡了，成了惹人怜爱的普通姑娘。

"嗯，有一点感冒，头疼。"纪鸣橙带着鼻音说。

"那怎么不去医院？"彭婠之坐下来，自然而然地把手贴到纪鸣橙的额头上，还好，没有发烧。

又看了一眼她的床头柜，竟然是矿泉水。不知道为什么，就见不得纪鸣橙喝矿泉水，于是站起来去厨房，涮了涮她的保温杯，给她倒了一杯温水，再端进来。

"喝了。"

纪鸣橙接过来，低头慢吞吞地喝着。

"吃饭了吗？"彭婠之又问她。

纪鸣橙一顿，摇头。

"你等着，我给你下个面，吃酸辣的吗，开胃。"彭婠之又想挽袖子。

纪鸣橙却拉住她："我不想吃。"把保温杯放一边，她平静地看着彭婠之。这个眼神彭婠之很熟悉，纪鸣橙有事想跟她谈，而且是大事。

其实纪鸣橙很倔，要是她认定的事，连彭婠之都改变不了。于是彭婠之暂时收起心里七上八下的桶，坐到床边，顺手给她把被子一拎，问："你给我发的微信，是……"

考虑好了是吗？她也觉得，她俩太不一样了，不太合适做朋友了。

"我离职了。"纪鸣橙打断她，说。

天旋地转，彭婠之心里无异于在地震，原来收到过于震惊的消息，大脑真的会宕机，跟拖了个旧机器似的，咔嚓咔嚓，每一寸骨头连接的地方都让人难受。

"你被骚扰了，是吗？"彭婠之感到自己血直冲脑门，但四肢却凉了下来，控制不住地发抖。

纪鸣橙这次没有否认，她坐得更直了一点，说："是。"

彭婠之要哭了，她哽咽着骂了一句。

纪鸣橙柔顺的黑发垂在耳边，想了想，说："应该不是你的粉丝，好像是我一个比较偏执的'黑粉'，认为我不应该在体制内搞配音之类的副业，写了举报信到医院，还每天打电话。"

"其实医院不太管我们的私人生活，但他严重影响了我们的办公效率，堵塞病患咨询通道。

"后来我学校的邮箱也收到了。"

"不是，"彭婠之急了，"你跟他们说啊，跟他们说不是真的，那黑粉夸大其词，让他们把他拉黑，屏蔽，你解释啊。"

纪鸣橙白着脸反问她："不是真的吗？"

彭婠之欲言又止，转过头去看着衣柜，骂一句："疯子！"

想了想，她又问纪鸣橙："就因为这个，他们就把你开了？你是栋梁之材啊，高材生啊，你还组织科研项目，怎么能说开就开了呢？你们单位没事吧？"

她气得话都说不清楚了，恨不得撸袖子找他们去。

"不是，医院劝我休息一段时间，是我自动离职的。"

"没办法待下去了。"纪鸣橙低头，小声说。

彭婠之"啧"一声，仰头望天，又叹一口气，眉毛要拧成麻花了："别人是疯的，你也疯了，怎么都要挺着啊，那些人能闹到什么时候，让你歇着你就歇着呗，等风头过了再回去，三甲医院啊，编制啊，你妈得骂死你！"

要不是纪鸣橙还病着，她真的想把她拎起来送回去。

但其实她也理解，像纪鸣橙这种姑娘，从小到大都是第一名，骄傲程度也是第一名，让她在医院受人指指点点，可能比逼她离职更难受。

纪鸣橙不在意网上的纷争，这应该说明，她更注重现实，更难以承受现实中的舆论压力。

彭婠之咬着嘴唇想了会儿，问她："还有办法回去吗？"

纪鸣橙目不转睛地看着她，她问得很小心，大气不敢出的样子，只想问纪鸣橙还有没有回医院的可能。从没听过这样的语气，微弱地、有力地寻求一个希望。

纪鸣橙摇头。

"摇头什么意思？不行？"彭婠之又深深吸一口气，"那咱们去别的医院，你这么好的人才，很快就被人抢了。"

纪鸣橙思索着说："我们圈子也很小的。"意思是，出了这样的事情，她很难再有编制了。

Chapter seven

"我跟你提绝交，原因和微信里说的一样。我那天太想当然了。"纪鸣橙淡淡一笑。

原来没有事业，真的会底气不足，真的会四顾茫然，真的会自我否定，真的会怀疑自己究竟配不配做对方的朋友。

"其实这段时间我在想，我们不一定要做朋友的，你自己生活也很开心。"她的嗓子更哑了，后半截有点说不出口。

"没有啊，我自己生活哪儿开心了。"彭婠之难过死了，垂头看着自己的拖鞋，差点又守着纪鸣橙哭。想抬头让她再想想办法，看见纪鸣橙抿了抿嘴角。

"你怎么了？难受？"

"嗯，头疼。"纪鸣橙眨眨眼。

"你别急，你先别急，"彭婠之用手搓了两下自己不太清醒的脸，又把头发捋到后面去，"咱们先一样一样来，先解决这个生病的事儿，我现在也没心思做饭了，给你定个外卖吧，你睡会儿，我去外面。"

"我……"纪鸣橙欲言又止。

"绝交的事先别说，我把你害成这样，我要是丢下你跑了，我还是人吗？"

哦，你也知道啊。纪鸣橙视线悠悠一垂，望着被子没作声。

"行了，睡吧。"彭婠之揉揉鼻子，给她把枕头放平，台灯调暗，放轻手脚走出去。

客厅还是很干净，彭婠之想找事情做，也无从下手，只把餐桌上那碗粥放到垃圾袋里收拾了，搁到门外边，然后拿起小刷子刷刷沙发上的浮尘。

怎么办呢？怎么办呢？怎么办呢？怎么办呢？大脑飞速运转，甚至在考虑要不要去跟纪鸣橙的爸妈见面吃个饭，他们看起来都挺有人脉挺受人尊敬的，肯定比她办法多吧？

茶几上纪鸣橙的电脑还开着，彭婠之想给她合拢拿到书房去，一碰却出现了密码界面。

她不由自主就输入，想知道纪鸣橙这段时间都在干吗。这么消沉，是在看剧吗？

几个弹响，密码正确，映入眼帘的是一个微信聊天界面，对方应该是纪鸣橙之前在口腔专科医院的同事，因为备注是"李琳－江大口腔"。

最上方是几句寒暄，再往上没有了，就是逢年过节的问候。最近的消息中，纪鸣橙问她："你的牙科诊所，开得怎么样？"

牙科诊所？彭婉之一团糨糊的脑子好像浮出了一个主心骨，被缓慢而有力地打捞上来。

"橙子，橙子。"她横冲直撞的情绪瞬间有了出口，甚至不只是今天，而是长久以来的郁结，好像都有了新出口。

她"哒哒哒"跑到卧室，知道纪鸣橙肯定睡不着，一屁股坐到床边，微微喘着气问她："你是不是想开牙科诊所啊？"

她就知道，小神仙纪鸣橙一定有办法，按她的性格，上一秒提离职，下一秒肯定就想好出路了。她刚刚就觉得不太对，纪鸣橙怎么可能因为离职就一蹶不振呢？她肯定有后手。

是不是她想艰苦创业，自己也没底？

纪鸣橙看着她："没有办法进编制，那么只有进私人诊所，不过如果要进私人诊所，我宁愿自己开。"

"因为我也不要'退而求其次'，如果想要自由，就想自由到底。"如果能实现自由，那就不是被辞退，而是挣脱。

彭婉之心底的小火苗被一簇一簇点起来，她咽了咽口水，跟纪鸣橙说："那就开，我觉得你肯定可以。"

但纪鸣橙却闭上双唇，眼神下落，半晌才说："现在不行。"

"为什么？"

"我没有钱。"

"啊？"她怎么会没有钱呢，拆迁大户，她最不缺的，应该就是钱吧？

纪鸣橙想了想，跟她解释："我不想我妈知道，我是被迫离职的，我想告诉她，我是做好了准备，想要自己开诊所，主动离职，所以我不能用家里的钱。"她咳嗽起来，咳得眼角都微微发红。

彭婉之给她拍背："你慢点说，要多少钱？"

"不知道，"纪鸣橙摇头，"我要算一算。"

彭婉之抿唇："嗯，那你先歇着，我想想，我想想。"

卧室门关上，纪鸣橙盖着被子睁开眼，把床头柜上的手机拿出来。

chapter seven

微博的个人主页界面，用户2234678在12月29日发了一条"仅自己可见"的日记。

"再骗你一次。"

05

外卖很快送到，彭娴之给她打开，纪鸣橙走出来，却没动。

"怎么了？"彭娴之看她一眼。

"昨天也是这样，一看到塑料盒子，就反胃。"纪鸣橙抿抿嘴唇。

彭娴之无奈，去厨房给她洗了几个碗碟，精心装盘，再依次摆到餐桌上。纪小橙子很满意，埋头吃喝的样子像在对美味进行学术研究。

彭娴之看着她，又心疼了，这小手腕，细得跟没吃过几两饭似的，又一阵发酸，问她："这事你爸妈知道吗？"

"不知道。"

"那……可是……也瞒不了多久哈？"彭娴之用下牙齿咬上嘴皮，觉得真的很棘手。

"如果瞒不了，我再跟她谈吧，"纪鸣橙叹气，忽然问，"你什么时候回去？"

"啊？"

"我没事了，饭也吃了，等下我力气恢复一点，再洗碗吧。"睡得久了，她的筋骨有点疼。

"我……那个……"她这样，彭娴之也不放心啊。

她直到现在都没回过神来，纪鸣橙没工作了，工作丢了，三甲医院的编制，丢了，还是因为自己。无异于天都塌了一小半。她想说点什么，却见纪鸣橙垂下脖颈，眼睛藏在镜片后，说："我不想让你看到我这个样子。"

"……什么样子啊，"彭娴之眉头紧锁，眼睛红了，"你什么样子我没见过啊？"

但这样子真的没见过，纪鸣橙原来也有颓废的一天，也有疲惫不堪的一天，也有难以承受不能重负的一天。彭娴之心里五味杂陈，怎么就忘了呢，面前的"小神仙"也不过是个女孩子，她会在酒吧好奇地盯着舞池，跟彭娴之说"你教我"，她会在自己的摩托车停下后，摘下头盔低头笑。

从没见过这么通透的人,一次次教导她,跟她讲道理,让她快速地安定下来,好像她自己从来就没有脾气。她一定隐忍了很久吧,想想也是,两个人风波怎么可能不影响她呢?彭婠之的一次次退缩,又怎么可能不影响她呢?

最影响她的莫过于,她发现彭婠之搬离她之后,好像真的过得轻松很多,好像各过各的,对她们来说,也是可以习惯的。

她对彭婠之的生活提供了很好的解法,但似乎是在牺牲自己的感受。所以才被击垮了吧,工作丢了,朋友走了,她从风光无限的人生赢家变得一无所有,变得从未有过的匮乏。

人真的有劣根性,当你失去时,会想失去得更多一点,一次性痛彻心扉,熬过来就好了。彭婠之特别懂。

但她不可能让纪鸣橙这样。自己可以破罐子破摔,纪鸣橙不可以,纪鸣橙更不可以跟着她学,让生活变得更糟。彭婠之把胳膊搭在餐桌上:"你算算吧,开个诊所到底要多少钱?"

"你别怕,真的,有我呢。"她很艰难地说出这句话,其实她也没底,但她很想让纪鸣橙此刻有个支撑。

纪鸣橙抬眼看她,苍白的脸上连嘴唇都在褪色,她的眼波一动,轻声问:"你?"

"你先说,要多少钱。"

"我问了我之前的同事,她自己出去开诊所了,不过是和人合资,他们前期一共投了八百万。"

八百万……彭婠之的心瞬间就凉了。八百万……难怪纪鸣橙颓废了,她又不能动用家里的钱,也不能卖房子,想想也不可能掏得出八百万的流动资金。

果然,纪鸣橙说完,淡淡地笑了笑,又把视线放到饭菜上,一会儿才说:"不过我自己开的话,规模不会那么大,我大致盘算了一下,器械之类的要两百万,再加上店面装修。有执业证可以开四台牙椅,理论上一台牙椅一个医生。开门诊的话,至少要有一本主治证书加三个医生,所以四个医生差不多。嗯……前期大概需要五百万。"

"那……那……你……你有多……"彭婠之深深吸一口气,问她。

"三百万。"

彭婳之瞠目结舌。不靠家里，她自己能存下三百万？。

"也就是说，还差两百万，对吧？"彭婳之挠了挠头，这听起来比八百万要近很多了。

"嗯，再想想吧，这事急不来，等年过完，可能会找到合伙人。"纪鸣橙温顺地推推眼镜。

她认真地看着彭婳之，她脸上的表情活络起来了，可能是因为目前有让她打算、操心的大事了。或许，"合伙人"三个字，能成为小小的提醒，面前的"红眼小兔子"，有没有兴趣投资一点副业，进这个萝卜坑？

但彭婳之没有回应她，只喝了一口水，又想起一点要紧的："你刚说的那些医生呢，你能招到吗？"

"我打算找我之前的同事，护士也可以带走两个。"

"你……"她看来是真的想过，很认真地想过。

纪鸣橙说完，眼神又黯下去，站起身收拾碗筷。

彭婳之自己坐了会儿，掏出手机，打开手机银行，四张卡加起来，也只有四十几万。她抬头望着灯，用舌尖扫了扫后槽牙，听着厨房里哗啦啦的水声，开始思索。

能找苏唱投吗？不行，万一赔了。呃……不是不相信纪鸣橙的意思，但是生意都是这样，有风险，还不低。

彭婳之也不打算让纪鸣橙找医生朋友合伙，既然纪鸣橙说，她们圈子很小，那么纪鸣橙因为私人原因丢了编制这件事估计会传开，所以临时找合伙人就根本不现实。即便能说动几个，现在为了帮纪鸣橙重整旗鼓而下海，大小算是人情了，万一以后失败，挺伤情分的。

想到这里，彭婳之掏出手机，一边拨电话一边往门外走，把门轻轻带上，楼道里还有阵阵凉风。

等待接通，然后迫不及待地就开始问："大启，我的黑子现在有没有人收啊？你帮我估一下，能出多少钱？"

"当时落地三十几万呢，你跟我讲笑话呢？"

"啧，你再帮我算算大白多少钱。"

"我要全出了呢，那几辆你都见过的，给个打包价。"

"是呗，我欠债了，卖了。"

"少废话，赶紧算。"

再回到屋里，纪鸣橙还在洗碗，彭婠之神色轻松地走进去："想什么呢，只放水，也不擦碗。"

纪鸣橙说："还以为你又走了。"

"我刚出去算我的小金库呢，我打算搬回来，行不行？"彭婠之越过她，伸手接过碟子和洗碗布。

"为什么要搬回来？"纪鸣橙缓声问。

"你又吃不惯塑料盒子，那有什么招啊，再说，我刚不是说我算我的钱吗，我正好这会儿也没啥活，我来投资你的诊所吧，但我那边房子就不租了，省点是点，你觉得呢？"彭婠之把洗好的碟子塞她手里，纪鸣橙举起胳膊，放到橱柜中。

等她放好，转过身来，稍稍拉开跟彭婠之的距离："你觉得，现在是合租的好时机吗？"

她的瞳孔很黑，稀世珍宝似的，发着暗色的光晕："我现在状态不太好，也没有办法好好照顾你了。"声音还是跟她当年在别人的耳朵里横空出世一样，带着不被爱的柔弱感。

"我不用你照顾，"彭婠之赶紧说，"我好得差不多了，你没发现我情绪好很多了吗？你已经治好我了，我本来就想要搬回来的。"

纪鸣橙睫毛轻轻一扇："是吗？"

"嗯。"彭婠之点头。

"不是因为同情我吗？"纪鸣橙垂下眼帘，很不习惯示弱地别过脸去。

"哎我说你这人，怎么离个职思想也被腐蚀了啊？我现在还是你朋友呢，我关心你天经地义啊，你忘了你之前怎么跟我说的？说别人一套一套的哈，到你身上就蔫儿了，你小子，就纸上博士吧，没遭过社会的毒打是不是？"

"你没遭过，我遭过啊，我调节好了，你看我，多精神，我得给你当明灯啊。"她叹一口气，推着纪鸣橙的肩膀把她放一边，自己埋头洗碗，嘟囔，"咱俩可真算苦命姐妹，俩人工作都丢了，但我这有前车之鉴，你千万不能跟我似的作践身体，要不可真找补不回来了。"

"你平时要是一两晚不睡觉,可不会有黑眼圈的,几天没睡了?"

纪鸣橙挨着冰箱,说:"好多天了。"她的眼神怅惘而温柔,唇线轻轻合上,又酸涩地抿了抿。

彭婠之身形一顿,鼻腔又难受了。而现在容不得她细想了,她得扛事儿了。

"那也不给我打电话发微信,就等我找你,我又以为你特忙,也不敢找你,谁知道你在单位一直被人骚扰啊,要我早知道……嗨。"她叹口气。

"你就是什么都不肯说,非得憋着憋着,宁愿在网上发微博也不找我,这下顶不住了吧。"

还得是我。

大白羊是有英雄主义情结,但这不意味着她们永远是被拯救的那一方。很多时候,她们自己会变成英雄。

"你啊,这会儿就开开心心的,好多年一直上学,工作,没怎么玩儿过吧,你就踏实休息,过段时间咱俩去看看店,你说租在淮南路好呢,还是齐北路好?"

她举着湿漉漉的手转过来,眉宇间斗志昂扬。

纪鸣橙抱着胳膊看着她,她曾经问,自己向往她什么地方,第一点就是,只要彭婠之心里有个火苗,她就能让它蓬勃生长,瞬间烧透半边天。她的行动力和干劲都是一绝,从知道纪鸣橙失业还不到半天,她已经在想诊所该开到哪里了。

"你有两百万?"纪鸣橙问她。

"有,"彭婠之面露得色,歪着头,"你就把心放肚子里,过两天我就给你。"

"我听说牙科诊所可赚钱了,到时候我就是股东,还可以当个前台什么的,我这身材,这长相,很抬气质吧?"她往洗手池边一靠。

纪鸣橙鼻息一动,笑了。

彭婠之盯着她,也勾勾嘴角:"哟,笑了。"

是你终于笑了,你是终于笑得眼神亮晶晶了。

彭婠之被她看得有点不自在,扭头抽一张餐巾纸擦手。

纪鸣橙等她擦完,让她来到卧室,没开灯,坐到床边,想要跟她谈一谈。

"怎么了？"彭婉之偏头看她，她的神色好像有点凝重。

纪鸣橙想了想，把眼镜摘下来放好，随后抬头问彭婉之："你觉得，我好吗？"

"你这是什么话？"

彭婉之急了，站起身，走到纪鸣橙面前蹲下，像之前纪鸣橙安抚她那样："你别跟我学，好的不学你学坏的，别因为离职了就自我怀疑，虽然我知道多多少少会有这种情绪，但你跟我状况不一样。"

"我当时不自信，还有个原因，我告诉过你的，就是你太好了，真的，我都不想数你的优点，这么说吧，你是一个找不到缺点的人。"

"不是，"纪鸣橙摇头，"我不是自我怀疑。只是如果你真的要入股，那代表着我们之间的联系不再像之前那样了。"

"我们会在金钱和事业上都有很大的重叠和纠缠，一旦你再想不做朋友，会很难。

"所以，你想清楚了吗？不是因为要帮我，也不是因为心疼我，是你做好准备了吗？

"如果没有，我会找别人合伙，我不会要你的钱。"

她的心轻轻拉扯起来，前所未有的紧张。所以她没有开灯，要把细微的表情掩藏在黑暗里。

彭婉之难以形容此刻的感受，她抬头望着纪鸣橙，一如既往的轻声细语，两个人穿得也很日常，这是一个再普通不过的夜晚，但她却开始紧张起来。她想了足足五分钟，然后才斟酌着开口："说实话，这个消息有点突然，我没想那么多。"

"但怎么说呢，假如我们不做朋友了，也不是因为你不好，只能是因为你太好，我要不起，你明白我的意思吗，就跟我只有一个'3'，你出了个'大王'一样，我要不起。

"我现在想给你钱，其实不是想合伙，而是我觉得，我这一两百万，都给你，不要股份，也没什么关系。我就这样想的。"

纪鸣橙的眼神降落下来，缓缓摇头，望着她说："你听我说。

"我其实不好，我不会做饭，还很敏感，我的朋友，我一秒钟都不希望她不理我。

"我口是心非,或许是你经常说的傲,我不太会直接地表露我的在意。

"我性格不好,虽然我情绪稳定,但我并不温柔善良,我的心不软,只在乎我在意的人和事。"

她一件一件地剖白自己。

彭婠之是只有一个"3",但纪鸣橙细数自己每一个缺点,又给了她三个"3",组成一个"炸弹",炸掉了彭婠之曾经要不起的,那个"大王"。

CHAPTER EIGHT

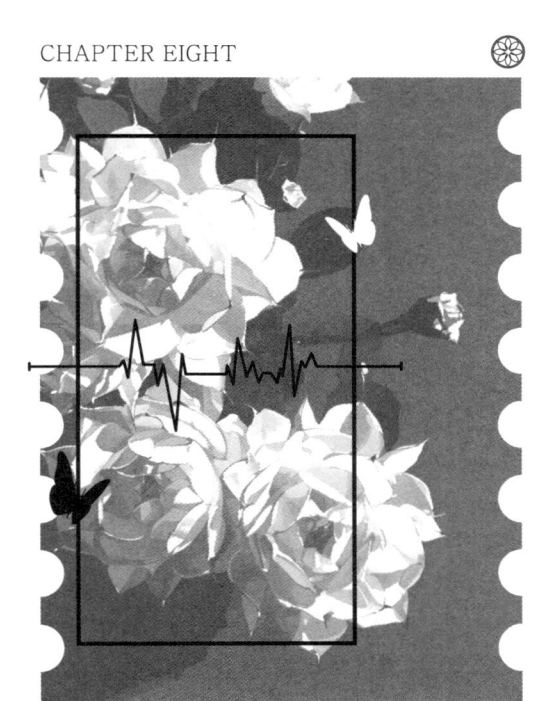

勇敢一点吧

Yonggan yidian ba

勇敢一点吧
Yonggan yidian ba

01

决定搬回来之后，彭婳之用了三天时间把出租房里的东西收拾了，搬到纪鸣橙家，退租时她坐在沙发上，想了想，给徐女士发了个微信："这边的房子我退租了，你要有事给我打电话，别直接过来了。"斟酌了很久的措辞，不远不近的。

徐女士过了半小时才回复，第一句话是："刚才按腰去了，没看到。"

彭婳之不知道怎么形容看到这句话的感受，好像徐女士在担心她等了半小时，好像徐女士怕她误会，所以先解释一句。

第二句才是："那你住哪儿？"

"纪鸣橙家。"彭婳之回。

徐女士没有回复她，过了十来分钟，才说："有空多来看看姥姥，她耳朵不太好了。"

"嗯。"

一次算是心平气和的沟通，彭婳之却莫名有点想哭，她习惯性地抻着眼皮把眼泪眨回去，见纪鸣橙从里面推着箱子出来，俩人一起搬东西下车库。

彭婳之的东西真的很多，两个人收拾到天黑才差不多规整完，然后一起做饭。彭婳之一面在炒菜的油烟里皱眉头，一面拉开调料柜，跟纪鸣橙说哪些调料又用完了，让她记下一会儿逛超市买。

纪鸣橙像个小学生似的规规矩矩地用备忘录记着，彭婠之忍不住说："真乖。"

彭婠之在尽力让纪鸣橙开心，纪鸣橙感觉到了，但好在彭婠之也渐渐从里到外焕发出新的生命力，因为她觉得自己很笨，如果靠装，是很容易被纪鸣橙发现的，因此她得鼓励自己先振作起来。

她开始带纪鸣橙去逛街，给俩人买衣服，说正好趁现在不用穿工作服，好好嘚瑟一把。

带纪鸣橙去台球厅，教她怎么俯下身子架好手势，怎么眯眼找准角度，然后迅速出击，一杆入洞。

她又带纪鸣橙去唱歌，她说现在歌厅都没落了，现在小孩儿都可不爱去了，以后搞不好就是时代的眼泪，她们这代"老阿姨"还是赶在倒闭前去享受享受。

彭婠之偶然头脑大条很好骗，但她心细起来也让人跌破眼镜，出去游玩连导航规划路线时也要避开有江医三院的那一条，怕纪鸣橙触景生情。

特意挑选了一个人少的周一，彭婠之带纪鸣橙去了趟游乐园。

她发现纪鸣橙真的很有意思，是她见过第一个坐过山车都不张嘴的人，彭婠之在凌乱的头发中哇哇乱叫，哇啦哇啦一顿吼，连脏话都飙出来了，然后哈哈大笑，笑声中她听见一旁的纪鸣橙握住扶手，闷哼了一声。

"你不会喜欢这种刺激吧？"彭婠之下来后，腿软地挽住纪鸣橙，她拐着脖子，难以接受地望着纪鸣橙。

纪鸣橙动动木然的脸，蹙眉："这是冬天。"

"然后呢？"

"你真的不觉得，风刮在脸上特别疼吗？"

"嘶……"是哈。

彭婠之后知后觉，脸都要皴了。

于是俩人决定放弃刺激项目，去坐旋转木马。但很显然，大部分人都是这么想的，旋转木马要排大约一个小时。

天渐渐黑下来，背后闪烁的灯光簇拥着五颜六色的小马，随着音乐起起落落，像一个巨大的八音盒，把童年的幻想和憧憬全部装载，绕一圈又一圈，在成年人的世界里循环。彭婠之觉得漂亮极了，于是靠近纪鸣橙，掏出手机，俩人头碰头，用旋转木马做背景拍了一张合影。

"哇。"她在晚上有点夜盲，所以凑近了屏幕放大看，"这个光线好梦幻好漂亮，我觉得都不用修了。"

纪鸣橙也看了看："嗯，很好看，你传我一下。"

"你要干啥？"

"我的微博很久没有更新了，想发一张照片。"

"嘶……哪个？"彭姁之问她，"小号？大号？"

"纪鸣橙。"纪鸣橙说了她的大号。

彭姁之倒吸一口凉气："这不好吧……"

纪鸣橙眨眨眼，慢条斯理地问她："你怕什么？"

顿了顿，又补充："我们都已经这样了。"已经都没有工作，出来当社会闲散人员了。

是啊……还有什么好怕的啊，还能上哪骚扰去啊，纪鸣橙也离职了，彭姁之还瞻前顾后什么啊。你小子，总是这么一针见血。彭姁之用赞赏的眼光看她，然后咬咬嘴唇："我发。"

"姐才不怕呢。"她笑着放了个狠话，点开微博，心一横，发了出去。

纪鸣橙看着她，淡淡一笑。

彭姁之发出去，又有点忐忑，捂脸刷着评论，一看，粉丝们都很激动，嗷嗷嗷地说着思念，她一遍遍地刷着，突然感觉好像放下了挺多的，又仿佛豁然开朗。

她叹一口气，自己在评论里回复了一个"谢谢"。

勇敢一点吧，既然很多在乎的东西已经没有了，那么之后的旅程，"得到"的概率远比"失去"要大。

从游乐园回来后，彭姁之埋头忙活了三天，有时甚至饭也不回来吃，纪鸣橙自己在家点了几次外卖，好几次觉得食难下咽。

她的担忧确实是很有道理的，"由俭入奢易，由奢入俭难"。

好在彭姁之很快就忙完了，去菜市场买了一只土鸡给纪鸣橙煲汤，又做了她很爱吃的丝瓜，虽然不是当季的，但纪鸣橙也很满足。彭姁之发现自己越来越爱"投喂"纪鸣橙了，可能水灵灵的果子就是这样，要长得饱满才好看。虽然纪鸣橙天生纤瘦,饱满不起来,但气色是好多了。

彭婠之给她盛完汤,等她喝两口,然后起身从自己包里掏出一张卡,放到纪鸣橙手边:"我的钱,都存里边了。"

密码纪鸣橙知道的。

"不过,"她绕回对面坐下,有点不好意思,"没有两百万那么多,凑来凑去,只有一百五十万,但我觉得,你可能前期也不一定就得五百万到位,那四百五十万使着,剩下五十万我再想办法。"

纪鸣橙很敏锐地捕捉到关键字:"凑?"还以为是彭婠之的存款,但她说,凑?她名下又没有资产,要怎么凑?

"'凑来凑去',是什么意思?"她微微拧起眉头,直视彭婠之。

"我把我的摩托车都给卖了,但除了'黑子'能卖上价,别的都不咋好,又急,也没卖几个钱,然后我又把我那个车也挂二手网上去了。"

"再加上我本来有的四十六万,我自己留个六万应急,剩下的加一块儿,刚好一百五十万。"

她一边喝汤,一边说。

但听见桌上的碗底轻轻一嗑,纪鸣橙放下鸡汤,仔仔细细地看着她。彭婠之抬头,眨眼:"怎……怎么了?我之前跟你说我有两百万,是吹了一下,因为我把东西估高了,实际没卖到那么多钱,尤其是四轮的,贬值得厉害……"

她还没说完,就被纪鸣橙打断:"那些车你都很喜欢。"

听她的语气,她心疼了,彭婠之摇头:"四轮的我不喜欢,我都不咋开,停着还要每个月租车库,一个月一千多呢,咱俩开一辆车就行,要有急事我就打车,也很方便,现在油价也越来越高了,开车不划算的。"

"我是说摩托车。"纪鸣橙的眉尖堆起来,像两个小小的山丘。她是想过彭婠之会拿出自己的钱,但她没想过,她会决定卖车。

彭婠之瞄她一眼,又低下头,拇指刮着自己无名指的指腹,就那样埋头看了一会儿,然后说:"嗨,那玩意确实不太安全,我妈老担心我,你也担心我,何况我这耳朵,你也知道,万一哪天我骑着车,突然耳鸣严重了,或者突然有一秒听不到东西了,很容易出事的。"

她把卷发撩到脑后去:"不适合骑了。"说了一大堆理由,都没说"不

chapter eight

"喜欢"，她是真的很喜欢。

纪鸣橙头一次失语，不知道该讲什么，过了一会儿，才轻声问她："已经卖了？"

"嗯。"彭婠之点头。

卖之前，也没有再骑一下，是怕自己舍不得，对不对？

"怎么不先跟我说一声？"纪鸣橙的食指抵住桌沿下方，无措地滑动。

"没来得及想那么多，"彭婠之老实说，"我当天就让人报价了，我这不是想着，尽快给你把钱筹上吗？你又不能瞒你家里太久。"

纪鸣橙挽一把耳发，纤长的睫毛在镜片后方一起一落地扇动。

彭婠之问过她，究竟为什么看重自己，她现在也可以回答，第二点就是，她有一往无前的血性和全盘托付的信任，假如她信任一个人，必定毫无保留。她没有怀疑纪鸣橙所说的话，没有想过要去求证，甚至没有再问她一遍，是不是真的要这么多钱。

纪鸣橙说了一个数字，她就开始想办法，没有用一天来挣扎，没有用半天来思考，甚至没有耗费几个小时做决定。她决定在当下，在彼时彼刻。

彭婠之想起自己盯着大启把车拖走那天，想要再说一遍自己改装了哪些地方，可帅可酷了，但终究还是忍着没说，就手揣在兜里跟"黑子""大白"它们打了个招呼，说找个好人家吧。然后转身走在风里，走了会儿，掏出手机银行看看余额，踏实了，站在站台等车。

其实她之前特讨厌公共交通，走走停停的，跟蠕动的毛毛虫似的。但那天她坐在"毛毛虫"里，想看一眼街上有没有风驰电掣的"刻刀"，没有，一个都没有。

在那时彭婠之就知道，她选择了和以前截然不同的人生，她可能要成为观赏"刻刀"的那一类人了。

也许是在买菜回去的途中听到轰鸣声抬起头来，也许是在晚上遛弯的时候听到轰鸣声抬起头来。但那时她的身边一定有纪鸣橙，所以想想，又觉得很美妙。

和纪鸣橙在一起，她不需要"刻刀"了，也不需要"速度与激情"，她希望慢一点，再慢一点，和她静止不动的站台躲一场雨，和她在蠕动的公交车里听地点播报。她不想做世界的反叛者，也不想再惊扰这个世界，她希望与这个世界相安无事,互不打扰。

彭妁之回过神来,纪鸣橙的鸡汤都凉了,厚厚的一层油浮在表面,倒映着纪鸣橙抿住双唇的下半张脸。

彭妁之伸手在她面前挥一挥:"干吗呀?"

纪鸣橙几乎要脱口而出,她其实不用彭妁之卖车,她可以去找父母借钱周转,即便不想动用父母的钱,也可以去银行申请贷款,她名下有几套房产,可以抵押一套贷款套现,只要她的诊所运转起来,不用太久就能还上。房产对她来说是资产的一部分,哪怕变卖来创业也十分合理。总之是不用彭妁之卖掉她心爱的车。

"你别难受,行吗?"彭妁之劝她,"我听说牙科诊所特别特别赚钱,等咱们赚了,你给我分红,我不是想买什么买什么吗?"

"我这是投资呢,要往长远看,你看我换车,也是卖一辆凑钱换一辆,也得卖旧的,我现在不过是先把旧的卖了,以后再买新的,一样的。"

"我喜欢好几个限量款,可贵可贵了,到时我发达了,全给买回来。"她把自己说乐了,托着下巴望着纪鸣橙。

纪鸣橙看着她,彭妁之浓密的睫毛一眨一眨的,看起来既明媚又天真。

"哪一辆?"纪鸣橙问。

"啊?"

"你告诉我型号,哪一辆。"

彭妁之"扑哧"一声笑了:"干吗,怕我糊弄你啊?"她掏出手机,打开书签,里面真的收藏了好几辆机车。

纪鸣橙拿过去,打开备忘录,将型号一一输入进去,然后把手机还给彭妁之,自己的锁屏放到一边。

"哇,"彭妁之笑逐颜开,"我是不是可以理解为,小纪医生打算努力奋斗,以后给我买这些限量款啊?"

"没有。"纪鸣橙起身,收拾碗筷。

"没有你还记得这么仔细,你刚刚一个一个地对型号的字母,一边输一边默读,生怕输错了,我都看到了。"彭妁之打趣她。

纪鸣橙端起剩菜往厨房走:"了解一下。"

"喊,还不承认。"彭妁之美滋滋地跟上。

02

1月初,临近年关,各行各业都忙碌起来,江城却渐渐松散了,大雪将下未下,整个城市有一种陈旧感,等新年过去,再焕发生机。

纪鸣橙渐渐忙碌起来,和几位想要跳槽的旧同事吃饭、联络,彭妧之自然不多打扰,在家养病养生,精神好一点的时候,她鼓起勇气给吴风发了微信。

"哎风哥,最近怎么样,还好哈?我这会儿身体好点了,也有档期,你要是有活忙不过来,想着我哈。"

想了想,又补一句:"配音也行。"

纪鸣橙那边还差五十万,彭妧之用这个做借口,逼了自己一把。总归要找点事情干,之前纪鸣橙说得不错,其实没有非放弃声音工作的理由,配音导演不行,就做配音演员,主役不行,就试试协役(非主要配音演员),以前不也是这么过来的,大不了从头再来。

更何况,事情远远没有坏到这个地步,她还是有很多人支持、很有本钱的,之前只不过是自尊心受挫,迈不开腿下台阶罢了。

她万幸选择了这个行业,能够给她足够的时间重整旗鼓坚持下去,声带是人体中最晚衰老的器官之一,她还可以干很多很多年。

吴风很快给她回了电话过来,聊了一下各自的近况,然后跟她说让她有空去工作室,他手上的项目随便挑,不过也没几个,近来接的都不算太好。

"还得是我,"彭妧之站在纪鸣橙家梅香阵阵的阳台上,开玩笑,"是不是被苏唱晁新她们拿了,你等着啊风哥,我来帮你收复失地,这三足鼎立的局面指日可待。"

"去你的,"吴风看她懂得调侃了,也轻松很多,"你不帮着她们,胳膊肘往外拐,都算我烧高香。"

"不能不能,我忠心耿耿。"彭妧之笑吟吟地收线挂断电话,哼哼小曲去卤肉。

她查过银行卡,这几个月,吴风虽然没说什么,但每个月都会按时给她打几千块钱,虽然不多,但也算想着她,五险一金也照交,她也算没白在三声工作室干那么多年。

卤肉对嗅觉的吸引远比对味觉的要更大,满屋飘香,导致彭妧之想藏起来献宝都藏不住,纪鸣橙一开门就闻到了,径直去厨房,彭婉之切了一小块儿,用手拎着喂给她。

看她的表情,就知道很好吃。哎呀,自己的厨艺也是精进了不少,彭婉之又有一点翘尾巴了。

吃完晚饭纪鸣橙洗碗,彭婉之拿着她手机玩儿,百无聊赖地刷朋友圈,却突然看到以前的相亲男陈立彬在下午发了条朋友圈,在餐厅吃饭,照片上只拍到对面友人的袖口和手指,但彭婉之一眼就认得,是纪鸣橙的。

她"嘶"一声,翻身起来,拿着手机问纪鸣橙:"你中午不是说,和朋友吃饭吗?"

"对。"纪鸣橙把筷子沥干水,放到篓里,洗手准备出来。

"哪个朋友啊?"彭婉之扶着门框,很好奇,陈立彬怎么就能跟纪鸣橙当朋友了。

纪鸣橙擦手,不紧不慢地说:"陈立彬,之前相亲的那一个,你见过的。"

"你干吗要跟他吃饭啊!"彭婉之凸起眉尖。

纪鸣橙转头看她,卷曲的头发簇拥着新月似姣好的脸,平日里风情的凤眼此刻睁大了,嘴唇若有似无地一嘟,下巴上方的凹痕更明显了,盛着气呢,气鼓鼓的。

不知道为什么,彭婉之每次一生气,纪鸣橙就觉得她的头发看起来毛茸茸的,这就叫作"奓毛"吗?

她悠然一笑:"生气了?"

"气死了。"彭婉之气呼呼。

"你的眼神,在恨我。"纪鸣橙讶异地推了推眼镜。

"没错。"彭婉之继续气。

"他妈妈想看牙,找我帮忙挂专家号,我说我不在江医三院,离职了,他问我情况,我说我要创业,然后他就给我推销了他们银行的小额贷款,说利率很低。"

哦,陈立彬在银行工作,彭婉之想起来了。

"我们不是还差一点吗?我就想了解一下,如果利率真的合适,也可以考虑。"

"谁跟你说差了?"彭婉之心里舒服点了,但也不想立马就好,于是

Chapter eight

嘴硬,"我马上就出去打工了,要了解他那个干吗?"

"不要不要!"她皱眉摇头,替纪鸣橙婉拒。

纪鸣橙跟着她出去:"你要出去工作了?"

"嗯,我让风哥给我项目了,等着吧,五十万,几分钟的事。"讲大话,不过,会讲大话的彭婠之才是生龙活虎的彭婠之。

但纪鸣橙没有表现出高兴,也没有任何松一口气的神态,而是认真地在思索。现在彭婠之事业上也开始发新芽,那她应该坦白吗?拖得太久不是好事,但她又不确定,如果现在说,彭婠之受到冲击,会不会再一次选择逃避,破坏掉好不容易上扬的势头。

但每次想起彭婠之卖车的事,纪鸣橙都很愧疚。她给当时陷入死局的难题写了一道另辟蹊径的解法,但出现了变量,变量是彭婠之的付出,比纪鸣橙想象的还要多。

她想了想,在沙发上坐下,然后从包里拿出一份文件,是注册公司需要准备的登记申请书,里面是公司各项资料,其中几页需要各股东签字。彭婠之接过来,觉得很新鲜,看里面的内容,还有她和纪鸣橙的身份证扫描件什么的,突然才有实感,俩人是真的要共同创业了。

"这个你看看,有没有问题,有问题我及时修改。先不急着签。"

纪鸣橙想了想,说:"因为,你签之前,我有事想跟你说。"

开始忐忑了,她咬了咬嘴唇内壁。

彭婠之却拎着文件凝眉:"啥?我98%,你2%?这股权占比不对吧?"

"你出三百万,我出二百万,我应该是五分之二……40%啊。"她抬头,茫然地望着纪鸣橙。

"你不想做大股东吗?"纪鸣橙润润嘴唇,用彭婠之的习惯用语说,"很酷的。"

"我……你……这……"彭婠之张口结舌,翻着文件来来回回地看,"这是你的诊所啊,而且,我也不懂啊,我当什么大股东。"她思维有点混乱,说话颠三倒四的。

"你不用担心,法定代表人是我,我负责经营和运转,你不用懂。"而且承担责任也在纪鸣橙,彭婠之只是投资方,不任职。

"不是，主要是，我没出那么多钱啊。"彭婠之知道她的意思了，感动得一塌糊涂，但她觉得这不行，这不等于吞纪鸣橙的钱吗？

"你有，你把你所有钱都给我了。"纪鸣橙回望她。

"而且，我是医生，我是技术人员，背着大股东的资金压力，不能好好干活的。"她慢条斯理地说。

"真的？"彭婠之将信将疑。

纪鸣橙抿唇，没作答。

"假的，又骗我。"彭婠之戳穿她。

"还有一件事。"纪鸣橙呼出一口气，把自己的手机拿起来，打开微博，翻到"仅自己可见"的那一条，递给彭婠之。

彭婠之丈二和尚摸不着头脑地接过来，一行字很快就看完了，然后她眨眨眼，问纪鸣橙："什么意思？"

"骗我什么？"

空气瞬间变得紧绷起来，卤肉味还没散，不过闻着也没什么温度了。

彭婠之脑子钝钝地回响，把手里公司章程等资料放回茶几上，跷着二郎腿，掌心摩挲膝盖，问她："你要开诊所，是假的？"

纪鸣橙摇头："是真的。"

"黑粉闹事，是假的？"

"真的。"

"那你……"彭婠之不知道为什么，表情好像有点慌，牢牢盯住纪鸣橙，微张嘴，一进一出地呼吸。

纪鸣橙身子前倾地坐着，手心相对，出了薄汗，她用双手的指尖依次连接，紧紧按住，然后才说："我不知道该怎么让你振作，也很怕你不打算回来了，所以对你说谎了。"

"有骚扰电话是真的，被约谈被影响也是真的，不过没有到待不下去的地步，只要我想，可以等事情平息再继续工作，但离职是因为我不想待了。

"我也没有消沉过，没有因为开诊所的事情所苦恼过，摆在客厅的电脑是我故意让你看到的，是想我们一起破釜沉舟，有个新目标。"

彭婠之的脑子一团乱麻，她怔怔听了半晌，脱口而出的第一句却是："你有什么证据，说你在骗我？"

纪鸣橙愣住了,她坦白骗人,彭婠之却问她要证据?

她沉吟片刻,说:"我跟你说,一本执业证书可以开 4 台牙椅,其实,开诊所要在取得执业证满 5 年之后才可以开。所以我很早就在筹备开诊所了,不是因为走投无路,而是本来就在计划之中。"

"我以前在专科医院,后来跳槽到江医三院,做口腔全科,就是在为开诊所做准备。因为在专科医院,不让碰本专业以外的操作,我想提前适应口腔全科。"

彭婠之脑子动不了了。所以说,开诊所一直是纪鸣橙的职业规划,而且筹谋已久,她不过是顺势把计划提前了一点。不是因为被攻击丢掉工作,也没有被迫放弃编制,而是她本来就打算这样做。

难怪,其实这段时间,彭婠之一直在想,开诊所有那么顺利吗?真的随便就能抓到几个老同事,说干就干了?

原来不是因为过程简单,而是早就扫清了障碍。

"因为筹划够久,我有信心可以赚钱,所以让你入股,投资副业,有另一份收入,但我没想到,"纪鸣橙把头沉下去,"你会为了我,把车给卖了。"

她轻轻地吸一口气,说得很艰难,她是真的难过了,而且越想越觉得站在彭婠之的角度,很难原谅她。

屋子里安静了好一会儿。

"纪鸣橙。"然后彭婠之才说,"我听到你这么说的时候,觉得你真挺牛的,真的,你是我见过最聪明的人。"

"你的动机是为我好,我能理解,如果是我看到我在乎的人这么消沉,我可能还会一哭二闹也说不定。你选了一个特别好的方法,结果也好,我俩都好起来了,特别好,真的。"

"但是,我忍不住会想,你那么聪明,有时候看我,会不会跟看傻子似的啊?"她说完,站起身来,拿上外套,轻轻地开门关门,走了。

03

听到关门声,纪鸣橙如梦初醒一般回过神来,容不得她思考,本能地就追出了门。

电梯一个上一个下,彭娴之乘坐的下行电梯已经快到低层了,纪鸣橙按下电梯,连几秒钟都难以等待。

到了门厅,却没有彭娴之的身影,在花园里绕了一圈,也没有。纪鸣橙加快脚步走出小区,到街上环顾四周,视线摇摇摆摆,仍旧没有捕捉到彭娴之的身影。

她站在门口,开始打电话,没接。

小区临的这条街是小道,很安静,夜晚车辆也不多,很多培训机构之类的门店早早地就关了,只剩几个24小时便利店还灯火通明,三三两两的行人像偶然的点缀,埋在夜幕里,行走也很安静。

纪鸣橙恐怕是街道上最慌的一个,哪怕她看起来最为镇定。

彭娴之的房子退租了,大晚上的,她还能去哪儿呢?她还有一点钱,可以订酒店,但就怕她不想订,失魂落魄地随便在哪里凑合一晚上,江城的冬天会吃人的,她在外面待一会儿肯定就受不住。

至于其他的,纪鸣橙没敢想。她从来就没有觉得彭娴之是个傻子,相反,她是自己用尽心力也摸不透的那个人,所以才方寸大乱,所以才用了很多不想做却别无他法的事情。

她没有在事业里走投无路过,但走投无路的,是她和彭娴之的友情。她终于明白,她再也不可能推演或者计算她和彭娴之的友谊了,她精准地给了她们一个开始的机会,但之后的每一样,彭娴之的喜怒,彭娴之的情绪,彭娴之的自尊心,都是她不可估测的变量。

是她只能被动接受的变量。

彭娴之说错了,纪鸣橙从来就没有胜券在握,也没有掌握主动过,她其实在和彭娴之的博弈中,一再被击溃,前所未有的一败涂地。

从没有一个人像彭娴之那样,只要她哭,只要她皱眉,只要她不开心,纪鸣橙就可以放下所有。自己没有自尊心吗?没有惶恐没有不安吗?她也有,但在彭娴之面前,都没有被纪鸣橙考虑进计算公式过。

就像现在,明明知道她可能再也不会修复跟自己的友谊了,还是想要坦白,想要给她一个交代。

纪鸣橙靠在一家便利店旁边的巷口,埋头固执地给彭娴之打电话。冷风吹来,她把散落的头发挽到耳朵后面去,轻轻地抽了一下鼻子,镜片上

chapter eight

起了雾气,她把手机揣兜里,摘下眼镜,用手指擦。

作为常年戴眼镜的人来说,她怎么会做出用手指擦镜片这样的举动呢?她也解释不了,但她就那样仔细地用力地擦着,视线越来越模糊,然后陡然清醒了,有一滴眼泪落到手背上,她用擦镜片那只手顺便抹去,还是安静地继续清理眼镜。

她没有这样哭过,像一个解不出题的小孩。

擦不干净了,越来越花,她把眼镜叠好,放进兜里,想要拿出手机,再想想办法,却突然感觉手腕一紧,视线变暗,她被人拉入小巷里。

是彭婳之。

即使纪鸣橙泪眼模糊,看不清楚,但她也知道是彭婳之。紧张的心跳瞬间平复下来,却又跳得更猛了,因为她的神色被暗巷遮掩,面对自己靠在墙根,和初见一样,吊儿郎当地昂着头。好像在用陌生的眼神看她。

"哭什么?"彭婳之耷拉着眼皮子,双手揣在羊毛大衣的兜里,平底长靴稍稍抵在角落,没有什么波澜地问她。

纪鸣橙没答,抬起手腕沾了沾眼窝,吸吸鼻翼,想把眼镜拿出来,戴上。

"别戴。"彭婳之说。

于是纪鸣橙又放下了。

小巷的一半是深不见底的黑,另一半是都市夜生活透进来的一点光亮,像一个被裁剪过的偷窥视角,只能看到方寸之中的狭隘的人间影像。

彭婳之望着她,出来得急,外套都没穿,现在手腕都冻红了,捏着眼镜没有动弹,像在等她开口。

"纪鸣橙,你什么时候学的化妆?"彭婳之的后脑勺往冰凉的墙壁上一磕,冷静地问她。

没想到是这一句,纪鸣橙抬眼看她,睫毛根湿漉漉的:"我不会化妆。"

"那我见到你的时候,你的黑眼圈怎么弄的,嘴唇干得都起皮了,怎么弄的?"彭婳之的嗓子低下去,阖了阖眼。

纪鸣橙沉默了一会儿,没作声。

"不是骗我吗?"彭婳之偏头,意有所指地问。

没等到回答,她咬了咬牙根儿,又极快地放开,以气声问纪鸣橙:"你之前因为担心我担心得睡不着,是真的吗?"

纪鸣橙的眼圈又红了一点，哑声说："是。"

不过就一个字，像是揪住了彭婠之的心，还是没办法，就是没办法，彭婠之的鼻腔开始发酸，眼睛也湿润了。

"所以你为什么说，你没有消沉，你没有失魂落魄？"她尽量冷静地问她。

"我……"

也有纪鸣橙答不上来的时候，彭婠之抿住嘴唇，想要笑，但眼睛越来越热了。

"你是真的只有三百万吗？"她哽咽着，又问。

听出她声音不对，纪鸣橙抬眼，心疼地望着她："是，真的只有那么多，但我可以……"

贷款。

彭婠之打断她："那我卖车的钱，有帮到你吗？是你需要的吗？"

"是。"纪鸣橙点头，声音不大稳了，"是我需要的。"

"那你又为什么觉得，你骗我去卖了车。"彭婠之哭了，眼泪落下时，她长长地叹了一口气。

"我卖车，就是因为你需要，就是因为你开诊所要用钱，事实也是这样。"彭婠之自顾自地下结论。

纪鸣橙轻轻哽咽，微微摇了摇头。

彭婠之用眼神勾勒她在黑暗里的轮廓，停留在她发烫的眼角处，继续问："你现在哭，是因为什么？你那么聪明，没有预估到吗？"

"是因为，你怕不再跟你做朋友，怕我的自尊心再受挫，怕我再一蹶不振，你慌了。对吧？"

没有要纪鸣橙回答，彭婠之低头看着她们的影子："我真的差点又一蹶不振了，但我看到你哭了。"

"我就想，你不可能看我跟个傻子似的，没有自诩聪明人的人会为傻子哭。"

彭婠之振作是因为她觉得被需要了，而刚才受伤，是纪鸣橙告诉她，一切都是假的，她开始怀疑，自己是不是真的被纪鸣橙需要。

但纪鸣橙的反应告诉她，是。

chapter eight

纪鸣橙吃不下睡不着，向来养生的人熬出了黑眼圈是真的。

纪鸣橙要想办法筹钱，她的钱帮到了纪鸣橙，她付出的价值，是真的。

纪鸣橙方寸大乱，连外套都忘了穿就跑出来，可怜兮兮地在便利店门口哭。

纪鸣橙很需要她，是真的。

"你还是得靠我，还得是我。"彭婉之骄傲地说。

纪鸣橙胸腔轻轻起伏，泪眼蒙眬地望着地面，用压抑的嗓音说："我真的很需要你。"

别的话说不出口了，她很不想在彭婉之面前哭。

"以前我说，你以后不要再骗我了，是因为我害怕，怕自己的智商搞不定你，"彭婉之靠着墙壁，望着纪鸣橙摇了摇头，低声续言道，"但现在我突然不怕了。"

因为她发现，纪鸣橙的套路再精密，也出现了一个破绽，那就是她很在乎彭婉之。这份在乎是纪鸣橙所有套路的基底，也是她唯一的软肋。

只要彭婉之不再需要她，或者彭婉之选择不原谅她，她就会满盘皆输，像现在这样，没有任何办法。

所以彭婉之才应该是掌握主动权的那一个，她才该是有底气不怕被骗的那一个。

"我不要你承诺以后不骗我了，因为我也做不到，但你如果伤害我，我会离开你这个朋友。"

彭婉之站在纪鸣橙对面，站在明暗交界处，终于反将一军。

"过来。"她伸手拉纪鸣橙的手腕，冰冰凉凉的，冻得沁人。

纪鸣橙被她拉着，像是被自深潭里捞出来，浑身战栗，但心脏开始复苏。

她克制地红着鼻头，无声地紧紧拉住彭婉之。

彭婉之蹭蹭她："怎么不说话？"

"是不是被我'帅'到了？"

纪鸣橙含着眼泪，抿抿嘴角，顺着她说："嗯。"

"我毕竟比你大，"彭婉之用羊毛大衣把她裹住，"你以为'腹黑'妹妹真的很牛吗？都是姐姐让着，演的。"

纪鸣橙把头低下来，瘦削的脊背轻轻颤抖。

彭婠之曾经问她，自己到底在乎她什么，现在最后一次回答，第三点就是，因为她的信任很难崩塌，连原谅都快得让做错事的人疑心是个幻觉。她为了在意的人，真的能退让到最后一步。

所以纪鸣橙怎么能放心她呢？她太容易被伤害了。自己可以保证，不会再伤害她，永远不会。

"纪鸣橙，"彭婠之温声叫她，再一次问，"你是个好人吧？"

"我是。"纪鸣橙仍旧这样回答。

"吓死我了，"彭婠之忍不住了，后怕地哽咽着说，"我刚躲在这想，你这么聪明，会不会是那种小说里说的什么疯子之类的啊。"

"你答应我，你智商这么高，你别去做坏事，行吗？"

鼻息微动，纪鸣橙破涕为笑，小声说："我一定遵纪守法，不做坏事。"

彭婠之放下心来。

纪鸣橙一会儿凉一会儿热，有点撑不住了，她红着脸说："我好像发烧了。"

04

纪鸣橙果然冻感冒了，回去之后就一直打喷嚏，也发起了低烧，彭婠之当然先放下做厨子的心思，盯着她吃完药，让她早早地上床躺着。

俩人闲散地说着话，彭婠之给她盖了盖被子，忽然有点恍惚。几个小时之前自己还在哼着小曲给纪鸣橙卤肉，几个小时之后就出现了这样的事情，这个插曲仿佛发生得惊天动地，她甚至觉得，要伤害到自己的筋骨了，但它解决得如此迅速，好像又没有真正来过。

除了橙子还在一旁打喷嚏，除了自己哭得头昏脑涨，像是睡过了头。

"这次，你把最大的缺点也主动坦白了，是吗？"彭婠之问。

"是。"

"那我真的觉得你没有太完美了，我真的要调教你一点点，"像导演教演员那样，彭婠之从来都是大导演，雷厉风行的那种。想了想，她又补充一句，"咱俩互相学习，你优点不少，但我这个人优点也还是挺多的。"

纪鸣橙笑了："好。"

"不过我很好奇，其实这种事，你如果一直瞒着我，我不会知道的，

chapter eight

或者等个一两年，我们关系更好一点，我的心理强大一点，你再说，不是会比现在更稳妥吗？"她侧头问纪鸣橙。

"因为我觉得我做错了。"纪鸣橙抿抿嘴角，说。

"嗯？"

"我可以想办法让我自己认识你，可以想办法给我们两个创造机会，但关于一个人自我的重塑，关于你要怎么样找回自信心，这件事不应该有捷径。假如为了过桥，搭一根独木，它很可能中间断掉，而再次面对河流时，我们仍然束手无策。"

"我应该做的，是帮你学会游泳。"应该在旁边支持她，鼓励她，给她时间，让她真正清醒和强大，而不是在彭婠之构建内心的路途中，揠苗助长。

但万幸的是，彭婠之很厉害，真的在这个过程中逐渐找回底气。

"你刚才得知事实之后，在我都没有办法的时候，仍然自我认可的样子，更让我觉得，这才是我想看到的。"

不是纪鸣橙帮助的，而是彭婠之自己强势而自信地说，即便如此，那又怎样，还得是我。

你需要我。

纪鸣橙用她又冷又软的嗓音娓娓道来，彭婠之有点脸红："嗨，我哪有你说的那么酷。"

"你小子，不会看到我刚那么帅，又起坏心眼了，想捧着我吧？"彭婠之瞥她。

纪鸣橙喉咙一痒，咳嗽："没有。"彭婠之赶紧给她拍拍背，然后把温水递给她。

纪鸣橙坐起来，捧着喝两口，又说："还有一件事，我不想瞒着你。"

以后她都尽量不瞒着彭婠之了，哪怕之前是想要给她惊喜，但她觉得，彭婠之更想要的应该是坦诚。

"你还有没交代的？"彭婠之惊了。

什么宝藏女孩啊，这黑芝麻馅儿是流都流不干净啊？

纪鸣橙见她误会，稍稍提气，说："我之前把我一套房子挂在网上了，中介说现在行情不错，成交周期预估在两个月左右。"

"哦。"这个也要跟她报备啊？彭婠之有点美，她感觉自己在当这个家了。

纪鸣橙继续说："拿到钱之后，我们去把你想要的几款车买了，我按照你的型号搜索过，因为是限量款，现在已经不发售了，只能从别人那里收，但我看了一下，价格差异还挺大的，我对机车不懂，我们一起去。"

"你有病啊？"彭婠之坐直了，骂她。

"你现在创业啊朋友，你卖房不是为了给自己积累点资金吗？你给我买车，你钱都没赚到，现在奢侈什么啊？"彭婠之难以理解。

"我不需要你弥补我，我卖车的时候想了，是觉得暂时来说创业更重要，更有发展才卖的，你当我傻啊？我又不是活不长了，我是等不到赚了钱再买的那天了还是咋的？"

纪鸣橙又咳起来，皱眉："摸木头。"

"噢。"彭婠之伸手拍拍木质床头。

"那套房子能卖不少钱，我会留创业资金。"纪鸣橙缓声道。

"不是，我不需要你这样补偿我，你懂吗？你这样我会觉得，你急着跟我两清似的，我感觉很不舒服。"彭婠之不高兴了，坐在床上望着墙壁。

"你听我说，"纪鸣橙拉她的手，"我当时想让你入股，是为了让你有新的目标，或者说，新的乐趣。"

"如果你连你最爱的东西都要卖了，那我做的，还有什么意义？"

"我是想给你对生活的热情加码，不是要你牺牲本来的热情。"

而且，还是原本很大的一份热情。她的初衷，是想看到彭婠之开开心心自由自在，而不是为了她先斩断一份自己的"自由"。

彭婠之想了想，摇头："但我那天说的，也真的是我的顾虑，我挺怕有一天我骑着骑着耳朵吵我一下，我就没注意到冲过来的车什么的，很危险。"

"我现在怕危险，怕出事，因为我也想好好的，不是什么放弃，也不是什么牺牲。"是权衡，是她真的找到了觉得更想要珍惜的东西。

"那这样，以后我们偶尔出去兜风，你如果怕有情况，就带着我，我们慢一点，我可以帮你听，也可以帮你看。"纪鸣橙提议。

"听起来不错，"彭婠之盘腿，用拳头杵着额角，"可偶尔骑的话更

Chapter eight

没必要买了，我去找大启借，或者可以租，挺多人租车来飙的。"

纪鸣橙仍然摇头："不一样，那是你真心喜欢的东西，不用考虑利用率。你应该要有。"

那是梦想，哪怕放在家里看着，也会在心里生根。

彭婠之又觉得挺有道理的，望着她，笑吟吟的："那我们先买一辆，我最喜欢的一辆。我让大启帮我问问，圈儿里有没有靠谱的人出，然后我们一起去买。"

"然后呢，你就给我拍个视频，彭婠之全款拿下什么什么，我发到朋友圈，羡慕死他们。"

纪鸣橙笑着点头。

彭婠之又问："那……那个股份，我真的要占98%啊？"

"嗯。"

"天啊，你知道吗，我躲在巷子里的时候，我在琢磨，这有没有可能是个'杀猪盘'啊，真的，我有一秒钟这样想的，后来我想想，'杀猪盘'应该不会给我这么多钱吧？对吧？"彭婠之很诚恳地请教。

纪鸣橙皱眉："什么盘？"

"你是说，你是猪？"她分析着这个词，不确定，问问看。

"你才是猪！"彭婠之想打她。

"哎呀，这股份给我也行，我手里还是得有点钱，你这汤圆鬼精鬼精的，我得防一手。"

哪有人要防一手，自己还念叨出来的，纪鸣橙一边喝水一边笑。

彭婠之也和她相视而笑，她其实知道，自己和纪鸣橙是至交好友了，所以管着纪鸣橙的钱也没什么，她自己不计较这个，纪鸣橙也不计较。

不过不计较归不计较，也不妨碍她嘚瑟一下。她叹一口气，仰躺在大床上："我就快要是拥有一间诊所和一辆限量款摩托车的人了。"

她给自己"画饼"，画饼也开心。她做人怎么这么成功啊，简直令人难以置信。

不过，如果是自己事业上的成功，就更好了。

不知道是不是下雪的前一个夜晚许愿总是特别灵，第二天一早，彭妁之正在给纪鸣橙烧水让她吃药，突然接到了苏唱的电话。

彭妁之的性格向来是报喜不报忧，之前和于舟她们聊了几次有的没的，说到工作，她只说最近身体不太好，要调理，又因为和纪鸣橙的合租生活过于快乐，所以暂时让事业的小船静静停靠在港湾。

于舟也是个好骗的，确切地说，她这一圈朋友对她的说法深信不疑。

啧，太笨了，彭妁之想到这里，忍不住吐槽，如果是于舟这种小笨蛋遇到纪鸣橙，那还能有骨头渣子吗？还得是她，还得是她彭妁之。

"咋了？"她在沙发上坐下，接通电话。

"综艺第二季直播牌照下来了，大概在四月开始录制，你有档期吗？电视台的朋友托我问问。"苏唱开门见山。

哇，彭妁之的态度突然就恭敬了，重新介绍一下，电话对面的这位，姓苏，名财神。

"那可太有了。"彭妁之迅速打开平板电脑，这豁然开朗峰回路转旗开得胜的。

"哎，除了我，还有谁啊？"她又问。橙子没接到电话，应该没有她。

"你，周泠，莫陶，徐望绵。"

"哇，徐望绵厉害啊，都能当导师了。"彭妁之感叹。对方出道没几年，一直在北城发展，合作很少，听起来，这是混成"大佬"了。

"行吧，那你帮我跟节目组说，我有意向，然后你把我微信推过去，我跟她聊具体的。"彭妁之说。

"好。"

"苏唱。"挂电话之前，彭妁之突然叫了她一声。

"嗯？"

彭妁之想说"谢谢你啊"，话到嘴边，改成："我要当老板了，橙子开诊所，我俩合伙人，你以后牙疼来我们店里，给你打九五折。"

九五折……苏唱沉默了一会儿，说："好。"

纪鸣橙身体底子足够好，三天就生龙活虎了，气色比之前还要鲜活，

chapter eight

彭婠之前两天怕她闷,把她拉入了五人群,并把群名正式更改为"六六大顺"。

但入群之后,纪鸣橙更闷了。感冒痊愈后,她有天站在阳台上远眺,然后告诉彭婠之,她想要退群。

"为啥?"

这小汤圆不会跟自己朋友处不来吧,不至于,里面还有晁新呢。

纪鸣橙端起保温杯喝一口,温吞吞地说:"我在里面发消息,她们都不理我。"

"嘶……"彭婠之很为难,"你在里面转发那些什么预防疾病和科学养生的文章,人也没法回你啊。"

讲道理,连彭婠之都没法回。纪鸣橙进来之后,"六六大顺"好像变网上那种家族群了,这种消息能怎么回啊?难道集体点赞,说"谢谢纪医生"?

彭婠之说:"你等等,我去把她们搞出来,正好有点事要问。"

她拿起手机,打开微信,开始发消息。

"苏唱,你之前参加那个综艺,收了多少钱?"

"晁新,你之前参加那个综艺,收了多少钱?"

"向挽,你当选手,收没收钱?"

她得问问看节目组给她的费用合适不合适,也认清一下自己现在的"地位"。好家伙,更没人理她了。

她对纪鸣橙干巴巴地笑:"也没人理我。"

"看见没,俩边缘人,咱俩还是抱团取暖吧。"彭婠之对纪鸣橙说,示意她给自己剥橘子。

下午,她俩约好了中介,去看房子。

商铺在临江路 158 号,彭婠之一听这个门牌号就觉得吉利,能成百年老店那种。

外面白茫茫一片,雪花沉甸甸压在干枯的枝头和宽阔整洁的街道两边,纪鸣橙慢慢地开着车,从家里往房子那边赶去。寒风萧瑟,街上的行人不多,偶然有游客在江边拍照,也有几个老人一看就是住在附近的胡同里,包裹成粽子似的出来散步。

彭婉之坐在暖融融的副驾,突然就有了开启新生活的实感。

她们从冬天到夏天,又从夏天到冬天,车辆从家里驶出来,要往诊所去。以后这条路她们会走很多很多遍,她会熟悉每一个红绿灯的位置,会在等灯时观察每一条人行横道的过路人,会了解街边每一个小店。她们应该还会在附近顺便买早餐,然后提前开门,到店里的休息室吃。

在中学时,彭婉之成绩不好,那时就想要要不要开个店,她总觉得有自己的门店是件很有安全感的事,只是不知道卖什么,也就瞎想了一想。

兜兜转转,在她三十多岁的时候,竟然奇迹般地出现了。她有点后知后觉,好像冥冥中在鼓励那个小彭婉之似的,其实可以想,都可以想,保不齐哪天就实现了呢。

到了店前,停好车,中介撑着大黑伞过来,挡着雪花,把她们迎进商铺去。

特别漂亮,外面是中世纪法式的老洋房风格,还有墨绿的顶棚,砖瓦中嵌着玻璃糖似的落地双开门,光可鉴人,从里面隐隐透出暖光。

两层的店面,一楼稍小,二楼宽敞而精致,里面被打扫得很干净,灯光层层叠叠,交相辉映,衬得奶油色的墙面隐约散发珠光,更遑论大理石的地板和地台,一眼看上去就贵,基础装修很新,像是重新弄过。

楼梯是美式的,胡桃木显得蛮低调,楼上是木地板,其他装修大同小异。

这个商铺租金比纪鸣橙预算的略高,并且她飞快地按照新租金在心里计算了一下利润回报率,签这个房子估计要三年才能回本,她打算签长租,以免刚做起来就有变动,流失客源,还会增加新的装修投入。

但这里写字楼林立,而且高收入群体居多,附近的居民生活氛围也十分好,这类目标客户是相当注重牙齿健康的。

她跟彭婉之商量了一下,俩人决定还是咬咬牙,租。

纪鸣橙那套房子已经有人来看过,等出了手,资金就不会太紧张了。"财务大臣"彭婉之当机立断,决定把这个店盘下来,当场就掏出卡来付定金。那次聊过之后,纪鸣橙把有俩人全部身家的卡都给她了,虽然很快就要花出去,但彭婉之想体会一下手里有很多钱的快感。

从中介的店面里出来,经纪人送了她俩一把伞,纪鸣橙撑着,彭婉之

chapter eight

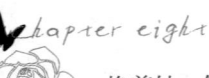

挽着她，俩人沿着湿漉漉的雪地走到车前，彭婠之又抬头看了一眼那个灯光大盛的商铺，纪鸣橙也驻足，隔着绒绒的飞雪看。

"以后门口，需要咱俩扫雪吗？"彭婠之问。

她真的觉得像做梦似的，还有很多很多细节，都来不及想，现在随便拣起一个，能踏实点。

"应该不用，有环卫工人吧？"纪鸣橙望着玻璃门，说。她的语气很矜持，声音小小的，跟雪似的飘在风里。

但彭婠之越来越了解她了："很激动吧？"

"有一点。"纪鸣橙低头，抿嘴笑。

商铺定下来后，纪鸣橙整包给装修队，彭婠之这边也紧接着开工了。这下换纪鸣橙每天接送她上班，陪她上工，美其名曰省小助理的钱。

同事也见怪不怪，通常彭婠之在里面录音，纪鸣橙就坐在沙发上等她。彭婠之这次录的是一个暑期档动画片的女主角，一开始年纪比较小，挺久没有掐小孩儿音了，她有点紧张，不过进入状态得很快。纪鸣橙在观察窗外看她跟着剧本活灵活现地做表情，一会儿大笑，一会儿鼓着腮帮子生气，一会儿又甜津津地说"谢谢爷爷"。

彭婠之永远在录音棚里最活色生香，最神采奕奕。

她的耳朵还没有好转的迹象，不过好在听力没有继续衰退，保持在了这个不影响生活的范围。耳鸣的声音也没有减弱，但她心态好了很多，不焦虑了，也不在晚上刻意听着这类声音钻牛角尖，她学会了和这只喋喋不休的"小知了"共处。

上个月，她发了一条微博，说了下自己耳鸣的症状，评论里很多人竟然都有同样的经历，有描述自己所听到的声音的，有说已经这样很多年了，都习惯了。

那条微博有上千条回复，大家在下面交流和互相鼓励，彭婠之突然发现，原来每个人只能听到独一无二的声音，也并不孤独，因为有沟通，有共鸣，有相通的体验。这也是声音工作的意义，是表达和聆听的意义，它会让人不孤独。

有理解，就不孤独。

导演继续录别的场次，彭婠之摘下耳机，从录音间出来。坐到纪鸣橙旁边，接过纪鸣橙递来的保温杯，冬天里红枣茶最暖胃，她满足地喝一口，然后纪鸣橙自然而然地接过去，盖好，放到一边。

彭婠之已经很久没有喝过冰水，吃过冰棍儿了，她满足地靠着纪鸣橙，问她："我刚刚录得怎么样？"

"很好。"

"那你说，哪里最好？"要夸得细节满满，洋洋洒洒。

"等电影上线，我给你写剧评。"纪鸣橙轻轻说。

彭婠之笑她："你这次还特意提到我吗？"

"嗯。"

"好猖狂。"

彭婠之在回家路上跟纪鸣橙抱怨，现在形影不离的，以后诊所装修好，开始营业了，会不会不习惯呢。她都习惯睁眼就是纪鸣橙的日子了，无论在干什么，转头就是她。

纪鸣橙没说话，走在路上揣着兜，然后把眼皮软软地，缓缓地搭下去。彭婠之一看她的反应就知道，她也不开心了，这家伙其实很好拿捏，只要你足够了解她。

"反正我活也不是很多，到时候咱俩争取一起去上班，我在楼下帮你挂号收费，你看行不行？"彭婠之倒着走，问她。

"嗯。"

"'伤心橙子'，好好笑。"彭婠之看着看着就乐了。

纪鸣橙推推眼镜，平静地看着她。

"你现在吧，特别像那种玩儿野了不想开学的小孩儿，哈哈哈哈。我跟你说，你可得收收心好好当医生，你穿白大褂特别好看，对着病人的时候特别有气场，我现在都总在想刚去你那拔牙的时候，你看都没看我一眼，对着电脑噼里啪啦打字，然后问我'哪儿疼'？"

"那个惜字如金的样子，太帅了。"彭婠之眯眼，喷一声。

"保持专业，保持魅力，"她拍拍纪鸣橙的肩，"咱俩都是，共勉。"

纪鸣橙笑着拉她的手腕："小心撞到。"

"你帮我看着呢，怕什么。"

就要倒着走。她们俩，有一个帮对方看着就行。

06

二月底，临近春节，今年的春节对彭婠之来说和往常不一样，往年春节她几乎不休假，趁着假期在棚里赶工，这回项目不多，她难得地闲下来了。

最重要的是，虽然她的小家没什么过年氛围，但每年除夕也都是跟徐女士一块儿过的，今年她很犹豫。

年二十九，她陪纪鸣橙回家吃饭。吃完饭她们又坐在沙发上聊了会儿，陪纪妈妈看戏曲节目，彭婠之对这个是一窍不通，但纪妈妈很会聊天，把别人不感兴趣的东西也能讲得不枯燥，她指指电视里的女小生说："这个呀，年轻的时候俊得不得了，那时候有一个花旦，我们叫她'小兰仙'的，她们两个每回搭档，都一票难求。"

"是吗？"彭婠之心里八卦之魂燃烧。

纪妈妈看出来了，眼神在镜片后一闪："不过嘛现在年纪大了，嗓子没有当时那么漂亮了，毕竟孙子都快有了。"

她温温柔柔地说着，彭婠之有点失落，好普通的人生啊……

纪妈妈看出来了，转头跟纪鸣橙笑了笑，摇摇头。

哎，八卦。纪鸣橙也摇头。

从纪妈妈家里出来，彭婠之没来由地有点闷，直到走到街边取车，她都没怎么讲话。

纪鸣橙问她："怎么了？"

彭婠之扶着车门，看一眼校门口："我突然，挺想我妈的。"

她就是很突然地想，自己竟然能跟纪妈妈这么其乐融融，还陪她听很无聊的戏曲，一句话能拖个半分钟才唱完，按彭婠之的急性子，那是真忍不了。

有一年春晚，节目单里有民歌串烧，她妈妈听得很入迷，重播了三遍，彭婠之从卧室里出来说求你了，能放过我吗？于是徐女士就按下静音键，起身去做饭了。

彭婠之上车，问纪鸣橙："明天除夕，你几点回家？"

"你呢？"纪鸣橙问她。

"我再看吧。"彭婠之润润嘴唇，又问："那你跨完年，回来吗？还是在你妈妈家睡，初一再回来，还是说，要待几天？"

"你想我什么时候回来？"

"我说不好。"不知道她跟徐女士会不会吵架，甚至不知道要不要回家，徐女士也没找她。

"你如果想找我，就给我打电话。"纪鸣橙没急着发动车子，侧脸看她。

"我如果给你打电话，你就立马回来吗？"

"嗯，"纪鸣橙想了想，"我提前跟我妈说一声就行。"

"你怎么这么好啊，橙子。"彭婠之眼神又软了。很喜欢这种感觉，好像无论自己做什么，都能有个支撑了。

纪鸣橙淡淡一笑，示意她把安全带系好，出发回家。

除夕。

彭婠之家里是老小区，收房后原本姥姥说要过来一起住，但电梯高楼还是不习惯，现在仍旧自己住在老房子里，偶尔来住上几个月。

当年气派的小区现在砖面也掉了不少，物业兢兢业业干了十多年，也终于出现懈怠，楼道里的小广告没有及时撕，信箱底部有一个凹槽，还没更换。

彭婠之按下电梯，上楼，输入指纹时还有一点不自在，屋里很热闹，已经放上春晚的倒计时花絮了，有吱呀吱呀摇摇椅的声音，还有一点碎碎的花生壳儿的声音。

姥姥坐在老人椅上，见到她，很高兴："之之回来啦。"

"姥姥。"彭婠之把包挂到衣架上，又解下围巾和手套，笑眯眯的。

厨房里一阵动静，徐女士出来，不冷不淡地乜她一眼："回来了。"

彭婠之没说话，转过头去，到沙发上坐下。

姥姥拉住彭婠之的手，她眼睛不太好了，要摸摸她的手才能确认她胖没胖，紧紧攥住几下，说："好像是胖点了。"

"哎，嘿嘿。"彭婠之摸一把她的手，"姥姥你手怎么这么冷啊，我去给你拿个毯子。"

姥姥跟着她站起来，年迈的身子有些佝偻，但走路仍旧很利索，她一

Chapter Eight

面走一面念叨:"不需要毯子,哪里需要毯子,姥姥不冷。"

"怎么可能不冷,这屋里我都冻得慌。"彭婳之打开衣柜,樟脑丸的味道扑面而来,她一边翻找毯子,一边说,"没开暖气啊,我进来站一会儿了,还冻脚。"

她觉得不太对,跑到暖气管道那儿一摸,只有温温热。她"啧"一声就跑去生活阳台看暖气管道,由于要经过厨房,徐女士一愣,以为她来找自己说话,见彭婳之没看她,她便往灶台处一靠,想要给她让道。

灶台还燃着,大火差点燎到她的围裙,再一厘米就要裹上头发,彭婳之吓了一跳:"你干什么?"

徐女士被一吼,面子上也挂不住:"我干什么,我做饭。"

"你会做饭吗?做饭你人往灶台上凑,做饭你不知道扎个头发。"彭婳之皱眉。

"我不会做饭?你吃了我几十年的饭你说我不会做饭,不扎头发怎么了?你回来吃饭还要家里人像外面一样戴口罩戴厨师帽是不是?"

"我说要让你戴口罩了?你扯那么多。"彭婳之呼出一口气,懒得说了。

"哎呀,"厨房门口传来姥姥焦急的嗓音,"干什么嘛,好不容易回来一趟,又吵架,又吵架。"

彭婳之把头发往后撩,绕过她去看燃气热水器,伸手把温度调高,然后顺手拿过旁边的毛巾,把按钮那一圈擦拭一遍。

"姥姥,按这个就可以调温度,你要冷了就记得调。"她对着姥姥说。

但姥姥不常住这里,又年纪大了,究竟是跟谁说的,不言自明。徐女士看了她一眼,继续炒菜。

姥姥拉着彭婳之的手,一面说她乖,一面领着她进卧室,把门关上,然后从枕头下的布包里翻出十来张钞票,塞给她。

"哎呀干吗呀,"彭婳之不要,"我都多大了回来还给我红包呀。"

"姥姥攒的退休金,不给你们花,给谁花啊。"姥姥眼睛一瞪,嫌她不乖了。

"不要,真不要,我现在可有钱了,我还得包红包孝敬你呢。"彭婳之从兜里掏出来,两个,一个个塞到姥姥手里,"喏,这个给您,这个,你帮我给我妈。"

296

"你自己怎么不给她的呀,"姥姥在床上坐下来,"你给她,她高兴的。"

彭婉之踢着拖鞋,双手撑在床边:"我给她,她又要念,今年赚了多少钱,花了多少钱,攒了多少钱,什么时候能攒个首付,烦死了。"

姥姥叹气,拉住彭婉之的手,给她搓热,说:"你妈妈也很难的,她当年想供你上学,买断工龄拿了一笔钱,现在都没有退休工资,所以嘛对钱是比较紧张。以前她投资货船,每个月还有点收入,现在货船生意不好做,船也卖了,坐吃山空当然是紧巴巴的,每天嘛不是怕我生病,就是怕她生病。"

"我也不想跟她住一起,我吃两个鸡腿她还说我,还不让我吃水果的。"这个油了,那个糖分高了,生怕进医院。

彭婉之听着厨房里徐女士炒菜的声音,突然就有点心酸。

"今年她说你可能不回来,我还想他们姊妹几个在老家过年,结果呢你妈妈和你舅舅又吵了一架,你舅舅说我拿退休金补贴你妈妈,还说房子也给她住,你舅舅那个不成器的,讲话又不好听。"姥姥说着说着,就抹眼泪了。

"姥姥。"彭婉之眼圈也热了,抱着姥姥哄她。

她突然很感叹,自己在外面特别要强,也出了名的仗义,朋友有什么困难她都能很快发现,而且尽量给予帮助,更别说是纪鸣橙,她甚至可以倾尽所有。

但对于曾经最亲近的人,像是被一叶障目,就是看不到她的难,看不到她的苦,只看到她吵架时的针锋相对,只看到她好面子逞强的可笑,只看到她对自己的忽视和伤害。

心情好复杂。

出来之后她没有再对徐女士大小声,在饭桌上祖孙三代一起和平地吃了顿饭,最后一道大菜是松鼠鳜鱼,彭婉之六岁的时候说过好吃,之后就年年都有,哪怕今年徐女士跟姥姥说,彭婉之不一定回来了。

一顿饭快到尾声,彭婉之主动说:"我投资了一个牙科诊所,开在临江路,年后就营业了,姥姥你以后牙齿不好,就找我。"

姥姥很惊喜:"之之这么厉害的呀,当医生了?开诊所了。"

"我不是医生啦。"彭婉之有点不好意思。

chapter eight

徐女士看她一眼,对她怎么回事心知肚明,但她没说什么。

"那也很厉害的。"姥姥喜气洋洋。

彭娟之笑着说:"姥姥,以后你要是牙齿掉了,我给你镶金牙,好不好?"

"我这里已经掉了两颗了。"姥姥张嘴要给她看。

"我看看。"彭娟之伸头。

徐女士收拾碗筷,进屋洗碗,听着外面彭娟之的笑语,忽然有点恍惚。开诊所了?能安定下来吗,能安稳下来吗?

外间姥姥还在问:"你怎么有钱开医院的?"

"我跟人合伙开的,"彭娟之说,"我把我的摩托车都卖了。"

"哎哟,"姥姥谢天谢地,"你不骑那个嗡嗡嗡的了?"

"嗯……少骑一点吧。"

"哎哟真是阿弥陀佛,你有一年回来,骑着那个在胡同里转,姥姥心脏病都要吓出来了,轰隆轰隆的。你妈还说你喜欢,哎哟,姥姥是喜欢不来。"

"哈哈哈哈哈哈哈。"

姥姥仍在说:"少骑一点嘛,姥姥担心的。"

"好。"这回彭娟之没再犟嘴,说自己技术很好,或者说别人都不懂,她想了想对着纪鸣橙,怕自己出事的心情,很乖巧地答了声好。

徐女士也听到了。

和彭娟之预计的不同,这个除夕她在家里住的,妈妈给她铺的床,等她洗完澡躺到床上时,发现竟然开了电热毯。

这个房子的暖气还是不太热,尤其是夜里温差大,屋子里也带不太起来。

她躺在被窝里,给纪鸣橙发消息。纪鸣橙打电话过来了,这次她跟她说,打开窗户,看看外面,有人在放烟花。

彭娟之于是披着外套站在窗前,笑了:"我房间这个窗户看出去是个平台,上面有些垃圾建材什么的,挺丑的。"

"正好,"纪鸣橙说,"我窗前是面墙。"她想起彭娟之第一次深夜给她打电话,邀请她看夜色的时候。

"难怪你当时觉得不漂亮。"彭娟之说。

298

"但不知道为什么,今天看着围墙,也漂亮。"纪鸣橙轻声说。楼下两只大狗仍然在打架,脚下一出溜,差点摔到雪地里。

"能睡着吗?"纪鸣橙问她,声音在电话里沙沙的。

"如果你明天来接我,应该就问题不大。"

"几点?"

"九点。"

电话那头沉默一下:"这次可以讲价吗?"

彭婠之笑:"这次不行。"

"把地址发我。"

互道晚安后,彭婠之设了个七点的闹铃,然后关掉电热毯,外面的热闹还没停歇,但她奇迹般地睡着了,嘴角还是翘起来的。

大年初一,彭婠之精神抖擞地起来,跟姥姥说过年好。徐女士又在厨房里忙活,彭婠之总在想,厨房里到底有那么多活吗,还是她这样,可以避免跟自己相顾无言的尴尬?

她跟姥姥说了九点要走,还有工作,乖乖地承诺有空就回来看她,故意说得很大声,算是顺便跟徐女士交代。

八点四十,她接到纪鸣橙的电话。

"新年快乐。"软橙子很有仪式感,冷淡的声音微微带着笑。

彭婠之小跑到阳台,趴在栏杆上往下看,果然在雪地里看到瘦小的纪鸣橙。好在她们家楼层不高,还能看清楚她的穿着——羊角扣的学院派大衣,一头长发披散着,书卷气十足的眼镜,站在楼下低头看雪,右脚无意识地画了两道。

像是从电话里听到彭婠之跑到阳台的气息,她抬脸看,干净的脸在雪里更像是被洗过一遍,眉目看不清,只能看到她的身形气质和向上张望的动作。

"你来早了,我妈刚给我和姥姥煮了汤圆,还没吃,要不你去找个地儿坐会儿。"彭婠之够着头看她。

很快又自我否定:"嘶……但这大年初一都没开门吧,要不你到门厅里来,我马上吃完就下来,十分钟,不,五分钟。"

"不着急。"纪鸣橙应该是勾了勾嘴角,尽管彭婠之看不清楚,但她

chapter eight

听到她的气息了。

于是彭婉之也笑了笑,趴在栏杆上不想挂电话。

"冷不冷?戴手套了吗,我看不清。"她问。

"戴了,不冷。"纪鸣橙的嗓子跟雪化过似的。

彭婉之又是笑,讲不出来,光是笑,无意识地往右边一瞥,突然掩住话筒,说:"你低头,你低头。"

"怎么了?"纪鸣橙听话地把头埋下去。

"我妈好像在厨房的阳台那儿看你。"彭婉之用气声说。

纪鸣橙愣住了,本能地往后转身,脚下没有再勾雪,几秒后才问:"她……在看我?"

"应该是,伸着脖子偷偷看呢。"彭婉之又瞄一眼,侧过身。

"那我要出去吗?"纪鸣橙也没有经验,嗓子有点僵硬了。又抬起手,把头发挽到耳后去。

彭婉之因为她这个动作笑出声,低声问:"你是不是紧张了?"

"没有。我要出去吗?"纪鸣橙又问。

"问我干吗呀,"彭婉之想使坏了,"纪博士不是很有头脑吗,这种事还问我啊,还问两遍,啧。"

纪鸣橙叹气,不想说话了。彭婉之怕她冻着,赶紧挂了电话,然后跟她妈说要吃汤圆了。

她一边吃一边看着时间,还盯着黑芝麻馅儿的软糯汤圆笑,意味深长地吃完,才三分钟,她就擦着嘴跟姥姥和徐女士说得下去了。

往常徐女士总要骂她,跟赶命似的,姥姥还没下席就要跑,一点都不礼貌,但徐女士这回没管,直到她在门厅套靴子,才说,门后面有把伞。虽然现在没下雪,但天气预报说晚点可能要飘一点儿。

彭婉之拎着伞下楼,不一会儿挽着纪鸣橙从门厅里走出来,纪鸣橙仍在别扭:"你妈不会看到吗?"

"看就看呗。"彭婉之无所谓,"冻坏了吧,把手揣进我兜里。"

300

THE END

榕之口腔

好日子在后面呢
Hao rizi zai houmian ne

好日子在后面呢
Hao rizi zai houmian ne

01

三月，春风重逢的季节。当然也是万物复苏的季节。

纪鸣橙的诊所在临江路开业，起名"橙之口腔"。

开业那天没有锣鼓喧天也没有鞭炮齐鸣，只有几个花篮，都不算大，店铺前方很干净，雪化得差不多了，怕朋友们来滑倒，纪鸣橙请人把冰碴子又铲了一遍。

纪鸣橙的诊所是预约制，之前一直在她这里做正畸的患者资源都预约到了头一周，而开业第一天基本没有新客，彭婠之很勤劳，在门口的几条街派发传单。

一抬头，见两辆车停在门口，于舟苏唱向挽晁新她们来了，还领着晁牌牌。

卷发撩人的大"御姐"彭婠之站在店前，看着她们一个个大衣加身，哈着白气，光鲜亮丽地从豪车上下来，突然觉得特有排面。看来晁新这两年也是没少赚啊，上初中的小牌牌都隐隐有大家闺秀的气质了。

"发传单儿？"走在最前面的于舟惊了，这大冷风天的。

"高端的诊所往往要用最朴素的揽客方式，"彭婠之笑一声，熟练地塞了几张传单到她们手里，"进去吧，里面没人。"

她当先把剩下的传单抱着，转身进门，打了个哆嗦："纪大夫。"

纪鸣橙从楼梯上下来，手揣在白大褂的兜里。朴实的低马尾，不起眼的眼镜,不施粉黛的脸,白大褂里是高领毛衣,和彭婉之花枝招展的打扮是相反路数。

"行走的'九五折'来了。"彭婉之靠在前台,跟靠在吧台似的,风情万种。

苏唱的脚步一顿,看看自己手上的传单——开业酬宾,三月项目全场八折。

"看我干吗?"彭婉之杵着脸,"那谁说了,谁给苏唱省一分钱,都是看不起她。"

"谁说的?"于舟好奇。

"那次我直播唠嗑,她粉丝说的。"彭婉之一副"这不是姐能理解的群体"的表情,摇摇头。

纪鸣橙走过来:"坐吧。"

六人坐在休息区的小沙发上,牌牌站着,看一眼坐下倒茶的纪鸣橙,把脸埋在晁新脖子里,扭捏了。

嘿,彭婉之点她:"你干吗?"干吗一副扭捏的表情。

"她最近看的一本小说,主角是牙医,她很崇拜。"晁新拥着她,笑笑说。

"少让她看点这些网络小说,眼看着孩子都早熟了。"彭婉之看她对纪鸣橙那崇拜样,有点酸,但不多。

"是哈,"于舟跟向挽说,"回头你把她微博那个叫'彭婉之'的账号取关了吧,三天两头乱发东西,带坏小朋友。"

彭婉之恨恨地看于舟一眼。纪鸣橙抿着唇笑了。

"我说,你们就来看一眼,喝杯茶,蹭个饭?有没有口腔问题,有没有?"彭婉之把传单裹成一个小圆筒,在茶几上敲了敲,给自己打个节奏起范儿,"以后你们的牙,全归我了,你们要敢去别的医院,就绝交。"

"啊,"于舟哀道,"你们诊所很贵的,我要有点小毛病,去三甲医院也不行吗,那里能用医保啊。"

"少来,你一全职写文的,有五险一金吗?"

"我帮苏唱问啊,她公司的人都有医保有定点医院。"于舟说。

"嘶……你提醒我了,"彭婉之眸光闪闪,对着苏唱和晁新点点下巴,"你俩还有工作室呢,回头带点传单回去,务必员工人手一份。"

"你这人做起生意来，怎么这么赶尽杀绝啊？"于舟啧啧称奇，"以前彭导最大气，最敞亮，最不计较钱了。"

彭婉之拉过牌牌："过来，彭姨看看，你这小牙齿长得怎么样，端不端正，哎我怎么觉得你嘴有点凸啊，要不要做个正畸啊？纪鸣橙，你帮她看看？"

纪鸣橙靠过来，牌牌惊恐地捂住嘴，要哭了。

"我嘴不凸啊。"她转头小声问晁新。

"我看凸。"彭婉之很坚持。

"不凸吧，向老师。"她又弱弱地转向向挽。

向挽蹙眉："你挪开手，转过去，我瞧瞧。"

牌牌忐忑地侧对着她，向挽伸出一个食指比画比画，偏脸对晁新道："好像不在一条线上。"

"是有点。"晁新也认真看，点头。

牌牌瞪大眼，泪花儿都要出来了，听晁新架着二郎腿，问纪鸣橙："如果做正畸，大概多少钱？"

"隐形矫正6万左右，常规矫正3万。"纪鸣橙慢吞吞地道。

话音刚落，向挽柔声道："我瞧着，不凸。"

她又竖起食指，探出胳膊："这样瞧，便在一条线上，方才竟是晁神儿了。"

"真的吗？"牌牌眨着忽闪忽闪的大眼，很可怜，"真的吗？到底凸不凸啊，于舟舟，苏唱……"

她换个求助，于舟把她拉过去，左右看："不凸，这不正常嘴吗？"

苏唱也抬眼："正常。"

"真的？"牌牌含泪问纪鸣橙，她比较听医生的。

"张嘴我看看。"纪鸣橙笑了笑。

"啊——"牌牌用尽毕生力气张大嘴。

"咬合没有问题，牙齿也挺整齐，不用做，"纪鸣橙淡淡地道，说完提醒她，"闭上吧。"

牌牌觉得自己更可怜了，委屈地看一眼晁新和向挽，扑到于舟怀里："我今晚去你家睡吧，我想离家出走了。"

彭婳之笑了，小声跟她说："好玩儿吧，这小孩儿可好忽悠了，哈哈哈。"

纪鸣橙抿了抿嘴角。

于舟抱着牌牌轻声说："你最近在我家住得有点多，去纪老师家里住吧，她们俩很喜欢你的。"她说完，弯了弯眼睛。

彭婳之轻轻用脚尖踢她，这位朋友也越来越坏了。

牌牌瞄一眼纪鸣橙，哼哼唧唧的又不好意思了。

几人聊了一会儿，去隔壁的餐厅吃饭。

那是一家西餐厅，牌牌看到薯角什么的就很开心了，又跟晁新一起看玻璃窗外，树上没化的霜花。

于舟和彭婳之去洗手间，洗完手，彭婳之正要出去，突然被于舟拉住，在洗手台前聊天。

"你真把车都卖了？"她问彭婳之。

"嗯，开这个店了啊。"

于舟欲言又止，想了想，还是说："看这装修，得不少钱吧，你把你所有钱都投进去了？"

"差不多吧，怎么了？"

"那……"于舟不知道该不该问，但她觉得作为朋友，还是有必要提醒一下彭婳之，"那这个诊所，有你的名字吗？"

彭婳之一听就明白了，把她拉到一边，悄悄说："我占股98%。"

于舟倒吸一口凉气："你投了这么多。"

"不是，她投得比较多，但她给了我98%的股份。"

"那你这也不好收吧，这个，感觉挺不好的。"于舟很操心。

"我知道，你当我什么人呢，"彭婳之让她放心，"但她这个诊所吧，我是一窍不通，没了她什么也不是，她写我名，就是想让我有点安全感。她提这个的时候，我俩刚吵架和好，挺严重的那种。"

"我当时很高兴她想跟我'不分你我'，当然也在想，要是我不答应，非得算清楚，她肯定也挺难受的，怕我不是真的原谅她。她这人吧，其实也不是特别有安全感，我管着她的钱，她还挺开心的。"彭婳之抿抿嘴唇，望着远处看菜单的纪鸣橙，笑了。

"但后来我想了很多。"

一段稳固而健康的友情，不是用牺牲和付出来证明，而该用收获和成果。不是她能给你多少钱，你能为她卖几辆车，而是两个人最终都能得到更好的。

"开业前，我找苏唱科普投资知识，她跟我说可以单拟分红协议，我就跟橙子补了一份协议约定分红比例，后续赚钱，她占大头。这样，我俩还是分不开，但也算平衡。"

她扇着蝴蝶一样好看的睫毛，轻轻垂了垂，像收敛翅膀，倦鸟归巢。

于舟看着她，觉得她真的不一样了。

她没有横冲直撞，也没有盲目享受，她真的在思考，在为将来打算和考虑。

"挺神奇吧，她教我的。"彭婠之笑着感叹。

她开始动脑子了，怎样为对方好，怎样彼此依靠，最好能够实现长久互利与对等。两个人相处需要经营，也需要智慧。

"挺好的。"于舟笑着叹气。

"真不错哦。"又凑近彭婠之，打趣她。

"哎呀。"彭婠之拉着她，往餐厅去。

吃完饭，几人从餐厅出来，从门口上车。纪鸣橙今天没什么事，不打算回诊所了，要陪彭婠之去录音。

彭婠之看着于舟穿着大衣和鲨鱼裤，运动鞋上一截白里透粉的脚踝，忍不住拉住她："你不冷啊？"

"啊？"

"'寒从脚底生'，最好还是穿个袜子。"彭婠之说。

天啊……于舟看一眼彭婠之，再看一眼一旁的纪鸣橙，差点回不过神来。这鲨鱼裤当年还是跟彭婠之一起买的，那时她们大冬天都喜欢穿个羽绒服搭鲨鱼裤运动鞋，特别方便。

"纪医生发群里的养生知识，记得看。"彭婠之给于舟翻翻大衣领子，拍一把她肩膀上的灰，说。

"噢。"于舟愣愣地道。

三辆车排成一竖，从临江路驶出，过了两个路口，于舟和苏唱左转，往SC工作室去，再三个路口，向挽和晁新往右转，往听潮工作室去，彭姁之和纪鸣橙直走，三声工作室在正北边。

彭姁之从后视镜里看着她们逐一打灯离开，突然就挺感慨。

"以前我们聚会，我就蹭着她们的车，有时苏唱捎我，有时晁新捎我，"她眨眨眼，"没想到有一天，我看着她们先转弯呢。"

真奇妙。

几年过去，她们越来越热闹，但也离当初的符号越来越远了。

穿着普通T恤的不太自信的于舟，"从天而降"的向挽，高不可攀的苏唱，神秘莫测的晁新，雷厉风行的彭姁之，古板朴素的纪鸣橙。

总让人想起初见的样子，但人和人互相了解的过程，不过就是一一推翻初见的过程。

现在是独当一面的于舟，落地生根的向挽，面面俱到的苏唱，学会依赖的晁新，忠于自我的彭姁之，和用漫长的时光把不可能变成可能的纪鸣橙。

她们还会推翻更多，还会刷新更多。

02

四月发生了很多事，彭姁之过了一个平平无奇的生日，苏唱和于舟去国外看望苏唱的家人，向挽开始社会实践，下田野探方，晁新推了一些工作到附近陪她几天，把牌牌放在了纪鸣橙家。

晁牌牌推着箱子，像是拖着一个被遗弃的小包裹，可怜巴巴地被彭姁之领进门，说："我四海为家。"

"四海为家"的晁牌牌在纪鸣橙家里待了三十分钟，就爱上了这个新的家。因为纪医生不知道怎么哄小孩，就陪她打游戏，一言不发地打，一局又一局。

等待复活的间隙，她就喝一口水，揉揉手腕，或者轻轻推一下眼镜。晁牌牌折服了，"大佬"，太有气质的"大佬"了。

"纪老师，"牌牌变成好奇宝宝，"你的手好灵活，怎么练的呀？"

"她拔牙练的呗，等你长大长了智齿，她给你来一钳子，你就知道了。"彭婠之把水果端出来，放到她俩面前，躺到沙发上，开始刷手机。

——……钳子？牌牌往远处挪了挪，不说话了。

"你一天能玩多久游戏啊？"彭婠之一边扒拉着屏幕，一边晃着腿问她，"你这个年纪的小孩儿，要不要每天喝牛奶什么的，回头你别长不高，赖我。"

"哎哟，对了，你看过我上的节目没，我给你看看，我在里面可帅了，你下次要是再找偶像，考虑考虑我。"

彭婠之拿起遥控器，把电视打开，从历史记录里找到《演绎吧，好声音》，点开第二季，第一期。

立体声环绕，蓝色的舞台散发着华丽的光晕，如梦似幻，如梦初醒。

花瓣一样馥郁而撩人的红唇，光影是流连花丛的蜂蜜，裹挟着香气，绕过她挺翘的小巧的鼻端，把酿出的柔情蜜意放到她的瞳孔里。生人勿近的凤眼，冷淡得近乎回避的睫毛，幸而眉峰是平滑的，显得没有那么盛气凌人。

三十多岁的彭婠之到底和二十几岁不大一样了。当年她的张扬在眉角眼梢，如今她的锐利是千帆过尽仍斗志昂扬的心脏。

她像大醉一场后醒来，穿着最能驾驭的玫红色长袖低领连衣裙，颜色相近的口红被她牛奶一样的肌肤衬得光华大盛，长卷发拨弄到一边，纤细的脚踝被高跟鞋撑起来，站到万众瞩目的舞台上。

"我是彭婠之。"

她笑着说，拿着她最心爱的话筒，望着看不清面庞的观众。

入座到导师席，她看着一个个青涩的年轻的脸，穿着统一的白色T恤和牛仔裤，在台上腼腆地做自我介绍，望着导师的样子，有一点尊敬，有一点崇拜。

因为她们不知道，要怎么样走这条路，要用多长时间，才能像站在行业顶端的那些前辈一样，能有底气笃定关注这个圈的人，都知道他们的姓名。

不是"我叫×××"，而是"我是×××"。

一字之差，可能要用十年，二十年。

"我叫彭婠之。"

年轻的小姑娘跑到棚外面扒拉着窗户想偷师,被里面的刘姐眼风一扫,立马吐着舌头站好。门开了,刘姐出来,说:"谁啊,干吗呢?"

彭婠之笑吟吟地说:"刘姐,我叫彭婠之,听说您今儿在这导戏呢,我看眼,学习学习。"

刘姐笑了,说:"谁带的小姑娘啊,怎么这么勇敢啊?"

扒拉着门说学习,被抓包还能大大方方地自我介绍。

"没人带我,我自个儿跑录音棚呢。"彭婠之咧嘴笑。

刘姐跟她交换了电话,她兴高采烈地跑下去,跳下台阶,搂住自己朋友的脖子,笑得见牙不见眼。

黄色的吊带很张扬,那时她没有发现,纪鸣橙就在不远处,单方面完成了她们的初见。

掌声雷动,台上结束了一小段表演,一个选手的变声竞演博得满堂彩。主持人站到旁边,跟着学了一小段儿。

"姑娘,我年纪大了,耳朵不好使了。"苍老的嗓音从鲜亮的嘴唇里说出来,把当年的彭婠之逗乐了,她那时候把自己关在卧室,对着墙壁练各种声音,有时能把她妈吓一跳,总问她有没有听见家里有别人。

彭婠之很坏心眼地说:"没有啊,你是不是听岔了?"

"没有吗?"徐女士狐疑地进门。

彭婠之拿起自行车的钥匙咚咚跑下楼,去胡同里找她姥姥,她刚觉得自己的老年音不是太自然,得去找姥姥说说话。

自行车从胡同里穿行而过,丁零零的,在街边买早餐的年轻人抬起头来。

有那么一天,年轻人里有一个叫作纪鸣橙的,看了一眼熟悉又陌生的背影。

轻声啜泣,台上又是一个表演告一段落,选手出不来了,捂着嘴唇哭。

"这个角色,我真的很用心。"

那年三声工作室的棚刚搭好,彭婠之配一个译制片,和大前辈搭戏,但她怎么都接不住,明明是深情款款的恋爱戏,她差点配成动画片。

风哥直摇头,把她给换了,她说着对不起对不起,转头"哇"的一声就哭了。

风哥吓一跳，说不至于不至于，项目那么多呢，她不习惯译制片，就去试试别的。但是彭婉之哭着说，这个角色，她真的很用心，还特意去看了原著。

"你知道那个译本有多难看吗，那些角色名那么长一串，我记都记不住。"她号啕大哭。

隔壁棚的闻声出来看她，最后面的小姑娘愣住，推了推眼镜。《飘》的角色名字，很难记住……吗？

过往种种，历历在目，青葱岁月，转瞬即逝。

彭婉之抿抿嘴唇，跷着二郎腿望着台上，头稍稍一偏，竖起胳膊轻轻地鼓掌。

为梦想，为坚持，为一往无前，为初生牛犊不怕虎，为站在台上的选手，也为坐在台下的彭婉之。

03

电视台录影棚。

最后一场现场直播，广告间隙，穿着一身墨绿色西服套装的彭婉之咬着吸管喝水，化妆师给她脸上补妆，又抓了抓卷发，再上一点定型喷雾。

她拿出手机，有纪鸣橙发来的微信。

几乎是看到消息的一瞬间彭婉之就笑了，黑芝麻汤圆儿也有搞不定的时候。

纪鸣橙："她要吃冰棍。"

彭婉之的回复："别给。"

纪鸣橙看起来很闲，很快就回了："她哭了。"

彭婉之笑着躲了躲脸边的喷雾："怎么，她哭你就要给？你当初是怎么管我的？"

纪鸣橙："你不哭。"

哟，纪医生是怕人哭的吗？彭婉之仔细眯眼回想。

一分钟后，又来一条："她不爱写作业。"

彭婉之"嘶"一声："不能吧，听说她成绩特好。"

纪鸣橙："一张卷子的四分之一面，做了76分钟。"

彭婠之惊了："你好变态，你给人计时。"

台上的姑娘们在排演一出闺蜜共同奋斗的戏，三个人穿着学生服，共同坐在教室前面的长椅上。

聊明天，聊未来，聊憧憬。

彭婠之胳膊搭在扶手上，手指轻轻支着太阳穴，这场戏是从八十年代开始的，所以最右边那个姑娘，打扮特别像几年前的纪鸣橙。

格子衬衫长裙，戴着透明的眼镜，黑发束起一半，脚上是皮鞋和棉袜，坐姿很淑女，两手的手腕要规矩地放在膝盖上。

那时也是在三声工作室前面的长凳，她和苏唱嘻嘻哈哈地说着网上的粉丝，纪鸣橙坐在一边，百无聊赖地看着墙上关于发音技巧的科普。

彭婠之好像是听见了旁边的姑娘小声地叫她："彭彭。"但那时她急着把自己要跟苏唱讲的趣事说完，忽略了。然后那个姑娘或许觉这个称呼亲密了一点，支支眼镜，又说："彭婠之……"

她当时应该是问了一句话，但彭婠之此刻绞尽脑汁地想，怎么也想不起来。好想问纪鸣橙，好想马上问纪鸣橙，好想现在就在灯光大亮中，问一遍纪鸣橙。

你当初跟我说什么了？还有没有被我忘掉的，落在时光的间隙中，没有得到回答的话。

彭婠之忽然热泪盈眶。

她将嘴唇克制地封闭住，等台上一出戏配完，三个年轻演员谢幕，她看着她们拉在一起的手，感慨万千。

点评从徐望绵开始，她温柔地问中间那个女孩子："圈圈，我一直有话想要问你，从在这个舞台见到你的第一秒就想问，正好你今天表演了这个主题，让我想要听听你的想法。"

"徐老师您说。"圈圈点头。

"其实几年前我们在有北城合作过，后来听说你回去考研了，现在怎么又来这个节目了呢？"

圈圈一听这个话，鼻子就酸了。

她拿着话筒说："那时候我有点灰心，觉得收入不稳定，幕后工作也没有什么前途，配了几年了还是连个主角都没混上，我就回去读书了。"

"所以你现在再来参加，是想清楚了吗？"

"嗯，我还是喜欢。"圈圈抹着眼泪说。

彭婉之看着她，嘴角微微下撇，不动声色地把喉头的酸涩往下咽。

"还有，我一直都很喜欢彭导，这次以自由人的身份来参赛，很想被彭导指导一下。"

圈圈有点不好意思地擦着脸，肩膀往彭婉之处伸了伸。

彭婉之这次没有像以往那样开玩笑，说："哇，你这么有眼光的吗？"而是若有所思地拿起话筒，对着忐忑的选手说："我也跟你一样过。"

观众席隐隐骚动，连主持人也一怔。

彭婉之轻轻地叹了一口气："我其实，很长一段时间，过着很不健康的生活，所以几个月前，我耳朵出问题了。"

"我听不到录音过程中的瑕疵。"她坐在舞台和观众席的交界处，坐在冷凝的追光里，用最精致的妆容和最漂亮的嗓子，向所有人讲述她的弱点，"直到现在也是。"

"那时候我自怨自艾，一蹶不振，我不想再录音，甚至连配音的电视都不想看，我当时以为，我要退出这个圈子了，也许那些不支持我的声音说得对，这真的是一条不适合我的路。我知道你最怕什么，我知道我们最怕什么，怕每天睡觉之前不能控制地回忆之前的经历，然后拎出一些拐点来，跟自己说，如果当初不这样就好了。"

人最怕的，就是"义无反顾"四个字，有一天要写成"悔不当初"。

"你知道我是怎么好的吗？"她笑了，笑得安然又动人，鲜活又宁静。笑得不太像会出现在彭婉之身上。

"因为我的朋友，纪鸣橙。"

全场哗然，没想到她就这样在摄像机面前说出来了，几位导师侧目，连主持人也瞠目结舌，拿着手卡跟导演使眼色，看看要怎么样打圆场。

但彭婉之漫不经心地咬了咬后牙，像一个虚空的嚼口香糖的动作，在聚焦的目光中略带痞气地把嘴角一扬。就要说，就要明目张胆地说，就要在现场直播里说。

说一句她从来没有告诉过纪鸣橙的话。

"我很在意她，她也是。"

"她把自己置身于一无所有的境地，然后告诉我，她需要我振作，我想都没有想，立刻就振作了。"她目光盈盈地看着台上，背后的观众鸦雀无声，"我那时候想，做不成最好的导演，做一般的导演也行，做不成导演，做配音演员也行，总之我要好起来。"

"我想说，我可以因为在意一个朋友，不加思考地去做一件事，可我当时，不加思考地做配音这件事，也不过就是因为我爱这个行业。"

"我也可以因为觉得我跟她一无所有了，毫无顾忌地去做一件事，可我最初，毫无顾忌地进入这个行业的时候，也一无所有。"

后来得到的多了，瞻前顾后了，开始计较得失了。

她好看的眼里激起氤氲，和台上的选手对视，选手抱着话筒咬着嘴唇，也泪眼莹然。

"有时候得到的多了，走的路长了，不一定是好事，它会让你茫然，让你觉得，失去了一点，或者没有得到更多，就好像满盘皆输。但其实回头看看，我们未必比一开始的时候状况差，是不是？"

"是。"圈圈狠狠点头。

"所以，如果真的热爱的话，就多看看已经走过的路，想想走了多远，而不是为什么还没有到。"彭婉之笑着说，"共勉。"

"当然，多保养身体，有空的话，找一个很好的人，谈一场很好的恋爱，也特别好，真诚推荐。"她说。

听着台前台下的笑声，彭婉之关掉话筒，轻轻地眨了眨眼。

录制结束，彭婉之揉揉酸涩的肩膀，从通道走出去，满身还是扑鼻的香气，她心里很雀跃，现场直播欸，都被她震住了吧？纪鸣橙要是看到，该感动得不行不行了吧。

她哼着小曲打开手机，除了日常的工作消息，竟然没被打爆？

这不科学。

她咬着手指靠在通道处站了会儿，正好跟组助理过来帮她拆麦克风，她试探性地问："我刚说的那些，不在流程里，没有打乱直播的节奏安排吧？"

"哦,"跟组助理一边拆一边说,"没有没有,我们导播很有经验的,看彭老师要说比较私人的话题了,立马就切广告了。"

"本来直播就比现场延迟三分钟,所以彭老师放心,没有打乱流程的。"

……彭婉之傻了。她心里的小人在拳打脚踢,然后挠墙,怎么回事啊……有没有天理啊。

她真的很想学一下小说,搞一票大的啊。烦死了。

她颓然地走出去,外面的天已经很黑了,和工作人员告别,一抬头,却见楼梯那儿站着纪鸣橙。

她扶着楼梯扶手,垂眼看着下方停着的车辆。听见动静,她转过头来,很淡定,像刚吃了饭出来遛弯的。

"你怎么来了?"彭婉之止不住想笑,又装模作样地忍住了,明知故问。

"刚好有事路过,院子里的车牌挺有意思的。"纪鸣橙说。

她这样等过彭婉之三次,一次在医院,她说下来找同事;一次接彭婉之下班,她说大厅里的画很好看;这一次她的谎话最拙劣,竟然是车牌。越来越不走心了,越来越懒得装了。

彭婉之跑过去,挽住她:"牌牌呢?"

"被我放车里了。"

"给她窗户开缝了吗?"

"开缝干什么?"

"我的天,你不知道啊?小孩儿放车里,车窗不开个缝,可能会被闷死。"

"会吗?"

"不会吗?"

"她12岁了,而且,我车没锁。"

"……失礼了。"

04

江城的春天出场费很贵,稍微露个脸就匆匆走了。到了初夏,彭婉之的耳鸣好多了,因为真知了来了,她再也不嫌吵了,甚至因为有了常年耳鸣的"熏陶",看见纪鸣橙因为蝉鸣而蹙眉时,暗自"啧"一声,调侃她:

真娇气啊。

开张几个月后,生意好起来了,不过也不算特别忙。纪鸣橙这天早早地结束了工作,待在店里看书和对账,因为彭婠之今天有个夜戏,说完事之后来诊所接她,然后俩人一起回家。

九点二十,她接到彭婠之的电话:"哈喽,美女。"

轰鸣声席卷而来,彭婠之的声音像是闷在罐子里。纪鸣橙几乎一瞬间就判断出,彭婠之在飙车。

"你在骑车?"纪鸣橙从座椅上站起来,有点讶异。

"对,我找大启借了个车。"彭婠之看上的那款目前没有好货,所以她们决定再等一等。

"今儿下班碰见他了,就在我们公司楼下的咖啡店,我看他车挺帅的,拿来开开。"

"快到了吗?"纪鸣橙笑了笑。

"快了,过了银行那个转角了,上临江路了,你准备准备,出来吧。"彭婠之似乎是遇硌到了一块板子,声音抖了一下。

纪鸣橙心里一紧,然后听彭婠之"嘶"一声:"手机没电了,不说了啊。"

嘟嘟两声,挂断。

纪鸣橙收拾好东西,关灯下楼,锁上门出去。

临江路的路灯很好看,拓在地面跟亭亭玉立的兰花一样,不过最好看的是路灯下的纪鸣橙,她的影子如同仙姿,连微微低头的曲线都似精雕细琢的黑白版画,静谧又柔美。

她两手背在身后,右手握着左边的胳膊,稍稍伸展脊背,又仰头看了会儿扑火的飞蛾。

一只,两只,三只……她的眉头微微蹙起来,看一眼手机,应该有十五分钟了,彭婠之还没到。

慌乱像潮水,一浪一浪的,开始拍打她的肋骨,她走到街边张望了一下,没有任何机车的影子,凝神一听,也没有该有的动静。按彭婠之的速度,从银行过来,也就五分钟。

沿着街道往银行处走,手心开始冒出细汗,她难以抑制住脑子里冒出的可能性,刚刚她在给自己打电话,她分心了,她很久都没骑车了,又不是她熟悉的车……纪鸣橙咬紧了后牙,越走越快。

这一段路不算很热闹,因为并不是黄金地段,纪鸣橙左右环顾地跑起来,一边跑一边仍不死心地给彭婉之打了个电话,还是关机。

心脏开始乱跳,像放了只老鼠进去,疯狂吞食她的理智。

背后有车辆的动静,她转头一看,一辆小型电动车疾驰而过。

脑门沁出薄汗,她喘着气停在银行的招牌前面,仍然是空荡荡的,再往前,有一辆黑色的摩托车倒在路边,她心脏一缩,疯了似的跑过去。

"彭婉之!"

鼻尖瞬间就红了,她无助地四处找,狠狠一拧头,肩胛骨都咯吱作响,她敛着气息,声音在夜色里扭扭曲曲:"彭婉之……"

她怕得手背也在抖,还在强迫脑子迅速分析,车辆完好,现场也没有血迹,出事的概率很低。

但亿万分之一的概率也不行。

她又压抑住慌张,开始埋头打电话,她现在该报警吗?还是该找救护车?一团乱麻。

"纪鸣橙。"

有个声音从堤坝下传来,纪鸣橙迅速看过去,彭婉之端着一杯牛奶,从下方慢条斯理地走上来,走到她面前站定,喝一口牛奶,又递给她:"给。"

纪鸣橙红着眼睛望着她,好一会儿没说话。"你怎么……"她平静下来,才哑着嗓子开口。

"我去买了杯牛奶,从便利店出来,发现我衣服穿反了,就跑到下面去换了。"

纪鸣橙摇头,委屈得很克制:"你故意的。"

她想吓她。从看到彭婉之的第一眼就明白过来。

烟消云散,拨云赶雾。

彭婉之站在面前,张扬的长卷发被光晕化得很温柔。她眨眨眼睛,低声说:"我就想试试,我能套路你吗?"

"一直都是你套路我,牌牌都说,我智商比你低很多,我就想,高低得还你一次,然后咱俩就扯平了。"

"你……"

彭婠之抬眼,目光被牵得亮亮的:"因为,扯平之后,我想给你一样东西。"

有了预感,纪鸣橙的心尖又仿佛被幼鱼浅啄几下:"什么?"

彭婠之把一枚胸针放她手里。

"今天是6月6号,我觉得这个日子特别好,明年这个时候,要是咱俩还是好朋友,就去环游世界吧。"

好平淡的语气,不伦不类的,不像个邀约,竟然还有缓冲期。

纪鸣橙呼吸起伏,望着那枚胸针,沉默了一会儿,问:"可以讲价吗?"

彭婠之"扑哧"一下乐出声来,看吧,她的好朋友,回答也这么不像样。

"这怎么讲?"又一个小时一个小时地砍?

真奇妙啊,自己逐渐习惯放慢步伐,而纪鸣橙偶尔想要按下加速键。

想了想,彭婠之说:"最多让你几个小时,明年过了0点,咱俩就去。"

纪鸣橙矜持地抿着嘴角:"好。"

"想笑就笑,都在一起那么久了,怎么还没学习我的优点呢?像我这样,多外放,多潇洒。"彭婠之笑着戳戳她的脸。

"学不会。"

"怎么就学不会。"

"你笑得像蛤蟆。"

"你才像蛤蟆!"

纪鸣橙没再搭话,把机车扶起来,俩人靠在车旁,彭婠之又把牛奶递给她:"喝一点,热的。"

"不想喝。"

"有营养的,就喝一点嘛。"话一出口,彭婠之脑子里"叮"的一下,这个语气,怎么那么耳熟呢?好像在哪儿听过,自己当时还嗤之以鼻来着。

"不喝,我还在生气。"

"哎哟,你气性怎么那么大?"彭婠之弯腰看她。

"你拿你自己吓我。"纪鸣橙淡淡地看她一眼。

"以后不了,我发一百个誓。"彭婠之伏低作小,把牛奶搁到她手心。

耐心地看她喝完，彭婠之接过去扔掉，然后骑上车，一条腿支着，等待纪鸣橙跨坐上来。

"再说了，我又不会有事。"

从后视镜里看着纪鸣橙调整头盔，彭婠之将手架到摩托车把手上，微微俯身，整装待发。

"你就是关心则乱。"

她温软一笑，发动车辆，载着她的小神仙朋友回家去。

"你想想，都什么年代了，怎么可能有那种温馨结尾还突然来个意外的狗血剧情呢？"

"咱俩好日子在后面呢。"

对吧？

行驶中的彭婠之对着镜头，单眨右眼，调皮地笑一下。

全书完

WANJIE

图书在版编目（CIP）数据

都什么年代了啊 / 七小皇叔著. -- 武汉 : 长江出
版社, 2025. 5. -- ISBN 978-7-5804-0079-6
Ⅰ. I247.5
中国国家版本馆CIP数据核字第20255G4D89号

本书经天津漫娱图书有限公司正式授权长江出版社，在中国
大陆地区独家出版中文简体版本。未经书面同意，不得以任
何形式转载和使用。

都什么年代了啊 / 七小皇叔 著
DOUSHENMENIANDAILEA

出　　版	长江出版社
	（武汉市解放大道1863号 邮政编码：430010）
选题策划	漫娱图书 马飞
市场发行	长江出版社发行部
网　　址	http://www.cjpress.cn
责任编辑	罗紫晨
执行策划	宋旖旎
总 策 划	两脚猫工作室
装帧设计	吴　彦
印　　刷	武汉鸿印社科技有限公司
版　　次	2025年5月第1版
印　　次	2025年6月第2次印刷

开　本	889mm×1230mm　1/32
印　张	10
字　数	326千
书　号	ISBN 978-7-5804-0079-6
定　价	48.80元

版权所有，翻版必究。如有质量问题，请联系本社退换。
电话：027-82926557(总编室)　027-82926806（市场营销部）